U0945935

KUWEI
酷威文化
图书 影视

THE BOOK OF DIRT

尘埃之书

[澳]布劳姆·普里瑟尔 ———— 著
张媛媛 ———————— 译

四川文艺出版社

献给黛比和达利

我们不断地在修改，改正自身，严格要求自己，因为我们每时每刻都意识到自己的过失（写错了、想错了、做错了），所有的行动都错了，我们怎么会错呢？在此时此刻发生的所有事都是歪曲的。因此我们修改这些歪曲，我们又修改这些修改，我们又修改这些修改了的修改，如此反复……

——托马斯·伯恩哈德，《修改》

目录

Contents

人物表

比斯库普斯卡街

杰库布·兰德——教师，我的外祖父
亚伦·兰德——他的父亲
古斯塔·兰德瓦——他的母亲
鲁任卡·兰德瓦——他的姐妹
赫尔曼·兰德——他的兄弟
什缪尔·兰德——他的兄弟

比斯库普克瓦街

弗兰提斯卡·鲁比克瓦——女帽制造商
卢德维克·鲁比捷克——她的丈夫
达萨（达格玛）·鲁比克瓦——他们的女儿，我的外祖母
艾琳娜·鲁比克瓦——他们的女儿
马塞拉·鲁比克瓦——他们的女儿
哈娜·鲁比克瓦——他们的女儿
鲁比捷克公公 ——卢德维克的父亲
鲁比克瓦婆婆——卢德维克的母亲
埃米莉——弗兰提斯卡的姐妹

吉利·比——一位商人
奥特拉·比——他的妻子
波乌斯·比——他们的儿子

佐菲·斯洛维克瓦——一名店主
斯蒂潘卡·迪克瓦——告密者
杰奇姆·奈美克——好管闲事者

玛莉·莫拉克瓦——红十字会志愿者
阿罗伊斯·莫拉维克——她的丈夫
阿塔·莫拉维克——他们的儿子

布拉格犹太社区的工人们

吉利·朗格尔——教师兼作家
奥托·穆内莱斯——送葬人，犹太治丧志愿者协会领袖

格奥尔格·格兰茨伯格——教师，杰库布的朋友
利奥波德·格兰茨伯格——他的父亲
贝尔塔·格兰茨伯格瓦——他的母亲

托比亚斯·雅克布维茨——犹太社区图书管理员，学校校长和战时专家，犹太中央博物馆馆长
埃米尔·卡夫卡博士——布拉格犹太宗教委员会领袖
贡达·雷德利赫——青年领袖
弗雷迪·赫希——青年领袖

杰奇莫瓦犹太学校的学生

阿尔诺斯特·弗卢塞尔
哈娜·金佐瓦
弗朗西斯科·布莱赫塔

库尔特·赫什曼
库尔特·迪亚曼特
玛珂塔·费舍尔娃
弗雷德里克·范特尔
玛尔塔·克莱茵娃

其他人物

杜拉克先生——商人
杜拉克瓦夫人——他的妻子
安戴尔·里克特——精明的餐馆老板
吉塞拉·蒂安蒙托瓦——女裁缝
奥塔卡尔·斯沃博达——学校摄影师
埃弗兰·贝歇尔——画商
以特兹克·贝兰奥尔——艺术家
玛格达——特莱西恩施塔特看守人
本杰明·穆尔梅勒斯坦——特莱西恩施塔特的一位长者
艾萨克·里奥·斯里格曼——学者
拉比弗朗西斯科·葛特歇尔——学者
约瑟夫·埃克斯坦——学者
弗兰兹·韦斯——木匠，工人
迈克尔——比克瑙集中营囚犯
阿诺·波姆——罪犯，比克瑙集中营长者
邦特罗克——比克瑙集中营监狱长
塔德乌什——比克瑙集中营监狱长

在世人物

卢德维克·克斯塔尔——哈娜的儿子，我母亲的表兄弟
帕维尔叔叔——艾琳娜的丈夫，我的姨祖父
维拉·欧伯勒——幸存者，档案管理员
鲁提——档案管理员
玛莉亚——特雷津镇居民
泽夫·舍克——幸存者，贝特雷津纪念馆创始人，外交官
阿丽莎·舍克——幸存者，档案管理员

几十年以后，我们终将被彻底遗忘。那些没被遗忘的，与我们曾经是谁、我们曾经如何被铭记毫无关联。我们将无处申诉，也将无法修正。最终，我们可能成为他人故事的一个支撑或背景：一个情节，一个傀儡。

出村记[①]

在特兰西瓦尼亚地区，离乌日霍罗德不远，曾经有一个村庄。这个村庄最先属于波兰，接着被匈牙利短暂接管，后归属于外喀尔巴阡—鲁塞尼亚，再后来加入捷克斯洛伐克，接着被匈牙利占领，又被纳入过苏联版图，最后划归到乌克兰，而如今在任何地图上都已经再也无法找到它。这个村庄，以一隅之地，辗转于各个国家和地区之间，如一件岌岌可危的历史文物，每次转手都丢失一部分，直到不复存在。它的名字已无人知晓，因为没有人哀悼纪念。它所处的地域，如今或许成了一片连动物都不敢逡巡游荡的田野或森林；又或许，全能的上帝悄然抹去了它的痕迹，让这个世界少一些哀伤。

最初，上帝为这个村庄划分了一个天然的范围：一条宽广的河流，

---

① 出村记：这里典出《出埃及记》，是《摩西五经》和《希伯来圣经》（即《旧约》）的第二卷，本书述说以色列人在耶和华美妙的引领他所选之民以色列人下离开在埃及为奴的记载。这里用这个典故喻指这个村的村民颠沛流离的命运。

常年水流平缓。只有到了以禄月[1]和提市黎月[2]，它才变得水势凶猛。当地人认为，这两个月河流勃然大怒源自他们平时的过度索取。数世纪过去了，这条河流让当地人自然形成一个村庄，他们从不跨河远眺，也不好奇河对岸的树林后面有什么，知足于上帝赐予的这片土地，直到某位狂妄自大的国王，为了开拓王国的疆土，命令石匠造桥渡河，从此破坏了自然秩序。能工巧匠们从树林中走出来，牵着马，带着推车和工具，开始修桥。

村民们惊奇地看着，感谢亚伯拉罕神、以撒神和雅各神展现在他们面前的创造力。桥建好了，村民们派三个人去河对岸查看。他们走过鹅卵石桥面，穿过曾经标志着世界尽头的那排树林，结果发现了另一座村庄。

后来，这两座村庄，一个大部分村民是犹太人，而另一个大部分村民恐惧犹太人，却不得不共享一个集市，关乎双方生存的重要的集贸市场。集市的位置总是在桥的两端轮流设置，这取决于强权——如皇室家族，士绅或市政委员会——位于哪一端。征税者乘着马车进入市集，掠走按理说不属于他们的东西，等同于大家上交了每月最低的什一税[3]。这是村民们有时犹豫不决地欢迎桥那端的商贩，同时这些商贩有时也不甘不愿地接受村民的原因。只有在上午，双方会把分歧暂时搁置一边。

莫特尔・D说："那是因为上帝也为我们的村庄叹息。"后来，他吸入毒气窒息而亡，他的背部都是凹凸不平的指甲印，那是别人绝望地想从他身上爬出去时挠的。不过当时，他是一名老师。他指着低

---

① 以禄月（Elul）：犹太历的6月，对应公历的8月至9月间。

② 提市黎月（Tishrei）：犹太历的7月，对应公历的9月至10月间。

③ 什一税（Tithes）：常指犹太教和基督宗教的宗教奉献，欧洲封建社会时代被用来指教会向成年教徒征收的宗教税。源于《旧约》时代，其希伯来文原意是"十分之一"。

垂的茅草屋顶，那里是老年人祈祷的地方。那些听他讲故事的孩子，想到上帝会从他繁忙的日程中，抽出时间来关心他们这个微不足道的家园，不由得咯咯笑了。莫特尔心想，上帝怎么能不被感动呢，这些衣衫褴褛的人们，一边挣扎着喂饱家人，一边要奉献那么多的时间来赞颂他。

莫特尔喜欢讲故事，孩子们也爱听。当市集转到对岸时，他总说：“小心那座桥，桥下有恶灵。他会把你吃掉，就像吃雷柏·史洛莫家的甜面包一样。”有些村民对此深信不疑，并把所受的苦难，譬如庄稼歉收、死胎或人口失踪，都归罪于它。村民拉扎尔·V有一天送货到桥那端的市场，却被一阵怪风扫下桥栏，尸骨无存。这件事让那些本就将信将疑的人也相信了恶灵的存在。这就是为什么每年的吹角日[①]，村民们一定要到下游去把罪孽扔到河里，以防自己在忧郁和悔恨时成为恶灵们的美食。

桥的那头也有同样的传说。“恶灵躲在那儿，抓住你们，再用你们的血烤面包。”卡雷尔·T是这么讲述的。后文会谈到他曾在集中营岗楼当过哨兵，如今也是一名教师。他读到过一份确凿的记录，恶灵们杀死了一个基督教小女孩，用她的血来举行丧心病狂的仪式。可惜的是，他们尊敬的总统托马斯·加里格·马萨里克[②]竟然为这些异教徒杀人犯辩护，玷污了他的名声。卡雷尔认为，确实，和他们做买卖还行，还算安分守己，但最好还是告诫孩子们不要单独靠近那座桥，不论犹太人在集市上看起来多么和善，绝对不可真正信任他们。

而在这边的犹太村庄，女人们则常常聚在水井边，听乳母巴卜

① 吹角日（Tashlich）：即犹太新年，音译为塔什利赫，是犹太历7月的第一天。吹角日不但包含了期盼新年开端，也有审判和赎罪的含义。希伯来文的原意是“扔掉”，人们将面包或其他食物扔到河里，象征着丢掉以往的罪孽。

② 托马斯·加里格·马萨里克（Tomáš Garrigue Masaryk）：捷克斯洛伐克第一任总统，1918年当选，先后三次连任共和国总统，被称为捷克斯洛伐克的开国元勋。

拉·D讲故事。后文会谈到，她死时站在沟渠里，眼光向下盯着自己干瘪的胸脯，神情窘迫，数着她哺育过的孩子的躯体。不过当时，她是所有传言的源头。她在这个村庄很受欢迎，掌握着所有消息，知道他们的秘密。“他们说是恶灵，但我知道事实不止如此。”巴卜拉记得来到这个世上的每个孩子。其中有一个男孩，行为有些离经叛道，据他父母说，有一天他出门后就再没回家。她发现，在吹角日，大多数人从口袋里掏出面包屑扔到河里，而这对父母会在桥的上游，站在人群的最外围，把他们口袋里大块的面包，如果巴卜拉没看错的话，还有肉和糖果扔到河里。

杰库布·R是拉比[①]的儿子，总是调皮捣蛋，后文提到他含着湿棉球几小时后平静地死去。他翻开报纸，指着墨迹斑斑的文章，给他不知命归何处的兄弟赫尔曼看：“瞧瞧本周我们引起了什么恐慌。”对于村里的男孩来说，从米库拉斯·K的推车买报纸是离经叛道的。他们本应在祈祷室学习《摩西五经》，或学着做生意，而不是把时间浪费在不相干的愚蠢行径上。正如铁匠雷柏·石蒙·T会说的“马不给自己穿鞋”。他死时躺在装满牲畜的火车车厢里，浑身鲜血和粪便。然而，小杰库布与众不同。每隔两周，当小贩经过市场时，杰库布就会用妈妈给他买奶酪面包午餐的硬币，偷偷地买一份城市的报纸。他认为，饿肚子固然不舒服，脑袋空空才更可怕。他召集他的兄弟和两位朋友，躲在桥边低岸处读报纸给他们听。他经常说：“对于村民来说，知识就像恶灵一样可怕。”

米库拉斯·K，作为经常出入村庄的外来者之一，最为人熟知但又最不受待见。他最终因叛国罪被绞死，尽管不知道背叛了哪一方。他每次都是从西北边来村庄，走在他旁边的是一头可怜的驴子，拖着

---

① 拉比（Rabbi）：犹太教中学过《圣经》和《塔木德》，负责执行教规、律法并主持宗教仪式的人。

沉重的推车，其中一两只轮子还坏掉了。他总是向碰到的第一位村民讨水喝，好像他是从B市或其他某城一路步行过来似的。村民们传言他很富有，他的推车里装满了一些杂七杂八的玩意儿，这些玩意儿来自在树林里卸货的车厢。他卖的书，通常有缺页，或者文不对题，却总能以高价售出，其他的商品也一样。他清楚顾客的需求，每次带来的货物不多不少，他确定都能卖出。可怜了那只驴儿，尤其是他高价卖出了一些无用的物品的时候，回程时驮得越发重，因为钱币比书本和镀锡铁皮更沉。

米库拉斯·K似乎痛恨犹太人，做完生意后会快速过桥回到河对面去。但他喜欢杰库布·R，他们会在河对岸见面，远离村民们窥探的目光。他喜欢把最新的报纸带来，并高价卖给这个男孩，尽管报纸上描述的犹太人形象很不堪。他喜欢杰库布的主要原因是杰库布懂得感恩，从不置疑报头上印刷的价格为何和卖给他的价格不一样。

杰库布知道这报纸在对岸的下等人中很流行，但他能从中稍稍明白他自己在这个世界上的位置。他也了解到村庄外还有朋友，在高处的朋友，比如马萨里克，他为了帮助像杰库布这样的人，几乎放弃了他的事业。

老查瓦·Z嘀咕道："那个杰库布是个麻烦精。"她死于极度痛苦的肺病，没来得及看到后来发生的事。

马塔·B诡异一笑，说道："他当然是个麻烦精，他是恶灵的朋友。"仅在几年后，她被塞进卡车的车厢里，听着嘎吱作响的碎石声和凄惨的抽噎声，感受到空气逐渐流失殆尽。

"只要一想到我们可怜的拉比……"老查瓦·Z说着，咳出痰来，边思考边点点头，"有这样的儿子，在祈祷室学习去接他的父亲的班，我们的孩子又会成为什么样子呢？"

老查瓦·Z的担忧是对的，她预知了灾难，尽管灾难不以她预想的方式降临。孩子们倒在枪林弹雨下，在毒气室里窒息而亡，或被掷于熔炉里活活烧死。然而杰库布·R并不在这些孩子之中。那个夜晚，来自犹太宗教法庭的大法官到达村庄，进行希伯来语最终测试，杰库布却带着行囊，朝着他经常看到的米库拉斯·K过来的方向，从村庄唯一的出路逃走了。

他跨过了变化无常的边界，告别了那条河，那座桥，那些恶灵，他的家人和数百个被判死刑的灵魂。这些灵魂的人生之路虽然不同，但结局都是黑暗的。

ONE

这本书关乎尘封的回忆往事，有些是我记得的，有些是我问询得知的，还有一些，我认为，是我想象出来的。

需要告知的是：本书中几乎所有你们关切的人均已离世。

这些人的往事在后文会提及，有的已经化成烟囱里的滚滚浓烟，吓得飞鸟仓皇四散；有的被人不假思索、毫无怜悯地射杀，如跛腿的野狗；有的饿死、冻死；有的病亡；有的绝望地扑向电网以求速死。他们有的抱着献身神圣事业的信念，战死沙场；有的逃匿远方重启新生，苟活下来却终日噩梦缠身，直至死亡才彻离痛苦。

这些人死于何时或何地，只能依据一些残留的微弱的细节来进行推测，包括火车时刻表、船舶旅客名单，以及一些不复存在的地名，如奥斯维辛集中营、特雷布林卡集中营、达豪集中营等。然而，没有亡期，没有墓地。

说实话，我其实对本书中人物的命运知之甚少，仅仅知道：

1996 年 12 月 12 日凌晨，我在家中酣睡，我的外祖父扬 · 兰德博士在他的第二故乡——澳大利亚墨尔本的卡布里尼医院离开了人世，当时离我外祖母去世还不到八周。

下面是他们的故事。

我的外祖父于 1911 年出生在喀尔巴阡山脉山脚下的一个村庄。当地教区登记为雅可夫，拉比亚伦 · 兰德和古斯塔 · 兰德瓦之子，这是他的第一个名字。

作为一个男孩，他从小受教于犹太教义。他长出了鬓角[①]，穿戴着流苏，常常躲在父亲披戴的繁复的披巾[②]后，听着老者哼吟的祈祷和哀歌。19岁时他背井离乡，来到布拉格，更名为杰库布，不久就被旧城的查理大学录取，并获得法学博士学位。这对于一个乡村男孩来说可谓惊人壮举。然而他刚毕业两星期，纳粹党就占领了这个国家，禁止犹太人从事法律行业。由此他的事业还没开始就结束了，为了维持生计，他不得不开始给犹太小孩授课。他在布拉格给孩子们上课，给特莱西恩施塔特[③]的孩子上课，给奥斯维辛集中营里的孩子上课，得以生存。战争结束后，他到澳大利亚继续教书。他是一名教师，也是一位幸存者。

只要他活着，我们知道这些事，或者类似这样的事，应该是真实的。他过世了，关于他的一生，我们创造出这个版本，并将它投入记忆的熔炉里。

有关战乱幸存者的故事，怀疑是不恰当的，不应被质疑，也不应蒙受诘难。我们没有去探究一个未受教育、不会拉丁语、没有正式文凭的男孩是如何被布拉格最负盛名的大学所录取，没有去探寻他在集中营的点点滴滴，也没有质疑在当时纳粹魔掌阴影下儿童学校运作的微弱可能性。我们不敢想象他为了生存可能沦落到何种境地。幸存者是圣徒，是英雄，绝不是平庸凡人。

在外祖父去世后30天的追悼纪念仪式上，我讲述了一个著名犹太教教士的故事，因为我觉得它极好地概括了他的一生。

---

① 鬓角（payes）：犹太传统中男性犹太人不能剃鬓角的头发。

② 披巾（tallais）：犹太教礼仪用品。犹太教规定13岁以上的男性犹太人在平日晨祷、安息日和其他节日时必须披戴祈祷披巾。

③ 特莱西恩施塔特（Theresienstadt）：二战时期（位于今天捷克共和国特雷津）纳粹建造的隔离区，也被人称为隔都。纳粹建造特莱西恩施塔特，是为了集中波西米亚和摩拉维亚保护国的犹太人口。此外，隔都内还有来自其他欧洲国家的某几类犹太人，例如犹太名人或富人、才能特殊者和老人。相对集中营来说，这里人们的生活环境相对好一些。后来纳粹为了掩饰对欧洲犹太人的灭绝行为，遂把特莱西恩施塔特展示为隔都的典范，与此同时又逐步把特莱西恩施塔特的犹太人驱逐到灭绝营。

20世纪40年代末的东欧，有一位年轻的学生，充满激情而又桀骜不驯。他当面顶撞他的老师："尊敬的约瑟夫先生[①]，您曾教导我们相信上帝和民心纯良。但是我失去了我的信仰，我不是不相信上帝，而是不相信民心。正直圣洁的圣徒时代已远去。约瑟夫先生，请原谅我的鲁莽无礼，我不是不敬重您，但我所见，到处是平庸、不起眼的人，都是冒牌货。我要寻找正直的人，为我指引方向。如果找不到的话，我将无法坚持我的信仰。"

这位教士看着这个学生，明白他是一个睿智的人，回答道："年轻的伊扎克先生，当你陷入迷途时，你要寻找谁呢？教堂里祷告声最洪亮的人？还是将一沓沓厚厚的钱币塞满慈善募款箱的人呢？或者是我，你的老师？我不是你要找的正直的人，我们都不是。想知道在哪儿去找寻拥有纯粹正直信仰的人吗？不要向上天寻找，不要去看一个人的眼睛，而要去看他的前臂。是的，明天早上你到教堂去，看看大家戴有经文护符匣[②]的前臂，如果碰巧看到有黑色的文身图案或者编号的印记，那么他就是你要找的人，他就是那个正直的人。因为这个可怜的人曾经下过地狱直面过死亡，上帝曾弃他而去而他仍然信奉上帝。年轻的伊扎克先生，这个人是唯一可以被称为正直的圣徒的人。"

"那个正直的人，"我接着说道，"是我的外祖父"。

可是我错了。

和许多幸存者一样，我的外祖父在战后很快放弃了对上帝的信奉。他活了下来，但大多数家人却没有。他没有为此浪费时间去寻求

---

① 先生（Reb）：犹太人传统的称呼形式，相当于"先生"，与姓名连用，冠于不是拉比的男子的名字或姓氏之前。

② 经文护符匣（Tefillin）：装有经文的小匣，祷告时其中一个绑于上臂，而另一个绑在前额。根据犹太教规定，除了安息日和节日外，13岁以上的犹太男子在平日晨祷时必须佩戴经文护符匣，以表示对上帝的敬意和对诫律的遵守。

一个解释，也没有像其他人描述的那样感觉被抛弃了，他甚至不去质问一个充满仁爱的上帝怎么会允许大屠杀的发生。他是一个现实克己的人，他的信仰牺牲在实用主义的祭坛上。重返布拉格后，他改名为扬·兰德——一个听起来没那么像犹太人或德国人的名字——接着他成为一名律师所职员，并为大拉比古斯塔夫·西歇尔做秘书来补贴家用。

扬·兰德仍然热爱犹太人的传统、语言以及文学作品，但是他不认为他亏欠于抽象的神，尽管神对于一些他无法解释的事情赋予一定的意义。他与外祖母结婚时只是举行了民间仪式，后来得知外祖母童年时期从天主教改为犹太教后，又在奥特奴犹太教堂正式举办了婚礼。第二次婚礼时，她已经有孕在身。随着女儿的出生，扬·兰德的实习律师生涯也开始了。不久她又怀孕了，第二个孩子是个男孩。孩子出生几个月后，他得到消息说他将被通缉审问。他发表的那些关于新兴共产主义国家的带有煽动性的政治言论，如劳动营、再教育或者更糟糕的事，已经落下话柄，传到了对此“有兴趣的人”的耳朵里。这个小家庭不得不在边境关闭之前离开。他不会再犯同样的错误。

外祖父为拉比西歇尔工作的主要内容是联系一个墨尔本人，对一种捷克犹太泡菜进行认证。在一次通信中，他提到自己想在遥远的墨尔本安家的打算，得到了对方热情的回应。但是他一直没有得到移民许可。眼看着别无选择，他带着一大家子，在夜色的掩护下，坐着一张床垫划到了河对岸的德国。在那儿他买了四张党卫军[①]的“塞巴

① 党卫军（SS）：全拼为Schutzstaffel，为德文Schutz（护卫、防护、亲卫）与德文Staffel（团队、编群、队伍）的组合词，英文普遍简称为SS。它是德国纳粹党中用于执行治安勤务的编制之一，与纳粹党武装战斗执行部队冲锋队并立的另一支纳粹党情报和监视、拷问行刑组织。

斯蒂安·卡博托”号三等座的船票前往澳大利亚。

与其他几个家庭一起，他们于1949年10月29日到达澳大利亚，被当地犹太人福利机构安置在墨尔本东南部郊区。曾经的扬·兰德，现在称为杰克·兰德，找到了一份在福特汽车公司生产流水线上的工作。他想着如果能重返大学，他就能在他的新家乡从事法律行业，但是他当时既没有时间也没有钱。在福特工作的第一年，一辆车的底盘砸在他的胸口，压碎了他的肺。他在医院花了数周时间康复，这样一来，他不再适合进行体力劳动，被迫去寻找其他工作。他联系到了那位泡菜进口商，同时被告知在离他们家不远的地方开设有一所名为斯高帕斯山学院的犹太学校。他怀着因梦想破碎而沉重的心情，打印了一份写有他教育经历的简历，走进了学校。他当场就被雇用了。从那天起，他被称为兰德博士—澳大利亚最著名的希伯来语语法专家，一些人也喜欢称呼他为语法博士。

我外祖父母的家保持着犹太人的传统，然而不是犹太教的传统。对于他们来说，逾越节[①] 是一个关于人类胜利的故事。赎罪日[②] 也是上帝与人和好的日子，是反思自己对别人做了哪些错事的时候。而其他

① 逾越节（Passover）：犹太人最重要的节期之一，也是初代基督教最重要的节期。

② 赎罪日（Yom Kippur）：犹太人一年中最重要的圣日，在犹太新年后的第10天。

节日只是家人和朋友们聚在一起唱歌或举办宴席的借口。外祖父声称不需要上帝,但我出生后,可能存在的上帝对虚张声势的他提出了挑战。

我一出生就是病秧子：容易感染，面色苍白，整日体弱无力。在我一岁之后才诊断出病因：动脉导管未闭，室间隔缺损。

“存活机会很渺茫。”母亲重复着医生的话。

“是心脏有问题？”外祖父问道。

“是的。”

“很抱歉。”外祖父一拳打在自己的掌心上，低下了头。他跑进书房，关上门，不愿出来。我父母震惊得目瞪口呆。外祖母来到书房门口敲门，他没有回应；她继续敲，用拳头猛击，依然没有回应；于是她一边转动门把手，一边用肩膀使劲抵门想把门推开，门依然纹丝不动。外祖父用沙发堵住了门。外祖母可以听到从里面传出来的打字机的声音和断断续续的斯美塔那[①]弹奏的《我的祖国》的音乐声。外祖母用尽全力撞门，未果后诅咒了一声便怒气冲冲地进了电视房。直到第二天早上外祖父才出现。出来的时候外祖母还在睡梦中，他直接去了犹太教堂，似乎是下定决心要去做交易。他戴着已经风化的经文护符匣，凝视着天空，祈求道：“我童年时期的上帝啊，我父亲的上帝啊，你挑战过我，但都以失败告终。现在换作我来挑战你了，向我证明你的存在吧。请救救孩子！”如果说他的幸存切断了上帝与他之间的纽带，而我的存活则接续上了它。

手术后，医生来到了等候室。妈妈紧握着爸爸的手臂睡着了。爸爸轻轻地推醒妈妈，医生冲着他们微笑，告诉他们是好消息。

第二天清晨，1978 年 8 月 7 日，淅沥沥的雨水砸在屋顶上，仿

---

① 斯美塔那（Semtana）：指的是贝德里赫·斯美塔那，捷克作曲家、钢琴家和指挥家，被誉为“新捷克音乐之父”，是捷克民族乐派的奠基人。

佛谱写着外祖父内心忏悔的哀曲，他把自己锁在书房，开始了他战后的第一次晨祷[①]。

他竭尽全力确保他的创伤没有给我们带来阴影，尽管他挣扎着想去驾驭记忆长河里的支流和它挟裹的自由。我快到 13 岁时，这是犹太男子举行成年礼[②]的年纪，他让我坐在他屋子后房的电视机前，观看长达六小时的由克劳德·朗兹曼[③]导演的纪录片《浩劫》。我没有问什么，也没有看他一眼，只是全神贯注地看着。当电影里最著名的场景——铁路工程师亨瑞·高科斯基的手指掠过他的喉咙的时候，我想看他前臂上的数字编号 A-1821。“不，”他说，指了指电视，“接着看。”

三年前，在我哥哥的成年礼上，他尝试了一个更直接的方法。那天深夜，他走上了乐队指挥台开始讲话：“我在无数次的噩梦中，重复着这段经历，每次在冷汗淋漓中惊醒过来，都无法分清现实和梦境。”他的话在欢宴上显得不太搭调。他说起应该是他最好的朋友活下来，而不是他自己。“迄今为止，我没有和任何人提起过。为什么现在又要提起呢？我内心深处总在怀疑我是否真的活着，一直以来我没有找到任何理性的证据解释我还活着的原因。为什么是我？为什么不是格兰茨伯格呢？”

---

① 晨祷（Shacharit）：犹太人早晨进行的祷告仪式，是每天三次祷告中最重要的一次。

② 成年礼（Bar mitzvah）：犹太男孩成年时举行的仪式，犹太男孩的成年礼是 13 岁，女孩则是 12 岁。

③ 克劳德·朗兹曼（Claude Lanzmann）：导演、作家、哲学家，法国知识分子的重要人物。其代表作《浩劫》（Shoah）是一部以二战期间纳粹对犹太人的大屠杀为背景的纪录片。他花费了 11 年拍摄而成，并来到当年事件的发生之地，寻访了往事的亲历者，这其中有当时仅仅幸存下来的两个犹太人，以及当时的一些纳粹分子。

然后他说起他在比克瑙集中营[①] 的母亲。

“我记得那是 1944 年 6 月。每天晚上我都出去和她见面。那是月底的一天，我来到会面的地方等着她。她来了，一定是我看上去像快要死了，她的眼泪流了下来。我往下看，看见我母亲把她手里的口粮摊开在她的手掌上。因为饥饿我的眼睛直冒金星。我来不及问一声便抓住了那些吃的，一口吞下去。我像极了一头饥肠辘辘的野兽。一周后我们被传唤挑选。我被选中了。我母亲却没有。在过去的 46 年中，每一个夜晚，我都祈祷恳求得到她的宽恕。我怎么能吃掉意味着生死的面包呢？噩梦里我经常看见她，她在那远方，我自问：‘我怎么能做出这种事？’”

这段视频我看了一遍又一遍。他 45 分钟的演说被剪得不到 5 分钟。听的人有的不安分地扭动着身子，有的出去抽烟，有些和别人聊天，我知道我们都没有准备好去听他的这些话。现在我们准备好了，却听不到了。

这是唯一的一次尝试，之后他就放弃了。

外祖父与死神多次擦肩而过。当最后一捧泥土撒向他的坟墓时，我才真正相信他就是弥赛亚[②] 。他在奥斯维辛集中营里活下来了。在秘密警察局里他也活下来了。在工业事故、前列腺癌和心脏搭桥手术中他都挺了过来。他的死是因为他自己选择了死亡。外祖母活着，他

---

① 比克瑙集中营（Birkenau）：位于克拉科夫以西 37 英里的波兰小镇奥斯维辛。比克瑙集中营关押着奥斯维辛 - 比克瑙营区的大部分囚徒。奥斯维辛 - 比克瑙集中营共有 3 个主要营区，分别是奥斯威辛（一号营区）、比克瑙（二号营区）、莫诺维茨（三号营区）和 39 个小型的营地或工厂。主要是让收容者进行极为严苛的工作、集体处决或是进行不人道的人体实验。在纳粹谋杀的所有犹太人中，有六分之一是在奥斯维辛被毒气杀害。

② 弥赛亚（Messiah）：《圣经》词语，在希伯来语中最初的意思是受膏者，指的是上帝所选中的人，具有特殊的权力，是一个头衔或者称号，并不是名字。《新约》主张弥赛亚就是拿撒勒人耶稣；而犹太教信徒则予以否认。

就有活着的理由；她离开了人世，他便轻易地放弃生的念头。他目睹了几乎所有他爱的人在纳粹集中营被残杀，在这之后，外祖母成为他与生活悲剧对抗的唯一保单。

达萨，后来成了我的外祖母，是一位活泼可爱的女子，她身上饱含着外祖父所憧憬的未来的一切特质。尽管有过集中营的经历，但是因为足够年轻，她能够重新开始生活。她有着雅利安人的面容，这是她母亲遗传给她的救命礼物，保护了外祖父以及他们的孩子免受偏见。孩子们至少不会被当街拦下，被随便袭击或者吐口水。别人不会知道他所知道的。据说，外祖父从一开始就确信这个女孩是他的真命天女。达萨也证实了这些。当她在医院里度过她生命的最后时光的时候，我问她为什么要选择外祖父。

“他不是一头狼，”她说，“我看到过他如何待他的母亲。任何一个像他那样对待母亲的男人……我认为都能成为一个好丈夫。”

有一些是她没有告诉我的：外祖父并非她的第一选择，她之前是有爱人的。他不是犹太人，外祖母当时竟然毫不在乎。外祖母去世以后，她最小的妹妹将她保管的一张合照给了我。这是一张素材照片，就是那种你隔着玻璃放在框里观赏的照片，那种当你刚买了它就建议你放回原位的照片。达萨看起来二十岁左右，在她旁边的是一个穿着灰色风衣的整洁漂亮的年轻人。两人漫步在国家大剧院附近的大街上。他个子很高，骄傲而矜持。她则微笑着，一如陷入爱河的年轻女孩。

就在这张照片拍摄后不久，这个男人终止了这段爱情，开始非犹太人的社会生活方式。达萨的心碎了。他们互相在对方身上看到一种未来，摆脱了她遭受的恐惧的未来。分手后，她待在布拉格泽科夫的母亲的公寓里，不愿出门见人。每隔几天我外祖父就去探望她，试着哄她开心，让她减少些痛苦。他带来鲜花、珠宝、小蛋糕，这些其实是他负担不起的。很快这成了一种常规仪式，他也以此逃避空荡荡屋子的寂寞。他没有别人，只有她。当时的她对外祖父并不感兴趣。每当他敲门，外祖母的母亲和三个妹妹都会热情欢迎他，但又不免带着些许遗憾。我疑心这些妹妹中也许有一两个很喜欢他。

外祖父从未动摇过。他在特莱西恩施塔特邂逅了他的真爱，惊鸿一瞥间，她仿佛光芒万丈。他知道她一定会成为美丽的女人，但当时她太年轻了，还是一个孩子，不可能有什么结果。但我可以想象他是怎么去幻想和她在一起的时光的，他们两个人，身边围绕着三个或者五个孩子，自由自在、衣食无忧地生活在广阔的田野上。远离这拥挤的贫民窟：污水在管道中翻涌，穿着棕色制服的士兵会用枪托击打你的头。

外祖母并没有这样的想象。1945 年她回到布拉格，试着远离那些和集中营有关的所有事物，包括我的外祖父。她甚至因为他的出现而愤怒。为什么他要来争取她的爱，挟裹着电网、痢疾，还有氰化氢毒气的记忆？她找到了爱，只是那份爱抛弃了她。再后来，她回忆起一段特殊场景：在特莱西恩施塔特的月台上，外祖父和他的母亲站在一起。当时她也在场，看着他们平静地告别。

任何一个像他那样对待母亲的男人……我认为都会成为一个好丈夫。

他们于1947年结婚，那年达萨21岁，扬·兰德35岁。他认为比她大的那14年可以保证，他会比她先离开人世。多年以来，事情都是按照他的计划进行的。他经常生病，成了医院的常客。而她每天抽两包烟，很健康地活着。外祖母68岁那年，因为胃痛去看医生。当时诊断为胃溃疡，医生让她务必保持饮食清淡。后来胃痛一直困扰着外祖母，当医生给她动手术找病因的时候，发现为时已晚。她发生癌变的部分被切除了，虽然后来她的胃得到精心照料，但这样也只多给了她六个月的生命。最后她还是慢慢地消瘦枯萎了。有时她还夸张地说她瘦到可以参加米兰时装秀了。

1996年9月22日，犹太人赎罪日的前夕，也是我和哥哥赶到医院陪外祖母度过她最后时光的日子。当时我父亲试着让外祖父也过来，但他拒绝了。他一定知道这会是他今生今世看见的最后一场悲剧。当他坐着轮椅被推进病房时，外祖母已经去世了。他紧紧抓住她那双尚存余温的手，和她说话。外祖母没有回应，他抬头看着我们。“她已经离开了吗？”他耳语般问道。我母亲点点头，伸手扶住了外祖父的肩膀。“耶和华，我们的神，宇宙之王，真正的法官，你是有福的，”他说道，“真正的法官是有福的。”说完这些话，他把身体陷入轮椅里，接着他的思想陷入了自己的世界，只求一死。

一开始并不是很严重，他还只是有些轻微的咳嗽。不久养老院的护士打来电话，告知我们他住进了医院。他几乎已经无法呼吸，好几天拒绝进食。他固执地一心求死，不到一个星期就去世了。那时候为了给他补充水分，我费尽了心思，还把打湿了的棉花球塞在他嘴里，以求能够补充一些水分。然而很快，他就永远地离开了我们。

我只留下他的一件物品，那就是1953年企鹅出版社出版的弗兰兹·卡夫卡[①] 的《审判》[②] 。他把它正面朝下，放在打字机旁边。我常常拿着这本书，思念他。

近十年来，在大家的记忆里，他喜欢安静，不喜欢被人打扰。他和气友善，学识渊博，得到大家的爱戴和崇拜。他的一生活得非常有价值，同时他也是一位流芳千古的教师。我们把他的照片摆放在梳妆台上，挂在墙上。他应对死亡的魄力比面对生活的更强大。老房子里有他的尖顶帽，玳瑁眼镜和烟斗。每次去给他扫墓，映入眼帘的是他生前教过的学生堆砌得越来越多的石头，这种表达尊重的举动让我们倍感欣慰。

然而，他后来又出现了，只是这并不是他。他的复活，源于2005年《澳大利亚犹太新闻报》上的一则报道，报道上的这个人有着和外祖父一样的面容和名字，却有着完全不同的人生。

杰库布·兰德博士
以及关于灭绝的种族的书籍

据说这是希特勒给犹太人的一份礼物。特莱西恩施塔特离布拉格只有一小时的火车车程，是唯一一个成为隔离区的犹太人自治村庄。整个捷克斯洛伐克的犹太人聚集在堡垒的高墙后，在恶劣的环境中挣扎着生存度日，直至有一天被赶上一趟东去的火车奔赴死亡。关于这个独特村庄的很多故事已

① 弗兰兹·卡夫卡(Franz Kafka)：奥匈帝国(奥地利帝国和匈牙利组成的政合国)统治下的捷克小说家，本职为保险业职员。主要作品有小说《审判》《城堡》《变形记》等。

② 《审判》(*Trail*)：卡夫卡最为著名的长篇小说，1925年出版。小说的主人公约瑟夫·K在30岁生日那天突然被捕，他找律师申诉，极力证明自己无罪，然而一切努力均属徒劳，没有任何人能证明他无罪。法院是藏污纳垢的肮脏地方，整个社会如同一张无形的法网笼罩着他。最后他被杀死在采石场，这就是官僚制度下司法机构对他的“审判”。

经披露出来，但是有一个故事却一直隐藏至今：那就是杰库布·兰德博士的故事。

他出生于布尔诺，在布拉格长大，成长时代正是纳粹征服他家乡的时代。和所有犹太人一样，他觉得脖子像被德国纳粹分子套上绳索，难以呼吸；不得已在衣服上戴上黄星①，无法正常生活，他被驱逐出了家乡。1942年年末，他和兄弟还有母亲被传唤召集，运往特莱西恩施塔特。

到达那里不久，兰德博士发现，连同他一起，共有一百位学者、犹太教拉比和大学教师在这张传唤名单上，德国集中营总部的人对他们进行了特别审问。一大群人等候着，一个接一个地被带到一间狭窄的办公室。办公室里坐着一个穿着崭新制服的德国军官，他的单片眼镜仿佛已经陷入眼睛里去了一样。这个军官报出了自己大名和头衔——党卫军上将斯当菲尔，一战前曾是德国一所大学从事犹太人研究的教授。他要求兰德博士进行特殊测试，让他浏览一堆犹太语书籍并解释其主旨大意。兰德教授照做了，他注意到那些书上有不同地方图书馆的印章，当然都是纳粹的占领地，如阿姆斯特丹、华沙、布达佩斯、维也纳。

测试审问结束了，军官没有再为难兰德博士，让党卫军把他带出办公室。整个白天严格禁止他和别人议论所发生的一切。直至晚上，一百名学者挤在集中营的图书馆，比较着各自在办公室的经历：有的一进门就被赶出来，有的如兰德博士一样百般煎熬，万劫不复。一场怪异的游戏刚刚开始，兰德博士隐隐嗅到凶险的气息。真相不久就会大白。

第二天，经过面试筛选的人被分成两组装进卡车。第一辆卡车消失在捷克的乡下，另一辆装着兰德博士和其他四十多人开往了布拉格。车停下来，他们被带到一个庄严的哥特式的布拉格博物馆门口。学者们像

---

① 黄星（yellow star）：又名犹太星，在纳粹德国控制下的欧洲地区的犹太人都被迫戴上黄星标志以示区别。

货物一样被卸载下来，被安排到大厅候着，又一次被挨个传讯到一个不远处的房间里。轮到兰德博士的时候，他发现里面还是那位军官，房间里的办公桌上堆满了书，军官命令他：“按照你觉得合适的方式，把这些书进行分类整理。”

兰德博士按他的要求完成后，军官开始进行检查，检查完毕，赞许地点点头。“很好。”他说，“你留下来，我会给你连特莱西恩施塔特长者都想不到的特权。很快会有三个人来协助你，你需要马上开始工作。”兰德博士准备离开时，这位军官往椅子后面坐了坐，低沉着说：“不要动什么心思，你仍是一个囚犯。”

兰德被带到博物馆地下室的一个冰冷的房间，里面有两张双层床。党卫军士兵交给他通行证，并告诉他不用佩戴黄星，“你的活动范围是这里、卫生间、厨房以及你的办公室，其他任何地方都严禁涉足。”

第二天清晨，他醒来时发现房间里又来了三个人：埃普斯坦博士，古董商；穆内莱斯博士，博物馆馆长，犹太文字书法和泥金手抄本[①] 的专家；穆尔梅勒斯坦博士，来自维也纳的拉比，犹太仪式的知名权威。当初被召集的那一百人，幸存下来的只有这四个人。这是斯当菲尔上将发出的个人命令，把他们挑选出来，让他们整理犹太人的生活和文化，编辑成册，战后可以给世人一个辉煌的展示。这个博物馆也将更名为“灭绝的种族博物馆”。

接下来两年的每个早上，这四个人被分别带到不同的房间，被迫分类整理纳粹们掠夺来的不同类型的手工制品。晚上他们一起讨论各自的进程。大多时候都是枯燥劳累的活儿，但偶尔他们也会发现一本名著、

---

① 泥金手抄本（illuminated manuscripts）：泥金装饰手抄本，是手抄本的一种，其内容通常是关于宗教的，内文由精美的装饰来填充，例如经过装饰性处理的首字母和边框。泥金装饰图形则经常取材自中世纪纹章或宗教徽记。制作泥金手写本的过程中，通常首先抄写内文。按照一定的尺寸裁好皮纸（一种可以用来书写的动物皮）后，再经过总体的页面规划设计（首字母、边框等），将纸页用尖木棍固定，抄写者就用蘸水笔或芦苇蘸墨水书写了。

一件古玩、一本精美的《摩西五经》或者一件货真价实的宝贝。每当这时，他们会用文化考古学家的眼光来描述这些发现。埃普斯坦甚至发现了他岳父的光明节支状大烛台，因为他认出了烛台上的刻字。那天晚上，他说起失去的家人，不由得伤心痛哭。

后来，兰德博士的这些同事逐个消失，起初是埃普斯坦，后来是穆内莱斯，最后是穆尔梅勒斯坦——直至剩下他独自一人。这座博物馆从此成为监狱，如特莱西恩施塔特一般的监狱。他根本没有机会看看窗外，看看他深爱的布拉格城市的街道。这种孤独的状况并没有持续很久：博物馆的工作完成后，他被流放到了奥斯维辛集中营。

目前无法找到任何文献证据，说明这个博物馆是怎么成立的，有哪些人参与。人们都只是道听途说。然而，这座灭绝的种族博物馆成为捷克斯洛伐克人集体记忆的中心支柱：希特勒设计了这个博物馆来纪念其最伟大的成就——欧洲犹太人的集体湮灭。

这导致了捷克斯洛伐克人的战时经历和其他人都不一样——残忍的幽灵萦绕在犹太人的记忆和幻觉里，挥之不去。正如这位兰德博士，有可能是我外祖父，一直困扰着我一样。

在大街上，一些外祖父以前的学生朝我走过来，想和我谈谈，想问我是否了解内情。我不得不在故事中搜寻让我怀疑的线索，就像在旧外套的口袋里翻找东西一样。

确实有一条线索，我一遍又一遍地回想，那是我十岁那年的事情。

在外祖母后院果园尽头的无花果树后面有一个花坛，这里和别处一样用干木板围着，但里面的土地却无人翻种打理。我问过外祖母为什么周围的一切都很繁盛，独独这个花坛这么荒凉。外祖母要么装作没听见，要么就说那儿不归我管。

那天，我听见了他的声音——轻柔的有旋律的吟唱声。当时，我已经足够大，能听出这个旋律来自异邦他族。偶尔也会听见一个词，但更像是呼出来的而不是说出来的。我悄悄地爬过无花果树看过去，他背对着我，盘腿坐在那个荒凉的花坛里，用手指扒拉着土壤，好像犁地一般，但他只是反复画着圈。我静静地站着。眼前坐着的这个男人，平时对整洁挑剔到让人觉得虚荣的地步，而这会儿衣衫不整，满身泥土。这不是我所认识的外祖父。

他的吟唱声越来越大，我也觉得越来越有意思。他的声音达到顶峰后，又降到最初听到的低沉的音调。他擦掉手指在土壤上划出的痕迹，陷入静默中。我弯腰躲在树后，后来发现根本没有这个必要。他根本不看，只是重复吟唱，这一次是用他那曾经有过的美妙的嗓音。而且我听出有很多词语是出自犹太祷文最开始的部分，如祝福上帝、世界之王。

我往前倾过去，想听清后面的祷告。他突然毫无征兆地把一只手戳进地里，抓起一把泥土举向天空，接着号啕大哭。我吓得跌跌撞撞地往后退，一不小心被脚下的树枝绊倒了。这时外祖父转过身来看着我，眼泪顺着他的脸颊流了下来。那种恐惧和悲伤的表情，我永远也忘不了。好像是我践踏了他的灵魂一样。

上帝会给一个人多少次生命？

如果我仅仅认识雅可夫，拉比亚伦·兰德和古斯塔·兰德瓦之子，他离开喀尔巴阡山脚下的村庄去寻求更好生活 /

就已经足够了。

如果我仅仅认识杰库布·兰德，他被传唤到布拉格庄严的学术大厅，但梦想被一段恶意的历史进程所摧毁 /

就已经足够了。

如果我仅仅认识杰库布·兰德博士，他被一位带着单片眼镜的纳粹教授点选，就一个灭绝的种族的仪式文献筹备展览 /

就已经足够了。

如果我仅仅认识一个编号为 A-1821 的体弱多病的囚犯，他被关在一个连鸟儿都无法生存的地方，在那里向孩子们传授知识，同时那里的熔炉火烧得正旺，等待着迎接他们凋谢的生命 /

就已经足够了。

如果我仅仅认识扬·兰德，一个幸存者，一个不走运的追求者，他娶了一个不愿意嫁给他的新娘，并成了两个孩子的父亲 /

就已经足够了。

如果我仅仅认识杰克，一个来到新家乡的工人，他差点因为事故死在工厂的地板上，多亏了一封关于犹太泡菜的信，让他回归到教学之路 /

就已经足够了。

如果我仅仅认识语法博士，语法专家和受澳洲四代犹太学生尊敬的教师 /

就已经足够了。

如果我仅仅认识我的外祖父，他公开宣称过自己是无神论者，却为了拯救自己的外孙向上帝挑战 /

就已经足够了。

如果我仅仅认识那个姓名不详长相不明的男人，他坐在准备好的泥土里，一边吟唱一边用力地把拳头伸向天空。

就已经足够了。

以上这些人我都认识，然而我依然完全不了解我的外祖父。

抵达之初

1

弗兰提斯卡·鲁比克瓦盯着空空的饼干盒诅咒着自己的丈夫："他真该死！该死的信仰，该死的赌博。尤其是他的善良，见鬼去吧。"这也正是她的软肋，他心里很清楚，并常常利用这一点。他又一次出门去参加所谓的特别"销售之旅"，把她和三个女儿留在一贫如洗的家里。但有谁听说过，销售员回来的时候身上的钱比出发的时候还少呢？其实并非她需要他赚钱，她卖的帽子在整个泽科夫非常有名。她把赚的钱都花在家用上，置办食物、衣物和家庭用品。节余的她会藏起来，抽屉里、鞋盒里或者夹在床垫间。但是，他真是该死！他总能找到她藏起来的钱，即使是藏在女儿达萨那个已经坏掉的不能唱歌的珠宝盒里。弗兰提斯卡·鲁比克瓦开始把钱藏在旧饼干盒里，这也只是一个游戏。他们从不谈论此事，好像他得到了她的许可，而她替他保守着秘密。他把那点可怜的收入给他的孩子们，真诚地相信好运气早晚会降临到他头上。他曾说道："我们现在过不上皇室贵族那样的生活，但是有一天我们会的。记住我的话，街市上将挂有一块刻有卢德维克·鲁比捷克的牌匾。”

“廉价的玩意儿！”她恼怒地说。他通常在星期四回家，带回一些用包肉纸包着的无用的小玩意儿，自我感觉成了尼古拉斯圣人本人。在他看来，这样一来，一切即可照旧。他从家拿走的钱，足够买一整只未拔毛的鸡，而回来的时候剩下的只够买些土豆加一个洋葱，还不忘提醒说那点钱连潘·哈谢克家的脱了毛的鸟儿都买不到一只。他认为这又有什么关系呢？哪一次他不是惨跌在赌博桌上后，才去找雇主做事情呢？“瞧着吧，”他跟最后一个雇主说，这个人威胁着要把他扔进监狱，把他的家人扔到街上，“我保证比你让我一直叫卖的东西赚得更多。今天我走运呢。”还有一个雇主，被他气得紧握拳头，说：“好运气？年轻人，你该庆幸的是你的家人现在没有站在街上去卖她们唯一能卖的东西！”卢德维克后来跟弗兰提斯卡说起这件事的时候，居然大笑起来，可能是喝醉了吧。

这一次，弗兰提斯卡·鲁比克瓦决定不再哭泣。她已然做出了最后的牺牲，接受了他的宗教信仰，放弃了她自己的明智判断。她母亲说过：“他是个好孩子，真的。但是她们是麻烦。她们会很花钱，你知道吗？”她从未想过母亲的话是字面上的意思，实际上他的确是有一种吞噬钱财的能力，特别是她的钱。刚要计划着买些有用的东西，钱就被他拿走了。看看她带着她们在拥挤的公寓里过着什么日子！再看看她的姐妹们，在避暑的宅子里无忧无虑地嬉戏，就因为她们嫁得好，嫁给了家境殷实的屠夫或者面包师。她们寄来的照片背后写着：“我们想念你，爱你的女儿们！带她们过来度假吧。”是的，她们，女儿们。大女儿达萨，二女儿艾琳娜，小女儿马塞拉。怀着的还有一个，这次可能是儿子。卢德维克是两代单传的独子，没有任何表亲。一旦他去世，他身上流淌的鲁比捷克家族之精华将会随着消失。不过她觉得这也许是件好事。至少女儿们能用新的名字掩藏以往的身份，抹掉她的错误。最好远离泽科夫，能嫁给优秀的年轻绅士。

然而，一切照旧，她知道周四晚卢德维克回家后，她还是会拥抱他，而且同床而眠。他每次归来都是同样的方式。她不会过问钱去了哪里等细节，也不会问他这个星期给那个叫作潘的老板卖出了多少货品。他们会一块儿把孩子们放进摇篮，盖好被子，唱催眠曲哄孩子入睡，然后来到纱窗的那边。接着他会上演一出好戏，往抽屉里的钱盒子里放一些钱，那些钱在他离开的时候已经从抽屉里跑到他的口袋里了，这会儿回到抽屉里只是变少了些。他会说他不在的这段时间，她变得更漂亮了。然后他爬上床，他们的身体扭动着交织在一起，而她好像忘记了前几天对他的诅咒，紧紧地抱着他，默默地做爱。过后当他的手指抚过她的腹部时，他们忍住不发出大笑声，明白他们的生活才刚刚开始，因为小卢德维克降生时一切都会不一样，好运一定会降临。他们将离开这座城市，他知道她讨厌这里的生活，他也会多花时间和家人待在一起，再也不会和那些骗子周旋。他会兢兢业业地工作，到时候布拉格人人都会对弗兰提斯卡·鲁比克瓦赞赏有加，夸她是波西米亚最出色的女帽设计师。

达萨站在门口，看着她母亲，嘴角抽动着。她和母亲对看了一秒，便转移了目光。另一个房间传来了马塞拉的哭声，达萨消失在了昏暗的走廊里。

严肃认真的小达萨。母亲要把她培育成什么人呢？很快她就到可以做工的年龄了，可能会去街尾的索菲亚·什夫莎杂货店打工，虽然弗兰提斯卡更愿意她专心上学。这个刚满九岁的小女孩已经展现出了敏锐的头脑，超越年龄的智慧和强大意志力。她独处的时候看上去很开心，在同龄人中也很受欢迎。卢德维克的母亲，也就是鲁比克瓦婆婆坚持认为，她应该转学去接受犹太教育。她怎么敢！她儿子当初与非犹太教女人结婚的时候，她就哀悼过这个儿子已经死了，三年来她也一直表现得好像他是真的死了一样，以此来刁难这一家人。她丈夫常常趁着她这只“老蝙蝠”不注意，下午溜出去给儿子儿媳捎点东西。对此她也只是睁只眼闭只眼。“弗兰提斯卡，”这位善良而虔诚的犹太老人轻声说，“我带了火腿来，我们一起在院子里吃吧。这可是我们之间的小秘密。”他的确善良又虔诚。

六年前，当弗兰提斯卡怀上第二个孩子的时候，鲁比捷克公公把她叫到了工厂的办公室。“请坐下。”他说着，帮她拿羊毛开衫外套，让她坐在真皮扶手椅上。

“我厌倦了这一切，”他说，“都两年了，你婆婆还没见过小达萨，现在又有一个小家伙要降生了。作为丈夫，我能感觉得到，你婆婆装坐毫不在乎可内心却有很大压力。她想念儿子，但是她更渴望能有个女儿。她想撤销所做的一切，让她的孩子回到她身边。弗兰提斯卡，你是一个好人，也许有着犹太人的灵魂。”他长叹一声，把手放在她的膝盖上，“我也不相信，但对她来说，这就是一切。不要让一个母亲受折磨了。接受我们的信仰吧，接受你丈夫的信仰吧。”他的声音变得轻柔，满眼悲伤地看着她，“好吗？”

她照公公的话做了，她已经付出够多了，但现在婆婆又开始得寸进尺。一天下午她们为一只炉子争执起来，婆婆说：“我保证，我再也不会向你提任何别的要求了。彩蛋和节日树是很容易忘记的，但是这些孩子是犹太人。我知道你尽力了，可能是我在怪你没有生一个像卢德维克一样的儿子，但是你的女儿们应该知道自己的种族，学习传统知识。但是这里的学校她们对我们的上帝一无所知。”

“可是妈妈，”弗兰提斯卡如鲠在喉，但是还是挤出几句话，“她在这里很开心，老师也很满意她的进步，还有她的朋友们——”

“她还只是个孩子，她会很快找到新的快乐的。”

“但是这样中途打断她——”

“鲁比捷克公公和我只是想帮忙。主要是想帮她们，当然也想帮你。我不勉强你，我们不会强人所难。但是值得你好好考虑，是吗？”

弗兰提斯卡握紧了木勺继续搅拌着。她会再一次妥协，也许不是今天就是明天，最终结果是一样的，对此她很清楚。

2

杰库布·R不记得最初他是看到，闻到，还是听到过这座城市。它高高耸立着，而他就像一只蚂蚁，不，比蚂蚁还小，是跳蚤。城里人忙的事情，他完全无法理解。他们看起来像另一个物种。他无法融入，即使外表上他的鬓角已经长到了耳朵后面，流苏扎进了皮带里，其中大半胡乱塞在内裤里。他们仿佛看穿了他。从B市骑马过来的，刮了胡子就管用吗？城里人只要看他一眼，仿佛就能看到他脸上长满胡须，身上披着犹太披肩，像被茧包裹着的一只飞蛾。

火车烟囱喷着烟灰，让杰库布刚踏上大城市梦想舞台的激情难免有点消减。那些烟尘到现在还滞留在他的胸腔，在他的肺里张牙舞爪，像是要把他身体里仅剩的一点空气挤走一样。布拉格，文化与学术之地，总统托马斯·加里格·马萨里克的家乡，承载着杰库布的所有渴望，但是对他嗤之以鼻。最让他感到震惊的是，这里到处都是灰尘。他的视线穿过上方的一个大洞，看到了一个木制的光环状物体，仿佛在宣布这是个圣徒车站。一排黑幽幽的雕像神色庄严，目光向下凝视，好像在说："欢迎来到这里。但是请小心，走出这里将无人保护你。"这是设计师约瑟夫·凡塔的初衷吗？当初可是为了纪念他挚爱的皇帝弗兰茨·约瑟夫一世而设计这座巍峨的车站的。1918年捷克斯洛伐克颁布独立宣言——那是12年前了——它见证了这个城市是永恒跳动的中心地带。这个城市以第一届总统朋友的名字重新命名，这个人叫伍德罗·威尔逊[①]，他还是总统意识形态上的盟友。不管马萨里克总统多么努力，赫尔芬达的帝国愿景都是不容忽视的。

一阵人潮涌来，初来乍到的杰库布发现自己被人流推着向前走。他从月台上往下眺望，楼梯就像雅各布的梯子，通向车站的主大厅。下面，三个吉卜赛人挤作一团，为了让拥挤的人群慷慨解囊，在随着吵闹刺耳的曲调跳着舞。有的人驻足观看，有的人匆匆而过的时候往地上吐口水。杰库布试着从他们张大的嘴里数他们牙齿。吉卜赛人牙齿的传说是什么来着？好像和征兆有关。每当有吉卜赛人靠近村庄的时候，他母亲总会轻声嘟哝。他在人群里找寻，看看有没有其他吉卜赛人，他们有可能趁着一些旅客分心的时候偷窃。没有。也许他们会隐身呢？杰库布把包裹抱在胸口，同时有些内疚心痛，因为在家乡，过桥的时候，人们看见了犹太人会这样做。

在布拉格的街头，两个打扮得像天使长的人向他招手示意，他置之不理，朝着一个穿制服的男人走去。

“先生我迷路了。”

“你必须往西北方向走。”

“抱歉，我不明白。”

“我只能告诉你，出站后往西北方向走，不要过河。别的我也帮不了你。听说在那个方向你会碰到和你一样的人。”

“和我一样的人？”

“是啊，你的同类。不过，建议你给自己买顶新帽子，如果钱够的话，再买一件合体的外套。”

---

① 伍德罗·威尔逊（Woodrow Wilson）：全称托马斯·伍德罗·威尔逊。1856年12月28日出生于美国弗吉尼亚州斯汤城。1912年作为民主党候选人当选为美国第28任总统并且在后来获得连任。1919年，被授予诺贝尔和平奖。

“外套？在这种天气里？”

“这跟天气无关，和出门旅行有关。”

“什么旅行？”

“我得走了。朝着西北走，记住我说的。如果走到了桥那里，说明你走得太远了。”

“那我怎么知道到什么时候到那里呢？”

“你不会错过的，不管它在哪里。”

然后男人消失在人群里。

杰库布把他的行李丢在地上，坐在上面，盯着车站的出口。突然他发现一个卖帽子的小摊，一排帽子整齐地挂在棚子上。他确定刚刚这里并没有卖帽子的商贩。他跳起来，拾起行李跑着穿过了大厅。

“帅小伙，这个帽子很适合你，如果我没说错的话。事实上我几乎很少弄错。”

“嗯，是的，也许吧，但是我现在不买，我只是随便看看。”

“噢，明白。不过，先生，如果你想在日落前到达目的地的话时间可是很关键的呢。”

“目的地？”

“怎么了？西边的北部还是北边的西部，随你说。”

“你是怎么知道的？”

“你的脸告诉了我。像你这样的人都是去那儿。”

“是的，但是——”

“先生，我就省点时间来赞美一下这顶不错的帽子吧。这顶帽子内衬里的绒毛摸起来很舒适。”

“帽子的确不错。”

“希望不会太冒昧，还有件外套和这顶帽子搭配完美，还可以为你挡住灰尘。”

“我想我可以——”

“来吧，年轻人，让我来帮你穿上，多合适啊，就算你自己的裁缝也不可能做得这么好。”

“实在抱歉，两样都买的话，我买不起。”

“噢，不过，你看看你自己，一下子就变成讲究的城里绅士了，而且绝对是淑女们青睐的绅士。”

“我买帽子吧。”

“外套也必须买了，和城市一样的灰色。从来没说过赚到乡下男孩什么钱呢。”

“你说得很对，但是我只有——外套我也要了。”

于是，杰库布·R穿着长外套，戴着绅士帽，开始了他的城市之旅。

3

小婴儿哈娜趴在她母亲裸露的胸脯上睡着了。她父亲的梦想幻灭了。毕竟，又是女儿，意味着他的姓氏鲁比捷克将无法延续了。对他而言，四份不可思议的祝福，四颗失望而空虚的心，不能像别人那样拥有梦想——那种某一天会实现的梦想。每份工作他都干不了几个月。他想只有上帝知道为什么，因为只有上帝知道他是谁。好几个夜晚，他都无法在牌桌上抬起头来。

助产妇来到前厅，告诉他婴儿顺利降生的好消息，并且连连向他恭喜祝贺。周围的人也过来拍背握手，然后各自回家。恭喜我？靠妻子的帽子再多养一个孩子？他喜欢吃面团子，但偶尔他还是觉得，面团上能抹点鸭油，或者拌点酸菜、卷心菜和香菜籽，会更美味。

那天晚上，卢德维克本应该面带愁容，在当地小酒馆请大家喝酒。按照习俗，婴儿降生，孩子的父亲应该以这样的方式庆祝[1]。尤其是女孩的话，要双倍地庆祝，因为亲朋们没有机会在割礼[2]上喝醉的机会了。大女儿达萨出生的时候，大家都喝到了最好的酒——冰爵力娇酒和梅子白兰地。到二女儿艾琳娜时，喝的是来自维纳斯卡地区的一种红酒，价格不高，但口感不错。老三马塞拉出生的时候，他内心无比挣扎，踏进小酒馆后看到朋友们期待渴望的脸，强颜欢笑地喊道："又是一个女孩！皮尔森啤酒，大家尽情喝吧！"大家高声欢呼起来。如果连啤酒都买不起了，他还剩下什么呢？那么这次，朋友们也许会大声地表达同情和怜悯。毕竟他们知道，没有人像他这样，只有女儿。女儿一出生就让人头疼。你满意她们的美貌，担心她们的一举一动。当她们要离开家，当她们不再需要你的时候，你会感到无比悲伤。

瞧瞧，卢德维克的邻居吉利·比就很走运。唯一的孩子就是一个儿子。孩子的本姓有些不记得了，只知道大家都亲密地叫他波乌斯。卢德维克和弗兰提斯卡结婚两个月就来到泽科夫。刚到的时候，吉利·比从马路那边过来，自我介绍一番，并邀请他们去参加他刚出生的儿子的割礼。弗兰提斯卡第一次参加犹太人的割礼庆典，看到那斑斑血迹，听着那可怜的小婴儿的哭声，她吓得差点晕过去。"上帝啊，求求你，"她在宴会时跟卢德维克窃窃私语，"让我们只生女儿好了。"

达萨出生的时候，吉利·比是第一个带着鲜花和美酒出现在他家门口的。小波乌斯，才两岁的样子，抓着爸爸的手，嬉戏着跳起来想去摘花瓣。"让我看看未来的儿媳妇。"吉利高兴地大叫着，和卢

---

① 婴儿出生后的第一个安息日夜晚，会举行庆祝新生儿的聚会，请亲朋好友喝酒。也就是"Shalom Zacher"。

② 割礼（bris）：犹太教对初生男婴举行的一种宗教仪式。行礼时，用石刀割损阴茎包皮。作为神和人缔约的象征。

德维克拥抱。那天晚上在小酒馆里，当祝贺的邻居们散去后，卢德维克向吉利坦言他迫切想要一个儿子。“你就不能再等几年？我儿子到时候就是你的啦。”他打趣道。每次卢德维克家生女孩，他都很开心：“太好了，小波乌斯有得挑了。”

时间给卢德维克的伤口撒上一把盐；他无助地靠边站着，不得不看着他梦想的果实长在别人的树上。波乌斯学业成绩优异；街坊邻居都当他是心头肉。友善的男孩子总是不会害怕与他周围的世界打成一片的。他的父母并不像大多数犹太人那样扬扬自得。他们根本就不必吹牛。关于波乌斯的消息自然传开，就像是皇家宴会上的香味一样。有一点毋庸置疑，波乌斯注定是属于某人的。而现在，虽然仅有一街之隔，邻居家的这四个女孩他应该都不会考虑。

卢德维克倚着妻子，低头看着婴儿：“这就是她了，对吧？”

“是啊，”她说，尽量让他别对孩子失望，“这就是她。”

4

这确实是一件不错的外套。烈日当空，杰库布·R穿上它在旧镇广场上转悠都没觉得很热。他在扬·胡斯[①]纪念碑前稍做停留，看到人们在这位伟大哲学家的青铜雕像前鞠躬致敬。周围的尖塔投影在

① 扬·胡斯（Jan Hus）：捷克宗教思想家、哲学家、改革家，曾任布拉格查理大学校长。他以献身教会改革和捷克民族主义的大义而殉道留名于世，他的追随者被称为胡斯信徒。

胡斯的眉毛上，这些尖塔有着和栏杆一样厚的边缘。让人不可思议地是，仔细地观察后，他发现哲学家和托马斯·加里格·马萨里克很像，看起来一副时刻准备保护捷克斯洛伐克免受游牧民族入侵的样子。

一些低着头的提线木偶跳着舞经过的时候，杰库布被迫转来转去的有点头晕目眩。咖啡馆里一些不知道姓名的顾客，伴随着远近角落里街头艺人的优美旋律，热情地舞动着身体。他所知道的只是一座小镇，和这个广场一样大小的小镇。杰库布本想对伟大的马萨里克脱帽行礼，但他又担心那些木偶，牧师，咖啡店的老主顾，街头艺人们，周围城堡的国王们都会停下他们手头的活，指着他，嘲笑他。

杰库布从行李里掏出仅剩的为旅程准备的几枚硬币，来到食物摊，排在队尾。

"您先请。"他谦让着，生怕因为这样那样的事，上帝不会宽恕他。

"你买几个，先生？"对面的女售货员问。烘的烤的或各样的食物闻起来很美味。杰库布举起一个手指。

大家应该熟悉那些街角商店售卖的食物，清楚它们的原料成分：酵母，面粉，糖，油，鸭油，猪肉肉末和香料，也知道其味道。但是拉比的儿子杰库布·R，却无法描述他刚买的这个小圆面包的味道。这个面包让他填饱肚子，但这也可能会让他永远遭到上帝的诅咒。

倚靠着扬·胡斯的塑像，杰库布吃了起来。这时，各种颜色涌入了广场，广场上的人们站起来喝彩鼓掌。他看到人们从附近大楼的窗户微笑挥手。有一个女人，胸部挤压在窗玻璃上，挥着右手打招呼。"一起啊，"她喊道，"来啊。"他把剩下的一点吃的倒在地上，欣赏鸽子们降落享用的情景。其中一只鸽子，没有抢吃的，而是栖息在他旁边的雕像上，仿佛在他耳边私语："你到了。"

城镇广场的人行道通往一条叫作帕瑞兹斯卡的街道。随着金属牌上的街道的名字一个个地出现，杰库布感觉到他的行李变轻了，体力也慢慢恢复了。杰奇莫瓦，科斯特克纳，约瑟弗吾斯卡，对他而言都是新鲜的名字。走着走着，他发现自己到了一个荒凉的角落，空无一人，唯有劲风呼啸，但他觉得有着前所未有的活力。顺着一排凹凸不平的石阶往下走，他看见了一扇门敞开着，里面隐约有身影在闪动。他还听见窃窃私语声。他注意到了门框上的很眼熟的木箱——门柱圣卷[①]。他往手里吹了一口气，又深吸了一口气。

街道上，房屋里，都是人们的笑声。天就要黑了。

5

弗兰提斯卡·鲁比克瓦住进了比斯库普克瓦街 13 号的地下室。搬家那天她欢欣雀跃，碰到的人还以为她搬进耶塞热城堡。她自己也仿佛把童年的家忘得一干二净——那位于米利津的乡村大房子，与之毗连的有连绵的田野和起伏的山丘。这四间属于自己的房间，她认为很宽敞，常常引以为豪。卢德维克为她描绘了一幅很好的生活图景——城里人的生活，她对自己的新婚丈夫充满信心。她没奢望住进带独立厨房，独立饭厅，宽敞的卧室，甚至有独立的浴室的公寓。她在给娘家的第一封信里不由得向妹妹埃米莉炫耀："我恨不得分一半衣柜给邻居用呢。卢德维克竟然买了一张桌子，专门放置我的缝纫机。埃米，我有工作室了。工作室！你就坐下一班列车过来吧。"

小达萨的出生更是喜上加喜。在缝纫机的咔咔嗒嗒声中这孩子

① 门柱圣卷（mezuzah）：希伯来语，犹太人的安家符，置放在住屋的门柱上。

睡得很香，甚至有时线断了弗兰提斯卡勃然大怒，都吵不醒她。“我该怎么办呢，我的小缪斯。”她对孩子说，这样她的怒火马上就会消失了。三年后，艾琳娜出生时，卢德维克挂起纱幔，把卧室隔出三分之一的地方，好让孩子们有自己的空间。“你一定不介意工作室减少几英尺[①]吧，”卢德维克不是请求而只是通知她，“我们可以做休息室，家人用来共度时光。”弗兰提斯卡也觉得隔着机器就能看到女孩们在休息室玩耍的主意不错。在泽科夫只有最受宠爱的女人才会拥有一间休息室！更让她惊喜的是，他送给她一个装饰华丽的梳妆台，橡木做的，抽屉上有黑色的把手。“专门放你的用品吧。”他说。然后把它放在她的桌子旁边。

三年半后，小马塞拉出生，卢德维克又一次亲自修改她的工作室。“这是件好事，”他一边说，一边把桌子和箱子拖到之前用作女儿房间的后面角落里，“白天，整个地方都是你的。如果你不想被打扰，你就拉上帘子。达萨够大了，可以帮忙照看妹妹。有什么麻烦，她会叫你的。”

“晚上呢？”弗兰提斯卡问。

“晚上你就休息吧。”

弗兰提斯卡没有抗议的力量。她把婴儿床拉到工作台旁接着工作。

弗兰提斯卡·鲁比克瓦不再跟姐妹们炫耀，需要帮忙时才邀请

---

① 英尺（foot）：计量单位，1英尺=0.3048米。

她们过来。一天，马塞拉趴在埃米莉的腿上睡着了，另外两个孩子在院子里的草地上玩耍，弗兰提斯卡举起一根针，发现从针眼看过去，她的地盘还貌似整洁完好。

哈娜的破木床碎块堆在弗兰提斯卡工作室的角落里。“你的空间足够了，”当她说她又怀孕了的时候，卢德维克试图安慰她，“做帽子需要多少空间呢？”他怎么会知道？成品合成，需要铺开来做。这头上内衬，那头上羽毛，毛毡要上在别的地方。

梳妆台的漆现在已经剥落褪色了，在那上面放着一样象征着她的失败人生的东西。一顶未完工的带有红色蝴蝶结的灰色帽子。一顶给拉比妻子在犹太新年[1]的时候戴的帽子。“给我设计一顶简单优雅的帽子，”这个女人要求到，“你知道我很信赖你的。”的确如此。弗兰提斯卡·鲁比克瓦知道拉比的妻子背着她叫她“我亲爱的倒霉的非犹太姑娘”。她本人就是一个慈善的案例，是值得同情的。当卢德维克第一次把她带到拉比的家上入教之前的课程的时候，拉比妻子欢天喜地，好像这个外来的有着金色头发的女人是天赐之物。就像摩西[2]带着人们在沙漠中游荡时，突然间被上帝赐予了一种奇怪的白色物质，拉比的妻子愿意给她任何她想要的东西。

第一节课开始，她们独处的时候，她扬起眉毛说：“那么……这么多人当中，为什么选他？”

拉比的妻子期待着弗兰提斯卡·鲁比克瓦的回答。卢德维克曾说过别人不怎么尊敬他。“他是好人，”弗兰提斯卡回答道，“善良的人。”

---

① 犹太新年（Rosh Hashanah）：犹太民族非常重要的传统节日。犹太新年的开始是犹太历的每年七月初一，一般在公历 9 月到 10 月之间，所以这几天正是犹太新年的假期。

② 摩西（Moses）：公元前 13 世纪时犹太人的民族领袖。在犹太教、基督教和伊斯兰教等宗教里都被认为是极为重要的先知。在摩西的带领下，希伯来人摆脱了被奴役的悲惨生活，学会遵守十诫，并成为历史上首个尊奉单一神宗教的民族。按照以色列人的传承，《摩西五经》便是由其所著。

“不像你们这些人。”这句话弗兰提斯卡想说但没说出口。她听说过她即将加入的这个民族的一些可怕的事情，对此深信不疑。当她还是个孩子，他们就以各种鬼怪形象出现——巫师、杀人犯、食人族。当她知道卢德维克是其中一员的时候，无比震惊。她在苏多梅瑞斯附近小镇子的乡间小道上和他相遇，这个小镇承载了她童年所有美好的回忆。他看上去不是很能干，但他降服了她，花言巧语的哄骗，让她不仅爱上了他，还成了他的妻子。第一年的生活堪称完美，卢德维克把信仰抛在脑后。他享受着她的礼节和传统。他的母亲和他反目成仇，也不想来看望孙女，对此他没往心里去。“她生活在过去，”他说，“这是她的损失。”但后来，当她转告他父亲的恳求时，他的反应让她震动——他很安静，喃喃地说：“我是他们的全部。”

让犹太宗教法庭同意她入教的过程很艰难。犹太人不喜欢信仰改变，他们不是传教士。她刚进去不到两分钟，一位年长的拉比就说：“不行。”“别担心，”卢德维克安慰她，“他们总是试图阻止你。先拒绝你三次，再考虑你。”他是对的，第四次出现在那位拉比面前，他开口问她为什么要加入这个被诅咒的民族。他说：“我们会给你伟大的传统，但也会带来苦难和迫害。这会是你们的孩子要继承的遗产。”弗兰提斯卡喘着粗气。“不能仅因为你和一个犹太人结了婚就许可你加入。你一定要相信。我们必须为你和你的孩子们找到犹太灵魂，出生时走了歧路然后希望回归的灵魂。年轻的女士，告诉我，你的信仰是什么？”

弗兰提斯卡不知所措地转向她的丈夫，他瞧见了她恳求的目光，但是片刻之后他却看向别处。他在冒汗。一切归结于此。“拉比，先生……我了解不够，谈不上信仰。”拉比让弗兰提斯卡先离开，卢德维克跟着她去了休息室。既然法庭拒绝她的申请，她不知道孩子们要成为什么样的人。

“你来跟我妻子学习，”宣判裁决的年轻拉比过来说，“至于你，”他转向卢德维克说，“你必须跟我学。这个过程对你来说相当困难。你学起来会比她更困难。她是否得到批准取决于你是否和她一样遵守你的信仰。”他示意他们站起来，领着他们走到门边。“再等几天，”他说，“我会通知你们的。就这样吧。”弗兰提斯卡感激地想抓住他的手，但他推开了。门“砰”的一声关上了，门后传来了一些其他人的声音。

接下来的安息日，鲁比捷克公公因为妻子的坚持，很不情愿地参加了犹太人集会——这是近三年来的第一次。他在律法书——《摩西五经》旁祝福这对年轻夫妻，承诺捐助教堂，也许这样上帝会对入教这件事积极点，尽快完成其流程。

弗兰提斯卡·鲁比克瓦对犹太人的秘密，可怕的秘密有一点了解，但是对她将跟拉比的妻子学什么不得而知。那是一个她完全不懂的世界：613条戒律；拥有信仰生命才有意义；犹太饮食教规；奈达教规，代表家庭的纯洁；安息日。“我有点接受不了，”一天晚上她说，“你母亲介入之前你不是不在意吗？难道现在我就应该过和女统治者萨拉一样的生活吗？”卢德维克笑了，他也这样想过。“你以为我能那样生活吗？我们讨论一下学习内容，分类整理下。我们遵从某些规则吧，其他规则嘛，嗯……他们不可能什么都知道的。”卢德维克拿出一个皮质的小本子，打开第一页，在中间画了一条线。“左边，是你不能忍受的；右边，是我们跟上帝的让步。”

“我不会放弃我最喜欢的食物。”

“我不愿每个月把内衣交给拉比检查。”

“我只把自己浸在那肮脏的水中一次，休想有第二次！”

“如果安息日那天剧场上演我特别想看的戏，那我们一定要去看戏。”

“如果是我喜欢的裙子，或者很适合你的西装，我不在乎它是否是羊毛和亚麻布混纺的。”

“孩子们会认识他们的表兄弟，他们的家人以及我的家人。”

“圣诞树。我们的孩子要有圣诞树。”

“我们要睡在一张床上，永远不要分开，永远。”

每堂课后，都有新的规则载入小本子里，左边栏或右边栏。但大多都集中在一边。为了平衡，卢德维克把他们能遵守的规则写得很大很夸张，而另一边写得密密麻麻。“给你，”他说着，把小本子举到她面前，“非常完美。”

“还有别的巫术吗？”那天晚上他们躺下准备入睡的时候，她问道，“我很想知道她有什么是上课的时候没告诉我的。”

“是的，是有一些故事，”他说，“但都是好故事，给人力量的故事。我会讲给我们的孩子们听的。这些故事就是我能给予他们的信仰。”

“求你了，”她说着，窝在枕头上，罗纹纱帘在旁边随风飘荡，“就一个，说吧。”

“这个故事是真实的，因为是我祖父告诉我的。就像他的祖父曾告诉他一样。他的祖父是目击者。”弗兰提斯卡挪过去挨着丈夫。

“从前有一位伟大的拉比，照看着他的会众——我们这一片土地上的人们。他们叫他马哈拉尔，他的名字实际叫犹大·勒夫[1]，是一位拉比，也是空前绝后的大圣人和神秘主义者。他统治的大部分时期都是和平繁荣的。可后来……你知道我们的历史。马哈拉尔能预感到未来，所以他预见到了这一点。于是他用河堤上的泥土创造了一个

---

① 犹大·勒夫（Judah Löew）：十六世纪的学者和教育家。当今世人不仅仅把他当作智者和知识渊博的学者，还把他当作魔像的创始人，一位民族英雄。由于对犹太研究的空前影响，被认为是最重要的拉比之一。

人，像亚当一样，让他保护子民。这个泥人[1] 既是男仆也是战士，既纯朴又警觉。白天他执行主人的命令；当夜晚降临，他回到马哈拉尔面前，马哈拉尔一番耳语，并用嘴对着他吹一口气，就可以让他睡着。

“在一次盛大的庆典上，也许是普珥节[2]，也许是圣瓦尔帕吉斯之夜[3]，马哈拉尔喝醉了酒，最后倒在路边。一个忠心的学生跑到他家告知泥人，泥人很快过来带着主人回了家。这位伟大的拉比在自己的创造物把他放在床上的时候已经睡着了。因为没有经历过黑夜，泥人跑了出去，来到市中心。他被那些熊熊燃烧的灯、面具、涂着油彩的脸、奇怪可怕的狂欢的声音吓到了，变得暴怒起来。他拆掉围栏，追赶动物，四处放火。人们开始——”

“卢德维克——”弗兰提斯卡说着，紧紧抓着枕头。

卢德维克低头看见她在发抖。他沉迷在故事里，也许夸大其词了：“我只是想说……”

她举起手，把一根手指横在他嘴唇上。“嘘……答应我一件事。”她等待着，感觉他点了点头，“永远不要跟孩子们讲这个故事。绝对不要。”

“那么，你自己做帽子？”拉比的妻子有一天问道。弗兰提斯卡笑了。“卢德维克为我准备了工作室。”“嗯，”对方继续说，“这是一个很好的职业，帽子制造商。我总需要新帽子。你可能想象不到像

---

① 泥人（Golem）：直接音译为戈仑，也被人称为魔像。源起于犹太教，是用巫术灌注黏土而产生自由行动的人偶。在《旧约》中它所代表的是未成形或是没有灵魂的躯体。传说是犹大·勒夫用伏尔塔瓦河堤坝上的黏土创造出了泥人，并通过仪式和希伯来文的咒语赋予了它生命，其目的就是为了在反犹攻击和迫害中保护布拉格的犹太人。

② 普珥节（Purim）：又名普林节，为纪念和庆祝犹太人战胜哈曼灭犹阴谋而定。庆祝方式包括饮酒、欢宴、集体歌唱、跳舞、集会放烟花、盛装假面、向穷人施舍和互赠食品。

③ 圣瓦尔帕吉斯之夜（Walpurgisnacht）：欧洲传统民间节日。用以祭祀树神、谷物神、庆祝农业收获及庆祝春天的来临。时间从 4 月 30 日晚上到 5 月 1 日白天。五朔节前夕，在英国、法国、瑞典的一些地区，人们通常会在家门前插上一根青树枝或栽一棵幼树，并用花冠、花束装饰起来。

我这样的女人有多需要。人们常说，可以通过拉比之妻的外表来判断一个社区的健康程度。身材丰满而不肥胖，衣着优雅但不浮夸。”这个女人坐在座位上，腰板笔直，看上去非常自信，“当学习结束，当你回归到你的人民，也就是我们的人民中间，我会照顾你的。我和你，我们会互相照顾的。是的，你为我做帽子吧。虽然拉比的津贴也只有那么一点，我还是会付钱给你。但是人们会看到我戴着你做的帽子，到时候他们也会想要一顶的。我向你保证，亲爱的，你的帽子将供不应求。”

弗兰提斯卡·鲁比克瓦的梳妆台上放着一顶帽子，以一种轻蔑的方式提醒她拉比妻子当初的诺言。拉比的妻子遵守了只戴她做的帽子的诺言。她的确付了钱，但弗兰提斯卡对她给的那几枚硬币也的确不敢抗议。“我应该多付一点，但我要养活会众。”拉比的妻子敷衍她。但是，每次弗兰提斯卡到会堂去，她会看到她的帽子，她为拉比的妻子做的帽子，戴在了其他女人头上。拉比的妻子把它们当作施舍赠予他人。“这样做是正确的吗，那些买不起的人应该接受拉比妻子的帽子吗？你是在做慈善啊，可爱的小鲁比克瓦，这是一件好事。而且，如果没有你帮忙，这件善事我根本做不了。”

梳妆台上的那顶帽子，临产前没能完成。这就是她的事业，或者是她唯一拥有的。当然她还有孩子们，还有丈夫，那个“常在旅途”出门在外的丈夫。她独自一人。

成为他们一员的那天，艾琳娜刚出生两周。那天她前往净身池，接受浸礼仪式。拉比的妻子领着她穿过教堂的大厅，出了后门，来到对着篱笆没有窗户的一个地方。她手里拿着毛巾和祈祷书。天气冷得使弗兰提斯卡瑟瑟发抖，不由得把婴儿紧紧抱在胸口取暖。“一旦你在净身池浸泡，出来后你就是一个犹太人。我把过程报告给我的丈夫和法庭，你就是我们的一员了。”弗兰提斯卡把熟睡的女儿递过去，脱掉衣服。拉比妻子毫不回避地看着，她有些局促不安。她慢慢沉下去，水一寸一寸刺痛着她的身体。弗兰提斯卡跟着拉比的妻子说：“屏住气沉下去。”

她的心中一片黑暗，只剩下头发漂在水面。她不记得自己在水底待了多久，感觉过了好久。谦卑的农场主的女儿弗兰提斯卡，仿佛被冰冻在那里。温暖来临了，犹如暴风雨般。她听到有人大叫着她的犹太名字瑞秋，这是前辈祖先们欢迎她回家。这就是犹太人的灵魂吗？弗兰提斯卡从净身池中猛地探出身来，冰冷的水直往下滴，胳膊上汗毛都竖起来了。透过眼前一层薄薄的水帘，她看见拉比的妻子站在那里，咧嘴笑着：“快出来，我亲爱的孩子，否则你会冻死的。”

于是这个瑟瑟发抖的落水娃娃从水里走了出来。她成为一个犹太人。

6

楼梯底层突然传来声音：“哈，你来了。不介意把帽子和外套给我吧？”

杰库布·R 笨拙地脱掉外衣，把手伸向帽檐。老人递过布头巾，冲着杰库布笑了笑。“我还以为你会迷路呢。很高兴你顺利到达。拉比让我来迎接你。我是教区会堂执事。”他热情地挥手，“请进。”

执事领着杰库布穿过石拱门来到中心大厅。靠着两边的墙壁摆放着两排木长椅。在其中大厅的一端，放着一个简朴的法柜，柜口盖着褪色的天鹅绒帘子；柜子旁边有一个橡木雕刻而成，巨大而华丽的宝座。另一端，放着一些装满皮面书籍的箱子。所有物件的对面，是一个铁艺格子锻造的乐队指挥台。在这里拉比常常站着；在这里《摩西五经》每周打开三到五次；在这里，上帝的言语被怀着喜悦和崇敬颂唱；这会儿在这里，杰库布仿佛看到他的父亲：一个幽灵，一个警示，然后消失了。

“你要知道，”执事说，“这可不是亚伯罕的帐篷。并不是所有外来客我们都接待欢迎。没有礼拜仪式的话，这扇门永远关着。但我们亲爱的拉比嘱咐过我，你到达了才能锁门。他什么时候回来？谁知道呢？和等待弥赛亚相比，时间不重要。我讲个故事让你放松吧。我们会给每个新来的人讲一个新故事。这一个是给你的。你可要听好了。”

这是一座精神病罪犯的疗养院。阳台的一把摇摇欲坠的破旧轮椅上，绑着一名囚犯。他用望远镜凝视着远处的一座山。那山上矗立一座高耸入云的塔，纯黑玛瑙打造，看不到入口，不清楚用途。这名囚犯认为它就是地球旋转的轴杆。

有一天，他陶醉在塔身纯粹的黑色里，突然眼角闪现一抹颜色，不由得吓了一跳。他调整望远镜，聚焦那抹颜色。他大口大口地喘着气。那是一个年轻女孩，和他见过的任何其他人都不一样。她背对着他，她的手在塔楼光滑的表面上下滑动，好像在寻找什么。他怀着敬畏之心，看着她在塔的这一边来回走动。八天后，她不见了。整整三周，他所看到的只有黑色，就在他几乎都要忘记的时候，她又出现了。“卡娅！”他喊道，好像知道她的名字似的。她没有回答，面对着塔台，重新开始搜寻。

动作继续着：八天她在塔的这一边，再三个星期在他看不到的另一边。月复一月，年复一年。囚犯开始用她出现的次数来计算自己的审判期——尽管他被判无期，而且总是在第22天准备好望远镜迎接她的出现，迫切等待想看看她长大了没有。卡娅从不失约，准时到来。长大了，更美丽了。对这些不断地重复他从不厌倦，这是爱和疯狂的本性。

就这样，他观察了12年。有一天，应该是卡娅结束另一边的活儿的时候，囚犯从望远镜里看到塔的底层的门敞开着。他吓呆了。这会是答案吗？这会不会就是他心爱的人一直在寻找的东西呢？囚犯在门的周围的地方搜寻，目光停住了：一个皱巴巴的长得像小鬼的男人正在耕耘土地。整个白天这男人都在辛苦劳碌。快日落时，他才收拾东西，蹒跚着回到塔里，关上门。

卡娅从他身边经过。一次。又一次。囚犯心情愉悦地看到塔脚下长出了美丽的菜园。但卡娅没有回头看过。她看不见身后的大地冒出的生命。她只是不停地在光滑的黑色塔面上摸索找寻。

慢慢地，菜园变成了树林，藤蔓和树枝缠绕在墙上，挡住了囚犯的视野。当卡娅出现时，他只能瞥见一点点：一缕头发，衬衣的补丁。毫无先兆地，她突然面色绯然地转过身来。囚犯看见卡娅一边谨慎地走向丛林，一边疑心有陷阱似的不时环顾四周。然后，她摘下一些蔬菜，在脏裙子上擦了擦，就开始吃起来。她飞奔回到塔边，用拳头猛击黑色的墙体，恢复搜寻工作。

很多年过去了，卡娅成了一个老女人。囚犯也要接近自己的大限了。菜园衰败了，树木枯萎破败。他依然观察和等候。直到有一天卡娅开始挖掘。她疯狂地乱挖着，不是挖菜园，或菜园附近，而是挖那座塔。囚犯眼睁睁地看着她的手长满老茧，鲜血直流。他注意到，虽然很慢，但是很明显，她在光滑的塔身上挖出了一个凹槽。这个凹槽涂满了她的鲜血。

挖掘工作持续了一年。菜园没有了。囚犯病魔缠身，呼吸都变得很费力。但他依旧长时间地观察着，卡娅用她残破的手挖着，越挖越深。直到挖出一个大洞，她可以爬到里面去。她蜷缩在洞穴里，转身面对着囚犯的方向。她躺下去，离开了人世。七天后，他看见那个皱巴巴的长得像小鬼的男人从塔里出来，用砖堵住那个洞，再用厚厚的黑泥均匀抹平，完工后匆匆回去了。

不久，囚犯也去世了。葬礼很简陋，无人参加。再也没人见过高塔里的那个男人。

杰库布一动不动地坐在石凳上，在这里可以听到拱门远处的低语声和问候声。人们在教堂登记后，找好位子坐下来，准备参加早礼拜仪式。“恐怕拉比是真的生病了，”执事说，“如果有必要的话下次再来吧。请拿好这个。”他递给杰库布一张纸，上面潦草地写着：J·朗格尔博士，杰奇莫瓦街3号，犹太学校。离这儿不远。他在那里等你。

7

亲爱的埃米莉：

都过去一个月了，但为什么我总觉得我仍然和你一起待在苏多梅瑞斯呢？我每天早上醒来时都会发呆，想着能像孩子一样跑到外面跳到湖里玩耍。我们不在一起的时候，真想你啊！昨晚我做了一个梦，我站在阁楼附近的阶梯上，一大群蜜蜂聚过来将太阳都挡住了。我觉得我快摔下阶梯了，我大声呼唤你，但你没出现。我猛地一下醒过来——耳边还能听见嗡嗡声。你会相信那其实是我脑袋边的电灯泡发出的声音吗？我一定是没关灯就睡着了。

和往常一样，需要调整一番才能重回城市，回归我们的生活。小哈娜冬天长胖了。马塞拉到处炫耀你给她的裙子，在街上见着陌生人也说她在乡村有一个很棒的姨妈。艾琳娜也是如此，和我一起购物的时候会问店主为什么不卖她心爱的巴比卡镇的蜂蜜。

上周达萨11岁的生日，大家平静而快乐。她对你送的礼物情有独钟，非说是你亲手缝制的，坚持说：“只有埃米莉姨妈才有这样的手艺。”（我应该自愧不如吗？）生日聚餐结束后，我让她坐下，强调接下来的12个月对她而言很重要的。两周后她将去琼斯佛的一个犹太学院上中学。我想让她知道，这不是我的意思，我很抱歉我连累了她。同时我尽量不让她和她父亲或祖父母反目，所以我解释说再过一年她到了成年礼的年龄，我会让她自己选择。她可以选择抛开这一切，逃离这种精神牢笼的束缚。只要是她自己的决定，当然也很符合我深埋于内心的愿望，她可以自由生活，好像她从来就不是犹太人一样。相反，她也可以选择拥抱接纳，那么她必须探寻她的上帝之路。

我一直担心我所学的一些可怕的东西会给她那脆弱的心灵留下阴影。所以我要提醒她，她母亲会给她遗传什么。

给我寄点松果和锡箔纸。请弥里肯的木匠给我们刻一个漂亮的天使。今年我们的圣诞树一定会是泽科夫城最高最大的。

你问过我卢德维克怎么没和我们一起来，我说他留在城里工作。很感激你没有追问。我知道你对他的感觉。不过这次是真的，埃米莉。这是我在苏多梅瑞斯无法告诉你的事：我们要买一辆车！我还是忍不住要说。这就是他留下来工作挣钱的原因。你能相信吗？他真的变了！不同于以前。这一次是真的变了！这才是他一直向我承诺的生活。我们也得到鲁比克瓦婆婆的一点帮助；她很高兴我们决定让孩子们上犹太学校，在那里她将亲自调教她们。真想让你看看当时她高兴得大叫起来的样子。“我的孙儿们是不会像吉卜赛人的！”鲁比捷克公公说。他也帮我们盘算了一下，告诉我们不到一年就可以还清买车的钱。

你能想象出我坐着自家车四处转悠的情景吗？卢德维克和我花了许多个下午在布拉格的多家车行打听了解。很好玩！最终定了一辆深红色的斯柯达 420，标准版，不是运动版。你很快就会看到它的。我迫不及待地想见到你，妈妈，艾格尼丝甚至玛丽亚。你们会认为是女王本人驾到！

我写这封信的时候，旁边放着最后一笔车款。到底是多少就不提了。付款期快到了，卢德维克几乎没睡觉。下周他吃过午饭后下班回来，要带着这笔钱到车行，然后把我们的车开回来。一定给你们尽快寄一张孩子们、卢德维克还有我与汽车的合影……一个幸福的家庭，一幅可以挂在房间的照片，妈妈看着它，会明白我终于苦尽甘来了。

无数个吻。

永远爱你的，

弗兰提斯卡

8月25日

每次有车转向比斯库普克瓦街，都会引起阵阵兴奋的尖叫声。

“是那辆车吗？妈妈？”

“那是爸爸吗？”

弗兰提斯卡不得不把她们往后拽，免得跑到路上。“不是的，”她笑着要么说，“和爸爸的车比，那简直就是破旧的手推车。”要么说，“那是绿色的，艾琳娜。爸爸的车是红色的。”只要有车经过，女孩们就大声欢呼。有的司机心情好，挥挥手或摁一下喇叭。偶尔有人举帽致意，弗兰提斯卡感到脸红窘迫。没看错的话，有人甚至把叼着的香烟拿下来，冲她使眼色。可以尽情试想当时的画面：穿着最漂亮的夏装，一家子女眷站在门口，是一幅多么完美的画面。

自第二个孩子出生以来，弗兰提斯卡头一次感到心满意足：她望着门口的大街与穆拉多诺维库瓦街的交会处，达萨和艾琳娜来回奔跑着，马塞拉在街边的树木间穿梭，哈娜则用小手紧紧抓着她的脚踝。

说好的时间到了，卢德维克没有来。她并不是很焦虑。她知道买大件物品比较耗时间：要签合同，要填登记表。她想象卢德维克坐在推销员的杂乱的办公室里，当手续办妥，他们两个会抽着雪茄举起威士忌酒来庆祝。他还需要时间来平稳安抚自己紧张激动的神经。弗兰提斯卡往穆拉多诺维库瓦街方向张望着，深吸一口气，仿佛是他来了，不过不是，车型都不对。她叹了口气，希望没人注意到她已经起了疑虑。

父亲的延误让孩子们更兴奋了：她们精力充沛。她们对父亲期望不高：父亲是幽灵，是虚构的怪兽。只不过是她们出生后记忆点滴的自行拼凑，以及其他房子里反复看到过的形象。父亲的出现，意味着挥之不去的烟草味，古怪的咳嗽声，厨房长椅上玻璃杯里正在融化的冰块。他就像皮带的弹簧扣，阴森森逼近的威胁。他的赞许，一个拥抱，一个亲吻，弥足珍贵。当家人团聚时，会有煮好的糖，玩具和片刻欢愉时光。就像现在。这个夏天。这条街道。这个家庭。

她不由得又倒吸一口气。终于，车来了。斯柯达420。红色的。正是弗兰提斯卡记忆中的那辆。最像摩拉维亚酒一样的深红色；镀着闪亮的银边；带有车灯架和鲁比捷克的新徽章。那一刻整条街仿佛都定住了：孩子们，邻居们，有的把手放在前额遮挡阳光，以确定这神奇的情景不会是一场皮影戏。孩子们紧紧抱住了母亲。

看过去时驾驶室里烟雾围绕，弗兰提斯卡分辨不清里面的人究竟是谁。正如卢德维克·鲁比捷克承诺的一样，他是一个现代的有教养的人。提醒路人的喇叭响了一次，又一次。弗兰提斯卡一边往前走，一边推着孩子们朝着车走过去。汽车减速爬行，靠向路边。又走了一步。弗兰提斯卡为这一刻的到来等待了很久，想象着自己就是给孩子们读的睡前故事里的公主。她们和汽车很近，听得到轮胎旋转的呼呼声。弗兰提斯卡环顾四周，笑了笑，再靠近一步就够了。

急刹车让孩子们尖叫起来，同时还有像受了伤的母猪发出的喇叭声。车里面传出叫骂声，车窗摇下来时更清晰了。“你疯了吗，女士？别挡路。”烟飘出来，露出司机愤怒抽搐的脸，他挥着拳头，“我要报警了。你怎么能把孩子带进来，简直胡闹，不知羞耻！”这是一位优雅的绅士——金发碧眼，胡须打过蜡，也就是说从头到脚没有一处像她的丈夫。绅士继续咆哮着，弗兰提斯卡根本没听见他说什么。两个小一点的孩子大哭起来，挤在13号房子门口，远离马路上这个危险愤怒的人。

邻居们。孩子们。路人们。他们目瞪口呆地看着这一切。她的鞋掉了，鞋跟被卡住了，在排水沟混凝土盖子下面的生锈的格栅里。她没有尖叫也没有哭泣。让他们一会儿欢天喜地，一会儿备受谴责吧。弗兰提斯卡深吸一口气，小心翼翼地把脚踩在地上。需要冰块来压上冷敷。

整个比斯库普克瓦街都围了过来。为了让自己冷静下来，她再次深呼吸。诅咒他们。她一只手放在车的引擎盖上，弯腰脱下另一只鞋。疼痛让她的一举一动都慢了下来。她用力拉也没把鞋子拉下来。和那只卡在下水道的鞋一样，这只鞋似乎也钉在了她的脚上。她直起身来，扯了扯裙摆。她回到家，把孩子们聚拢来继续以往的生活，像什么也没发生似的。日落后，她再回来捡回鞋子——这条街的羞辱，她的羞辱，卢德维克的羞辱。

没有道歉，没有悔悟。只有廉价烈酒的恶臭。

“别呀。”他靠着墙才勉强站得稳。

“我们一直等——”

“买车是我母亲的梦想，弗兰提斯卡，不是我们的。”

她在他面前，不让他过去。

“看在上帝的分上，女人，让孩子们去吧，其他人都这样。我明天和吉利说说，让他的儿子陪她们去。现在我要睡觉了。”

8

漆布上随处可见斑驳的黑色条纹。从楼梯间上方，都可以听到笑声在大厅里回荡。杰库布·R闻得到孩子们的味道，食物的味道，身上的灰尘的气味，以及新皮鞋浓郁的皮革味。他把手伸进口袋，掏出纸条，又看了一眼上面的字。是的，就是这个地方。所有信息都符合。杰奇莫瓦街 3 号。

杰库布顺着楼梯上了三楼。突然有人拉着他的胳膊，拽着他穿过一扇门；他看不出是谁。门里有很多书，一直堆到了屋顶。书脊的水印暗示这些书出自遥远的地方。他感觉来到繁华的大都市，到处是纸张做的摩天大楼。杰库布 · R 转过身来看着送他进来的人，由于对方在阴影里所以看不清他的面容。“请记住这个地方。”那人说道。是一个男人吗？那声音听不出任何线索。“有一天这地方能救你的命。”沿着这条仿佛没有尽头的堆满了书的小巷，杰库布被推着往前走，最后到了一扇门旁。他最后一次转身看，发现身后什么都没有，除了守卫的壁橱和一间储藏室。随他一起来的人已经走了。

杰库布继续沿着走廊前行。他看见了一扇门，门牌匾上写着“员工专用”。他推开门。有两个人坐在一张折叠桌旁，身体耸在棋盘上方，像一个篷子，下面是对方的排兵布阵。走黑棋的男人抬头瞟了一眼杰库布。“啊，很准时啊，博士先生，”他说着从椅子里站起来，“让格兰茨伯格博士自己跟自己下棋吧，肯定是一个更满意的对手。”男人向杰库布走了过来，一边用汗涔涔的手掌把几缕头发抚平。“我是吉利 · 朗格尔，”他说，“班主任，很遗憾围棋下得很糟糕。”杰库布和他握手，说：“杰库布 · R，新来的。我来自——”“是的，我都知道，”朗格尔打断他说，“久仰大名。欢迎。在杰奇莫瓦能有一个像你这样的年轻人真是太好了。”

杰库布 · R 一边听着朗格尔介绍这所犹太学校的日常工作，一边看着还在继续下围棋的格兰茨伯格博士。他好像对手还在那儿一样，一会儿咬指甲，一会儿斜眯着眼睛，一副聚精会神的样子。他看起来和杰库布一样年轻，但和那些一辈子都在思索的人一样，面容消瘦苍白。他穿的黑色西服，制作考究但不太合身。杰库布觉得他脸上有一种奇怪的熟悉的东西。极度的绝望和痛苦。自命不凡又桀骜不驯。他额头的V形发尖向上偏右，看起来像在恐慌中逃跑的样子。

朗格尔交给杰库布·R一大盒粉笔，一块布和一个长长的木尺，总结说："这些是你很重要的工具，也是你的武器。你的第一节课在星期天。很抱歉不能付给你更多的薪水，但是请证明自己给我们看。我已经和孩子们提过你了。来自乡村的新老师。他们很兴奋。我相信你不会让他们失望的。"

"将军！"格兰茨伯格站起来，碰撞着椅子，"看来你赢了，朗格尔博士。"朗格尔满脸欢乐地转向杰库布·R："你看，他帮我夺得胜利。当我自己不下棋的时候，我是一个好棋手。你会下棋吗，博士？"

杰库布·R摇了摇头。他不会。父亲不赞成他下棋。"没关系，在这里待上一个月，格兰茨伯格博士会让你变得像职业选手一样厉害。他有一些连最伟大的冠军棋手们都想不到的开棋战术。"

9

电车在共和国广场上停了下来。达萨来过这里，帮她母亲买制作帽子的材料。但今天在这片肩膀和背包的海洋里，她迷路了。波乌斯抓着艾琳娜的胳膊，把她拽下电车。"快点！"他说，一把夺走了她的包帮她背着，"我们要迟到了。"三人经过市广场，穿过帕瑞兹斯卡街和杰奇莫瓦街，听着铃声，朝学校走去。

上百个孩子像蝗虫一样涌在铺着鹅卵石的路上，这条路连接着

这座旧城的两个有名的阅兵场。克拉菲达娃女士[①]丰满的身体不得不紧靠在学校的浅桃红色砖墙上，试图走出这支“害虫”的队伍。声势浩大的队伍冲过去后，她摇响了头上方的铜铃。这一刻，我们没看到达萨，艾琳娜和那个男孩。他们被淹没在孩子当中。

等等。他们在那儿。艾琳娜还牵着波乌斯的手。达萨在他们身后距离两步远的地方。或许不是她？她不见了。杰奇莫瓦街的这所犹太学校嵌在一些相同的建筑物中间。艾琳娜仅仅抓着她的包。不，连她也看不见了。整个画面慢慢消退。达萨呢？波乌斯呢？此刻，我什么也看不见，什么也无法确定。

稍后，会有人将这张照片交给她的母亲。

10

员工办公室有很多老师。他们把课本扔在中间的桌子上，有的很成功胜利的样子，有的带有挫败感。大多数人都围聚在新来的老师

① 女士（Paní）：捷克语，经常用来称呼单身的大龄女性或离婚女性。

身边。握手，问候，回答，混乱不堪中，我好像没看见杰库布·R。怎么会这样呢？整个故事，难道就不知所言？等等。瞧！他的头部。他的裤腿。还没来得及擦亮的鞋子，还带着旅途中的刮痕和灰尘。

午餐匆匆结束，杰库布·R在大厅踱步，准备教授希伯来语，宗教研究或历史。但现在，我要倒回去。员工办公室，走廊，楼梯，那扇门，灰白的学校，杰奇莫瓦大街，旧城，布拉格……

TWO

如果我现在能认识他就好了，即便为时已晚/

那就足够了。

我只留下他的一件物品……

它是一本书，关于一个男人的一生。如同大多数书的情形一样，这本书于1953年大量印刷出版。后来这本书在墨尔本以两英镑的价格被一名捷克斯洛伐克难民买到。此书竟然漂洋过海传播到这么遥远的海滨，未删减版出现在一个新世界，他又惊又喜。这或许是他购买的第一本英文书，尝试用来学习新语种的工具。这是他学习的最后一门外语。捷克语，拉丁语，希伯来语，德语，意第绪语，波兰语，法语，俄语，再加上现在这一门，依赖语法变形的古怪可笑的语言。颠覆性的语言，英语。

这本书放在书架上，封面颜色看起来简直就是一面旗子。橙色，白色，又是橙色。书脊上的两个字引起了他的注意，是他一直仰慕的一位作者的名字。这位作者也在这异国他乡，名字翻译得不太准确。我的外祖父一定曾经把它从书架上取下来看了看封面。上面有一只冒失莽撞的鸟儿，是看见了什么让它显得很茫然呢？是那堆仿佛要砸到它头上的字母吗？还是那只拿着书的手上的文身——A-1821呢？

现在，40年过去了，书脊已经破损，下端三分之一的地方看得见亮亮的胶水。整本书已经腐烂，马上成为某些生物享受盛宴的地方，比如甲壳虫。

我曾无数次地把它放回书架。它陪伴着我这孤独的一生。然而，十年前，外祖父已经去世很久，他虚幻绚烂的过去消失之后，我才鼓起勇气把它从架子上拿下来。从那以后，无论我走到哪里，都会带着它，让它有个新家。封面上写着“小说”。但它是小说吗？这本书是他的一生，但对我而言，它意味着死亡。他从来没有说过的话语以及他不能说出来的经历。多年来我把它收了起来，但现在，当我打字的时候，我把它放在旁边，试着去理解它在我和外祖父之间搭起的桥梁。

我翻了一小部分，又合上了。封面右上角的缺口下，能看到已经破破烂烂卷了边的页面，上面长满了霉，从里往外地吞噬这本书。在这本书里，他再次出现了。随着时光流逝，很多面孔消失了，他是其中之一。扬・兰德的故事，一定有人说了谎。是谁呢？

他不愿意炒作自己，宁愿自己的故事成为更伟大的整体的一个组成部分，纷繁嘈杂的证词声中那可以听见的小小的一部分。或许这是幸存者内疚感的作用，是正常的反应。但他不同，大家知道他并没有遭受到其他犹太人那样的痛苦。当他的家人和朋友被枪杀，被毒气熏死或者饿死的时候，他被塞在一个博物馆，坐在桌子旁，相对舒适地活着。按理说，他应该是最先死去的。他最虚弱，是最不可能幸存下来的那一个。然而，他活了下来，像一条狗一样。这份羞辱在他死后依然存在。因此，他尽可能地保守秘密，让那些认识他的人胡乱猜想。但噩梦总会偷偷光临，他的尖叫声常常把我童年时的母亲吓醒。

外祖父不爱谈论战争，但每一次私语，每一次忏悔都留下了战争的踪迹。刊登在《澳大利亚犹太新闻报》上的这篇报道所讲述的内容使得它的夸张合情合理。这位记者并没有坐下来采访过外祖父，但在过去的 30 年里，在考尔菲尔德犹太教堂的每个安息日，他都坐在他的旁边。或许，直到在交谈中无意揭开了谜团，他才意识到他朋友漫无边际的聊天意义重大。他明白他得到了一个重要的故事。但他不得不返回去，从头重建故事，充实一些不能完全记得的细节。外祖父不喜欢回答问题，他保留了一些信息。这位记者在对特莱西恩施塔特了解不多的情况下尽其所能地使用了一些众所周知的名称。这是他犯下的错误，原本以为这些名称可以增加文章的可信度，但事实恰恰相反。

和外祖父一起参与这座灭绝的种族博物馆工作的人，如果不是埃普斯坦、穆内莱斯或穆尔梅勒斯坦，一定也会有别的人。他们其中之一一定说过。70 年来，担心有人嫉妒激愤，对他们的颂歌不敢说出口，就像被一口痰卡在喉咙一样。

他们是秩序的典范。

他们记录得一丝不苟。

我必须求助于他们。

谁也没想到红十字会国际追踪局（ITS）在整理大屠杀档案工作中起到了这么重要的作用。如 1943 年酝酿时的初衷一样，它是帮助未落入纳粹魔掌的犹太人找到流落异乡或失踪的家庭成员的一个途径。早期，它从伦敦转移到凡尔赛，又转移到美因河畔的法兰克福，最后落定于德国巴特阿罗尔森镇。由于它很容易接触到同盟胜利者，它成为数量巨大的所有原始纳粹文件的主要存储地。眼看要战败的时候，纳粹组织企图烧毁证据，但即使他们以最快的进度，也只毁掉了堆积如山的文件中的一小部分。盟国发现的资料都被送进红十字会国际追踪局巨大的地下飞机修理库。现在那儿还有长约 26000 米的原始文件，225000 米的缩微胶卷和超过 100000 米的微缩平片。

50 年来，国际红十字会封锁这些惊人的消息，宣称任何泄露都会违反德国的隐私法。这个说法很拙劣。前来查询的大多是幸存者。他们迫切地想知道他们至爱的人怎么样了，以及谁在试图拼接还原他们在战争年代中的轨迹。明明知道有这些文件，却不允许进入查看，对于寻找慰藉或决心的人来说是极度痛苦的。2000 年 1 月，11 个国际追踪局的成员国为斯德哥尔摩国际论坛宣言背书，要求开放档案。

然而红十字会再次无动于衷，拒绝国际大屠杀纪念中心无数次的要求，如把资料副本归入档案库或者，更重要的，在网络上公开。2006年3月，美国大屠杀纪念馆发布措辞严厉的新闻，指责红十字会国际追踪局和其理事会的顽固不化。三个月后，其理事会投票决议开放档案，但主要用于研究，并放弃对以色列犹太大屠杀纪念馆的行政管理权。两年多之后，该档案记录向世人公开。

在战争结束后63年，我才得以知道纳粹对外祖父的所作所为。

在通向以色列犹太大屠杀纪念馆的路上，壮观的火车轨道，红海分裂天际，充满希望。相比之下，博物馆的研究中心小得惊人，是隐藏在行政翼楼里的一间狭小的房间。公用的办公桌上放着一些老式计算机。一个显然神情沮丧的参观者一边咬着一只手的指甲，一边快速地用另一只手敲击键盘。我把背包扔在最近的一把椅子上，然后坐下来，试着摸清这笨拙的搜索系统。我点击了最明显的图标——以色列犹太大屠杀纪念馆名单数据库，输入“杰库布·兰德”。

很多杰库布·兰德立即跳了出来，仿佛是我把他们的灵魂从尘封的白色盒子里释放出来，在我身边无害地旋转着。雅各布·兰德，商人，生于1908年，波兰戈尔利采摩西和沙亚之子，34岁时在贝乌热茨灭绝营去世。不对。雅可夫·兰德，1937年生于波兰罗兹，五岁的时候丧生，很可能是在华沙犹太人区[①] 毁灭期间遇难。不对。另一个孩子雅可夫·兰德，来自波兰的多若比兹，成年礼前一年遇害。这两个永远不会长大的孩子，不会有机会成为任何人的外祖父，更不是我的了。雅可夫·兰德，1872年生于波兰卢托维斯卡。一位已婚老师，

① 华沙犹太人区（Warsaw Ghetto）：第二次世界大战期间欧洲最大的犹太人聚居区。它在德国占领的波兰境内，有超过40万犹太人居住在这里。1943年5月16日，华沙犹太人区被毁灭。

没有幸存下来，但是最终命运细节不详。一名老师，有些接近了。但是死了，不对。雅各布·兰德，又一名来自图尔卡的希伯来语老师。是的，终于。图尔卡。生于1880年，妻子萨拉·迈耶，死于1942年11月15日。所以也不对。雅各布·兰德，来自喀尔巴阡山罗塞尼亚（再次符合），出生日期不详，在11岁的时候遇害，遇害地点不详（再次，不符合）。另一位老师杰库布·兰德，妻子也叫萨拉，于1944年在奥斯维辛集中营遇害。这么多名叫兰德的人都遇害了。叫杰库布的。死了。雅各布。死了。雅可夫，死了。所有人。都死了。大屠杀已经清除了拥有这个名字的许多人，但这个名单上没有外祖父。

我走向柜台，一个女人正在整理文件。我解释说，我要把杰库布·兰德博士，教师兼律师，添加到博物馆的数据库中。“你知道他的死亡地点吗？”她问道，没有抬头。我开始断章取义地描述他幸存的故事，把他描述成希特勒的灭绝的种族博物馆的文学馆长，以突出他的重要作用。“我很惊讶，你们没有把他加入名单。”我说，“我猜想他在80年代的某个时候和你们联系过。”她把文件剪成一叠卡片，把上面的一堆资料横堆在其他文件上。“我也很惊讶，”她得意地笑着说，“你竟然期望在遇害者名单列表上找到他。”她摇摇头，继续说道，“年轻人，你找错数据库了。你需要追踪服务。”

女人从柜台后面走了出来。“我是鲁提，”她说，“这边请。”鲁提带我回到板凳上，嘴里边低声哼哼着。她看上去四十多岁，一个典型的第一代基布兹[①]成员，在第一次机遇期离开农田，融入沉闷的城市生活。她说：“人们来这里希望我们提供他们失去的家人的完整

① 基布兹（kibbutznik）：是以色列的一种集体社区，过去主要从事农业生产，现在也从事工业和高科技产业。以色列政府规定：基布兹是一个供人定居的组织，它是在所有物全体所有制的基础上，将成员组织起来的集体社会，没有私人财产。它的宗旨是在生产、消费和教育等一切领域实行自己动手、平等与合作。

报告。但在大多数情况下，受害者仅仅就是几张索引卡。纳粹对细节会关心什么呢？他们不是人类。他们是应该被彻底消灭的歹徒。”

我试图掩饰我的失望。“但如果他是一名有特权的犹太人，如果他被利用去完成特殊的项目，肯定会有文件记载。他们可能没有详细记录过每一个犹太人，但他的档案——”“你可能会这样认为。但，我们是通过幸存者知道这家博物馆，而非行凶者。我们不能确切地知道这个宏伟的计划。这是一个非同寻常的指控，要求这劫数难逃的种族成员准备他们希望被记住的展览。结局如何呢？他们不想展示一个有文化的民族，一个成功的民族。”

我坐回到电脑前。鲁提俯身过来，点击几个页面，输入密码或搜索片段，不停地抱怨希特勒灭绝的种族博物馆的不合理性。“我们还有其他享有特权的犹太人记录在案，但这可能是一项秘密特权。为什么要给馆长荣耀呢？造福子孙后代们，让他们参观这家记录种族灭绝的博物馆，反思纳粹暴行。荒诞至极。啊——”她停了下来，“这是你要找的杰库布·兰德。”

他的确就在那里。找到了我的杰库布·兰德。

他的文档固定在一个单独的索引卡上：国际追踪局索引总目录R18，T/D450723。一堆混杂的名字和日期描述了他三年的生活。有关他在这些地方所做的事情，还有他是如何幸存下来的均只字未提。没有提到给孩子们教书，或整理书籍，或是指定为一个特权犹太人等信息。从这张卡片来看，他那时已经死了，然而在最后一行写着：苏联人解放了萨克森豪森集中营。在施瓦茨海德，柏林南面的一个营区，他给褐煤汽油联合股份公司[1] 做苦力，用褐煤提炼汽油柴油等燃料，

① 褐煤汽油联合股份公司（Braunkohlen Benzin AG）：简称BRABAG，一家德国公司，1934－1945年期间运营，第二次世界大战时为德国纳粹军队提供重要的战备物资。

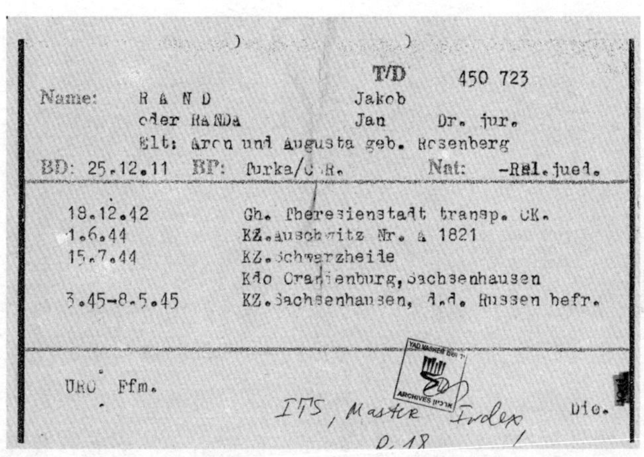

T/D 450 723

Name: R A N D Jakob
oder RANDa Jan Dr. jur.
Elt: Aron und Augusta geb. Rosenberg
BD: 25.12.11 BP: Turka/C.R. Nat: -Rel. jued.

18.12.42 Gh. Theresienstadt transp. CK.
1.6.44 KZ. Auschwitz Nr. A 1821
15.7.44 KZ. Schwarzheide
Kdo Oranienburg, Sachsenhausen
3.45-8.5.45 KZ. Sachsenhausen, d.d. Russen befr.

URO Ffm. Dio.

ITS, Master Index

待了将近八个月后被来自萨克森豪森的红军解放了。解放后，在返回布拉格之前，他居住在苏联监管区的一个难民营，地点不太明确。

“有意思，”鲁提说，“你看这里，1944 年 5 月他从特莱西恩施塔特被运往奥斯维辛集中营，运输号是 EB。那是一次特殊的运输，运往所谓的捷克家庭营。”我没有听说过，但我保持沉默。她看上去神情恍惚，显然忘了我在她身边，沉浸在一个她很少有机会讲述的故事。“对纳粹来说，这是 B 计划。他们邀请了红十字会去特莱西恩施塔特参观犹太人的生活是多么精彩。他们自信地认为这样会奏效，但一旦红十字会核查人员要求参观另一个营地，他们就会有暴露的危险。有关奥斯维辛集中营恐怖性的言论早已经泄露。或许他们也想去那儿视察。所以纳粹把这个捷克家庭营安排在比克瑙的一角，有专门的出入口和管理规则。这里的囚犯没有条纹睡衣[①]，也没有剃光头。这里生存条件极其恶劣，疾病夺去了许多囚犯的生命，但与几米之外的另一个区域相比，它仍是天堂。一个被诅咒的小社会，生活在地狱

① 条纹睡衣（striped pyianas）：犹太人集中营中，犹太人小孩都得穿条纹睡衣，表示囚犯身份。

的外围。你外祖父就是这样经历奥斯维辛集中营的。”她指着下一行，萨克森豪森，施瓦茨海德，15.7.44，说，“当计划不需要了，营地被清理，他们就迁走少数体格看起来还算强壮的囚犯。余下的直接送去毒气室。”

我原以为外祖父是在奥斯维辛集中营得到解放的。正是在那里，他的家族故事结束了，他来到布拉格开始了新生活。他的名字最后出现的地方是《特莱西恩施塔特悼念书》，这是一本巨著，跟踪归档那些被送到这个地方的人的命运。本想着他在奥斯维辛集中营的经历就是他在大屠杀期间生活的全部，然而根据索引卡的记载，我发现他其实在那儿只待了六个多星期，他前臂上的文身导致皮肤起泡，伤口都还没来得及结痂愈合，就被转移了。

“噢……”鲁提的声音把我从思绪中拉了回来。她轻敲屏幕，“你看这儿，我反复核对了地址。在占领之前，有四个人曾和你的外祖父一起住在比斯库普斯卡街，应该是他的母亲、姐姐和两个兄弟吧，在社区名册上都有登记。但是再看这里——”她拿出两张卡片，“他们俩，赫尔曼和鲁任卡，没有移交记录，也没有找到任何有他们名字的出行许可证记录，这意味着他们死在布拉格或者——”

“我认识赫尔曼，他参加了我的成年礼。几年前我去奥地利拜访过他，后来我们失去了联系。他就这样消失了。他从布拉格逃出来设法前往巴勒斯坦。他乘的船在靠近海港时凿沉了，大多数乘客都淹死了，而他活了下来，加入了伊尔根[①] 组织。战争结束后他再次回到欧洲。至于鲁任卡，我就不好说了。她逃到了美国，我从未见过她。”我看向别处，无法告诉她实情：战后我外祖父和他姐姐闹翻了。她的

---

① 伊尔根（Irgun）：英国统治巴勒斯坦时期进行地下活动的犹太复国主义右翼组织。

丈夫是一位裁缝，给外祖父做了一套西装，因为不太合身外祖父拒绝付钱。两姐弟隔着大海互相诅咒。很遗憾，如此微不足道的小事情，却割断了他们仅存的联系。“恐怕这是我能找到的全部信息，”鲁提说着，我们看着打印机吐出卡片复印件，“追踪局给不了所有的答案。大多数情况下，这只是一个开始，仅此而已。”她在卡片底部写上一个地址，然后递给我，“这是那个图书馆，或博物馆的地址……也许你应该试试。”

贝特雷津是唯一专注于纳粹的“犹太人示范区”的研究机构和纪念馆，位于基瓦特查伊姆伊查德集体农场，特拉维夫市以北一小时车程处。它的存在是特定历史条件的结果：20 世纪 50 年代，捷克斯洛伐克共产主义政权重新发起大屠杀，驱逐犹太人——纳粹野蛮主义的首要目标，这里留给战后逃离捷克斯洛伐克的犹太人用来澄清真相。

贝特雷津的建筑看起来很平常：普通的米色砖结构，标志着修建时的特定时代，当时在铁幕[①] 边界后面社会主义集体农场修建了很多类似的建筑。贝特雷津纪念馆是对捷克斯洛伐克共产党的压迫和沉默的反抗，不过在美学上显得很拙劣。

“你知道作为拥有特权的犹太人意味着什么吗？”

维拉・欧伯勒是幸存的档案保管员中的最后一位。她看起来超凡脱俗，如同一个从黑暗历史的缝隙中逃出来的小精灵。她有一头银色短发，当她把头发捋到一边，就会显露出光滑无皱的颈部——对于一个年近八十的人来说简直是不可思议。她穿着一件紧身的红色针织

---

① 铁幕（Iron Curtain）：原意为封锁某国家或某集团，后来指某国家或某集团对自己实行铁桶似的禁锢。该词出现于第一次世界大战后。第二次大战后丘吉尔变其意，指责苏联和东欧国家把自己“用铁幕笼罩起来”。此后西方国家（资本主义国家）用“铁幕国家”来蔑称社会主义国家。

羊毛衫，很瘦小。

“不仅仅是享有特权，”她补充说，“而且是指定的享有特权？是名人吗？”

我从来没有真正思考过这个概念，超越这个词语搭配本身去思考。这个表达描述的是因某种原因而施以缓刑的人，他们可以稍微多活一段时间，看见其他同胞遭受的苦难。作家布鲁诺·舒尔茨曾经是位有特权的犹太人。因为这个特殊的身份，他在拿着面包回家的路上被枪杀了——因为他的纳粹保护者菲利克斯·兰道谋杀了另一个纳粹保护的特权犹太人，这就是特权的含义：你只是这个恶毒的系统用以交易的筹码。

“在这台电脑里，”维拉指着绿色的屏幕继续说，“我手指的位置是所有的纳粹记录。我再也不用在纸质文件堆里搜索了。”她轻轻地敲了几下键盘，抬起头说，“看，这是我的档案，我在集中营郊外的田野里耕作。看得清吗？靠近一点儿。维拉·欧伯勒，田园种植相关细节。我要说的是，你工作过的话，这里就有记录。享有特权的犹太人并不多，根据名字我们就知道其中的大多数。他们是特殊犹太人，组织者。拥有特殊技能，而且能帮助纳粹达到目的。他们像机器极其重要的齿轮，”她在屏幕上搜索外祖父的名字，“你外祖父不在其列。”

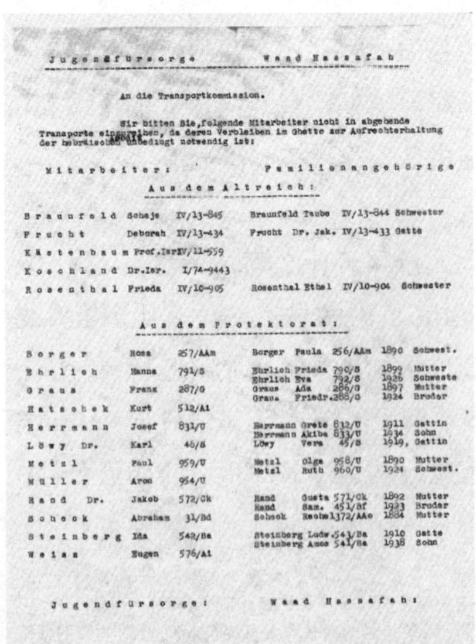
J u g e n d f ü r s o r g e   W a a d H a s s a f a h

An die Transportkommission.

Wir bitten Sie, folgende Mitarbeiter nicht in abgehende Transporte einzureihen, da deren Verbleiben im Ghetto zur Aufrechterhaltung der hebräischen Arbeit unbedingt notwendig ist:

Mitarbeiter:			Familienangehörige				
Aus dem Altreich:							
Braunfeld	Schaje	IV/13-845	Braunfeld	Taube	IV/13-844		Schwester
Frucht	Deborah	IV/13-434	Frucht	Dr. Jak.	IV/13-433		Gatte
Kästenbaum	Prof. Isr.	IV/11-559					
Koschland	Dr. Isr.	I/74-9443					
Rosenthal	Frieda	IV/10-905	Rosenthal	Ethel	IV/10-904		Schwester
Aus dem Protektorat:							
Borger	Rosa	257/AAm	Borger	Paula	256/AAm	1890	Schwest.
Ehrlich	Hanna	791/S	Ehrlich	Frieda	790/S	1899	Mutter
			Ehrlich	Eva	792/S	1926	Schwester
Graus	Franz	287/G	Graus	Ada	286/G	1897	Mutter
			Graus	Friedr.	288/G	1924	Bruder
Hatschek	Kurt	512/Ai					
Herrmann	Josef	831/U	Herrmann	Grete	832/U	1911	Gattin
			Herrmann	Akiba	833/U	1934	Sohn
Löwy Dr.	Karl	46/S	Löwy	Vera	45/S	1919	Gattin
Metzl	Paul	959/U	Metzl	Olga	958/U	1890	Mutter
			Metzl	Ruth	960/U	1924	Schwest.
Müller	Aron	954/U					
Rand Dr.	Jakob	572/Ck	Rand	Gusta	571/Ck	1892	Mutter
			Rand	Sam.	451/Bf	1923	Bruder
Scheck	Abraham	31/Bd	Scheck	Rachel	1372/AAo	1884	Mutter
Steinberg	Ida	542/Ba	Steinberg	Ludw.	543/Ba	1910	Gatte
			Steinberg	Amos	541/Ba	1938	Sohn
Weiss	Eugen	576/Ai					

J u g e n d f ü r s o r g e :   W a a d H a s s a f a h :

维拉轻轻按下按钮，我看着字在屏幕上消失。“他的名字在移交豁免的申请中提到过一次，包括你的外祖父、他的母亲和兄弟。这是由青年福利部提出的申请。知道误解在哪儿了。资料显示他曾经是教师，这让他得到了一些特权，不同于其他特权犹太人拥有的特权。”她在桌上的文件中翻找，然后递给我一张纸。是德文的，我浏览一遍，发现这些内容：

杰库布·兰德博士 572/Ck

古斯塔·兰德瓦 571/Ck 1892 母亲

山姆·兰德 451/Bf 1923 兄弟

维拉停了一会儿继续说：“20 世纪 80 年代末，他给我们发过一些信件。他提到了这项任务，一些书，还说了几位我们知道的名字，这些人与特莱西恩施塔特中央图书馆有关。但我觉得都是乱糟糟的一些名字而已。”

我想抗议反对。我能看出她的眼光中不乏同情，甚至怜悯。她解释道：“当时我身处特莱西恩施塔特，可以确切地告诉你并没有发生这些事情，否则我一定会有所耳闻。再后来发生的事情就众人皆知了。这是一个全功能化的社会，大都市好像堆挤在火柴盒里，我们简直是摩肩接踵地生活。无人存有隐私，这么做也毫无意义。那儿有一个图书馆，这点我是知道的，我们有当时的工作人员名单，杰库布·兰德并非其中一员。”她把手伸进电脑旁边的塑料袋里拿出一个东西，看上去像是一份早期版本的报刊文章。是意第绪语，从 1987 年版的《加拿大鹰》报刊中剪下的。“我敢肯定这就是你第一次联系我们时所提到的。我该说什么呢？这是一个好故事，但并非事实。穆尔梅勒斯坦和埃普斯坦是特莱西恩施塔特中挺有名的两个人，他们是特殊犹太人，是长者。他们不可能离开那里，也不可能去布拉格。战争结束后，穆内莱斯成为一个重要人物。当解放特莱西恩施塔特的时候，他还在那儿。后来他写了一些篇幅短小的报告，但并未提到灭绝的种族博物馆的事情。回到布拉格后，他是助力建立新犹太博物馆的关键人物。所以，大家记得他，这篇文章也提到了他。你想知道特莱西恩施塔特真实的故事吗？你想知道你外祖父曾经到过哪里吗？我们去外面的展厅看看吧，就沿着这条路走。”

我站在贝特雷津纪念馆大厅感到一阵眩晕。展厅只有一个洞穴状的房间，如迷宫一般，意在让参观者有身处狭窄的犹太人区的感觉。可以说是种族的大迁移，也是当年罕见场景的缩影。它不如以色列犹太大屠杀纪念馆那么宏伟壮观，也没有参观集中营本身那么有震慑力。

我禁不住认为这个纪念馆有点多余，一个次要的遗迹，貌似无人理解它所描述的那个时代的恐怖。

我靠着墙，站在拉比本杰明·穆尔梅勒斯坦的画像旁，他是特殊犹太人中最恶毒的一个。我拿不准离开前我得站多久，才能不会显得粗鲁或忘恩负义。穆尔梅勒斯坦长着自命不凡的像猪一样的脸，眼神仿佛穿过房间，盯着对面墙上挂着的污秽的街景图画。瘦弱不堪的贫民伸长脖子从拥挤的房间里向窗外看。我感觉大厅在我周围旋转，他们也像嘉年华上的陶瓷小丑，人头攒动，从一边转到另一边。

我镇定一下情绪，看着穆尔梅勒斯坦的眼睛，试图寻找线索，而维拉的话这时在我脑中回响起来。我当时在那里。她对我的探寻没有兴趣，为了安慰我提议寻找其他家庭成员的资料。在接下来的半小时里，我听着打印机的不断刮擦声。终于打印完了。她得意地站起来，将侧面的齿孔条撕开，然后递给我打印好的其余家人的索引卡片。“我很抱歉你没有得到你想要的，但这并不全是徒劳。”我谢过她，说她帮了我很大的忙。她一直把我送到车里。

我发动引擎，她轻敲我车窗，我把车窗摇到底她才靠拢过来，仿佛跟我说几句悄悄话，但她的声音在车里小小的空间回响：“挖掘寻找你所爱的人要面临的风险就是，你要先移走泥土，而且当你揭开棺材盖，你看到的不一定是你要找的熟悉的面孔。”

我何以质疑维拉的经验呢？我不能提出说她当时只是一个园丁，而外祖父是一个颇受重视的知识分子，且身负专门监督某绝密项目的一部分的任务。也许我犯了语义上的错误，但我仍坚信他的身份是一名有特权的犹太人，尽管所有的证据都否定了这一点。维拉似乎确信：我的前提是错误的，所以我剩余的故事也是错的，尤其是这与她自己的经历相冲突。我本就没有期望她会知道这几个人：他们把那些掠夺的犹太文物分类整理后锁进板条箱，而她当时正在农场挖土豆。外祖父和维拉是这个地方两种不同的幸存者，在大屠杀的多元宇宙中，他们就像相互平行而又相互抗争的两块平原。不管我提供什么证据，他的经历对她来说都是天方夜谭。因此在这个致力于集中营纪念的集体农场，外祖父暂时从历史的轨迹里消失了，而我也被大屠杀所有者的巨大的防风玻璃墙挡住了，它是每一位第二代、第三代子孙找寻家族历史时所遇到的障碍。

如果说我们比幸存者了解得更多，未免显得过于狂妄。我们不能宣称我们客观地收集证据，像警察审视犯罪现场一样。我们无法保证有超脱于个人经验的客观公正的叙事者。我们是什么人呢？是从他们的牺牲中赚取利益的人吗？他们孩子的灵魂，随同浓烟飘荡天际，他们的视线因此而模糊不清，我们敢说出这些实情吗？

然而我们有责任对抗沉默，把迄今为止只有微弱光线通过的裂缝打开。随着时空和技术的推移发展，我们重新解构我们的至爱，修正历史记录。这样做我们可能会煽动否定大屠杀的火苗，我们提出的质疑让这些火苗蔓延成野兽般的灾难。从史学角度来看，我们是在走钢丝。

因此我们搜索、筛选、质疑，我们乞求、尖叫、痛苦，我们用肩膀撞开门直到我们把证据紧握手中。即便如此，我们还是不知道：

这些是谁的故事，谁的经验，到底能用来做什么？大分歧会存在——就像寓言中那个先于法律的人，通过善良的牧师告诉约瑟夫·科——我们来到专门属于我们的那道门，门卫不允许我们进去。我们不能一直等下去，门会关闭起来。我们也不能闯进去。这是我与维拉之间的僵局，我不能说她也许是错的。开车离开时，我意识到和她从幸存中找到的祥和宁静相比，外祖父故事的真实性并不重要。

我返程回家时途经布拉格，看望我母亲的表哥卢德维克，并顺便搜索外祖父的遗物。上次拜访是30年前的事。我牵着外曾祖母的手排了一小时的队，买了一只微温的鸡，用作晚餐。她没能活着看到这个城市的重生。在政权倒台前一年她病倒去世了，她的骨灰撒在苏多梅瑞斯度假屋附近的树林里。几个月后，我的表兄弟们开始创建新地标、快餐连锁店、国际品牌，书写自由与超越的篇章。捷克人有了一个新的英雄，诗人和剧作家瓦茨拉夫·哈维尔①，一位复活的基督，一个现代版的托马斯·加里格·马萨里克。他把光明带到城里。正是在这个新的布拉格，我终于能够怀着希望，在街道上、书本里、未开发的记忆中去寻觅外祖父的踪迹。当然，要到布拉格博物馆迷宫般的走廊里去找寻。

很高兴收到您的邮件。我当然可以和您见面，但我很肯定在第二次世界大战期间你外祖父没有在本博物馆工作过，因此我恐怕不能给你提供任何新的信息。

马塔·哈利科娃

主管

① 瓦茨拉夫·哈维尔（Václav Havel）：他于1993－2002年间担任捷克共和国总统。

我没有回信。

“也许去了也是白去，”卢德维克用蹩脚的英语说，“或许你对这很感兴趣。”

如果卢德维克的母亲像她的姐妹们一样被抓去特莱西恩施塔特，她也可能会逃到世界最遥远的角落，在澳大利亚安家落户。但命运和哈娜·鲁比克瓦开了个残酷的玩笑，她幸免于恐怖的大屠杀，但她的儿子——用她父亲的名字命名的儿子——落入到共产主义的手中。他没有像他的表兄妹那样度过童年，没有自由自在地玩同样的游戏、学习同样的课程或犯同样的错误。然而卢德维克是一个开朗的男孩，他喜欢冒险和嬉皮笑脸，能将得到的一点点东西凑合着玩耍。某种意义上说他很幸运，仕途命运之轮对他有所青睐。当同学们被送上火车，像政党机器上的齿轮一样做着低贱的工作时，卢德维克被选中去学习工程学。这保证了他有供他母亲生活所需的稳定收入，足以组建自己的家庭。哈娜一直留着他给的生活费，他用绝对的爱来报答了她的付出。我拜访前几个月，她离世了，他孤苦伶仃，饱受失去亲人之痛。他从未想象过没有母亲的世界。

“在比斯库普克瓦的房子里，我在碗橱的后面发现了我妈妈保存的鞋盒，里面有这个。”卢德维克把手伸进口袋，掏出一个信封，“不是你外祖父的，对你来说可能不重要。”他把信纸平铺在金属桌面上，上面的铅笔字迹已经褪色，几乎看不清了。“是你外祖母达萨写的。这封信或许来自奥斯维辛集中营。你知道奥斯维辛吗？”卢德维克弯下腰仔细阅读，他用手指指着每行字迹，突然停了下来，“看这里。我试着翻译一下。‘我们已经逃离了我们的生活……毒气已经在大规模使用。’如果你想要这封信的话，我去复印。”

我一直都关注着外祖父和他的故事。达萨也曾经出现过，但只是故事背景里的一个次要情节。当有关外祖父的报道出版在《澳大利亚犹太新闻报》上时，并未改变她被我们家认同的叙述者的地位。作为一个改变宗教信仰的女人的大女儿，她和妹妹艾琳娜先后被送往特莱西恩施塔特和奥斯维辛集中营。不管怎样，她们成功地待在一起；不知何故，她们幸存了下来。我们想象的故事和她的体力有关——她铺过铁轨，挖过沟渠——也和她雅利安人的美貌有关。我们尽量不去想后者可能意味着什么。在集中营，她携带着一枚金戒指——藏在手里，衔在嘴里，任何可以隐藏的地方——随时准备用它换取生存的时机。这一刻从未到来。

我从未想过她的母亲和两个妹妹一直等待着她们，祈祷她们平安归来。我也没想到他们竟然保持着联系，这似乎是不可能的。我听说集中营发出的明信片通常用于谋划移民海外，但未经过审查的或未碰过的完整的信件呢？

“你不知道？”卢德维克说，“弗兰提斯卡外祖母去特雷津看望过她们，还一起过了圣诞节。”

我漫步于老城的街道，希望能找到线索。当我步行在他们曾经走过的地方，在这温暖的空气中，看见拉紧的手或闻到从附近餐厅飘来的熟悉的香味，会不会再次感受到他们呢？我站在杰奇臭瓦街 3 号的外面，向东朝着比斯库普斯卡街外祖父家的方向走去。他在这条路上走过多少次？我走到拐角处，那里有一个大教堂，围着铁钉栅栏。我在 5 号房子附近游荡着。一个店主走出来盯着我看。我等待着，空气寂静如斯，外祖父不会来。我返回酒店，突然发现地名出乎意外地相似：比斯库普斯卡，比斯库普克瓦。好像杰库布和达萨曾住在同一个条街。

“在你离开之前，我要带你去一个地方。”卢德维克和我坐在他母亲的旧公寓里的餐桌旁。这栋房子地处比斯库普克瓦街 13 号，那儿几乎和我记忆中小时候拜访的时候一模一样。更重要的是，弗兰提斯卡把它当作神龛一样，这点很吸引我。哈娜在这里生活了二十多年，但她几乎没有依照自己的喜好改变这里的任何东西，连桌子的胶木顶和条纹铝腿都原封未动。正是在这里，我母亲走进来逮到我正在抽烟，那时我五岁，弗兰提斯卡无法用别的方式与我沟通，于是便把抽烟当作可以一起做的事情。卢德维克把我从记忆的迷雾中摇醒，“走吧，我们现在就走。”

当我们朝着新城区前进时，收音机里播放着欧洲流行音乐。卢德维克开上路沿，跳过交通灯。我们把车停在一个浅黄色的宏伟建筑物的对面，我走出汽车凝视着对面街道，红色、蓝色和白色的花束栽在凹凹凸凸的水泥砖下。一个矩形窗口顶部的磨砂玻璃上覆盖着灰尘，那儿有一块匾，一边有一名士兵守护，另一边是一位牧师守护。这两个铁铸的哨兵微低着头，以示尊重。

“这是一所重要的教堂，”卢德维克说，“这里供奉着西里尔和美多德[①]。这是纳粹时期捷克人的故事。在执行暗杀海德里希[②] 计划时，伞兵们藏身于此。浑蛋叛徒出卖了他们，由此展开了一场激战。纳粹分子向他们喷出毒气和水，但他们没有屈服投降。最后纳粹攻了进来，他们都勇敢地用枪自杀了。这就是捷克人。我们去看看吧。”

我跟着卢德维克穿过马路走进教堂。他几乎在跑，急促的脚步声在通往地下室的楼梯上回响。里边黑漆漆的，又湿又霉。墙壁上都是石制的入口，像蜂房似的，以前这里用来放置棺材。这儿静得瘆人，

① 西里尔和美多德 (Saint Cyril and Methodius)：东罗马帝国著名的传教士。在传播基督教正教的同时，他们为西里尔字母的发明做出了巨大的贡献。他们同时被天主教会和东正教会封为圣人，被称为“圣西里尔和圣美多德”。公元九世纪，罗马帝国皇帝米海尔三世指派圣西里尔和他的兄弟圣美多德前往摩拉维亚（大概位置为今天的捷克）向那里的西斯拉夫人传播东正教。

② 海德里希（Heydrid）：德国纳粹党卫队的重要成员之一，地位仅次于希姆莱。由于他行事极其残酷，因此有“金发的野兽”“铁石心肠的人”“纳粹的斩首官”“死亡的追随者”“纳粹魔王”“第三帝国的黑王子”等许多恐怖称号。1942 年 5 月 27 日晚间的猿人作战中，被英国派遣的捷克伞兵打伤，不久后不治身亡。

只有阵阵诡异的风声刮过，听上去好似人的声音，令人惶恐不安。我试图想象伞兵们当时的困境：他们被包围了，艰难地在从顶上窗户灌进来的水中跋涉。我寻思着他们是否知道，当他们第一次听到警笛声和外面传来的德语命令声时，这些就都意味着绝望。他们是否清点过子弹，计算自尽前能使用多少颗？卢德维克沿着铺着碎石的走廊慢慢地走，每到一尊半身青铜像前他就停下来，那是他们死去的位置。他在走廊的另一端，通往教堂主建筑的大门旁赶上了我。这就是纳粹最终攻破的那扇大门。“这是我的故事。”他说，柔和的声音回荡在地下室里。

我回到法衣室[①]，那儿张贴着有关猿人作战[②] 的系列海报。言辞沉重而又隐藏着骄傲。我依次阅读每一块海报：纳粹占领——海德里希掌权——英格兰伞兵训练——计划——致命袭击——海德里希生

① 法衣室（vestry）：也称小礼拜室，作为弥撒人员换衣服的地方。

② 猿人作战（Operation Anthropoid）：是二战期间，英国为了暗杀纳粹德国党卫队长官海德里希所制定的作战计划。他们派了两名捷克伞兵对海德里希进行攻击，致使其受伤，最终伤重不治身亡。

还。以及不久以后，他的死亡。我盯着一张海德里希庄重地躺着的照片——他那张瘦弱的、棱角分明的、像昆虫一样的脸——然后转向下一张：

抵抗小组，连同前马萨里克肺结核抵制联盟的几个成员，在布拉格给伞兵们提供安全住所和所有必要的帮助……伞兵的主要根据地是泽科夫区比斯库普克瓦街的泽伦卡和莫拉维克家族的公寓。给予过伞兵们最无私的帮助的人们包括初次谋面、不甘心被纳粹占领的那些不起眼的捷克斯洛伐克人，他们冒着牺牲自己甚至是牺牲至亲的危险……毫无例外，他们要么被枪决，要么选择了自杀。

“卢德维克！”我不由得大喘了一口气。房间那头，他正看着一个再造自行车的装置和一件曾陈列在百塔百货商店橱窗里的大衣，这个百货商店曾遭到过攻击。他抬眼看着我，我指着一张海报上面的字：泽科夫区比斯库普克瓦街，“它是？”

“同一个比斯库普克瓦街？达萨住的那条街？是的，”他指着房间，“这儿也是你的故事。”

回到澳大利亚，我一头扎进如山如海的纸质文件和档案盒里。小存储室里放满了这些文件，它像一个巨大的灵魂大厅，装满了人们无法摆脱但可能永远不会去参观的记忆。当涉及我们至爱之人时，我们都是囤积者。房间长和宽均为两米，比起堆积如山的硬纸板来说有点小。档案像地壳板块一样在我周围漂移。当我把门卷起来，我期待看到他们房子的缩图。我想要外祖父的带搁脚凳的皮质躺椅。我想要外祖母的牌桌，她总是把煮熟的糖块藏在茶巾下。最重要的，我想要外祖父母回来。

空气一片死寂，荧光灯低沉的嗡嗡声在我脑中回响。我独自在那里待了两天，仔细检查并筛选了所有资料。外祖父是一位多产的通信者，但曾经一度保管有序的文件在一次清理时变得混乱不堪。所有的都在那里，包括写给医生的关于我外祖母创伤后应激障碍治疗的信；寄给德国政府的信，内容是为德国政府拒绝支付的每一分钱而斗争；写给前雇主的关于债务拖欠和版权侵犯的信。接着，在一些给地方政府提议建立小旅馆的信件和有关他在冲浪者天堂进行产权投资的法律文件中，我找到了线索。有一叠信件，我能认出信件的抬头：贝特雷津和以色列犹太大屠杀纪念馆。他寄去了信，他们也回了信，就像维拉·欧伯勒所说的。这不是一个新闻工作者的腹语；这是他自己的声音。

这也是我第一次听到以外祖父口吻叙述的故事。

1983 年 1 月 11 日，外祖父坐在办公桌前，从顶层抽屉里拿出几页崭新的纸，将同一封信打印了两份。一封寄给犹太大屠杀纪念馆，另一封寄往贝特雷津。这是他第一次联络这两所机构，尽管多次去过以色列，但他从来没去过这两个地方。对此遗漏他随意解释为：“我承认我尽可能避免它，”他写道，“免得让过去在我脑海中复活，至少不要在我清醒的时候。”在接下来的句子中，他表达了谦卑，对历史做贡献的渴望，或许更重要的是，明显地表达了他的需求，他要知道他在大屠杀幸存者叙事者中占据一个什么位置。这封信篇幅不到一页，用一个段落平和地概括了三年难以想象的苦难。“并非我的个人信息和我的经历具有特殊意义。”他写道。在那个时期，这样的谦虚是诚恳的。有关他的记忆的匣子，盖子依然没有打开，锁也还纹丝不动。而外祖父生平第一次敢于通过锁孔低语，这花了他 38 年的时间。

我浏览这封信，想知道信中是否提及灭绝的种族博物馆的相关内容，但什么也没有找到。我看到的是：“趁着我的记忆力还算不错，我希望知道馆藏文件中是否有标题为塔木德行动队的文件，如果没有，穆尔梅勒斯坦博士是否在他的书中提到特莱西恩施塔特呢？”我把那个单词读了几遍，大声地发出每个音节：“塔木德行动队[①] ”。“我是穆尔梅勒斯坦推选的拉比和希伯来文化专家小组的一员，我们的目标是把从欧洲各地偷窃来的书和手稿进行编录整理，并添加书评。”这封信的结尾有几行字，对他在集中营的活动以及抵达澳大利亚的时间做了说明。再下面，是他笔迹颤抖的签名。

我外祖父从两个机构收到几乎相同的回复，虽然收信时间相隔五个月。找不到任何有关塔木德行动队的资料。特莱西恩施塔特的希伯来语编纂有据可查，但无详情。是的，在穆尔梅勒斯坦回忆录中隐约提到过犹太人区图书馆，但它仅仅是一个小段落，匆匆带过。“我们将十分感激，”以色列犹太大屠杀纪念馆的埃丝特·亚伦写道，“如果你能写信告知我们有关这项工作的更多细节。”时任贝特雷津档案部主任平达·舍法的回信更加热情洋溢，但是意思是一样的，他对塔木德行动队一无所知，很遗憾他没能提供什么实质性的帮助，尽管他渴望了解更多的东西。

于是，外祖父打算进入有关犹太人大屠杀幸存者的话语圈的首次尝试，至少在他看来，是失败的。他鼓起勇气联系的机构，把他看成不过是不断增长的人群的声音中的一个。他不想只是在办公室把故事写下来，最终却让故事消失在如同无底洞的纸张里，无人阅读。

外祖父离开记忆匣子的锁眼，退回到日常生活中，用世俗杂物压制他的心魔。他还有一份全职工作；还可以陶醉于和家人一起的时光；他健康状况相对良好；他也还是积极参与社区活动；还可以欣赏歌剧和动作片。以色列犹太大屠杀纪念馆和贝特雷津不需要他，他也

① 塔木德行动队（Talmudkommando）：第二次世界大战期间，纳粹党卫军挑选了一批犹太学者，在处死他们之前，让他们研究犹太经典著作，解读犹太人的玄奥智慧。

不需要它们。

1989 年，这一切发生改变。外祖父完全没有做好退休准备，他极度渴望找到新的生活方式来充实自己。他感到厌烦和愤怒，他的身体状况开始走下坡路。是时候重新开始他那六年前放弃的事情了。

然而这次，他增加了新武器：证据。关于他在灭绝种族的博物馆中起到的作用的报道——与他去世后我发现的 2005 年再现译文的内容一样——发表在 1987 年《澳大利亚犹太新闻报》的意第绪语增刊上。虽然它没有像外祖父相信的那样产生国际性的轩然大波，但它确实引发了涟漪。这篇文章重版在世界各地意第绪语报纸上，包括美国、加拿大、德国、捷克斯洛伐克。外祖父设想，如果他把这些报纸展示给那些曾经摒弃他的人，他们可能会给他应得的信任。

“敬启者，”1989 年，他在给贝特雷津的信中说道，“正如我们以前的通信所言……”仿佛时间不曾逝去，“要我为鲜为人知的塔木德行动队提供更多的线索。从 1943 在年穆尔梅勒斯坦博士带领下成立到 1944 春天的清盘，我一直是其中一员。”他还不吝美誉之词，并说将给予他们消息独有权。如果贝特雷津想和他对话，他就不会和任何新闻媒体接触。

这次反响之迅速完全出乎外祖父的意料。回信再次重申平达·舍法所说的不能为此提供更多线索。但是写信人是一名新来的档案管理员，阿丽莎·舍克，已故的贝特雷津创建人泽夫·舍克的妻子。根据阿丽莎的说法，泽夫·舍克是外祖父所询问的小组中最年轻的成员。“你可能还记得我已故的丈夫。”阿丽莎写道。虽然没有类似的文献证据，她确实有一些私人信息，可能对此有所帮助。“我所知道的是，我模糊记得在他的故事中提到过这个地方。”战后，她和吉夫到波西米亚北部的很多城堡去旅行，“我们发现了大量德国人丢弃的书籍，堆积如山，但我不记得是否有些书，上面标有塔木德行动队。”

充满希冀的进展。起码，外祖父找到了一个可靠的，不会甩手不管的联络人；而且出于个人情感她对塔木德行动队也特别感兴趣。然而，阿丽莎第一封信带来的满意感，很快就被随即送来的第二封信消除了。她是捷克斯洛伐克人，只能粗略地理解意第绪语，在回复第一封信件之前没有真正阅读那篇报道。而看完译文的内容后，她由好奇变成了怀疑。她的第二封信的语气完全不同，简洁而充满疑问，近乎指责。“对不起打扰你了，”她开始说，“但我想知道如下事实。”接下来是一系列直率的、怀疑的提问，对他所知道的关乎塔木德行动队的一切到他的身份都提出质疑。“索引卡上和你名字十分接近的人真的是你吗？”她问道。接着她继续揭人伤疤地说，“我们没有找到和你匹配的‘兰德’。”其他问题源于她对这个小组的深入了解，显然与报道中呈现的事实不符。“你是何时在布拉格博物馆工作的？何时回到特雷津？你提到穆尔梅勒斯坦博士，他是负责管理塔木德行动队最后的特殊犹太人，但你也提到埃普斯坦博士，他以前是特殊犹太人，但据我所知他从来没有在那里工作过。”在落款处她还抛出撒手锏：“如果你能回答我们的问题，我们将不胜感激，最后祝你一切顺利。”

一开局就失败了。为了让人们关注这个鲜为人知的群体，依靠一篇他知道的文章去自由地陈述事实，外祖父毁掉了他得到所认识的人重视的机会。在1989年的那两三个月里，外祖父一定饱受理性和情感的双重折磨。两年前他的故事成了一个有趣的历史疑点，人们才知道他不仅仅是澳大利亚斯高帕斯山学院的一名老师。他一定抱有一线希望，希望永远不要遇到像阿丽莎·舍克那样的人。

和犹太大屠杀纪念馆联络时，外祖父坦率多了。他处于不利境地，意识到如果他还有机会被信任的话，他必须对舍克已经知道的事情进行标记说明。他的信附上了这篇报道，但这次他做出提醒和警告。“这是一系列的对话产物，”他写道，“这是一篇发表在1987年2月6日《澳大利亚犹太新闻》上的报道，但是很遗憾，这篇报道有很多不准确的地方。”然而，也许最让人好奇的是，他寻求的是报道中很难证实的一个方面。“请问你们是否有如下线索：身处高位的纳粹党卫军高级军官 / 斯当菲尔少校 /1943 年抵达 / 让我们浏览神学家迈蒙尼德[①] 的书卷对我们进行测试 / 为的是选出最后的希伯来语专家组？”好像是他欠了人情债，要报答这个人的救命之恩似的。“据说他来自普鲁士国家图书馆或者是来自柏林的闪米特语教授。”很遗憾，他的坦率毫无用处。信件寄出后一个月后，他收到了一封来自大屠杀纪念馆更加简略的回信。他们感谢他的来信和文章，但表示没有找到比 1983 年更多的其他线索。

一定还另有一封信，但已经丢失了。里面的内容改变了阿丽莎·舍克的看法。若是我来猜的话，我觉得在这封信里外祖父承认了那篇报道的确多处有误，就像给以色列犹太大屠杀纪念馆的那封信一样。1989 年 8 月 2 日，舍克最后一次给外祖父写信，那是一封温暖而翔实的信，主要是关于她的丈夫。从语气上看，很明显她的疑心已经消除了。刚刚还在和他针锋相对，一转身，他们成了朋友。她对他的来信表示感谢（那封已经丢失的信），并说她自己的确所知甚少，但她把他引荐给另外两位与之有关的人，他们或许能帮得上忙。一位是弗洛·柯那里阿·瑞切尔——“他专门做这方面的研究”，另一位是德弗·赫茨科维茨。

他一直没有联络上他们。

我试图去跟踪这两个人，但是为时已晚。瑞切尔失踪了，而赫茨科维茨已经去世了。随之一起的线索在 1989 年也中断了。幸存者们无法说出他们的经历，对他们的家人来说是莫大的沮丧。我们身负

① 迈蒙尼德（Maimonides）：中世纪犹太教首屈一指的犹太神学家、哲学家。迈蒙尼德在他的《困惑者指南》一书中藐视占星术，是至今最有影响的一位犹太哲学家。

的职责是让他们的记忆永垂不朽，是要坚决举起“永不再来”的旗帜，然而我们曾站在一旁，惊恐地看着悲剧一次次重演，在柬埔寨、卢旺达、前南斯拉夫、苏丹的达尔富尔和中东，在他们的沉默中无能为力地离开。我们理解。我们不能生气。但事实就在那里。我们在真空中待得太久。我们没有质疑。我们太年轻无法理解。我们以为他们是不朽的。我们不能去问他们——我们的祖父母，我们的伯叔祖母，甚至是他们的朋友，因为当时他们选择沉默，而此刻，他们已经去世了。我们无法找到构成他们那些年的人生的谜团碎片，因为它们也已经消失了。

因此，我不会去和他们见面了，那几位坐在我外祖父旁边的学者，一边整理着书籍，一边祈祷掠夺更多的收藏品，使得这卑贱的进程可以持续到弥赛亚——任何一位弥赛亚来解救他们。我也不会去见那些曾睡在他旁边的人，躺在奥斯维辛集中营的木板条铺上，满身虱子和疖子。我也不会去认识那些在挤在狭窄污秽的牲畜车厢里的乘客，双脚灼烧在生石灰覆盖的地板上，或者那些军工厂的工人们，被迫用瘦弱的手臂扛着粗糙的弹片。

我知道的应该都是道听途说。

我再次回过来看外祖父写给以色列犹太大屠杀纪念馆的那封信，有一行写着：很遗憾，这篇报道有很多不准确的地方。

占领

1

“阿尔诺斯特·弗卢塞尔！”一位老师在屋子前面大声喊，“立刻把手放在头上。我们不是在向黄蜂挥手。”

男孩站在窗前，举起笨拙的右臂，有气无力地勉强敬礼。同学们都搞不清楚他是在欢迎楼下道路上蜂拥而来的部队，还是在擦他面前的窗玻璃——他的呼吸变成了玻璃上的一层雾气。阿尔诺斯特就是这样，他做事总是模棱两可。“床铺得挺好……”这位老师突然轻轻地说，“铺好床单，虱子应该睡得更舒服吧。”周围传来一些吃吃的笑声，马上又安静了。老师抬高嗓门：“他还没考虑好要怎么睡觉吧。”

阿尔诺斯特·弗卢塞尔站着一动不动。是在抗拒？抑或感到害怕？还是耽于孩子般的幻想中？他知道老师在指着他，但却不能转过身来。他把鼻子抵在窗玻璃上，并没有看到黄蜂、虱子或诸如此类的昆虫。他见过长着三个头的蝾螈或者蜥蜴，像前天晚上父亲讲的故事中的一样：有一种火蜥蜴，排着完美的队形，蜿蜒爬过大桥。它们的身体很滑，根本看不见腿在动，也没发出一点声音。大雪纷飞，如精灵跳着旋转舞，停歇在鹅卵石上，或消失在河流里，从它们皮革般光滑的表皮上滑落下来。在两旁的柱子上聚集着一些鼻涕虫，活跃地伸展着触角，火蜥蜴没有因为这美食而停下来。下面的克列夫尼克街一片洁白，小阿尔诺斯特瞥见部队队伍走走停停。他转向大学的方向望过去，看到变色龙般的人群在涌动：一会儿灰色，转为白色，靠近同类时，成了红色和黑色。大自然真奇妙啊，他想。一阵雾气上来了，他再次将它抹去。

这个做着白日梦的孩子观察着这座新城市拂晓的来临，老师则坐在办公桌前看着他。这个男孩是在倔强对抗，还是被触动？抑或如大家猜疑的，他得到了保佑和赐福？无论什么情况，结果都一样。阿尔诺斯特·弗卢塞尔是一个令人讨厌的家伙。没人能教导这样的孩子。这位老师至多能帮助他活着，保证他不成为其他孩子的笑柄。但还是有底线。隔几天他就罚阿尔诺斯特站在角落里，惩一以儆百吧。

“弗卢塞尔大师！到后面站着去，现在！”

男孩并未因此烦扰，相反，这位老师有时候觉得他刚好可以利用这个机会陷入思考，把它当成了一种奖赏。谁知道呢？最好随他去吧。但今天不同。今天他冲着角落咆哮，揪这孩子的耳朵，摇醒他，冲他尖叫：“你知不知道自己在做什么？”

对房间里其他孩子而言，一切都和往常一样。但为什么这个孩子总让他们想起以下事实：那条街已经不再属于他们了；当铃声一响，门猛地被推开，他们进入炼狱，而阿尔诺斯特，班上唯一的犹太男孩，进入地狱？这位老师无力站起来，也无法走过去抱住那个男孩。慢慢地，他呼出一口气。他几天没合眼了。

那天凌晨4点半，老师把收音机放在腿上，调整频率以便收到清晰的信号。那是一条来自国家主席和国防部长的通知：德国步兵和空军即将在凌晨6点整开始占领共和国领土。轻微的抵抗都会导致无法预料的后果，并引发极端残忍的武力介入。所有指挥官都必须服从占领军的命令。所有捷克军队都已缴械投降。所有军用和民用飞机都必须停在机场，禁止起飞。布拉格将于6点30分被占领。这要是一场恶作剧或者电台剧就好了——就像去年万圣节的广播，引起了远方的恐慌。他刚听到时，笑得多么大声啊！但现在他再也笑不出来了。

这位老师已经听天由命了，他知道这天迟早会来的。先是欧洲中部的苏台德，接着轮到斯洛伐克。昨天就有人企图在街上发动暴乱，煽动大家战斗，成为德国少数人的受害者，成为那个小个子疯子的军队可能会突袭和营救的牺牲品。毫无疑问它失败了，人们没有反抗这小小的挑衅。不过没关系，救援工作已经在秘密进行。也许那一大片领土会再次归属它北方的国家吧。这位老师不由得想到，早上6点真不方便，他如何去学校告诉孩子们呢？

老师准备提前从家里出发，担心在半道上会被路障拦住，或者更糟的，被嚣张的坦克碾压。他收好书本走出前门。街上的路灯漏出几点朦胧的光，挣扎在无情的布拉格的夜幕下。这位老师依稀看见还有其他几个人，他们也把日程安排提前了一两小时。

“你好。”有人打招呼。

“你好。”他冲着黑暗回答道。

要这样保持正常，忽略被占领的事实，生活要继续。老师听着，企图分辨出爆炸声以及车轮碾过碎石的轰隆声，但他能听到的唯有那呼啸的狂风，如微小的锯齿状的冰锥碎片，猛砸在他头部的一侧。

然而在这呼啸的风中，有他听不见的低语声。进攻的部队被耽搁了。他们遇到了抵抗。车辆抛锚了，他们迷了路。太阳缓缓从地平线升起，没有坦克，没有枪炮，没有摩托车和歼击机。布拉格仍然自由。这位老师把衣领竖得高高的，一路急匆匆地走着，从普雷特斯卡街转到克列夫尼克街。到学校门口，他笨手笨脚地摸出钥匙，然后大步流星地沿着走廊走向教室。一切都还和往常一样。很快暖气就会打开，教室会暖和起来。

这位老师把粉笔混杂着放在一起，确保没有什么顺序。混乱就是自由。他擦了擦桌面，尽管并不脏。自由的人能做这样的事。接着他一屁股坐在椅子里，等待着阳光、孩子们和坦克的到来。这三者中，究竟哪一个会先来夺走这宝贵的自由呢？

“孩子们，请注意。”这位老师说。他们根本不听他的了。他们看着阿尔诺斯特·弗卢塞尔的无声反抗，以此为乐。老师怎么会指望在今天传授知识呢？铃响了，他想让他们保持安静，但已经来不及了，暴风雨来了。我们时代的和平。

街上人群聚集。来自捷克斯洛伐克的穿着挺括的黑色制服的学生法西斯们，沆瀣一气的德国人和年轻小姐们。这些女孩手持勿忘我花束放在近乎裸露的胸前，准备扔向行进的士兵，万一外表无法引起他们的注意的话。

这些学生法西斯向前行进，迎接军队的来临。在护城河街德国之家的外面，他们和警察吵闹了一夜，醉醺醺的怒火仍然翻滚。这种打闹还不够。和9月份不一样，慕尼黑阴谋后辉煌的那几个月里，他们肆无忌惮地袭击街道上的人和物，让那些犹太寄生虫尝到了即将到来的苦头。他们一辈子都这样，鼻孔里填满了从犹太商店和教堂里冒出的烟的香味。五个月。是的，一辈子。现在，救世主要出现了，他们会得到重生。

军队继续朝着德意志帝国最新的城市中心前进着。那些初出茅庐的法西斯分子拍打着肩膀上的雪，注视着摩托车纵队，每队保持着三名士兵的队形。军队继续进军，愤怒羞愧的是整座城市竟没有犹太人出来迎接他们的新主人。只有一个士兵停下来，转过身，瞥见一个让他充满希望与幸福的场景。在三楼的窗口上，有一个小男孩，一个尊贵的公民，他高高地举手敬礼。

希特勒万岁。

2

“致敬安戴尔·里克特！致敬他那劣等种族的肮脏的场所！”

房间里爆发出阵阵欢呼声，人们高举着玻璃杯，啤酒溅洒在地板上。安戴尔·里克特摇了摇头，鞠了一躬，转身走向厨房。对这些拥挤在这里的人来说，他是一个英雄，一个会开玩笑的人，同时也许是布拉格最精明的商人。整个城市，在曼尼斯咖啡馆和哈诺亭、在斯拉夫岛上，以及在边远的像斯密科夫和斯垂莱斯那样的国家俱乐部里，都突然出现禁止犹太人进入的标志，把他们隔离起来。但是帕利维克咖啡馆不在其中。里克特拒绝张贴这种禁令标志，故意装糊涂。在帝国保护者冯·纽赖特八月开始扩张的几天之内，帕利维克咖啡馆成了避难所，老主顾们可以不受烦扰地自由交往。本来这一切会照旧继续的，如果不是一天晚上，一个不当班的德国士兵进来闲逛，因一个醉醺醺的犹太人向他索要香烟而大发雷霆。激烈的争吵眼看要发展成武力殴打，四名老顾客急中生智，围住士兵，把他轰了出去。当这个德国士兵溜进了黑暗的街道，里克特仍然站在门口，挥舞着砍刀，大声叫骂。

次日早晨，盖世太保① 过来了。“如果你要允许犹太人进去，”

① 盖世太保（Gestapo）：德国秘密警察，由党卫队控制。他在成立之初是一个秘密警察组织，后加入大量党卫队人员，其实施“最终解决方案”，屠杀无辜。

一个较壮的说，“你得竖起一个牌子，限制他们待在特定区域中。不要考验我们，里克特先生。规矩很清楚，任何违反规定的行为将导致生意立即转移给其他更服从的人。再见。”里克特以他自己的方式服从了。他画了一个大标志，放在入口处附近，这样一来，咖啡馆里只有两个台子不能“供犹太顾客使用”。然后，他让店员，主厨，朋友们，每个他能召集到的人，四处散播安戴尔·里克特以及小对抗的传奇故事。正如人们所说，他不仅驱逐了帝国保护者冯·纽赖特，而且还能活着讲述这个故事。他的生意兴旺起来，里克特不得不雇用新的人手。他真的开始喜欢这些犹太人了。他喜欢他们给他的生意带来的那种氛围，闻起来像钱的味道。

吉利·朗格尔从口袋里掏出一叠钞票。“有一天里克特会被挂起来，”他说，“老康斯坦丁会亲自来揪着他的耳朵，把他拖到赫拉德卡尼城堡。你会看到他悬挂在最高的炮塔上，像一面白旗在风中飘扬。”他啪的一声把钞票拍到满是啤酒的桌子上。“来吧，”他说，“看谁会变成穷光蛋。”

对面的格奥尔格·格兰茨伯格伸手一把抓住了钱，喊道：“再来一轮？雅克布维茨博士？杰库布？”

杰库布·兰德小口抿着眼看要漫出来的白色啤酒沫，很苦。格奥尔格摇摇头，笑了。托比亚斯·雅克布维茨把杯中剩下的酒一饮而尽。“再玩小一点儿的呗，”格奥尔格说，“一小杯？也许一小管吧。继续啊。”杰库布看着他的朋友消失在人群中。

“又来信了，”朗格尔说，“麦克斯终于在特拉维夫安定下来了。他说城市刚起步发展，他住在一个还算不错的公寓里。他当时决定要带着一个装满纸质文件的手提箱，对此埃尔莎还在责怪他，要知道他们不得不丢弃了多少物品。他其实不可能带走任何有价值的东西，但她不想听他解释，把他和那只手提箱驱逐到最小的房间里。还有，他一直忙于戏剧表演，这是他还保持着的唯一艺术形式。”

朗格尔用餐巾纸擦嘴。他眼神疲惫，心不在焉，仿佛身在布拉格，而魂却在远方。他宣布说他去巴勒斯坦，大家并不惊讶。一直以来他都是一位灵魂流浪者。他是忠诚的犹太教徒，上帝的多面形象中，他无法确定哪一个才是真实面目，由此他要踏遍地球每个角落去寻找答案。年轻的时候，他冒险去到贝尔茨，沉浸在当地犹太教哈西德派的奇异诠释。如果杰库布对朗格尔的陈述理解没错的话，这种诠释是更类似于远东的神秘主义，包括超验冥想和悬浮术。换句话说，全是一派胡言。当朗格尔回到布拉格时，连他的兄弟们都几乎认不出他来了。几个月后，他又回到贝尔茨去做学徒。一阵狂热过后，他虽然对哈西德派怀着兴趣，但仍回到布拉格，剃掉胡须，接近一位新的上帝——犹太复国主义。现在他要和他的老朋友麦克斯·布洛德一起去巴勒斯坦，不是为了躲避任何潜在的威胁——朗格尔仍对在捷克斯洛伐克人民的正派充满信心，坚信他们会保护犹太人免受伤害——而是，毫不夸张地说，为了去播撒永恒家园的种子。他不会等待弥赛亚降临，建立新的圣殿，因为巴勒斯坦本身就是弥赛亚，而肥沃的土地足够成为圣殿。

“抱歉，我迟到了。”奥托·穆内莱斯小心翼翼地把他肥胖的身躯挤进杰库布旁边的公用电话亭。“有工作要做。”他的脸宽大红润，用习惯于和死人说话的声音打着电话：小而低沉，没有任何明显的抑扬变化。这是他和朗格尔一起在哈西德派学习时磨炼出来的。当时他没有光环，没有标记，不和任何人说话。回到布拉格后，他几乎从社区生活中消失了，与周围的人没有联系。当布拉格犹太治丧志愿者协会的领导去世，穆内莱斯继任。现在他整天都坐着，照看新近亡者的尸体，用白布把它们拍干净，准备入土。朗格尔即将出发的消息才让他离开那些松木棺材走出来。他甚至没意识到第二天就要开始实行宵禁令[①]。这些毫

① 宵禁令（curfew）：就是禁止夜间的活动，特别是在战乱、灾难横行的时代。

无意义；他的生命早已投下有意义的阴影。

“我们听说了，”朗格尔说，“坏事传千里。”

“富克斯？”

“可怜的家伙，”雅克布维茨说，“他留下遗言了吗？”

“只有一句：‘我们的家园不存在了。’”

雅克布维茨凑过来。“看看一个人失去动力会成为什么样子？他的国家被夺走了。生意也没了。这是他珍惜的，胜过他的生命。一个人整天百无聊赖地消磨时光，应该会想去找个套索上吊自尽。”

“他跳楼了。”穆内莱斯说。

“更干净，真的。更确定。也许他把一切交给上帝了。来吧，由您决定。”

“亲爱的拉比应该左右为难吧，”朗格尔说，“把这些自杀的人安置在哪里呢？角落都堆满了。”

穆内莱斯眯起了眼睛，把眼镜推到鼻梁上——他的鼻子有些扁平。“和其他人一样埋葬富克斯。在这种时候，没必要解释。从窗户跳下来是自然死亡。他家里的寡妇在号哭是因为他没有拉着她一起跳。”

“自然死亡，是的。”雅克布维茨说，“要不是图书馆关门的时候社区委员会发现了我，天知道我可能也会跳下去。这个城市就是我的生命。”

“那巴勒斯坦呢？”穆内莱斯说。

“自杀其实是被拖延了的死亡，当你执着于某个理念的时候，你已经死了。对吗，吉利？”

“理念会带来无限可能性，”吉利·朗格尔说，“有的会收获累累硕果。复国主义者赫茨尔是一个理想主义者。建设一个国家不会比摧毁一个国家更难。看看我们这儿，我们一生生活在四个不同的国家，却无须移动，哪怕一英寸。”

"马萨里克会死不瞑目的。"托比亚斯·雅克布维茨坐了起来，拉着他的衣襟，"我们不能合法生存，他会为之在天堂哭泣。每当有雨的时候，我都会舔我的外套袖口，兴许能尝到咸咸的味道。"

"酒来了——"格奥尔格托着四杯啤酒回来了。他看着穆内莱斯，"我没见你进来。我可以给你再拿一杯——"

"谢谢，不用了。"对方不屑地摆摆手。

"那么，那是一片该死的沙漠，你要把哪座沙丘称之为家呢？"雅克布维茨继续道。

"我觉得你应该选择一个类似耶路撒冷那样的。"杰库布说。

"风带我去哪儿，我就去哪儿。"朗格尔说，"那座城市，基布兹。我会用我的双脚找到它。麦克斯说，关于我的书，他有一些头绪。我希望在那里发表。这是在新家园扎根的好方法。"

雅克布维茨摇了摇头。"直至尘世变迁吧。"他说。

"谁知道会如何呢？"朗格尔转向杰库布说，"所有人中，你应该最懂得。当一名教师？谁会想到呢？一周后你就毕业于法学院，那么接下来……这杯是给你的。接替我的位置吧，托比，你得承认，有了他你应该很高兴。"

"当然高兴。但是，吉利，你传递过来的是有毒的美酒啊，看似风光，实则麻烦。"

"是他们的毒，不是他的毒。"格奥尔格说。

"没错。"朗格尔说，"他们的毒，扭曲的法律体系。即使是最简单的产权转让及其证书制作业务法令都是偷来的。杰库布将如何度日呢？整日忙着把犹太工厂转交到雅利安人手上？不，不要怜悯他。他已幸免于难。可怜他的同学们，不得不屈从新统治者的规则，别无选择。他应该去当老师。"

"而且留下来战斗。"雅克布维茨说。

"杰奇莫瓦街完全没有抵抗。"朗格尔说。

“你错了。”雅克布维茨说，“留在布拉格就是一种抵抗。整个城市酝酿着反抗。这里不是波兰。当你要弃船逃生的时候，我们聚集起来，在你的救生筏边开一瓶最好的葡萄酒。”

“但愿我的信仰和你一样。”穆内莱斯说。

“是一样的，奥托。你留下来。听着，现在不是小集团主义的时候。犹太复国主义是金牛犊[①]，可怕的威胁来临时会削弱我们。我们分裂，他们就会征服我们。你相信什么呢，吉利？信任那些即使自身自由受到损害也要支持我们的人？还是相信那要把我们送进犹太贫民沙漠区的想法？我不离开布拉格。我们谁也不离开。这是犹太人生活的地方，不管遵不遵从教义。”

“拜托，托比亚斯。”穆内莱斯说，“吉利是思想家，是诗人，绝不是逃兵。”

“不，”朗格尔说，“我是个现实主义者。帝国保护者冯·纽赖特用他们的法令阉割了我们。我不想就这样在隔离中度过战争。”

“那你宁愿在遥远的沙漠中逐渐憔悴凋谢，”雅克布维茨说，“挖着壕沟，跟骆驼搭讪。”

杰库布笑起来，用袖子擦了擦嘴。

“干杯。”格奥尔格举起酒杯，“为我们的朋友吉利·朗格尔和他不断变化的理想干杯。致敬最后一位伟大的流浪犹太人。我认为，雅克布维茨的意思是，我们会想念你的。”

“干吗呢？”雅克布维茨不依不饶，“他很快就会回来。而这期间你和杰库布接替他的工作。这难道是你们像狗一样学习的原因？拼命取得这些让人炫目的博士学位，我们一般人是得不到的，结果却被困在杰奇莫瓦街？”

---

① 金牛犊(golden calf)：摩西上西乃山领受十诫时，以色列人担心他不再回来，于是便制造了一尊偶像。

“这可能不是首选职位，”朗格尔说，“但在这种时候，就是。”

“那样事情会变得简单点吗？”雅克布维茨打断道，“你知道你是在乘着他们破碎的梦想之风航行，旅途中你睡得安稳吗？”

吉利·朗格尔把手伸过来，放在杰库布的胳膊上。“原谅他，杰库布。贝尔茨的一位先生曾告诉我，有时候学习本身就是结束。我知道你期望更高。但是，坦率地说，如果我所做的一切毫无意义，那么我才会不知道，在你的处境，我该做什么。”

托比亚斯·雅克布维茨向后靠了靠，摸着他的山羊胡子。“我想你可能会去巴勒斯坦，”他苦笑着说，“坐着愚蠢之舟。”

3

弗兰提斯卡·鲁比克瓦坐在餐桌旁，她盯着点着的香烟。烟在斑驳的黑色滤嘴底部成了一个伤感的圆环。11年来，她一直是他们其中的一个。她吃着他们的食物，参加他们的仪式。她躲避他们的神灵。她并不渴望得到他们那让人诅咒的拥抱，直到那天卢德维克把她和孩子们带到新的犹太社区委员会办公室进行登记。“你不用登记。”工作人员说，轻轻地夺走她手中的笔。她向后退，看着笔尖的黑墨水拼写出了他的名字。写完后，卢德维克握着笔趴在本子上，抬头看着职员，问：“孩子们呢？”。“她们的母亲是……”职员瞥了一眼弗兰提斯卡，点了点头说道，“她们可以登记。”后面的人群中传来窃窃低语。极大侮辱而又斩钉截铁的词——杂种——混血，脐带，混杂的血和肉。她的肉。她的血。当卢德维克把孩子们的名字加在名册簿上时，弗兰提斯卡浑身发抖。她多么希望自己的名字和她们的在一起！是的，千真万确。她终于明白了民族被孤立的感受，被单独挑选出来意味着什么。

还是想想好运毕竟降临这个家庭了。在德国人大摇大摆闯入并压制这座城市的前两个月，卢德维克和杜拉克先生，一个女装经销商，一直保持着稳定的雇佣关系。这份工作让卢德维克每晚都能回家。德国人进驻后禁止没有签证的犹太人离开布拉格。卢德维克这份工作确实成了莫大的运气。要不是他恰好发现正在做生意的杜拉克先生，要不是他用半真半假的以往成功的商业经历让本就平易近人的苏台德人着迷，很可能孩子们已经全部饿死了。

德国占领期间，杜拉克先生也从其中发现了财富，并渴望和员工们共享。4 月，春天的傍晚，他们聚集在新城区的一家酒馆，听经销商布置他的计划。“受够了为那些俗气的沙龙送货。”他说，一名侍者走过来将一盘啤酒奶酪放在桌上。“受够了长途跋涉。受够了工作到深夜。目前本城就有一支消费大军。”他们靠得更近了，“我知道他们是什么人。我曾和他们并肩作战，也曾对抗交手。他们只在乎征服，至于事后就不管了。和他们做生意亦是如此。你必须让他们认为他们赢了。让他们狠狠地捅你的心。”他吐了一片果壳到桌上，“为了胜利我们要流血牺牲！”

春天来了，天也日益暖和，卢德维克也越来越自信。第一个月月末，他是杜拉克先生店里卖出最多女装的销售员。弗兰提斯卡从这个同床共眠的男人身上，仿佛看到了那个曾经用梦想和承诺迷住她的男孩的身影。每天晚餐时，他给女儿们讲充满危险而又勇敢的故事，以至于她们想亲眼看看这位勇敢的骑士奋力工作的场面。“妈妈，求你了。”在暑假的第一天艾琳娜就说。她别无选择。孩子们兴奋得像要爆炸的炸弹。好奇心得不到满足，她们就会肆意捣乱。她在篮子里放上饼干和肉片，并吩咐姑娘们穿好衣服。“穿的精神点，”她说，“为了爸爸。”

在家人们面前，卢德维克在广场上挺拔地站着。他冲她们挥手微笑，笨拙地跳了两步，然后站直身子投入工作。弗兰提斯卡和女孩们在拐角咖啡馆的遮阳棚下找了一个安静的地方，看着他和那些来来往往的穿着单调的灰制服的士兵们讨价还价。每一次成交，卢德维克都会转向他的家人眨眨眼，她们鼓掌欢呼。弗兰提斯卡对士兵们花钱的方式表示惊叹。卢德维克和她们一起吃着简易的中餐，说："我跟你说，布拉格成了纳粹的清仓商店！"那天晚上，女儿们怀着一层新的敬意看着父亲，而弗兰提斯卡也感受到温暖甚至骄傲。她会在第二天上午给家人写信，邀请埃米莉来拜访拜访。

当城市被占领已成定局，当这个世界真的要遗弃这个小国，杜拉克先生邀请卢德维克和弗兰提斯卡到他的公寓共进晚餐，说要"私下讨论一些事。""请进，"他们进门时他说，"请勿多礼，在这里你们可以称呼我贝多伊齐。"他们兴高采烈地把前两道菜一扫而光。杜拉克瓦夫人——弗兰提斯卡从没听说过她的名字——是一名能干的厨师，内涵不足但技巧高超。杜拉克先生回忆起他在战争前线的时候以及他从中得到的教训。"这就是生活。"他说，"仅仅其中的很小一部分。"在他的询问下，弗兰提斯卡谈起她的女帽制造业。他详细了解了布料来源、生产工艺和可能的产量。上甜品时，卢德维克几乎插不进话了，杜拉克瓦夫人也回到厨房，忙着把白色硬奶酪磨碎，准备用于第二轮的水果派。她知道，弗兰提斯卡已经走投无路了。

"考虑一下，我们合伙吧。"他终于说，"你说的我都接受。六四开，你们得六成。"他指着对面门把上挂着的一件粗布料的碎花连衣裙，说，"士兵们非常乐意买我们所展示的东西，不管是什么。只要我的销售人员巧舌如簧地去推销，他们哪知道衣服的料子？想想看，如果你丈夫能给他们配上合适的帽子，我们还可以多赚好多呢。"卢德维克咬着银色叉子上的点心。弗兰提斯卡有些紧张，抓着餐巾，"杜拉克先生……"她说。甜腻腻的空气中萦绕着这个苏台德人的名字。盘子和银器交错的叮当声从厨房的门后面传来。卢德维克看到她有点无法说下去了，叫了一声："贝多伊齐。""虽然我觉得没什么要考虑的，但你不必立刻做决定。你丈夫已经帮我赚了很多钱。我欠他的，欠你们两个的。这是我的一个公平的提议。"弗兰提斯卡脸红了："我知道，只是……我的帽子……他们……"杜拉克先生咕哝着，转身走向厨房。"太晚了，我们该离开了。"卢德维克说。房间洋溢着温柔的德沃夏克[①]的曲子，杜拉克瓦夫人端着热气腾腾的蒸面团出来了，她没意识到屋子里得情绪变化，说："我婆婆说她与这个作曲家有点亲戚关系。""是的，是的。"杜拉克先生说，"是她的表亲。"面团很快吃完了，大家握手和亲吻告别。杜拉克先生帮助弗兰提斯卡披上围巾，绕过肩膀系紧。她挣脱了，匆匆走出门。

"他疯了吗？"回家的路上弗兰提斯卡说，"他已经把我们的房子塞满了破布。现在呢？他当着你的面嘲笑我，卢德维克，你是做什么的？"他们走着，没有说话，偶尔过往的电车的咔嗒咔嗒声才打破这沉寂。

这个主意很快被忘记了。弗兰提斯卡的怒气逐渐平息，进钱的速度快过丈夫喝光和赌光的速度。她知道他又回到以前的生活方式了。每次她站在广场上，女儿们站在她身边，看到她们如何为他喝彩，给他飞吻，看他又是怎样偷空溜过来，带给她们硬糖果和油酥点心，这时候她认为他是个足够好的男人和父亲。杜拉克先生并未为此烦恼，他后来生意一直很好，这位苏台德人似乎对自己的成功很满意，只是他又变得拘谨生疏了——当卢德维克显得很熟悉的样子，第一次用贝多伊齐称呼他时，他很简慢地纠正了他。幸运的是，那些看管城市的

---

① 德沃夏克（Dvořák）：即安东·利奥波德·德沃夏克（1841 年 9 月 8 日－1904 年 5 月 1 日），19 世纪世界重要的作曲家之一、捷克民族乐派的主要代表人物。主要作品有《新世界交响曲》《b 小调大提琴协奏曲》等。

禽兽般的士兵们不懂品位。但是他们开始接近达萨时，情形变了。

和其他妹妹们比较起来，达萨受她父亲卢德维克遗传影响要小得多。他的黑卷发、棕眼睛和驼背姿态都没有出现在达萨身上。弗兰提斯卡一开始还为此担忧。她知道有人闲言碎语。不是她的外貌而是关于她的前途，她听到过。“一派胡言，”卢德维克说，“这件事有助于这个社区的公平美好。”她明白这是一种道歉，她不必纠结于此。木已成舟，但现在这女孩被看作一个捷克艺术奖品，另一个战利品。

她只是一个孩子，弗兰提斯卡想，他们不觉得羞耻吗？但他们也还是孩子。他们如此尊敬地和女儿说着话，她这做母亲的，心都被打动了。“夫人。”他们对她脱帽致礼，之后他们笨拙地试图用达萨的语言讲话，根本没想到也许她能非常流利地使用他们的语言。每当看到这些场景——天真无邪的少年咯咯地傻笑着，她就回想起她的童年。那时候在湖边男孩子们向她献殷勤，结果她被母亲训斥一顿。“弗兰提斯卡，你眼光高，命中注定要追求高品质。”威提瑟瓦太太曾说过。那座城市，就是她的命。然而命运有它自己的方式。尽管她的母亲是正确的，但是她立于错误的立场，她不可能知道布拉格只是又一个波将金村[①]，辉煌而虚空；通常在上流社会的宏伟和体面的背后，都是荒芜的空地。泽科夫是属于弗兰提斯卡的荒芜空地。

两下敲门声，停顿片刻，又是敲门声。弗兰提斯卡踩熄她剩下的香烟。隔壁房间一片寂静。“睡觉，小汉娜。”她喃喃地说。同样的敲门声再次响起。弗兰提斯卡系了系围裙去开门。来的是奥特拉·比。

“我可以进来吗？”

---

① 波将金村（Potemkinvillage）：出自俄罗斯历史的一个典故。俄罗斯帝国女皇叶卡捷琳娜二世的情夫波将金，官至陆军元帅、俄军总指挥。波将金为了使女皇对他领地的富足有个良好印象，不惜工本，在女皇必经的路旁建起一批豪华的假村庄。于是，波将金村成了一个世界闻名的、做表面文章和弄虚作假的代号。常用来嘲弄那些看上去崇高堂皇实际上却空洞无物的事物。

“当然。请进。”

奥特拉·比看上去只生活在她儿子的反射光环里。一切在她那里都变得安静无言：她小小的脑袋上垂着无光泽的褐色头发；她的眼睛从淡褐色变灰色，又成了淡褐色；她弯着身子，好像总在休息似的；甚至她刚要开口，要说的话又绕回了喉咙里。

弗兰提斯卡没打算成为她的朋友。是卢德维克的愤怒导致她们之间产生必然的纽带。从波乌斯第一次护送女儿们去新学校的那天起，卢德维克就喜欢在当地酒馆角落里独自度过他的夜晚，喝最便宜的啤酒，吃软塌塌的泡菜。这样让人难过的情景上演了一个星期后，吉利·比终于受不了了。他抓起酒杯，穿过房间，坐到旁边的凳子上，主动伸出援助之手。

“别放不下架子，卢德维克。”他说，“我们都会犯错。所以不能说没有得到王冠，你的运气就不好。你拥有更有价值的东西。”吉利·比抿一口酒，为了得到效果，“每个孩子都是父亲付出巨大努力才能得到的祝福。不幸的是，祝福越多，家里越穷。这是上帝的平衡之道。我想我和妻子已经幸免于此，尽管说不好是谁的运气。奥特拉宁愿用波乌斯带给我们的所有光荣去交换得到另一个孩子，但不行。所以我们也许口袋满满，房子却空空荡荡。这是我们该得到的命数。”吉利弹拨着碗里的泡菜，“听着，卢德维克，我可以帮忙。我也想帮忙。朋友受苦我能有什么好处呢？接受这笔钱，振作起来。也可以认为是我借给你的，你愿意的话，随时还我。我不会上门来要的。”吉利把他的手放在他邻居的肩膀上，但卢德维克一把摆脱了他，砰的一声把酒杯摔在桌上，抬脸面对吉利。“我们不需要你，”他恼怒地发出低沉的嘶嘶声，“我们不需要你的儿子。尤其不需要你的施舍。”他冲出了酒馆。

他每走一步都让他更加怒火中烧。他推开家里大门的时候，再也无法控制了。他冲着妻子大发雷霆，女儿们吓得蜷缩在纱帘后面。

“他以为他是谁？大胖子，还来可怜我们！竟然这么浑蛋，整天盯着我的家人。上帝帮帮我吧——”卢德维克抓起柜台上的茶托一把摔到墙上，“我们挨饿了吗？我们不快乐满足吗？”弗兰提斯卡过去收拾地上的碎瓷片，却被卢德维克揪住肩膀转过来，“他到底有什么？胆小如鼠的妻子？儿子长那么大个，摔一跤莫斯科都能听到？以后让孩子们自己去上学，她们又不是婴儿。”

如果卢德维克太骄傲而不接受邻居的钱，弗兰提斯卡则没有这种不安。回想那米利津小镇。当她还是小女孩的时候，村民们总是团结起来互相帮助。如她父亲说的，这就是社区的意义所在。大自然母亲喜怒无常，挨个考验他们，要么毁掉这一家一年的收成，然后在让那一家的牲畜染上瘟疫。要不是有这些邻居们，当厄运降临的时候，每个人都会穷困潦倒。“把这个给塞德拉塞克先生送去，”她母亲会递给她一罐最新鲜的蜂蜜，说，“祝他丰收。快去吧。”

为什么在城市里就不一样呢？

次日下午，卢德维克出门去找新工作，或许只是找一个再偏远一点的酒吧消愁吧。弗兰提斯卡·鲁比克瓦把哈娜放到床上，亲了亲她的前额，然后骄傲地走进隔壁房子的大厅。

“弗兰提斯卡。”发现是弗兰提斯卡敲门，奥特拉兴奋不已。她热情招呼她进来，指着起居室方向一起走过去。“来点茶吗？”她问。弗兰提斯卡笑着摇了摇头。两个女人坐了一会儿，说起孩子们，再谈到了家庭、街道、时尚、时事以及时新商品价格的上涨、音乐、女帽，戏剧等；换句话说，除了双方都知道的，其他都谈到了。最后，弗兰提斯卡说：“关于汽车的事……已经成为他的躯壳。他尽力了。我知道。但愿他的上帝慷慨大方，不仅仅赐予运气。也许现在……奥特拉，我们很感激吉利的帮助。卢德维克也是。他就是不知道怎么表示。”

“他父母是什么态度呢？”

“我无心去问。光他带来的失望就够多了。”

奥特拉如释重负。当吉利跟她说起前一天晚上的事情，描述当时他很害怕卢德维克会打他一拳，或者甚至伤害他自己，她都担心他俩会结下世仇。但现在弗兰提斯卡来了，在她的公寓里，不是在街角的商店，不是在电车站，也不是在大街上闲聊。“钱就放在吉利的梳洗台上。你等一下。”奥特拉说，一会儿她拿过来一个信封。当弗兰提斯卡看到信封顶角上印着“老板，J.B.”字样时，她突然想到她根本不知道吉利是做什么的，也不知情他的钱是怎么来的。卢德维克从未说起过。但现在也不是问的时候。弗兰提斯卡接过信封。“这只是暂时借你们的，”她说，“我发誓，我会还你的。除了还钱，还有更多。友谊的象征。”

整整三个月弗兰提斯卡趴在机器上苦干，攒足了要偿还的钱。她很后悔当时承诺还要还一份友谊的象征。在把所有橱柜里可用的东西进行一番搜寻之前，她想了想。不能太花哨，但是要足以满足奥特拉的期望。她在角柜里一匹亚麻布的下面找到了：那顶帽子——灰色毛毡，有一个红色的蝴蝶结——曾经在梳妆台上放着，看着她照顾婴儿哈娜，上面的线、纸板和布之类的缠成一团，一直在嘲笑她。孩子刚一断奶，她就赶紧把它做完了，并收在了柜子里。现在她把帽子迎着光举起来。很好，用刷子除除灰尘，它会是一件完美的礼物。

当奥特拉收到礼物时，惊讶得长吸一口气，立即戴上了。弗兰提斯卡也佯装很满意自己的作品。在外行看来，帽子挺漂亮，但其实在饰带下面掩藏有一些失误，漏了的针脚，轻微过切的剪裁，溢出的黏胶等。而弗兰提斯卡仿佛看到一张时间地图，不同时间段里留下不同的痕迹，就像伐倒的橡树干上的清晰年轮。她认为这只能证明她的非凡毅力，而不是她有才能。对此，她觉得是一种侮辱。

奥特拉戴着这顶帽子，像戴着皇冠似的，穿过泽科夫区的大街小巷。她开始把弗兰提斯卡当作她最好的朋友，试图让人看见她们俩一起结伴出现。相反，弗兰提斯卡总回避她，总是在窗口等到奥特拉回了家或乘上有轨电车不见身影后才出来。对她来说，这件事已经结束了。然后，一天早上，她打开饼干罐，发现她的钱不见了。卢德维克也是无处可找。弗兰提斯卡起身出发到街对面去找她。她俩终究会成为朋友的。

“快点儿。”弗兰提斯卡说，她往旁边站，让慢吞吞的奥特拉经过。弗兰提斯卡把眼睛抵在门缝上向外看，确保没人看见她们。

占领开始后，比斯库普克瓦街的气氛变了。大家不敢互相对看，信任完全遭到破坏。弗兰提斯卡不自觉地就注意到了：街 9 号的杰奇姆·奈美克，一些和他无关的谈话，他也站得很近地去听，太近了；22 号的斯蒂潘卡·迪克瓦总是迅速传播一些离奇古怪的谣言；顾客们在街角商店买东西时，佐菲·斯洛维克瓦每次都仔细查看，有时还从衬衫口袋里掏出小本子做记录，和总账本单另分开；就连住在 7 号的玛莉·莫拉克瓦，捷克斯洛伐克红十字会女志愿者，邻居们大多亲昵地称她阿姨，也变得神秘又冷漠。她的一个儿子失踪了，这成为大家持续闲言碎语的话题。斯蒂潘卡·迪克瓦很确定地认为——当然，有较权威的根据——他逃走参军了，因为被迫——这一点她不太肯定。她还坚持说，玛莉阿姨是因为羞愧而把自己封闭起来了。

黑暗已经笼罩着 13 号房屋的门廊。弗兰提斯卡确信她的街坊们都待在家里，也正在窥视孔后窥探她。尽管奥特拉·比的到访只是动荡时期两个朋友的见面，在天马行空的想象下，可能会被认为是在碰头密谋。

弗兰提斯卡把门咔嗒一声关上。现在她是安全的。“抽烟吗？”

“来一支吧。”

奥特拉已经逐渐习惯了这份友谊，也接受了占领的事实。她身上有一种崭新的自信，莽撞无礼，甚至自鸣得意，仿佛她以往缺少的引人注意的东西，现在她周围的人身上也很缺乏。弗兰提斯卡的厨房成了她表演的舞台。这是那笔已偿还的借款的隐形利息，也是她超越自己的一次机会。而弗兰提斯卡，逐渐从她这位邻居的怪癖中找到了乐趣。

“要用滤嘴吗？”

“不用了，谢谢。”弗兰提斯卡划了一根火柴，她俯身靠过来。一缕轻烟从她的脸上浮起。“很好，”她做着毫无意义的手势，继续说，“我们现在很自由。我以前很担心。我不想让你也感觉到——”

“噗——”弗兰提斯卡用手把烟挥开，“你知道这是怎么一回事。一切会过去的。”

“吉利感到高兴，为我……也为我们，说我们经常在一起后，我的脸色变得红润了，而他却在阴影中苍白憔悴。我发誓他就是条变色龙，不是像他所说的那样。我只知道他有人脉。仅此而已。我曾想嗅嗅他衣领上的味道，但是如果确实有情妇的话，被骗的一定是那女人。从没见到过他给我买礼物。‘要找到每一个机会。’他说，‘这是在占领期间能赚的钱。’”

“那你儿子呢？”

“他听他父亲的话。每天上午吉利一离开，他也就出了门。我很担心他，但做母亲的又能做什么呢？他已经长大成人了。”

“也许他是对的。卢德维克也是。我自己其实很害怕这些新的机会。我们在这里，比以前更安全了。女儿们幸福快乐，胖乎乎的。但这是风暴来临前的享乐，终将破灭。”

“你太多虑了。”奥特拉笑了，“感觉你不敢相信这种安逸。你看看你有多久没来我家了？我上一次路过你家，看见你躲在窗台下是什么时候？现在我们一起喝咖啡，看电影，在河畔闲坐。你的配给卡里满满的，都是你老老实实赚来的钱。勇敢面对吧，弗兰提斯卡，城市的占领对我们来说还挺好的。收好东西吧，孩子们很快就要回家了，我们要和莉妲·巴洛瓦① 约会呢。上一部电影我没太关注她……那部

---

① 莉妲·巴洛瓦（Lída Baarová）：捷克斯洛伐克女明星，纳粹宣传部部长戈培尔的情人。

电影叫什么来着？《处女》。是的。但是这部新片，他们说是浪漫爱情片……我可能要再考虑一下。”

“她演得很烂。”

“这是我们的义务。”

“难道有义务沉湎于低俗趣味的泥潭？”

“哦，弗兰提斯卡，你不知道吗？莉妲·巴洛瓦……她的情人是戈培尔[①]。”

4

夜幕降临，城市里的居民们时睡时醒，不敢开灯，窗户黑漆漆的，以免成为敌机轰炸的目标；整座城市变成一头陌生的、令人恐惧的野兽。丑陋的盔甲板安置在那些宏伟建筑的墙壁上，压住那些石雕的怪兽和塑像，隔断了空气以至于半消化的希望的恶臭味弥漫到黎明。

比斯库普斯卡街的一幢公寓二楼的灰色大门里，伴着刺耳的闹铃声，杰库布·兰德起床了。在黑暗中，他欣慰地感觉到他母亲的存在——在他身上，她看见的是拉比王朝的未来，还有那永远缺席但又无所不知的上帝的光环。

杰库布掀开床单，把用来垫在木地板上当枕头的睡衣铺开。还

① 戈培尔（Goebbels）：即保罗·约瑟夫·戈培尔，德国政治家，演说家。曾担任纳粹德国时期的国民教育与宣传部部长，擅长讲演，被称为“宣传的天才”“纳粹喉舌”，以铁腕捍卫希特勒政权和维持第三帝国的体制，被认为是“创造希特勒的人”。

有一小时他就得动身去上班了。他目前的日常工作很死板，也说不上合算——在杰奇莫瓦街的学校待上四天，在社区档案馆待上两天。他在那狭小的厨房里继续耽于幻想，搅拌着咖啡自言自语地安慰自己：也许当他走出家门，会发现这个世界并没有变得更糟糕。

隔壁房间里传来一阵咳嗽声。

杰库布不禁想到，人类永远也逃脱不了，总会留下一些蛛丝马迹。悲伤无望，疲倦不堪，抑或心碎不已：他们最终都会跟上。他们，古斯塔、鲁任卡、赫尔曼和小什缪尔，的确都做到了。在这座城市被占领之前，他们的存在多半是不为人所知的。杰库布曾教他们如何在这座城市生存下去。四年来，在这让人窒息的城市负担着家庭责任，他尽量不表露出内心的仇恨。最近房东开始增收租金，信中说道："由于租户在增加而犹太人如约长期租赁的信任度在下降。"

杰库布明白，这是赎罪和忏悔，因为他抛弃了生病的父亲，因为他没有早一点援助他的家人。现在，由于他曾经的桀骜不驯，如今在比斯库普斯卡街的这幢公寓里，他的母亲和鲁任卡不得不挤在他的床上，而赫尔曼和什缪尔则要睡在沙发上。以往村民们对他的家人很好，千真万确。当他们终于接受他们的拉比即将去世的事实时，他们在城里筹资集款，以感谢拉比以前对他们的关爱，就连桥对面的人们都捐献了一些。但从不远的地区传来大屠杀的消息，使得村民们捂紧了他们的钱袋。因此，尽管当地人们怀着美好的愿望奉出佳音，亚伦和他的家人逃离的时候，仅带着一点车费和这个惊魂未定的民族的温馨祝福。可悲的是，村民们可能永远不会知道，他们敬爱的拉比死在一个凄凉阴冷的收容所，去世的时候痛苦扭曲，身边的妻子唯有无助地恸哭。

杰库布·兰德竭力保护家人免遭邻居们的冷嘲热讽。很明显，他们开始对异族人很不满。二楼公用洗手间的外面是大冲突经常爆发的地方。寡妇素什卡说："这是什么？贫民区吗？"年轻的犹太租户更是怒气冲天。“昨天我又迟到了，”纸业经营商艾伯特·威尔说道，“要知道我已经被警告两次了。这些人不用找任何借口就可以解雇犹太人。现在你母亲的肠胃决定了我的未来！”杰库布向古斯塔和兄弟姐妹解释说情形变了，告诉他们可能要等到8点以后再去试试看有没有可用的洗手间。古斯塔直摇头，无法理解这样的城市生活。

学生第一次游行示威的那天，杰库布·兰德很晚才回家，他的上衣翻领上别着国旗，手里拿着马萨里克帽子。回家后他却发现弟弟什缪尔蜷缩着靠在母亲的身上，泪眼蒙胧。什缪尔抽抽噎噎地说：“杰库布，我想回家。”杰库布轻轻拍了拍他的头，转向古斯塔问道：“赫尔曼回来了吗？”他母亲没有回答。他明白赫尔曼还在外面，和学生们一起。他自认为是他们的一员。“我很快就会上医学院。”他曾经郑重其事地宣布道，可是家里没有钱送他去查理大学读书。于是他只有每天跟随杰库布穿过诺维梅斯托蜿蜒的街道到达民族广场，然后朝南走到卡特瑞斯卡，在医学部门外游荡。赫尔曼很擅长结交朋友，学生们欢迎并邀请他到他们的俱乐部、宿舍和家中。他经常在外逗留直至深夜，远远超过宵禁时间。他总是喝很多在大学化学实验室里调制出来的烈酒，醉醺醺地踉跄着回家，而他的母亲古斯塔则总是战战兢兢地守在门边。

门被推开了，他们一下子转过身来，以为是赫尔曼。来的却是鲁任卡。与往常大多数晚上一样，宵禁时间一过，她就在楼下扎拉尼克夫公寓里收听无线电台。当古斯塔刚到布拉格时，听到空洞的声音吱嘎吱嘎地从杰库布衣橱上那个怪模怪样的玩意儿里传出来，说：“那个盒子很可怕，是被诅咒过的。”她质问说，“怎么能相信隐藏着说话的人的话呢？都是恶毒的流言蜚语。我们要为这个盒子忏悔。”当命令所有犹太人要交出收音机时，她明显地感到宽慰。鲁任卡说：“现在好了，从今天起只有闲言碎语。”她一周都没有搭理她母亲，仿佛这一切是古斯塔的错。她拒绝与家人共进晚餐，去敲非犹太邻居家的门，询问是否可以听晚间新闻广播。她的请求遭到了婉拒，有的很礼貌，有的不太礼貌。直到有天在洗手间里，克里斯托弗·扎拉尼克夫拦住她，小声告诉她日落后到他的公寓去。克里斯托弗和卡罗丽娜似乎并不在意自己在帮犹太人违反命令，他们正收听着扬·马萨里克从英国传回来的消息，这原本是要被判处死刑的。

鲁任卡说："开枪射杀了。"语气肯定而不是疑问。

杰库布点了点头："是的，游行之后。我们清理了街道。纳粹党卫军在温塞斯拉斯广场举行每周一次的耀武扬威的阅兵仪式，突然人群涌动起来。我站得比较远，赫尔曼很早就不见了踪影。他和朋友们一起去了广场。再后来士兵们就来了。"

"他们说死了一个人，是一位面包师。另外有十五个人被送进医院，大部分都是学生。这算是过国庆节吗？"

古斯塔对什谬尔歪着头，轻轻地说："他打开窗户看到士兵们从眼前跑过。他们眼里迸发着怒火，冲撞而来。他们尖叫着，他也高声尖叫着。好像瘟疫爆发了一样。祈祷神明保佑，他们别进来把我们拖走。"小什谬尔正靠在她的胳膊上睡觉，"明天我可能要为失去一个儿子而哀痛。"

鲁任卡说："妈妈，他们不会来的。"

"会的，或者他们的恶灵会来。他们从教堂后面的大门进来，把我们全都掳走。"

黎明时分，赫尔曼，蓬头垢面，鬼鬼祟祟地溜进门，但还是被母亲和兄弟姐妹们围住了。他筋疲力尽，几乎没有力气讲述他的经历。他被捷克警方逮捕了，但又随即被释放了，他向警官承诺说他再也不在街上停留，直至局势风平浪静并且德意志护卫队停止攻击学生。他到沙发上躺下，说："当时已经过了宵禁时间。街上全是德国警察的分遣队。我们躲在医院的附近，有几个朋友不幸中枪了。"他母亲刚打算要再问问他，他一把扯过被子盖住脑袋睡着了。

在杰库布公寓的卧室里，古斯塔·兰德瓦透过窗户目睹了这场占领的发生和经过。她被蜂拥的人群吓坏了。每当杰库布劝她去外面走走，坚持说这座城市可能会成为她的家乡的时候，她都会眯着眼睛，说："这简直就是流亡。在家乡，我熟知每个人的名字。"

布拉格被攻占一个月后，杰库布发现，对于她来说，就连这幢公寓的走廊都是陌生的。她不理会邻居们。这种自我封闭虽然让人痛心，但她已下定决心；她只穿黑色衣服，坐在低矮的椅子上，摘掉珠宝首饰，头裹一条破旧的头巾。杰库布在家时，时常发觉母亲对着她丈夫的照片讲话。她依旧期望着他来保护她，而且睡觉时把照片放在枕头下，这样他的灵魂仍可守护她的梦乡。

就在这次学生游行示威之后的两周里，古斯塔·兰德瓦开始怀疑自己的脑子在戏弄她。门框和窗台下到处都是污水，一直蔓延到公寓墙上的裂缝，缓缓聚成水洼。她觉得成群的知了正在繁衍，紧附在石膏墙后的木梁上，齐声摩擦翅膀，直到那刺耳的警报声响起才戛然而止。赫尔曼和朋友们一直等待着这个讯息。

那个学生，扬·欧普拉特[①]，死了。

古斯塔用双手紧紧地捂住耳朵。鲁任卡声音嘶哑，好似收音机嗞嗞作响，胡乱说着什么；赫尔曼发出怒吼，仿佛有一千个学生在责骂。将会爆发一场更大声势的布拉格前所未有的，值得为之牺牲流血的游行示威。只有杰库布轻声说话，但是声音具有穿透力，他对赫尔曼说："你不许去。他们正愁找不到借口，你是去送死。"

---

① 扬·欧普拉特（Jan Opletal）：布拉格查理大学医学院的学生。1939 年 10 月 28 日，在捷克斯洛伐克反纳粹游行中不幸中枪，两周后去世。他被看作反纳粹民族英雄。

赫尔曼在公寓里一个人待了两天。第三天，他抓起大衣和帽子，夺门而出。

这座城市奋起反抗，很快又安静了下来。杰库布开始上班，但立马感到在布拉格的街头到处都有恶魔般的人物。白天那些疯狂的、反抗的人们在晚上被逮捕，而且不用审判就被秘密地屠杀了。可是他们的灵魂并不沉默：风声呜咽，夹杂着可怕的年轻人的声音。恶魔们继续着他们的暴行，享受着他们带给人们的恐惧与愤怒。他们破门而入，从窗台上、角落里，追逐并捕捉着猎物。

杰库布回头查看，确保没有恶魔回到比斯库普斯卡街来寻找赫尔曼。那个男孩惹祸上身了，他在法律系外与警察战斗，并把他们驱逐到桥的那头。杰库布只能祈祷，希望贴在门上的门柱圣卷能够保佑他。

随后杰库布抵达广场，来到他的精神领袖扬·胡斯的雕像那儿。这位伟大的殉道者用一只巨大的古铜色的手遮着眼睛，而他的信徒们在雕像下面照看有着腐烂花环的墓地。民族的色彩交相融合，如带血的泪水，穿过石头的缝隙缓缓流淌。习习微风从南方吹拂而来，杰库布知道恶魔就在附近。一如他以前习惯的做法，他连连后退五步，依依不舍地向墓碑致辞告别，随后转身猛冲向帕瑞兹斯卡街，希望能听到孩子们嬉闹的声音。当他到家时，杰奇莫瓦街上只有一个人：格奥尔格·格兰茨伯格，他坐在马路牙子上，等待着。

“学校放假了，”格奥尔格说，“整座城都被封锁了。我父亲送我过来这里。他知道你会来的；我们得离开这儿。马上。”格奥尔格抓着杰库布的袖口，带着他穿过两个街区来到乌斯塔雷赫·黑比托瓦街，他的家。“希特勒一听说关于游行示威的消息，就把冯·纽赖特和弗兰克召集到柏林。他决不允许这种软弱无能之事发生。在过去的一个月内，他逃脱了三次暗杀。如今，他正在用只有他知道的方式，带着暴力的狂欢，庆祝他的绝对不败。报复行动正在进行中。”

利奥波德·格兰茨伯格教授从窗边转过身来说："这种压抑的平静是暴风雨前的寂静。"杰库布和格奥尔格站在暖炉旁，正在拂掉外套上的雪花。隔壁房间里传来盘碟碰撞的叮当声和一个女人欢欣的唱歌声。利奥波德径直朝橱柜走去，伸手取来了一瓶酒，随后递给杰库布一个酒杯，说："安抚一下你紧张的情绪。"格奥尔格拿起小提琴，心神焦虑地拨弄着琴弦。利奥波德给他也倒了一杯。

他举起酒杯："为幸运干杯。为生命干杯。一年了，为你俩干杯。"

格奥尔格将杯中的威士忌一饮而尽。他看到父亲这样甚是担忧。这位老人很快陷入绝望；他已经从忙碌的学术生涯中隐退，在附近的犹太博物馆里寻求了一份安宁——他清理博物馆里底座的灰尘，并整理陈列品。利奥波德·格兰茨伯格教授渐渐习以为常，当不在博物馆时，他便会神情焦虑地站在窗边，目不转睛地盯着街对面的礼堂，祈求着自己负责的物品不会积上灰尘。他的名字曾在波西米亚最神圣的学术殿堂里回荡，社区领袖、拉比和政治家之类的人物都曾求教于他，但这一切对他而言已毫无意义了。他放弃了对灵魂的守护，因为生命非常有限。

格奥尔格说："街上几乎空无一人，店主们没有搭起遮篷。到处晃动着木桶：德国士兵正在往墙上贴海报。当然又是一条新法令。回来的路上我遇见了一个老同学，他说德国士兵已经清空了大厅，并驱逐了所有参与欧普拉特守灵游行的嫌疑人。卡尔·弗兰克显然想将布拉格据为己有。这些游行示威让冯·纽赖特显得很软弱，不过他仍试图在希特勒面前极力为自己辩解。很明显，弗兰克手上有一份名单，并征用了专机。这时我的朋友开始号啕大哭起来，他说如果只是驱逐该多好啊。昨天晚上学生会遭到了袭击，领袖们都被带走了。还有一些教授。此后再也没消息了。"

利奥波德又重新靠回窗边，说："绝对已经死了。他们的亲人很快会收到处决通知单。枪盒和子弹都不便宜，我们为这场占领付出了沉重的代价。”

格奥尔格站了起来，又给自己倒了一杯酒。“在梅瑟洛瓦，有一张海报声称他们封锁了大学。虽然他们不至于杀害我们的学生，但这是在谋杀学校啊。”格奥尔格举起酒杯说：“为知识的死亡干杯。当然，也为你干杯，杰库布，我的朋友。很可能你是我可以接触到的最后一个犹太人，但愿他们把你安置在街对面雕像的底座上，我的父亲会为你掸掉肩上的灰尘的。”

他们几乎下了一下午的棋。每场对局由格奥尔格决定能持续多久，在出手绝杀之前，他都要布局筹谋一番。杰库布的防守虽略显笨拙，但偶尔格奥尔格也会稍稍往后坐，盯着变幻莫测的战局，不得不反复斟酌如何走好下一步棋。

黄昏时利奥波德回到房间。他说：“他们的巡逻更频繁了，趁天还亮杰库布该回家了，免得他母亲为两个儿子担心。”杰库布根本没法在棋盘上落子，他的每一颗棋子都陷入格奥尔格完美的布阵中。“那么，和棋？”他边说边起身准备离开。

街道上死气沉沉，连德国巡逻队的脚印也被大雪掩盖了。在暮色降临之前杰库布回到比斯库普斯卡街时，家家户户门窗紧闭。现在离宵禁还有几小时，他不敢相信这么早就如此黑暗和寂静。白天里恐怖的事情太多了。他打开公寓的房门，看见赫尔曼坐在沙发上，杰库布停下来亲吻了一下门柱圣卷。死亡之神已经放过他们家了。

“我应该待在其中一辆公交车上的，”赫尔曼说，“我应该和他们患难与共。”当他听到消息后立刻冲回宿舍，却发现里面空无一人，只看见大屠杀后的一片狼藉。书本散落一地，书桌横七竖八地倒在两旁，花坛中满是玻璃碎片和鲜血。赫尔曼回到家开始收拾行李：几件衣服、几本书、一双备用鞋和一床毛毯。他需要轻装上路。他没钱付火车票，更别提移民税了。古斯塔需要钱来维持生计。他唯一的选择就是走路，或者偷渡。无论将来会到哪儿，他的离开已成定数。英国、美国或者巴勒斯坦。他将参军入伍，加入医疗部队，以某种方式去上前线。

古斯塔骂他，恳求他，又骂他。赫尔曼坐在母亲身旁，轻声细语地宽慰着她，而她却凝视着腿上的照片，仿佛拉比亚伦可以帮她出主意。在最后的相处时光里，他们共同策划赫尔曼的行程，设想他在异国他乡可能遇到的危险，简直就是比斯库普斯卡街的山鲁佐德[①]。破晓时分，他们站在门口目送赫尔曼离开。只有什缪尔还无法意识到彼时的庄严和神圣：在他看来，他的哥哥只是一个存在于故事书里的英雄。

5

三个面色古板的男人，穿着黑色长袍，几乎与周围墙壁上的窗帘融为一体，使得他们的头颅和双手看起来好像和身体分开了似的。他们面前的桌子上摆放着一份起诉书资料，只有几页，一式三份。男人们低声念着，遇到疑点便停下来，询问那位在桌子后边肃立恭听的警官。他通过一名警察口译员回答他们的问题。男人们便继续阅读那份起诉书，自始至终，打字机都在发出咔嗒咔嗒的响声。他们同时一致抬头看着那个被审判的人：蜷缩在一把不锈钢椅子上，双手被绳子捆绑着。三个头的地狱看门狗。之后是为期五天的审问。他们无权考

---

① 山鲁佐德（Scheherazade）：阿拉伯民间故事集《一千零一夜》（又名《天方夜谭》）中宰相的女儿。因为夜复一夜地给国王讲饶有趣味的故事而幸免一死。

虑犯人忍受了什么。但他们深知在隔壁的审讯室里，审问就是酷刑拷打。在这里，在潘克拉奇监狱唯一的审判室里，他们的职责仅仅是表演一副公正的假象。指控的罪名很常见：非法销售、伪造配给卡和黑市交易。一个投机倒把的奸商而已。判决只需不到十分钟就结束了。

吉利·比被逮捕时，他信誓旦旦地向他的妻子和儿子保证，当天下午他就回来；一场误会，他只是一个普通的商人，在艰难困苦时期努力维持生计罢了。其实这是故意在做戏，精心设计的一出戏用以迷惑那些德国盖世太保们。那天，吉利一家人正在吃早餐时，他们敲响了大门，简单地做了说明后便站在门口等待吉利收拾行李，随即将他带出去并塞进等候在旁的警车里。奥特拉在门廊里徘徊，想要再看一眼她的丈夫。警车没有熄火，停在路边，她看见一个身材魁梧的德国纳粹警官给吉利蒙上眼罩。警告提醒毫无必要。布拉格的每一个人都明白这种突然的造访最终意味着什么。通往布雷多夫斯卡街佩切克宫[①] 的这一短暂路程，甚至于路面上的坑坑洼洼，吉利都是非常熟悉的。战前，他曾和那儿的银行有过短暂的业务来往；在最近游行示威期间，他站在那座威风的黑色正大门外面，看见人们要求释放他的朋友们。

他认为轻而易举地认罪坦白，并招供出那些人的名字是出于权宜之计，而非心存恐惧或怨恨。如此一来，这些抓捕的人便没有机会在残忍中找到快乐。当他们把削尖的竹片插入他的指甲，在他脸颊上捻灭烟头，或用电极棒触击他裸露的睾丸时，吉利想要在他们的眼神里看到一丝不满或者痛苦。这些身着黑色衬衫、黑色裤子的虏获者们仿佛仅仅是在上演一幕幕场景，经过不断操练，这些场景显得近乎自然了。只是他们的双手出卖了他们：他们的双手总是无处安放，看起

① 佩切克宫（Peček Palace）：二战期间被用作德国盖世太保在布拉格的总指挥部。

来很别扭。吉利认为没有必要再拖延下去了。让他们做他们应该做的事吧，大家都不想在这里待下去了。

当审讯结束，准备将他带到法庭审判时，他浑身是血，伤痕累累，几乎面目全非。

女儿们沉沉地睡着，火车有节奏地发出哐当哐当声，融入了夏日嬉闹的睡梦中。她们坐在从乡村归来的火车上，弗兰提斯卡·鲁比克瓦望着车窗外穿梭而过的田野。她感叹着大自然的非凡魔力，能让人们迅速相信世间还存留着和平的希望。田野的尽头，一场战斗刚刚打响，那里的人们自告奋勇地要尽一份绵薄之力。就连她的米利津小镇，尽管鸟儿依旧在纵情高歌，蜂蜜仍在缓缓流淌，男人们却烦躁不安地照料着庄稼，因为他们需要做好记录，完成分配的份额，否则要交付罚金。“他们征用了我们所有的人。”埃米莉说，当时她们坐在苏德梅里斯外的凉台上看着女孩们在湖里戏水，“包括蜜蜂。”她抿了一口茶，把杯子放回托盘，问道，“你呢？”

弗兰提斯卡不能告诉她布拉格怎么样了，无论如何，不能说出实情。杜拉克先生关闭公司后，两个月过去了，卢德维克陷入了痛苦之中。如今大多数时间里，弗兰提斯卡只能不停地在缝纫机上忙着，以此寻求一丝宽慰。只有当孩子们放学回来了，生活才恢复一点生气。她几乎见不到卢德维克。她也不再时不时关注宵禁是否开始或结束。卢德维克很少回来躺在她身边睡觉，以至于他根本没有注意到她把他俩的床垫分开放置，中间有一个空隙。

“是的，”她说，“包括我。”

“你丈夫呢？”

“他已经尽力了，他还操心一些别的事情。”

“那么，一切都好。”

“他父母在遭罪受难。工厂贱卖给了一位经营商，承诺留下鲁比捷克公公看守仓库，可四天后就被解雇了。尽管他装出一副架势，不让我们把他们当作负担，但我们感受得到，强颜欢笑的背后是深深的绝望。想想一直以来他们都在帮助我们渡过难关，现在他们有需要了……我们想帮助他们。我想帮助他们。”

“拜托了，弗兰提斯卡。这么一来你们都会饿死的。我良心上看不过去了，这么多年来我一直没说什么。上帝啊，你为了维持生计，像田鼠在地里四处逃窜，我多想说点什么啊，但是我沉默着，因为那是你自己的选择，你的路。恶心的卢德维克缠住了你。但这次不同，伊莱亚斯和我已经商量过了，我们要帮助你。我们的确要向纳粹德国交税交粮，但是今年是个好年份，成群的蜜蜂自由自在地飞来飞去，大地苏醒，生机盎然。我们的橱柜装得满满的，那些浑蛋根本不知道。你走的时候尽可能地多带点。亲爱的，你把自己叫作犹太人就够了，不必像犹太人那样生活。”

“我可能做不到——”

“让自尊见鬼去。拿着吧。让孩子们再过来多带些回去。给她们孤独的姨妈一点欢乐吧。”

弗兰提斯卡·鲁比克瓦敲响邻居家的大门。她听到身后楼梯间传来门闩的咔嗒声，以及拉紧防盗链的吱嘎声。弗兰提斯卡把一个小包揣在胸口，里面有用烘焙纸裹着的一大块黄油、一罐蜂蜜和用布包着的午餐时切好的意大利香肠片。她觉得应该和朋友分享第一份美食。但为什么呢？借款已经还清了，都已经忘了。不过她依旧感觉自己的每一个善行都不够光彩。那么正确的秩序是什么呢？善良、时间、礼物、友谊：她都尝试过了。但是不行，解脱是要发自内心的。她首先要原谅自身的原罪——软弱。

门后有微弱的刮擦声。“是奥特拉吗？”她低声说。门锁一个个打开，金属碰撞声沿着楼梯口一路传过来。门开了，她的朋友出现了，蓬头垢面，脸色苍白而憔悴。奥特拉把她拉进怀里，她身体微颤，开始抽泣起来。弗兰提斯卡感觉到脖子里流进温暖的泪水。走廊灰暗的灯光下，她看到垃圾桶上满是灰尘。奥特拉停止了哭泣，转身往后，领着弗兰提斯卡来到了起居室。她一坐在沙发上便开始喃喃自语，就像拧紧的阀门突然被打开了一样。

弗兰提斯卡回家乡不久，他们便上门将吉利带走了。头两天奥特拉一直站在门口等待。第三天她把百叶窗窗帘拉下来，用胶带将其固定在窗台上，如此她一直等到夜晚时分。吉利通常都是晚上这个时间回家，然后他们一家人会一起共享晚餐，谈论当天发生的事情。波乌斯抱怨家中肮脏不堪的时候，奥特拉就开始呵斥他。她的床变得冰冷，一点也不温馨。吉利有一个礼拜没有回来了。她把枕头和毯子放到客厅的沙发上。稍有动静，她就冲到门前，但通常一无所获，如果刚好是波乌斯回来，她又会责骂他：斥责他在外面待到太晚，斥责他破坏宵禁规矩，斥责他给了她希望。她的情绪激怒了波乌斯，他把枕头和毯子放回她的床上，然后说："让我来等父亲吧。"这是她第一次睡着了，但噩梦萦绕不断：致命的枪击、摇晃的天窗或者吉利被人掐着脖子等。清晨她去查看邮箱，里面没有来信。她查看了对面的城墙上张贴着死者名单，上面也没有吉利的名字。这成了她日常要做的事情。波乌斯很少待在家。

吉利被带走的三周后，判决通知书下来了——去南方的毛特豪森集中营进行为期六个月的劳役。冬天他会返回家中，如果还能回来的话。奥特拉可以给他寄送一些物品，但是鉴于他的罪行的性质，所有的包裹都会被审查。任何无法提供合适收据的物品都会被没收，她也要为此被带走质询。她至今没给他寄过任何东西，同时又出于担心和内疚而食不下咽。波乌斯无法理解，便把她当作病人对待，强迫地喂她吃点东西。有时候他鄙夷不屑地看着她，好像他已经是一个被困在父母坟墓里的孤儿。他迫不及待地想逃离，逃到索科尔青年俱乐部，和朋友们待在一起。

“他后来回来了吗？”弗兰提斯卡问她。

“嗯，是的。”奥特拉答道，“回来了。”

弗兰提斯卡知道，她会一下午都留在这里：她要撕下那些固定窗帘的棕色胶带，让白天的光进到房间；她要走进厨房，找到面包，把上面的霉切掉，做一顿饭。而且明天，她还会这样做。

这一次她弄错了：解脱不仅仅来自内心，还来自他人深深的绝望。没有满足，没有快乐，好似干瘪的劣质果仁——外壳很硬，肉质很差。它扼杀了你剩余的灵魂，但又会再次恢复平衡。冤冤相报何时了。

每一天都是新的开始。清晨，警报声响彻整个集中营，不过其实他们早就醒了。到了晚上，他们筋疲力尽，祈祷能睡个好觉。当他们静静地躺着，盯着眼前的黑暗，他们开始窃窃私语。他们谈论着各自的家庭，避而不谈所犯的罪行。夜晚不需要忏悔，无法吞噬耻辱。那么，还有什么可说的呢？说他们所做的一切毫无意义吗？如果有力量和勇气，他们可能会英勇赴死吗？在这里他们把岩石砸碎，或是被岩石砸碎。他们在这里服刑，一次一整天。每一天都是永恒。

吉利·比数着从上铺滴到他毯子上的尿滴。他不知道他来了多久了，也不知道他服了多少刑，只知道如果不被上铺垂死挣扎的膀胱所困扰，他便心满意足了。不久这个可怜的家伙会被送去医务室，可能再也回不来了。吉利掀开毛毯，从床上起来。他的脸正好齐及上铺的伙计。这位老人微笑着向他伸出手。吉利握住他的手并用干裂的嘴唇轻轻吻了一下他的指关节。“睡吧，睡吧。”他说，“还早呢。”老男人嘟哝着闭上眼睛。吉利冲向食堂。一杯微温的咖啡和一块不新鲜的硬面包：这是在采石场一天的食物。

树叶开始变黄，米利津小镇凉爽的微风中飞舞着小女孩们的欢声笑语。她们试图通过冒险来战胜对方。如果马塞拉用烟熏出蜂群，艾琳娜就立刻潜入湖中；如果达萨独自睡在阁楼上，马塞拉就挨着姨妈睡在地板上。在短访的日子里，她们忘了自己的家园已被占领，也不记得这对犹太人来说意味着什么。他们要离开的时候，灵魂很轻盈，行李箱却很沉。

在自己的家里，她们每天吃得饱饱的，卢德维克也是。尽管他有各种毛病，他也知道最好别问问题，只管自顾自地吃就行了。但他只知道索取，从不给予付出，由此弗兰提斯卡越来越疏远他了。

奥特拉数着她丈夫释放的日子，她在厨房凳子上放了一本巴塔日历，在上面做着记号。随着日期的变化，时间一天天减少，她找到了慰藉。她不因为那些发生的事情而责备吉利，也从不去想他是否有可能犯罪。她说："养家不是罪"。判决书列出的名单上有一些她熟悉的名字，不过这并没有对她造成困扰。这些人她从未见过，但她知道他们对她丈夫的生意很重要。做妻子的不应该为了这些合伙人而把丈夫想得很糟糕。不管怎样，当她需要帮助的时候，他们在哪里呢？他们没有来安慰她，没有带来生活必需品或其他东西帮助她渡过难关。

诅咒他们和只能同甘不可共苦的为人之道吧。毕竟吉利为他们做了很多。奥特拉站起来把裙子拉直，拿起铅笔，俯下身，在日历上又划掉了一天。

第一场大雪降落在这座城市时，已经快到11月了。弗兰提斯卡打开她的储藏室。女儿们周末去了一趟米利津小镇，但带回来的东西不足以填满货架。田野里的霜冻降得早了些，蜜蜂被装进蜂巢，不再出来。达萨说院子里有一种奇怪的肃静，冬眠蛰伏般的沉寂无声。弗兰提斯卡想："能从战争开始睡到结束，还能不知饥饿，真是一种恩典啊。"她知道这一天会来临，希望能准备得更充分。他们不得不用很少的东西勉强度日。但是该怎样做呢？她差点认不出卢德维克的父母了——他们身上的衣服曾经亮丽显眼，但如今非常不合身。她看着鲁比捷克公公亲吻她带过来的装满大米或麦子的小袋子，她觉得自己真吝啬啊——她本可以给他们更多的。至于奥特拉呢，弗兰提斯卡顾不上她，等到地面解冻和万物发芽再说吧。自谋生计吧，现在她只能让女儿们勉强糊口。养家不是罪。

~

在吉利应该释放的那天，奥特拉在房门口重新开始守夜，但他没有回来。在接下来的日子里，她彻夜等待着，生怕一走开，他就会步履蹒跚地回到空荡荡的家，以为她抛弃了他。可他仍然没有出现。波乌斯像家里养的猫似的来了又走了，喂她食物，照料她的身体。他的身上有肥料、汽油或汗水的味道。他长成一个男人了，她很自豪，但又担心害怕。他比以往任何时候都需要一个父亲来引导他。她的吉利：养家的人，幸存者。她敢这么说，他是一位英雄。奥特拉站在门边守候着。

弗兰提斯卡·鲁比克瓦驻足停留在比斯库普克瓦街13号外面的人行道上，看着另一边的大楼。冬日的太阳在明净的天空里闪耀着白色的光。弗兰提斯卡非常纳闷，很奇怪，她没有听到她朋友的消息。她敲了敲门，对着锁孔低声说了几句，但没有任何动静。她在小地毯上留下了一个小包裹——一个足够用来庆祝吉利归来的小蛋糕——然后回到楼下。她走在街上时想到了一个更好的主意，便跑了回去，那包裹竟然不见了。

传闻是真的吗？斯蒂潘卡·迪克瓦说最近有一个幽灵在比斯库普克瓦街上出现，遮着脸，趔趄着前进，系在腰间的裤子绊着脚，随后消失在附近的房子里。老天在上，斯蒂潘卡赌咒发誓自己没有看错。那个可怕的东西就是吉利·比。

“她买了消毒剂，”店主对聚集在她柜台上的一小群人说，“主要是碘酒，还有绷带。有时候她买些苹果和剃须刀片。她从不说话，径直到货架上拿她需要的东西，然后付钱。我问候她丈夫，她也根本不理睬。他病了，这一点是绝对的。我怀疑他被隔离了——他得了肺痨。她正在采取相应的预防措施，比如给房子消毒之类的。你们要小心，不要靠近他们的房屋。现在可不能染上病。”

“是梅毒！”杰奇姆·奈美克说，“我叔叔也得了同样的病。他有一次出差时，在伯拉第斯拉瓦，从一个妓女身上感染了梅毒。有一天来了一辆车，两个男人很快把他带到一个温泉浴场；是我的婶婶给他们打的电话，她希望不加声张地处理这一切。他在那里待了几个月，寄生虫在他脑子里钻了很多洞。他们给他注射了很多洒尔佛散[①]，头几个星期他不得不趴着睡。但病情没有好转，最后他满身皮疹，还尿血，死于肝功能衰竭——医生在死亡证明上是这样写的——至少我可

① 洒尔佛散（Salvarsan）：又称“胂凡钠明”“砷凡纳明”，一种含砷的抗梅毒的药。国际上禁止使用此药，原因是副作用太大。

怜的婶婶没有丧失颜面。他们甚至免费把他截肢的手臂还给了她，截完肢两个礼拜他就死了——那只手臂都还没腐烂呢。城市被占领了，见过世界末日的男人们都会到附近的妓院去发泄。可怜的奥特拉，她留下来照顾那个浑蛋，而他那受了感染的排泄物都渗在她的床单上。”

斯蒂潘卡·迪克瓦说：“大家都知道她是怎么活着的。看看她，安静又虔诚，她慢步小跑时会用围巾遮住脸。我告诉你们，她在荷尔索威斯小镇的时候可不是这个样子，在那儿她穿得很少。如果那就是他一开始怎么感染的，我一点也不感到惊奇。你们从来没想过他们怎么能过得起这样的生活吗？他总是炫耀出风头，但根据可靠的消息，他根本没有值得称道的公司和事业。这家人是我们这条街的耻辱。”

玻璃上响起一阵尖锐的敲击声。弗兰提斯卡很快认出了那是波乌斯的鞋子——从她家那比周围低的有利位置，她大多数时候都能判断是哪位邻居在来来去去。她冲下走廊，进了大厅。当弗兰提斯卡走近时，波乌斯正在往邮筒里偷看。“求你了，鲁比克瓦，你必须让我进来。”她摸索着门锁将其拧开。波乌斯从她身边挤了过去，蜷缩着身体跑进来。弗兰提斯卡关上门，跟上他。

“波乌斯。”

“我来是为了——”

“你的母亲？”

波乌斯摇了摇头：“她不知道我来这里。”波乌斯看起来很体面，穿着吊带裤和一件宽松的衬衫，嘴唇上刚开始长出黑色的小胡子和稀薄的络腮胡子。他正长大成一个优雅的年轻男人，表情认真而坚定。然而他身上仍然保留着一些童真：磨损的鞋子，一顶呢帽压在他修剪得不太整齐的头发上，狡黠的笑容——还没因为成年人的生活压力而黯淡。随着他的脚步移动，弗兰提斯卡仿佛看到了他的成熟在起伏不定：一开始是一个男人，现在是一个男孩，如今又成了一个男人。他有点难以捉摸，可以是乞丐，学生，懒汉或者银行家的儿子，他可以融入任何街道和任何环境。她不由得想起女儿达萨，因为没有任何记号或特征标明他是一个犹太人。弗兰提斯卡满心欢喜地看着他，她想，只有他们这种类型的人才能在布拉格拥有未来。

“他们说的是真的吗？他回来了？”

“是的，不过他与以往不同。那个回来的人……他不是我的父亲。”

“斯蒂潘卡说——”

“他整天就是从一个窗户跑到另一个窗户，把窗户边缘的胶带撕开，躲在百叶窗后面往外偷看。晚上他用枕头盖着他的脸。”

“我试着过去探望过，卢德维克也是。”

“你会看到一个瘸子仓皇地躲到桌子下，鲁比克瓦。每一次有人敲门，他都以为又是来抓他的。我想离开家，但他泪流满面，低声说：‘他们在监视我。’所以一直等到他睡着了，我才——”

“你已经尽力了，我确信。”

“不。我感到羞耻。”

“别这样，波乌斯，没什么羞耻的——”

“为他，鲁比克瓦，我为他感到羞愧，也为母亲感到羞愧。我来这儿是因为做儿子的本该以父母为荣，尽管他开始对他们充满怨恨。”

“波乌斯！”

“我知道你从家乡带了一些东西要和我们分享，我过来取给我们的那份。鲁比克瓦，我再也不会眼看着父母处于那样状态而坐视不管。如果你需要的话，我有配给卡。”波乌斯把手伸进外套，拿出一本配给证。“给你，”他把折的皱皱巴巴的本子递给弗兰提斯卡，说，“这些我们用不上。”

弗兰提斯卡从桌子下拉出一把椅子。“坐吧，波乌斯，冷静点。”他重重地坐下来。“看吧，”弗兰提斯卡继续说，“真高兴你来了，你妈妈就像我的姐妹，卢德维克也想念他的朋友。只是冬天里……”弗兰提斯卡扫视了一下储藏室的架子，“你等一会儿吧，我去做点好吃的，剩下的你带给你父母。到休息室去吧，躺下来歇一歇。对于一个年轻人来说，这样的责任太重了。女孩们很快就会回家。”

波乌斯打起盹来，睡梦中他闻到了热牛奶、洋葱、黄油和五香粉的香味。准备开饭了，弗兰提斯卡轻轻地把他推醒。他来到桌前，女孩们已经坐好了。她们把面包丸子推来推去，蘸着炖汤，叉着并不存在的肉。女孩们欢笑着，喋喋不休。波乌斯一边好脾气的忍受着她们的问题，一边和达萨羞怯地互相交换眼神。等她们吃完了，盘子上闪着油光，两个小一点的女孩说声抱歉就回床睡觉去了。达萨和艾琳娜开始清洗盘子。波乌斯想过去帮忙收拾杯子，却被弗兰提斯卡夺走了。

“今晚你是客人，”她说，“我丈夫很快就会回来，我想他不会有心情招待客人。”她把剩下的炖汤刮到干净的盘子里，“这是给你父母的，告诉他们……告诉他们我很抱歉。”

宏伟的国家博物馆的电缆塔上悬挂着纳粹的三色标志，囚禁住了瓦茨拉夫国王和他的马。不受欢迎的庆祝气氛在布拉格的街道上慢慢渗透，好似埃及第十灾[①] 中的手指。士兵们加快了前进脚步，旗帜在雨雪中冻结成冰。一个月后将是本城被占领满两周年的日子，可邻居们依旧没有找到机会与吉利·比说上话。奥特拉不再频繁光顾佐菲·斯洛维克瓦的商店。斯蒂潘卡·迪克瓦说：“其实比我们想得还要糟糕，晚上我听到汽车停在路边的声音，引擎熄火几分钟后，他们就快速离开了。有这样的来访者的只有一种人：通敌者！”

“够了，别瞎说，”杰奇姆·奈美克说，“我没有听到过你说的引擎声。”

“那是你妻子像驴一样地打鼾。因为她，一半的邻居都要用棉

---

① 第十灾：根据《圣经》记载，上帝在埃及降临了十大灾难，第十个是长子灾（Death of first born），即头生的人或者动物都要死。

球塞住耳朵。等着瞧吧，杰奇姆，吉利·比已经是他们的一员了。”

“斯蒂潘卡！你没有同情心吗？这个可怜的人在集中营里受苦受难，这是有公开记录的。”

“你这个笨蛋！都知道他曾被关在佩切克宫。我有确凿依据，说他被关在地下的那个旧电影院里，独自一人靠墙坐着，而其他所有囚犯都坐在长椅子上，等待着遭受金属棒的电击刑罚。不过他没有。他坐在靠近暖气的地方，面对着地板，羞愧地不敢直视任何一个殉难者。理应相信他也是受害者，但事实胜于雄辩，杰奇姆。他离开了六个月——足以让纳粹秘密警察用来训练一个平民间谍。那么为什么是他呢？好吧，如果你能认真听一次，你可能就知道答案了。比斯库普克瓦街是反抗运动的滋生地。是的，你能相信吗？我们的比斯库普克瓦！没有比一个整天表现出随时V Boj[①] 的人更合适去上报情况了。”

“一个月前，他从妓女的妻子身上感染了梅毒，现在呢？”

“是的，天大的耻辱。那个男孩呢？那天早上他回到家，浑身都是油漆，而且我们一醒来就看到那些可怕的涂鸦。他们在想什么，激怒德国人吗？我有点想报告这一切。”

“别做这样的事。随他们去吧。”

斯蒂潘卡·迪克瓦裹紧了她的外套，拧起脸，好像要吐口水似的。“要我说，这是全家人的灾难的根源。”

一个孤独的身影，身披灰色斗篷，低头沿查理大桥行走着。雪开始飘落，路上哨兵们呼出的气体变成一团水蒸气，仿佛要圈住雪花；他们嘲笑着覆盖着白雪的雕像。这个男人继续前行，他可能是抵抗运动战士、刺客或者破坏分子。但他都不是，他只是一个男人，穿过一座桥后，倚靠着一根粗手杖站得直直的。他既不老也不年轻。脚印很

① V Boj：捷克语，翻译为《斗争》，是捷克斯洛伐克被占领期间的地下主流报纸。

快被盖住消失了。士兵们并没有留意到他；枪支绑在左肩上，指向天空。街上又恢复了和平；现在不需要枪支。

这个男人步履沉重，路过一些靠北边的圣徒雕像，这儿停一停，那儿停一停，好像是在表示敬意。有时候，好像怜惜他的手杖似的，靠在不平的石栏杆上歇息。他把手放在冰冷的栏杆上，凝视着下面波涛汹涌的伏尔塔瓦河。他到达十字架和耶稣受难像时，停下来念着上面拼写的金色的圣言——圣哉，圣哉，圣哉，万军之耶和华——他说着支离破碎的希伯来语——他从青年时代就抛弃了的语言。他的声音没有惊动任何人。雪花依旧飞扬，飘落的轨迹也没有因此受到任何影响。

这个男人从东岸附近的桥上翻下去时，士兵、圣人还有路上的鹅卵石都没有留意，他几乎一声不响地掉进了桥下的河流。伏尔塔瓦河，这个男人失踪案的共谋，将其吞噬，然后在遥远的下游把他推到岸上去，确保无人能把他辨认出来。一位店主发现尸体堵在一根系船的柱子上。他把尸体从河里拖出来。不过他并没有派店员通知桥对面的犹太治丧志愿者协会的奥托·穆内莱斯。他打电话给当地警察，他们不情愿地来收了尸，把它带到了市区太平间。尸体在那里停留了三天后，和其他几个穷鬼一起，被埋进了奥沙尼公墓靠后的角落里的乞丐墓里。

因此，没有标志着吉利·比安息之地的石碑。他已经从历史中被彻底抹去了。

6

有这样一个帝国，一方面对遥远的土地进行掠夺扩张，一方面疯狂压榨内部受困的人民。巴贝尔位于这个帝国的边陲，是一个飘零流落的弹丸之地。囚犯们蜷缩在破烂的长木椅上。他们大多是逃亡者或者移民，来自泽科夫、纳什耳、苏台德、维也纳和慕尼黑等地，像是杂乱无章的音符组成的不和谐的乐谱。这些囚犯是在早上和下午分批转移过来的。18个月前，这里是一所宽敞而简朴的学校，如今却变成拥挤不堪的收容所。

这个村庄使杰库布·兰德回想起自己的童年，那时候老师们开口说话都要先引用一些圣贤之言。经书上写着："凡救一人，即救全世界。"可见上帝认为生命是多么的神圣。然而，在这儿，杰奇莫瓦，尽管杰库布当过教师，却跟一只牧羊犬差不多。每个教室挤着50名囚犯，每天至少发生两次冲突，导致一定范围的较大的动乱。他们看上去像流浪汉或贫民窟的人。一年多了他们没有购布券。杰库布看见他们衬衫接缝裂了口，短裤上用窗帘布打着补丁。来自慕尼黑的小难民赫什曼和鞋匠的叔叔住在一起，他脚上的皮鞋面上破了几个洞，上面用布缝了一些星星状的补丁。鞋子灰黄破旧，只有补丁看上去是新的：金光闪闪，如同穿透灰暗天空的太阳。

"孩子们，"格奥尔格·格兰茨伯格说，"请站成五排，快点儿。"他们闻言迅速找到自己的队伍，并按照他们自己的次序站好。杰库布关注着每个小组，耐心地聆听他们的谈话。排在最前面的是来自捷克斯洛伐克的孩子，他们认为自己比这些外国来的蠢货优越。他们还有父母，有家和看似安定的生活。20年来，他们的母亲在同一口锅里为他们烧菜煮饭；他们的父亲坐在扶手椅子里，这些印象已经深深地刻在记忆里。这些孩子相互询问身体是否开始散发臭味了。杰库布不止一次发现阿尔诺斯特·弗卢塞尔在洗手间疯狂地擦洗自己的双手。像哈娜·金佐瓦这样的孩子，她父亲是犹太人而母亲是基督徒，会倍感屈辱：根据犹太法律，她既不是犹太人也不是基督徒，但是在这所犹太学校，她都是。她不得不吞下这苦果。

德国和奥地利的难民集中在第三排。从第一天起直到现在，他们的眼神充满了迷茫；有的已经待了快四年了，还从未融入这座城市。父母将他们送进布拉格的德语学校，希望可以轻松地转型过渡，但很快他们成为嘲笑和殴打的对象。仿佛学校就是伴有偏见和暴力倾向的德国统治领地。去年他们被学校开除了，他们反而松了口气，期待着去犹太学校寻找立足之处，从而成为上流社会的一员。但现实往往让人震惊：捷克斯洛伐克的同学嘲笑他们。他们漂泊在一个对他们充满敌意的城市。他们常常谈论着自己的家园，那个家园指的是巴勒斯坦，而非糟糕的希特勒统治的领土。杰库布无意中听到赫什曼和弗朗西斯科·布莱赫塔这两个男孩回忆起快乐的野营时光，那时还允许犹太人乘坐电车到乡村去。他俩长途步行来到营地，一边绑着绳结，一边唱着豪迈的歌曲，旁边还烤着德国蒜肠。“我发誓，”年轻的布莱赫塔说，“我们在巴勒斯坦能享受这样的生活。这才是真正的农场的样子。”杰库布不忍心告诉他们吉利·朗格尔的来信内容：他在去巴勒斯坦的船上不幸胸腔感染，八个月后才从肺痨和臆想症中康复过来。他在信中写道：“巴勒斯坦不需要希特勒，沙漠的空气已经足够毒辣了。我感觉好像从未离开过你们，不过现在我很自由。”

来自苏台德的难民们不会说巴勒斯坦语。家园的概念对他们没有任何意义；他们目睹了自己的国家曾经是如何繁荣，又是如何消失的。大多数人只能从内心深处寻找归属感。跟捷克人在一起时，他们被视为叛徒或逃兵，颇受排挤——和跟德国人在一起时也一样，很别扭。

有些学生总在逃学，比如记者里奥·范特尔的儿子弗雷德里克·范特尔。杰库布和格奥尔格·格兰茨伯格经常说起他，他的潜能，他的运动天赋——他比班上任何孩子都跑得快和跳得高，而且他很聪明。不过杰库布不查考勤。他们总会回来的，除了维也纳男孩库尔特·迪亚曼特。他在4月底不见了，这让他的同学们很是沮丧；他是第一个同家人一起被驱逐出境的。因为他的离开，班级显得更困顿，这不仅因为他是一个友善聪明的孩子，也因为他的母亲吉塞拉·蒂安蒙托瓦是位好裁缝，经常把他们身上的碎布条拼缝成像样的衣服。杰库布也得到过她的服务。他妹妹鲁任卡启程去美国前的几个星期，他们一起到伦丁斯卡街库尔特的家中拜访。库尔特的母亲个子矮胖，一头草莓色的短发，多年来眯着眼穿针引线使得她眼睛下方满是褶皱。鲁任卡带了四件女装过来，足够让吉塞拉·蒂安蒙托瓦拼出一件新衣服了。“我带不了太多衣服，”鲁任卡一边把衣服放在桌上，一边说，“只有一只箱子和一个背包。”

吉塞拉平时严厉、较真，但是这么富余的布料让她露出了微笑。她量了鲁任卡的尺寸，时不时转过头来询问库尔特在学校是否有进步。杰库布回答她说：“他性格温和，听说很擅长运动。如果世道好一点的话，他应该是大有前途的拳击手。”十天后，他们再次过来取衣服——既结实耐用又端庄朴实，穿着它在人群中不显眼，不会引起骗子、无赖或宪兵的注意。

奥塔卡尔·斯沃博达钻进照相机后面的黑布里。“第三排的小女孩”，黑布里传出他沉闷的声音，“看不见你可爱的脸蛋。稍微朝右边移一点吧。”杰库布转过头，看见玛珂塔·费舍尔娃小心翼翼地从克莱茵娃后面露出小脸来。这个可怜的孩子还在为去年丢失的小狗思科兹里而伤心难过。不只是她——当禁止犹太人饲养宠物的法令颁布之后，很多孩子不得不为他们心爱的宠物寻找新家。但没人愿意收留思科兹里——它又老又脏，大小便失禁，还总是对想要抚摸它的人龇牙咧嘴。只有玛珂塔能让它安静下来，让它睡在她自己的床上，毫不嫌弃地清洗它所留下的污秽。截止日期快到了，有消息传出来，说德国人打算将剩下的犹太人的宠物进行安乐死。玛珂塔的父亲抓着思科兹里的后颈，让女儿和它告别。玛珂塔紧紧地抱着它，它不由得气喘吁吁地发出咆哮声。“只能这样了，”她母亲说道，“至少可以保证它不会受罪。”费舍尔先生将它淹死在浴室的水槽里，整个过程中这个可怜的小动物没发出一点声音。

“笑一笑！”奥塔卡尔·斯沃博达说。他举起闪光灯，按下开关。这可能是杰库布在这个他待了四年的地狱里的最后一张照片了；而对于格奥尔格·格兰茨伯格和大多数学生来说，这是他们人生的最后一张照片。

7

对吉利·比的各种推测一直是比斯库普克瓦街的谈资，斯蒂潘卡·迪克瓦也想不出什么新说法了，她开始关注一件更紧迫的事——搬家。

之前就尝试过，其野蛮残忍的行为简直令人发抖：一千名犹太人被遣送至尼斯科的一个小农场，那儿靠近波兰小镇卢布林。之后几个月内，有六百人被饿死或者冻死。其余的人被遣还回家时，发现他们的家早被陌生人占据了。这次尝试失败了，犹太人纷纷欢欣庆祝，但搬家的恶魔总是挥之不去。他们天天在布拉格犹太宗教委员会总部门口，列队请求埃米尔·卡夫卡博士保证不会再有类似的事情发生。“他到处游说了。”杰奇姆·奈美克一边说着，一边走下了台阶，并未给任何人做出答复。

很快夏天到了，整个城市笼罩着刺眼的阳光。墙壁和桥塔上贴满了海报。其中黑色和红色的，是一条新法令：命令居住在城市外围的所有犹太人必须迁至布拉格市中心，在三个区中选择一个居住。受保护国的其他主要城市也发布了类似的命令。说是搬家，实际上是进一步加以控制。最富有的犹太人尤其难受：他们被赶出家门，被迫搬到破旧的公寓，住得比以往最穷的同族人还要差。他们试图维持以往的生活，有一些人在做委员会为他们安排的一些卑贱的工作时，也穿着西装打上领带。短短几个月，在整个欧洲，这座城市的扫街工和垃圾工是着装最佳的。

随着冯·纽赖特失宠于柏林，他被取代了——是实质上的，不仅仅是名义上的——被一个毫无慈悲心的人。

斯蒂潘卡·迪克瓦越了解这位新来的德意志帝国保护国的代理人，就越高兴不起来。他在俄罗斯前线的野蛮名声成为纳粹的传奇。他坐着战车猎杀犹太人。斯蒂潘卡徒劳地奔走着警告邻居们；因为从莱因哈德·海德里希接管的那一刻起，就马不停蹄地开始展示他的秉性。第一个星期他就下令处决了近一百人，关闭了所有布拉格的犹太教堂，并加大了德国军队的巡逻频率和野蛮凶残，压制摧毁抵抗力量。第二周半的时候，他就启动了捷克领地的完全雅利安化。犹太人最先被驱逐出去。

海德里希能够充分利用现有的人员安排。自捷克被占领以来，阿道夫·艾希曼[1] 一直负责犹太移民中心办事处，并成功鼓动了少量犹太人搬迁。该办事处同时负责协调捷克犹太人向大城市集中。海德里希认为下一步的关键就是去掉选择的因素。海德里希、艾希曼和冯·纽赖特的前副手卡尔·赫尔曼·弗兰克花了几小时，仔细研究了地图、时间表和地址清单，制订了一个行动计划。制订完毕时，他们兴奋不已地举杯庆祝，为他们的祖国、高效率以及绝对的胜利。随后他们向卡夫卡博士发出指令。海德里希的愿望立即得到实施。卡夫卡博士是犹太社区信托基金的创始人，负责处理被遗弃的财产。

犹太宗教委员会狭小的办公室里一片忙碌。主任和秘书之类的都在疯狂地编写清单并将信息抄录到索引卡上。每张卡片上都印有姓名、地址、日期和相同的地址：威尔逊站。被召集而来的人只带一个行李箱，装上保暖的衣服和一些贵重物品。而在有些卡片上，卡夫卡博士能认出那些名字，他印上简短的一句话——原谅我。

这些卡片被整批送出，引起了一片混乱。但消息很快传开了，几天之内，意外的敲门声成为布拉格最令人害怕的声音。近五千名犹太人，装了满满的五节车厢，被安置在波兰的罗兹贫民窟。他们大多是学者、专业人士和贵族，其中包括卢德维克的父母鲁比捷克公公和鲁比克瓦婆婆。

冯·纽赖特播下种子，海德里希来收获，整个过程花了不到三周。

杰奇姆·奈美克在商店的柜台上放了一小袋土豆，嚷嚷道："犹太复国主义者胜利！毕竟我们可以拥有自己的家园了。"

"杰奇姆，受够了你的油嘴滑舌，"佐菲·斯洛维科克说道，"这

---

① 阿道夫·艾希曼（Adolf Eichmann）：纳粹德国的高官，也是在犹太人大屠杀中执行"最终方案"的主要负责者，被称为"死刑执行者"。

可不像你。”

“为什么不呢？他们已经扫荡了整个小镇，连卡夫卡都不否认。这些该死的走狗！火车上装满了捷克斯洛伐克农民，涌向布尔诺和苏台德，或者任何容得下他们的地方，自豪地履行公民义务。我们的财产作为奖励给了他们。他们做了一笔很好的交易。”

“未来并不是没有一点希望。”佐菲·斯洛维科克从围裙里拿出配给卡的剪子。

“是的，要像自然保护区的野生动物一样自己谋生。看看我们现在的样子，佐菲，我们还能活多久？我们是城里人，对农业生活很陌生。我们需要像你这样敢把东西卖给我们的人。”

“你会活下来的。”她一边剪着杰奇姆的配给本，一边说道，“我会很高兴看看溢水的下水道的后面有些什么。我不在乎把我放逐到了哪里，只要别打仗就行。战争总有一天会结束的，我有点嫉妒你们犹太人呢。”

“如果是去军队驻地呢？斯蒂潘卡告诉我时我不知道该不该相信。因为这听上去太过……太过——”

“骇人听闻。”

“是的，我想她可能听错了，你知道她老那样。但是她坚持说是她亲自在委员会听说的，她跟我说已经开始了，自己去看看吧。我去瞧了，他们确实在那里。年轻强壮的男人挤在一起，坐在行李箱上，有的打牌，有的吸烟，看上去都很无聊。终于，等待结束了。人群聚集着，看着男人们进了火车车厢。大家注意到火车向北行驶，不是向东。这些年轻人去往的地方仍在受保护国境内，有关特雷津的传言是真的。火车在驶离的时候，成百张脸在我眼前闪过，似乎融合变成了一张脸。突然，我看到了他。他靠着窗边，盯着我。是波乌斯。长大了，胖了。但我肯定就是他。”

弗兰提斯卡·鲁比克瓦在一个多梦的夜晚惊醒，瞥见她的大女儿趴在窗边的凳子上，仿佛一只受惊的动物。达萨正在用纤细的手把窗帘猛地拉开，往街上看。

弗兰提斯卡小心翼翼地从床上起来，以免吵醒其他人。凌晨苍白清冷的光在远处的墙上投射出一些神秘怪诞的影子——几小时前，海德里希下达了攻击的命令，噩梦中复仇天使降临了。达萨每拉开一个窗帘，那些影子变换展示出不同的可怕的场景，就像暴君死于感染的伤口一样恐怖。

商店的橱窗里陈列着一辆自行车和一件皮外套，仿佛在跳着慢步华尔兹。

密谋的人们蜷缩在紧闭的门后，希望听到的是熟悉的声音。

一只螳螂，裹在木头和红色的丝绸里，祈祷着，无视那些列队经过被它破坏腐烂的尸体的人群，这些人都在为即将到来的末日而哀伤。

整个村庄被大火吞噬了。

“达萨？”

女孩继续靠在窗玻璃上抽动着。

弗兰提斯卡朝她走去。达萨随时有可能转身，发出惊叫或者从凳子上摔下来。这些声响会把邻居们吓得号叫起来。一旦引起哨兵的警觉，先遣队会很快出现在公寓，这样他们就会翻找出她藏起来的东西。

达萨把手伸了出去，在空中胡乱抓着。

“妈妈，”她小声说，“我听见车门砰砰地关上了。还有说话声。我跑到窗边，只能看到很多人的腿，穿的是西服，不是制服。皮鞋擦得亮亮的。”弗兰提斯卡在凳子边蹲下来，伸手去抱达萨的腰，但是被推开了。“朝马拉尼诺克瓦那边看。看那儿。现在是宵禁时间，可是在十字路口那儿有很多人。”

她说的是真的。弗兰提斯卡挤进角落里，脸颊和鼻子压在玻璃上。楼下的马路上，人们在转来转去。两辆黑色的汽车在街尾停了下来，挡住了她看往大道对面 7 号楼的视线。弗兰提斯卡把手指放在嘴唇上做了个“嘘”的手势，然后朝房门方向点了点头。

她们找到自己的外套。搁物架旁边的小桌子上有一张皱巴巴的传单，上面说告密任何情报都有丰厚的赏金，这种承诺对她们简直就是一种侮辱。昨天卢德维克从口袋里掏出这张传单，恳求地看着弗兰提斯卡，说：“或许你听说过什么。”她摇了摇头，企图转身离开。但是他不让，“我们只有五天的时间，接下来的会是更多更狠的野蛮抢掠。弗兰提斯卡，这与赏金无关。他们会杀人的。海德里希是怎么想的？这不是我们希望得到的救赎。”

她冷漠地看着他，把传单揉成一团。

他是谁，竟然要问这些事情？大多数夜晚，他都不在家。她想去恨他，恨他的信仰，但她还是会祈祷他的安全，祈祷他正睡在朋友的沙发上或酒吧的地板上。自从开始驱逐犹太人，时常有人消失不见，已经不是什么稀奇事了。亲友们都赶往斯特莫夫卡公园附近的集中地点，希望能知道他们的亲人还活着，希望当自己被赶走了，他们也许会再次相见。然而，弗兰提斯卡只是等待。他会回来的。

夏日清晨的阳光穿过比斯库普克瓦街道，灿烂夺目。路边的裂缝伸展出杂草，鸟儿在菩提树的繁花丛中欢快地鸣叫着。

弗兰提斯卡和达萨·鲁比克瓦跑到拐角处，在人群中穿行。几名身着西装、披着黑色风衣、戴着手套的男人守卫在路边，拦挡住那些焦急的邻居们时不时涌起的骚动。他们帽檐下的眉毛上布满汗珠，下面是一双死气沉沉的眼睛。达萨看着对面街角处，一些同样装束而面容严肃的男人在7号楼穿梭出入。弗兰提斯卡听着周围的人群在惊恐地低声地议论纷纷。很多名字在传来传去，大多数她都没听说过。怎么会有这么多陌生人住在附近呢？但这当中有一个名字反复提起：莫拉维克。

莫拉维克。莫拉维克。莫拉维克。

“我想起来了，我卖过东西给她呢。”弗兰提斯卡听得出来是佐菲·斯洛维克瓦严厉地说，“别把我当成同谋。”

“我早就知道。”这是斯蒂潘卡·迪克瓦的声音，“我没告诉过你吗？”

接着传来杰奇姆·奈美克的声音：“如果抵抗是从你家的厨房开始的，你不可能知道。”

弗兰提斯卡感觉到女儿紧紧地抓住了她的手腕，把她拉到人群前面。人群从中间被分开了，她可以望见整个十字路口的景象。盖世太保从那栋楼冲出来，站在一辆备好的汽车旁边待命。这一刻出奇的安静。所有的目光都集聚在那房门上，等待着，看什么人会出现。

接下来的几天里，斯蒂潘卡·迪克瓦向我们讲述，阿罗伊斯和阿塔·莫拉维克在被押送进汽车时，如何带着藐视的表情昂首阔步。人群中谁也不敢说什么——毕竟说死人的坏话是不好的——但他们都记得当时的场景：一名中年男子，眼镜耷拉在凹陷的脸上；旁边是一名年轻人，一头蓬乱的金发，边走着边呜咽哭泣；他俩都穿着破旧的睡衣，双手被捆在身后。他们仅仅走了几步就上了车，这一切都在几秒钟之内就结束了。车门砰的一声关上了，汽车加速消失在通往古城的方向——毫无疑问，去往佩切克宫。“这些人应该感到羞耻，”杰奇姆·奈美克说道，“就这样走向了屠宰场。”

“她逃走了，”斯蒂潘卡·迪克瓦低声说，“我知道。她晚上溜走了，让这两个人承担责任。这就是为什么——”如果大家不关注那扇开着的门的话，她会接着诅咒她的这位邻居，跟在场的人讲这个道德败坏的女人的故事。从他们站的地方看过去，场面有点滑稽：一名穿制服的士兵倒着朝后走，被门槛绊倒，翻到外面路边上；他双手抓着的，先是一个人的两只脚，再是躯干，接着大家看见另一名士兵架着那个人的胳膊；那个人的胸腔和肩膀窝在一起，头部被挡住，四肢挥舞着，整个场景像是一场不入流的杂耍表演。

两名士兵松开手，咚的一声闷响，玛莉·莫拉维克的身体重重地摔在地上。这次抓捕之后，她的一些事情传开了：她参与了海德里希暗杀计划；勇敢地要吞服氰化物药丸自杀；在佩切克宫被斩首。也有传言说，当阿塔·莫拉维克看到他母亲脖子上血淋淋的卷发时，他彻底崩溃了，并向盖世太保告了密。他们不会责怪他，毕竟他让他们免于遭受一场布拉格前所未有的暴动，而且他自己也送了命。

当宵禁结束的钟声敲响，比斯库普克瓦街恢复了寻常的繁忙。弗兰提斯卡回到自家的角落里，她看着对面的街道，回想起阿罗伊斯·莫拉维克的脸。她认为他做的事是有真正价值的。他是一名男子汉。

8

杰库布·兰德蜷缩在马车的角落里，胳膊紧紧抱住双腿。车子在鹅卵石上颠簸，如同尖刀一样刺痛着他的脊椎。轮到他休息了——靠着沙发、枕头、扁平行李箱、袋子或者盒子——格奥尔格牵着缰绳，两匹马在前面拉，马车颠簸地穿过街道。

杰库布将双眼埋在膝盖间，回想起村庄里的家乡。如今那里荒无人烟。只听得见哒哒哒的马蹄声。不知怎么的，冒出来四个孩子向他冲过来。“给我一张报纸吧。”最大的孩子伸出手来。杰库布翻遍了身上的玩意儿，只找到一份《冲锋报》[①]：一份恶心的报纸，简直

① 《冲锋报》(*Der Stürmer*)：是第二次世界大战期间的一份德语周报，其主旨是宣扬纳粹和反犹太人。

就是臭水沟的抹布，上面的每一滴墨每一个字都是毒液。他们想了解一些外面的消息，把报纸拿走了。向他道了谢之后，他们一起走到河边看报纸——满是毒液的报纸。他看着他们，等待着。这些孩子中毒倒在河边，尸体沉入烂泥中。杰库布大笑起来，浑身颤抖。

哒哒哒！杰库布猛地坐了起来。梦中的人们都消失了，根本不存在。一摞用麻绳紧紧捆绑着的报纸围着他。这些报纸不是用来看而是用来包装的。主管告诉他，脆弱的东西也有价值。

杰库布旁边有一个黑色文件夹，记录着已经离开的人员信息。每一页上都展示出当时的忙乱：做出决定，收回决议，再做决定。有些词语被划掉了，有的在空白处潦草地写着。夫妻打架。孩子们的要求。带走什么，不带什么。杰库布在路上把文件夹合上，以免里面的哀号声回荡，吓得枝头的樱花纷纷坠落。马车叮叮当当地穿过街区，他们挨家挨户地收集遗留下来的物品，他知道，其实自己也是遗留的东西之一。

“和亚玛力人① 邪恶的王子哈曼一样。”格奥尔格接过缰绳。杰库布认为他说得很对。在街道上穿行，是一种完全的耻辱。同往常一样：犹太社区信托基金组织的员工们站在门口等候着马车的到来，多希望在这一刻，这个地址，不会是他们的同事、朋友或者家人。

这是杰库布第三次死里逃生了。埃米尔·卡夫卡、雅克布维茨，也许甚至穆内莱斯都救过他。他坐的马车行驶在帕瑞兹斯卡大街，如同救生艇漂浮在无聊、辛苦和绝望的河流中。但马车是用来保护那些索引卡片的，这些卡片是比他更不幸的人的命运。杰奇莫瓦学校是他的港湾。“很抱歉，杰库布。”校长接到学校必须停课的命令时说，“我

---

① 亚玛力人（Amalek）：《旧约》中居住在巴勒斯坦西南和西奈半岛的古代闪米特人的一支，是以色列人的宿敌。

们一定会为你找一份新工作。”那是6月的时候。不久，年轻教师们和格奥尔格一起被召到宗教委员会。他们有了新工作，新角色。纸片上写着熟悉的地址：杰奇莫瓦街3号。“明天到库房报到。”秘书说，“我们要以最快的速度运输出去。”

一夜之间，原来的学校变成了到处是脚手架的迷宫。杰库布都认不出来这是哪里了：每一面墙上都有架子，上面堆放着大量的东西，一些生命的碎片。每一个房间分类堆放着不同的物品。杰库布从未见到过这么多的钟表、缝纫机和银制餐具。有些物品他看得出来是属于他的学生们的：比如这本弗朗西斯科·布莱赫塔的书，那个哈娜·金佐瓦的摇摆木马。他后来在清理房间时，再次见到相框画像中的他们，吃惊地发现他们的物品很少。“用以纪念你们的东西太少了。”他想。有些学生还在布拉格；他会看见他们在街上百无聊赖地调皮捣蛋，不过他不希望这些学生们注意到他，便偷偷地离开。

今天还有最后一站，计划外的。男孩带着理事会的紧急任务来到贝霍瓦街的这所房子。马车装得满满的，但没有办法，只有赶着马拖着重重的车在坑坑洼洼的路上拼命前行。为了给可怜的马减轻负担，杰库布下车和格奥尔格一起步行。他们和马都筋疲力尽了，时不时勒马停歇，他们在一旁等着，直到喘息平静为止。

他们两个必须赶到柯尔克维街上的房子里去，把车上的物品卸下来，然后回到杰奇莫瓦街，这样才能保证在宵禁之前可以到家。当他们抵达时，另一辆马车已早早候在那里，这是信托公司为数不多的送货车之一。疲惫不堪的打包工人有的靠着车轮，有的坐在排水沟旁。只有一个男人站在一旁，双手插在裤子口袋里，不耐烦地跺着脚。他是工头。杰库布从未见过他，却有点畏惧。他是唯一一个手掌没有老茧的信托公司的员工。

“你来晚了。”工头说。杰库布盯着街对面的一间被木板封锁起来的店铺，中间的那块木板上潦草地画着“大卫之星[①]”的图案。那工头接着说：“盖世太保早来过了。有人报告说这间空房子里有人说话和走动，但这是不可能的。这里以前住的是兰斯伯格一家，但一个多月前他们就搬走了。我们太大意了，应该早就过来的。邻居有些疑心，给当局打了电话。盖世太保想知道犹太人的游魂有没有藏在房间的墙壁里，你应该明白我的意思。他们四处搜查了，两小时后他们出来说检查完毕，让我们开始干活。当然，他们往车后备厢里搬了几个盒子，还把我列好的清单上的贵重物品给划掉了。”他把笔记板递给格奥尔格，“给你，你拿着。”一些打包工人已在大门口会合了。“你有一小时时间，”他边打开门边说，“或许不到一小时。”

他们一窝蜂地冲进去，涌到楼梯平台上，等候在标有数字“5”的门口。他们总共有十个人，人手足够了。杰库布松了口气，因为不需要他和格奥尔格一起把家具搬下楼了。他们两个人都不是搬家具的料。格奥尔格清点好存货，并给打包工分配好任务。块头大点的人负责较重的物品：桌子、沙发、床等；个头单薄的人负责处理厨房用品和宗教物品。书籍由杰库布和格奥尔格整理。“你们刚才都听见了，”格奥尔格说，“时间有限。把你负责的打好包，不管是什么。杰奇莫瓦街会有人再把它们分类。”

兰斯伯格一家曾幸福地住在这里。多么显耀的一个家族。在布拉格，这个姓氏备受尊重，可以往前回溯五代人。马克西米利安·兰斯伯格，他的儿子亚历克斯，亚历克斯的儿子马蒂奇，代代从事航运业。然后是马克斯，以曾祖父的名字命名，带领着整个家族生意进入不同的轨道，偏离了他声称的昨天的幻想。马克斯是他那个年代的能

① 大卫之星（Star of David）：又称六芒星、所罗门封印、犹太星等，或直接称为六角星。两个三角形以反方向覆盖，就变成了一个六角星，这就是大卫之星的起源。大卫之星是犹太教和犹太文化的标志。

人，热衷于电力行业；但这种热爱并没有传递给他的儿子海因茨，也就是现在的兰斯伯格先生——他喜欢钢铁行业。捷克斯洛伐克当时刚刚成立，其蓬勃发展得益于国外投资和当地简单的发展模式。海因茨抓住了机会，并和马克斯·邦迪先生保持着长期的合作伙伴关系。对很多人来说，海因茨是这个新兴国家的象征：在动乱中创造新事物。他的名气很大，以至于卡雷尔·恰彼克[①] 想以他来塑造形象，甚至打算把他写进一本关于蜥蜴的小说中去。兰斯伯格否定了这个主意，让卡雷尔写写马克斯·邦迪："他更喜欢大众的关注。"

布拉格被占领之后，和其他的企业主一样，海因茨·兰斯伯格用低得可怜的价格把生意卖给一个非犹太人的管理者。他很意外地发现自己并没有为此烦恼。他已经拥有他所想要的：一个妻子，两个孩子，舒适的生活。他有充足的时间去调整自己的生活。每颁布一项法令，他就要放弃一些财富或资产，越来越明白艰苦朴素的含义。在大部分犹太贵族被迫搬离自己的家的时候，他已经在老城区找到了一处普通的居所。他很欣喜，在斯密科夫的豪宅里显得有些稀少的物件，搬到柯尔克维街的新家则刚刚好。当追捕捷克贵族时，并没有人来搜寻他，他不在名单之中。海因茨·兰斯伯格是宿命论者，也是禁欲主义者。他对从前生活的记忆只剩下和家乡有关的零碎片段，而且其中大部分是关于他的妻子。他最终的命运和其他的犹太人一样。

包装工人们像蜜蜂一样忙忙碌碌，无暇交流。格奥尔格在清单上把物品一样样地划掉。工人们将临时用的麻袋斜挂在肩上，一个个地离开了。时间快到了，最后只剩下杰库布和格奥尔格留在房子里。

---

① 卡雷尔·恰彼克（Karel Capek）：捷克斯洛伐克著名的剧作家和科幻文学家、童话寓言家。他擅长讽刺幽默和幻想，以运用虚幻、象征的现代派手法为世人瞩目。他的童话作品以鸟禽牲畜和幻想的形象来揭露、讽刺社会生活中的丑恶现象。

楼下，包工头一个人站在街上，看着他们的马车。

“你听见了吗？”杰库布问。

格奥尔格摇了摇头。

“听，又来了。”

格奥尔格正包装着一本旧的，包着皮面的书籍。“老鼠吧。”他说。

杰库布走向空荡荡的卧室。他环顾四周——浴室门，衣柜门，其他的门……他倒吸一口凉气：还有一扇门。是藏在梳妆台的后面吗？当然是很小的一扇门。但是他们怎么会没发现呢？又来了，头顶上传来声音。杰库布冲到门口，把耳朵贴在门上。声音更大了。他扭开了门把手，门里面只有无尽的黑暗。杰库布伸出手，抓到一个冰冷的金属的东西。一根棍子。他顺着往上摸，摸到了一面粗糙得像砂纸的墙。他的手往远处探，又摸到另一面墙，然后还有一面墙和楼梯。“不可能，”他想，“我本来就在顶楼。”杰库布走进去，小得只容得下一个人。他抬脚慢慢往前挪，突然一阵疼痛，小腿骨被磕到了。这是一个螺旋式的楼梯：只有阶梯和弯曲的栏杆。杰库布腿上的疼痛慢慢消失了，他接着往上走。周围黑漆漆的，他的眼睛一时无法适应。外面，可能早就天黑了。

爬上楼顶后，他小心翼翼地伸出脚，寻找结实的地面。四周有横梁，横梁间悬吊着木板。他听到轻浅的呼吸声。“有人吗？”他问。没有回应。“有人吗？”他大胆地迈了一步，让自己尽量在倾斜的屋顶上保持平衡。他停下来静静地听着。呼吸声，就像出水口冒出水流的声音。突然传来一阵沙沙声，一股可怕的力量将他往后猛推。过了好一会儿，杰库布才意识到自己被扑倒在地。有个东西压在他的胸口。是人还是怪物？

“你是谁？”攻击他的人问。

“杰库布……杰库布·R”。

“你用什么创作？木炭？油？铅笔？”

“我——”

“那你是雕塑家吧？我就知道。”

“不，不是。”

“谁派你来的？协会吗？”

“我喘不过气了。”

“别动。”杰库布感觉有一只手顺着他的胯部，摸进他的口袋。“很好，”那个男人说，“没有武器，连一把凿子都没有。”杰库布仍然被压在那个人的大腿之间，但感觉不像老虎钳子那么紧了。“那么你不是艺术家吗？”

“不是。”

“我以为你跟他们是一伙的。”

“那些盖世太保们吗？”

“不，那些扫荡兰斯伯格家的人。我在通风口都看到了。太可惜了，不过他们也用不上这些东西了。”

“你认识兰斯伯格家的——”

“当然。艺术家都认识这位资助人，尽管他不一定认识这些艺术家。跟我来。”

“我——”一阵冷风袭来。杰库布感觉到那个人的膝盖掠过他的胸腔。一只柔软的手把他拉起来。他们走过嘎嘎作响的木板。“小心撞头。”那个人提醒道。杰库布伸手感觉到屋顶是尖拱形的。几分钟后他停下来，抓住杰库布的肩膀让他向左转。“就是这里。”他说。光从屋顶的裂缝里照射下来，在黑暗中形成一些框架。在他面前的画架上，有一幅巨大的油画。

“你无意中来了这里？”

“那儿有扇门。”

“有人偷懒了。每个出口都应该被封起来。不过我们很高兴被留了下来。”

“我们是谁？”

“我的艺术家们啊！布拉格被占领了，大街上太危险。我们来到这屋顶下低矮的地方，要知道这些房子是互相连起来的。我们以画笔工具分类。这里的约瑟夫城区[①] 是属于油画家们的区域，尽管分了很多独立的学派，比如现实主义、表现主义和浪漫主义。帕瑞兹斯卡街、科兹街和维正斯卡街，甚至在贝尼代克斯卡街都有我们这些艺术家。我们就像卫星一样，围绕着唯一的太阳运转——这个太阳就是画廊的老板埃弗兰·贝歇尔。愿上帝使其灵魂安息。”

“看街对面的那些木板——”

“是的。那是必然的。布拉格因为军队的到来变得晦暗无光。只有现实主义派兴高采烈。因为得到这座城市的新主人的许可，他们画的风景和水果盘变得家喻户晓。我们这些人只有坐在这里盯着空白的画布发呆。后来是贝歇尔点燃了希望之火。他曾说过“千万别害怕，还会有更有眼光的资助人的。艺术家不会拿枪架炮去打仗，那么就以存在作为一种反抗吧”诸如此类的废话；他说起话来好像希望今后有人引用他的话。不过，他所说的还是奏效了，大家不再死气沉沉，这个屋顶上的城市开始绽放生机。”

“但在这里没有看到别的人啊。”

“是的，这是我欠他的。以特兹克·贝兰奥尔。他的下场真悲惨。”这位艺术家缓缓地叹息一声，“我欠他的这份债，永远也还不清了。”

（以特兹克·贝兰奥尔简短而悲伤的故事）

他是约瑟夫城区的疯狂的现代主义流派艺术家。为了他，他们来到

---

① 约瑟夫城区（Josefov）：捷克首都布拉格最小的一个城区，是该市从前的犹太区。该区完全被布拉格老城包围。

这里；为了他，他们离开了这里。一天，他来到这里，支起他的画架。画布上开始出现的是耶稣婴儿出生在马槽的传统场景，这已经被画了上千次了，我们都打算四散走开。这时，婴儿的上方出现了站立着的第四个智者，手里握着一把刀片烧得通红的匕首。起初我们还担心这是暴力威胁，他企图想要我们所有人的命吗？但是，接下来我们看见孩子的嘴唇附近涂成紫色。这是耶稣受割礼的场景。画作底部的签名为：以特兹克·贝兰奥尔。

他一刻不停地继续创作关于犹太人耶稣的系列画：耶稣的成年礼；在棚舍的耶稣；赎罪日拜倒在藏经壁龛前的耶稣。每完成一幅画，他就转身发现越来越多的人聚集在他周围。等到他开始创作最后一幅画时——关于逾越节盛宴上的耶稣，达·芬奇的《最后的晚餐》的副本——这屋顶上的空间里已经站满了人。

只有我没有被他的魔力吸引；我的心思在别处；我已经找到了灵感。当我被推挤到墙上时，我把一片瓦片移开才得以呼吸。当我从寒冷的布拉格的夜色中把手收回时，手变得黑黑的：那些圣书的纸张被用来点燃远处火葬柴堆，变成黑炭飘散在风中。

我从四周的人身上的长袍上撕下一些布，绷在大木架上开始画油画。一层层灰尘使得画作没法达到透视效果，新场景会替代旧场景。

在这死一般的黑暗里我有些迷失。一阵不怎么虔诚的欢呼声让我回过神来。犹太人耶稣的油画完成了。我看着贝兰奥尔放下画笔，在一块抹布上擦擦手，走出门外。狂欢的追随者，吹着口哨，呐喊着，尾随他走出这囚笼般的屋顶，走上街头。我踮着脚站在他之前坐过的台基上，掀开另一块瓦片以便看得见外面的场景。对面的门里出现了埃弗兰·贝歇尔的身影——他张开双臂欢迎他们。看到这些就够了。我把瓦片恢复原位，走下台基，环顾发现周围一个人都没有了。

我彻夜无眠，着手要把整个城市画下来。我偶尔停下来，看着贝歇尔的画廊，那里日复一日没有变化。有人前来欣赏贝兰奥尔的画，但是却找不到那幅犹太人耶稣的画。他们软硬兼施，又是哄又是打，但他都不为所动。他很机智。他被人抢劫过，后来又有第二次、第三次，但每次他们都一无所获。我也知道，他们不可能找到什么，只有在失望中悻悻而去。我全身心地投入我的画作中——我想尽快把它挂在贝兰奥尔的画旁边。

首先画的是一条河流，奔流着血污污的河水。河流两边向外延展的是城市，它的街道、房屋、城堡和公园，天空脏兮兮的，如同被笼罩在裹尸布中一般。在这梦魇般的背景下，出现了那些被囚禁的人们的脸。他们如幽灵般地向我走来，要我表现他们的存在。让·科哈特，一个意志软弱而且没有持续热情的学生，他本可以带着臂章悠闲地站在桥上，但他却去爬堡垒，现在被关在奥莱尔恩堡，等待着这个城市投降时释放他。亲爱的市长奥塔卡尔·克拉姆卡，如同耶稣基督当年被钉死在十字架上的时候一样，头部、手和脚的伤口直冒鲜血。他因背叛罪在鲁兹尼步兵营被处以死刑——他只不过在无名战士的墓前放上花圈，运行一个和市政厅抵抗的小组织。佩特·班伯格遭到民族主义暴徒的袭击，仅仅因为他在公共场合没有身上佩戴的黄星，以及他在交通高峰期没有及时给纳粹们腾让出有轨电车。在监狱隔离间里受苦的费利克斯·克雷尔，本是一个极其严肃的人，被指控开希特勒的玩笑，希望他在竞选中没有打败怀恨在心的马立克·扎伦卡。就是这样，该死的纳粹狂魔。但是，每一个英雄故事背后隐藏着另外一层含义，让人觉得很不体面和烦恼，而且是我在最后时刻才体会到的——那就是，希望、信念和尊严的失去。这是一种背叛：这里充斥着支持者、勾结者和机会主义者。

我靠墙坐着，凝视着画布。场景已经很恐怖了，但总觉得少了点什么。七年前，我第一次遇到贝歇尔，他看了一眼我的画，摇了摇头。“你的技巧很不错，”他说，“但我要的不是建筑，是灵魂！”是的，上面画满了那么多的冤魂，我的画却缺少属于它自己的灵魂。我怎么知道不幸的贝歇尔会提供给我呢？

轮胎发出刺耳的声音，车门砰的一声关上，一声枪响。一片尖叫声，接着传来了恐怖的哀号。血液仿佛离开了我的身体。是贝歇尔。他们找到了另一个画廊。

我冲上顶棚，一把推开屋顶的瓦片。当四个“褐衫党[①]”爬进窗户时，贝歇尔站在街上，和贝兰奥尔一起。可怜的贝兰奥尔。他把手臂高高地举向空中，大声叫骂着。他试图把木板拉下来，碰到的却是一把枪托，他不吱声了。士兵们押着他进了屋子。不久，他们又出现了：埃弗兰·贝歇尔，他的妻子和四个孩子，拖着行李箱，带着枕头和毯子。士兵们把赶到一辆卡车的后面。后面是贝兰奥尔和他的四个徒弟，搬运了一堆半成品的画。一些士兵冲向他们，双方发生了一些争抢混战。但是没有用。那些画被践踏在那些锃亮的长筒靴下。

车发动了，不过更大的屈辱还在后面。一个褐衫党抓着小查娜·贝赫罗夫的头发，把她拖到外面。她遭到惩罚，一是因为她是她父亲的孩子，二是为了让她明白，尽管任何人都能画画，但并非所有的画都是艺术。他命令她在画廊入口处的木板上涂抹上一颗巨大的“大卫之星”。之后他抓住她的腿，把她扔进了卡车。车加速离开了。

其他的车也开走了。只剩下一个士兵站在破碎的画布上。他把这些碎布踢到一堆，从臭水沟里翻出一个瓶子，把里面的东西泼洒在布堆上，然后从口袋里摸出一个打火机。一道火光闪过。燃烧的画布发出尖叫，仿佛说着以特兹克·贝兰奥尔最后的神圣的话语。我伸手接过飘过来的火焰，余烬灼痛了我的指尖。余烬未冷之时，我把我所看见的画了下来：上帝闭上了双眼。

“但是——”杰库布说，“只有黑色。是的，对于不懂的人来说，

① 褐衫党（Brownshirts）：纳粹党党徒，因为他们身穿褐色制服，所以又被称为“褐衫党”。

我想是的。”两个人静默地站着。远处传来钟声。6点了。“你把它带走吧。今晚我要逃到南方去，但我必须确定这幅画并未所托非人。”他把画从画架上取下来，笨拙地强塞给杰库布。“拿着，”他喘着气把杰库布往后推，“把它列入兰斯伯格家族没收物品的清单。我看见过你们是怎么操作的，加上这个，划掉那个。再有一幅画算什么？赋予它生命，让后人看到它。拿着！拿走吧！”他大叫起来，“拿走吧，杰库布！”

“杰库布！”

他一下子惊醒过来，发现是格奥尔格站在旁边，摇着他的肩膀。

房间空荡荡的，正如他记得的样子。一扇门通往浴室，一扇门通往衣橱。如此而已。杰库布躺在本该有一扇门的地方，但那里只有光滑的墙。“我听见你摔倒了。”格奥尔格说。

“这扇门——”

“别动，我给你拿点水过来。”格奥尔格到起居室拿来一只玻璃杯，“来吧，我想你有点脱水。”杰库布先抿了一小口，然后猛的一下全喝完了。“今天很长。太漫长了。我们必须在宵禁前把它们用车运回去。”格奥尔格拉着杰库布站起来。在进门的大厅里的手推车上装满了成堆的纸。“已经打好包了。”格奥尔格说。杰库布慢慢地扶着栏杆走下楼梯。格奥尔格拉着手推车跟在后面倒退着走，每下一级台阶摇晃一次。到了楼下，他把推车拖到了另一头，用脚推向门口。推车从门口的台阶上滑下来，停在工头的面前。

“你的朋友病了。”

“他没事。”

“如果他是马，会被射杀的。”

格奥尔格把文件夹递过去。工头浏览了一遍，点了点头，然后在最后一页上草草地签上了他的名字。他把文件夹交还格奥尔格后就离开了。等到他的身影消失后，格奥尔格走到靠在马车后座上的杰库布面前。“他说得对，”格奥尔格说，“你病了。我去卸车装货，你就在这儿等着吧。先去杰奇莫瓦街，然后把你送回家。”

“你会打破宵禁的。”

“别担心，我有方法。宵禁就是一种策略游戏。”

杰库布睡了一个星期，一个月，或也许更长，几乎都不知道母亲来照顾过他。格奥尔格也来看望过，但杰库布根本听不懂他说的话。一阵阵地又热又冷，发着高烧；他担心自己沉入地下，被自己的汗水窒息而死。他一直昏昏沉沉，有一天他听到脚步声和敲门声，听到他的母亲和某个人在说话，随后在廊里大声喊叫。他们被召唤转移。

9

弗兰提斯卡·鲁比克瓦乘坐有轨电车，前往诺维麦斯托的一家很小的民事登记办公室。她坐在头节车厢，时不时地看看她的包，确保文件都塞在里面。她从未想过她应该坐在后面的车厢。大雪中，车轮碾过生锈的铁轨，哐啷哐啷的声音变得有些低沉；人行道那边的街道上，布满了过去时代的建筑。电车经过一座座大厦，弗兰提斯卡有一种在奇怪的地狱边缘的感觉。他们还将继续占领布拉格，但这对她而言是不一样的。这是他的主意，也是他想要的。“我是他们派来监视你们的。”他说，“求你了，为了女儿们。”

电车停在金德利斯卡和潘斯卡街道的拐角处。没有人注意到这位俊俏的女人穿过车流走到人行道上。在尼卡桑卡街时，她加快了脚步。她再一次告诉自己这是他的主意，也是他想要的。

登记办公室就在街道中间的一幢较小的楼房的二楼，比较隐蔽。弗兰提斯卡走上楼梯，没敲门就进去了。“您好？”坐在桌子后面的女人问道。弗兰提斯卡不知所措，有些尴尬

她说：“我来这儿是为了我的婚姻。”那女人指着墙边的一只空椅子，说：“坐吧。工作人员准备好了，我会告诉你的。”弗兰提斯卡坐下来，环顾着四周。没人注意她的存在，她明白。她来这里相当于一种妥协，一种耻辱。人们沉默地坐在一起，等待着敲门声、蜂鸣声、电话的嗡嗡声，或者任何预示炼狱结束的声音。但只有办事员轻轻的口哨声和她用笔在纸上写字的沙沙声。

弗兰提斯卡看到一摞摞文件的高度降低了，时间也过去了。时不时有女人从写着“私人”字样的门里进进出出。应该是有顺序的，但弗兰提斯卡不知道她排在第几个。她试了一两次，在椅子上往前挪，拱起背打算要站起来，但办事员手掌向下拍打空气示意她坐下。她只好坐回去，看着她的鞋子。第三次，办事员没有阻止她。弗兰提斯卡径直推开门走进去。

“姓名？”

“弗兰提斯卡·鲁比克瓦。”

“弗兰提斯卡·鲁比克瓦，你是犹太人？”

“不是。”弗兰提斯卡翻着她的包，“这就是我来的原因。”

登记员伸手接过文件。“你嫁给了卢德维克·鲁比捷克。”

“是的，先生。”

“在泽科夫。不是贫民窟。有孩子吗？”

“是的，先生，有四个。”然后又补充说了一句，“都是女孩，先生。”

登记员往后靠在椅子上，把脸贴近文件，眼镜放在桌子上的墨水瓶旁。“那么，是为了方便申请离婚吗？”

“不，先生，”弗兰提斯卡说。“你不明白。这是一个很长的故事。

他是个好人，但他也有问题。这……是他的想法，是他想要的。”

“我不想评判你，鲁比克瓦女士，在这样的情形下选择如何生存是你自己的事，当然要考虑下后果。”

“是的，先生，我明白。他已经搬走了。这地址是我的。寄给我丈夫的信都转到了奇姆布尔克法大街 20 号。他和同事住在一起，他说没有必要租房子。他在城里待的时间少。”

“嗯……不过不用丈夫这个词还得一段时间。”登记员退缩了，说出的话有点酸溜溜的，“忘了他吧。等这一切结束了，像你这样漂亮的女孩会大有前途的。”

“是的，先生，他也这样说。”

“但是现在……好吧，鲁比克瓦女士，你不要愧疚自己的不忠实。曾经的誓言毫无意义。对于不存在的东西，不存在背叛。”他在笔记上写写画画，“孩子们呢？”

“什么？”

“我想我应该告知你，”登记员看了看笔记，“这个人，卢德维克·鲁比捷克不是孩子的父亲。”

“他当然是。”

“鲁比克瓦女士，我再问你一次，你确定这些孩子是你丈夫的？不是和另一个男人私生的？比如……雅利安男人？”她没有回答，他继续说，“问题很简单。不管你怎么说，他们都把你们当成了妓女。我需要知道的是：你是那种值得怜悯的妓女吗？”

他们不再讨论这个问题。在后来的对话中，他们再也没有提起——他劝诫她别再管他，保护好她自己和孩子们；她固执地说怎么能让他如此轻易地脱离多年来贫穷的生活。解除关系是一回事，但是抹去他的存在呢？她不敢想象，也做不到。

“我敢肯定卢德维克·鲁比捷克是孩子的父亲。”

登记员摇了摇头，身子往前倾，有些泄气地说：“好吧。几天后手续就办好了。他将不再受与雅利安女人的婚姻的保护；而你会获得自由，和普通人一样生活。至于孩子们，她们会一直遭受误解，不过没有了父亲这个沉重的包袱，应该可以摆脱掉这种疯狂的日子。为了她们，我想你的决定是正确的。”

大家没听见门厅有脚步声，不过三下短促的敲门声已经说明了一切。达萨从桌边站起来，平静地走到走廊上。又是不耐烦的三下敲门声。她在门口站了几秒钟。门外的男人看见她时不由得后退了两步。达萨一言不发，任由他局促不安。她靠在门柱上时，胯部紧贴着门框，摆出一副让人误以为引诱的姿势。这个男人担任“恶魔”纳粹的通信员，连夜奔波，看起来又矮又瘦，衣衫凌乱。他看了看她，看一眼手里拿着的一张纸，又看了看背面，说：“我是犹太委员会派来的。我之前去过一个地址……”他又看了一眼那张纸，“奇姆布尔克法大街20号，但那儿没人。有人给了我这个地址。也许……”他浑身冒汗，“也许你认识我要找的人，卢德维克·鲁比捷克。他没在这儿注册，但有人说我可以找到他。”

达萨回头看了一眼。厨房里，一家人正围坐在桌子旁吃饭。她不想打扰他们。“是的，”她说，“他在这儿。”

男人跪在地上打开公文夹，里面有一叠红丝带系着的粉红色的纸。他解开绳结，把纸张散成扇形，“好的……等等……”他抽出其中一张粉红色的纸，接着从另一个口袋里拿出几张表格。咔嗒一下公文包锁上了，男人站起来，恢复了镇定的样子。“如果我可以跟他谈谈——”他知道这不可能，就说，“那样的话，请把这个交给他。他要在三天之内到交易会广场报到，搬到别处去。详情都在传票上，如果他迟到的话，就不归我们管了。违抗命令必定会遭到处罚。事实上，宵禁后他不待在登记的地址，我是可以举报他的。”

达萨伸手去抓那些纸，那人往后退缩。她砰地关上门。从远处传来那人的声音，快速地说着一些古怪的警告。

离开前夕，卢德维克·鲁比捷克和两个大点的女儿坐在比斯库普克瓦大街13号狭窄的休息室里，弗兰提斯卡则在门厅忙着收拾行李，把他行李箱打包，解开，又重新打包。50公斤重。一个男人的人生的重量。厨房里，弥漫着沸腾的炼乳的香气，以及新鲜面包和洋葱的味道。时间一分一秒地过去，他们一句话也不说，只听见比斯库普克瓦大街上的喧闹声——卢德维克很久没有听到过了。薄纱窗帘的后面，马塞拉和哈娜已经发出轻微的鼾声，沉睡在她们的少女梦乡里。

雪橇是艾琳娜的主意。“雷克科瓦街上有一块木板，”她说，打破了夜晚的沉寂，“如果往上面绑上绳子，也许我们可以用来拉爸爸的手提箱。”卢德维克浏览运货表格，尽可能详细地填写他的资料。他没有房子或私人财产要交出去，他把一切都转给了弗兰提斯卡。他不用交钥匙，也没有什么存货用以换取运输特权。

天刚亮，他们就叫醒了马塞拉，让她准备一个硬纸板的标签。根据指令，这个纸板要挂在卢德维克的脖子上。她认真地完成了任务，把一串表示身份的数字和字母练习了几遍之后，才刻在一个棕色的长方形的板子上：CC-109。她举起来，完美。卢德维克不可能迷路了，他会到达目的地，给她带来异国风情的礼物。马塞拉从母亲的针线抽屉里找出织毛衣用的针，在纸板的最上角，打了两个洞。她穿上绳子并系好绳结之后，跑到卢德维克那里，说：“爸爸，戴上它吧。”卢德维克忙着写一些文件，没有理她。“爸爸，求你了，”她说，“是我为你做的！”卢德维克把板子往脖子上一戴，往桌上前倾，脸都几乎搁在桌子上了。“站起来给我们看看，爸爸。”马塞拉说。弗兰提斯卡拉过女儿的肩膀。“好了，马塞拉。爸爸现在要做准备。我们很快就要离开了。”

“到马戏团去？”女儿听见他们提到过，只知道字面的意思。

她怎么会知道这就是他们所谓的交易会广场呢?

“是的，去马戏团。”

清晨，寒意刺骨，他们出发了。雪橇在雪地里留下了一条小道。他们轮流拉着雪橇，先是卢德维克，接着是弗兰提斯卡，然后是达萨和艾琳娜一起拉。小哈娜坐在前面，双腿悬在行李箱上，冲着路人微笑挥手。马塞拉在他们身边蹦蹦跳跳地拍着手唱着歌。卢德维克·鲁比捷克没有回头看一眼他的老房子，也不去看他妻子或女儿们的眼睛。他把头抬得高高的，凝视着远方。由于下雪，弗兰提斯卡把纸板揣在外套里；卢德维克可以和正常普通人一样在街上行走，去往赫拉夫卡大桥。当他们到达南岸的空地时，弗兰提斯卡看到了很多其他的家庭以及他们的雪橇，还看到了这些早来的人在雪地里留下的痕迹。

他们来到威斯塔威特交易会广场，教堂里传来渐渐变弱的钟声。卢德维克看了一下工业宫的中央炮塔顶端的大钟——时间刚过中午。他们走了将近两小时。一片灰白的石板镶嵌在大长廊的两旁，被人来人往的脚步擦得干干净净。“等等。”卢德维克说。达萨和艾琳娜停止了拖雪橇。周围的人群拥挤不堪，有的从公路上走出来，有的从电车的后车厢刚下车。有些人在交谈，有的在哭叫，但大多数人默默地顺从地告别，脖子上的纸板上都标有两个一样的字母，CC。卢德维克让他们先过去。不用着急。他们不去有着高耸的屋顶和大理石地板的工业宫——五十多年来，那里一直是男爵和王子们向往的地方。他们被分派去无线电商业展览厅——一个用来进行电子产品交易展示的木制配楼。他年轻的时候，曾多少次在这里兜售江湖骗子给他的一些东西，尽情享受这种丰足的狂欢？回到那时候他会蹦跳着到门口去，但现在不行。“让他们先过去吧。”他想。

附近的斯特罗莫夫卡公园，曾经是皇家狩猎保护区，现在处于停顿状态。没人敢冒险靠近集合点，以免被野兽拖入其中。没有孩子们嬉戏玩耍，也没有谈情说爱的年轻男女在这里交换一些甜蜜但不值钱的信物，只有鹡鸰和白嘴鸦仍然朝冰冻的喷泉飞扑过去。这些鸟儿越来越少了，因为根本没有人给它们喂食。

卢德维克抓着绳子的顶端，拉着雪橇。这是他的负担，被束缚的人生。其他人排成一行跟着，沿着长廊朝着带刺的铁丝网走去。前面也排了一条长长的队，终端是放在一扇薄薄的金属门前的一张桌子。只有一个社区委员会的办事员坐得直直的，外套裹得紧紧的，以抵挡寒风。附近，一个警察靠在篱笆上，嘴里嚼着一团烟草，根本没留意到下巴上沾满了褐色唾沫。卢德维克往前去排队。那些到了铁丝网另一边的人，开始抽着烟斗到处溜达，其中有的人讨价还价，做着货货交易——用一块金表换一罐炼乳，或者用一个剃须刀换一些洋葱或者在新的地方可以度日的东西。那个警察走来走去地参与这些交易，要是对方不同意，他干脆直接没收他想要的东西。

“文件？”

办事员调整了一下他的白色臂章，从卢德维克那里拿走那张粉红色的纸。他查了一下姓名和号码，打开主名册，把新来的人进行登记。卢德维克想找一个他熟悉的名字，一个能做伴的人，但是没有。办事员在卢德维克的信息上画了线；刚好警察清了一下嗓子，往他脚边吐了一团痰。弗兰提斯卡把纸板递过去；当卢德维克把它挂在脖子上时，马塞拉开始鼓掌，羊毛手套使得掌声不太清脆，“那是我给爸爸做的门票。我们要去看大象。”卢德维克挺起胸膛，把纸板标签盖在黄星上。在那一刻，他仍然属于布拉格。

“你呢？你的号码？”

“不，先生，”弗兰提斯卡说，“我们只是来送行的。”

“那么，最好就在这里告别分开。进去——”他向雪橇上哈娜和旁边的马塞拉做手势。“那箱子不是给他们的。”弗兰提斯卡没有理他，前去捡起绳索。达萨和艾瑞娜分别站在父亲的两边，一人抓着

他的一只胳膊。铰链一松，门打开了。他们一起往前走。弗兰提斯卡立刻被推回来了。警察把脚踩在雪橇上。“现在起该你打了。”

快站起来，小马塞拉。这就是你一直渴望看到的马戏。是你想象中的马戏吗？如果告诉你这只是一场杂耍会不会好一点呢？只有上帝知道马戏团的大帐篷搭在哪儿。我想总有一天我会去那里的。你刚才说什么？别哭。对不起，我不是故意尖叫的。只是在这可怕的喧嚣中，我根本听不见你的声音。你得靠过来一点，贴近我的耳朵说话。即使他们没有人叫喊，喇叭里也会传来有关伟大前景和幻象的刺耳的宣传声，和那些丢弃的收音机里说的一样。来吧，跟着我，靠近点。

啊，就是这儿。CC-109。对的。你说什么？只有一个位子？当然了。你能坐下吗？不。我知道你的腿累了。但是你这么稚嫩的女孩可不能坐在土堆上。看看这位女士的胳膊怎么就越过线了。嘘！她老了，别吵醒她。你看不出来她躺在担架上一动不动吗？别管她。爬到我的肩膀上来，我们一起在这个马戏团逛逛。

到处都在排队。人们在排队等待最后一次获胜的机会。没事的。我们有足够的时间去玩所有的游戏：我们有两天，甚至三天。你来去自由。我？我不去。我在这里等着，守着你的位子。那么我们该从哪里开始呢？试下这个吧。首先，你得把票拿到桌边的小丑那儿去。你看见他了吗？是的，没错，那个头发粗硬，紧张兮兮的胖子。来吧，拿好这张票。是的，是的，我明白。它看起来和爸爸的配给卡一模一样，但是你肯定知道，在马戏团里的东西和它应该的样子都不同——把它交给那个小丑吧。他肯定会挥手赶你走，但这也是游戏的一部分。你就回到我身边来。然后你一直等啊等啊等啊，最后他会端着一盘美味的食物把其中的一只猴子放出来。要很幸运才行，不是每个人都是赢家。你必须懂得这一点。有时候你会一无所有。

我们继续吧。看看这个！你以前从未见过这么宏伟的雕塑。勺子，叉子，刀子——全都是银的——堆得比旧钟楼都高。我当然不会假装知道这意味着什么。现代艺术让我无法理解。这是你母亲较擅长的领域。

那是什么？你想玩这个游戏吗？可是，马塞拉，看看他们是怎么排队的。他们手里拿着的是房子钥匙吧？那可不是普通的钥匙。看看前排凳子上的那个人弓着背，好像那把钥匙重得不得了。亲爱的，确实很重。如果你有一把，你就会明白钥匙等同于他所拥有的一切。而来到这儿的我们，再也没有力气带上这些东西。这就是这个游戏的规则：布拉格有没有足够强壮的男人，能够拿着钥匙来到小丑的面前。我认为没有。看着交出钥匙时他们脸上的宽慰，好像黄铜做的钥匙会把他们的皮肤烫上很多洞。这不是小女孩玩的游戏。爸爸没有钥匙。让我们去看动物的围场吧。远处那边有黑黑的角落。

他们为什么像那样躺在那儿？你问。你看不出来它们在睡觉吗？狐狸啊，水貂啊，海狸和熊啊，都挤在一起，睡得很香。它们和你一样都累了。它们也来自遥远的布拉格，藏在手提包里、行李箱里或卷在床垫里。不，你不能养它们。我们不允许越过锁链。这是为了你好。千万不要叫醒一只睡着的熊。我们——

快，低下来。坐下，求你了，马塞拉。你必须坐下来。它在这儿。看那儿，房间对面。狮子菲德勒是其中最凶猛的动物。看看它是如何昂首阔步的，头抬得高高的，薄薄的嘴边伸出尖尖的牙，爪子在地上刨洞。我知道这看起来很奇怪。我们只管低头盯着地板，在这里等着，别让它注意到。这是一种什么样的刺激？甚至都不看主要节目了。但狮子毕竟是野兽，不管被训练得多么好。你永远也不知道它什么时候会扑出来偷袭小女孩的脸。很多人已经死在它的恶爪之下。

等它离开后，我会带你去玩最后的游戏——最伟大的一场。我手里有票——一张有着我的名字和照片的纸，上面还有一个大大的红色的字母“J”。这个游戏有很多故事。一定会有人告诉你：爸爸跑了，加入了马戏团；他不敢回头面对狮子；他和他的新朋友们一起上了火车，最后被带到了马戏团的大帐篷。他们都错了，马塞拉。这个游戏不是这样玩的。没有大帐篷。没有演出。没有。在这场游戏中，我们排到最前面，面对坐在桌子旁的小丑时，把票交给他。小丑拿出一枚橡皮大图章，高高地举在空中，你就可以看到底座上墨迹斑斑，写着——已疏散——然后，很夸张地，按下图章。于是，爸爸就这样消失了。

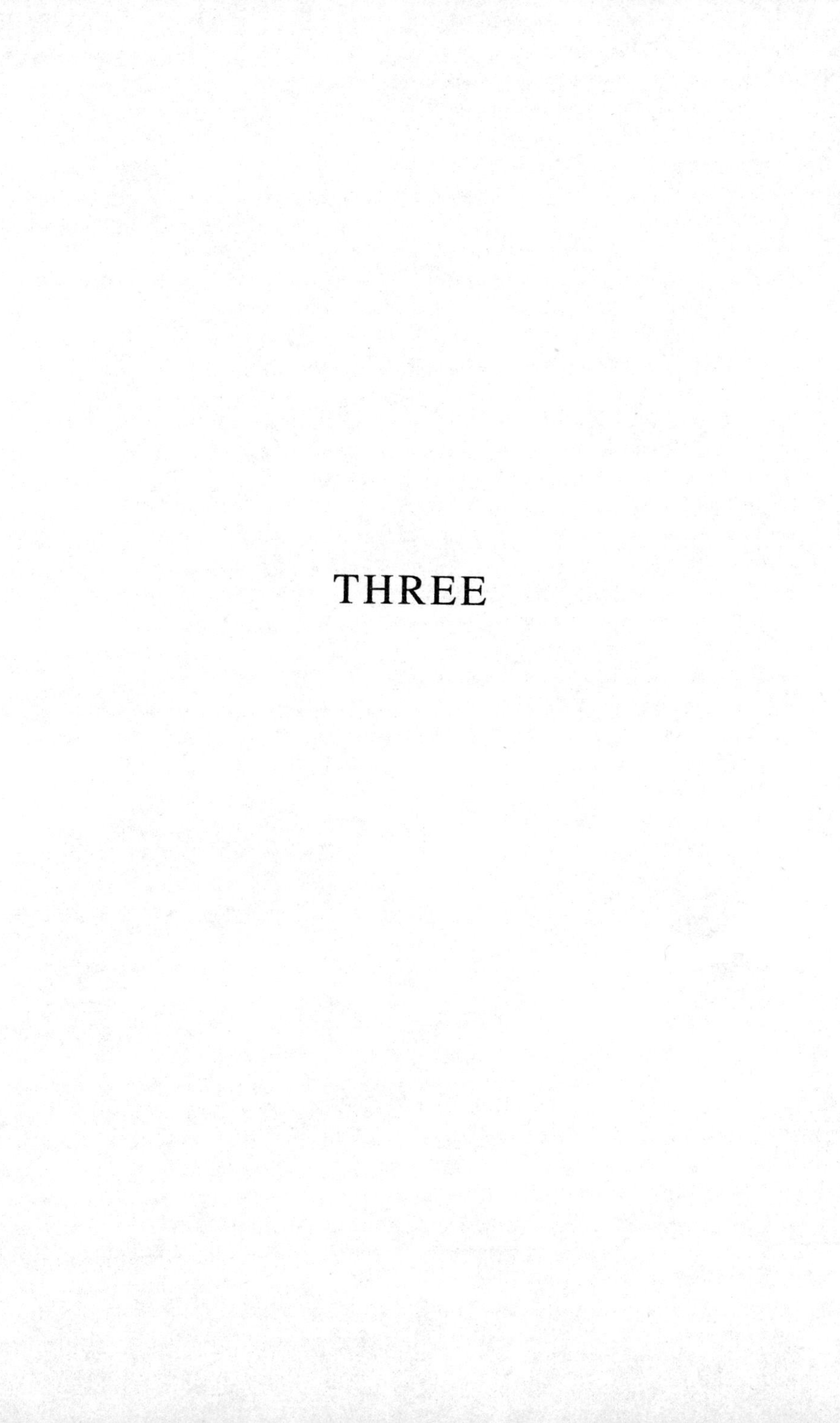

THREE

自：杰科夫・特瑟，杰库布・兰德博士以前的学生，幸存者

致：弗兰克・布莱特，正式名字：弗朗西斯科・布莱赫塔，杰奇莫瓦街犹太学校学生。

1945年4月，在死亡降临利托梅日采-特雷津的前一天，大约70–90名囚犯从施瓦茨海德转移到萨克森豪森。杰库布·兰德就在其中。

自：弗兰克・布莱特

致：Z・S博士，澳大利亚学者

至少六十五年前，1945年5月底，我在布拉格见到了兰德博士（当时他是这个身份）。我似乎记得他说起过，他被迫在一家为德国军队生产毒气的工厂工作（不是奥斯维辛集中营，可能是沙林）；他还说没有给囚犯们配备防毒面具，而且工厂毒气有泄露。

自：弗兰克・布莱特

致：布劳姆・普里瑟尔

1945年4月15日至1945年4月22日，你外祖父在萨克森豪森待了一周左右的时间。至于后来发生了什么，我毫不知情。不过，他一定恢复得很快，无论俄国人把他带到哪里，他都能回到布拉格。我就是在布拉格见到他的。好像是五月份的第三或第四个星期，我和他一起在老城里毫无目的地游荡。

对幸存者贝尔塔·马拉霍娃的采访：

你要放弃这种执念，放弃寻找。不要让它占据你的生活。在你的眼里我能看到它。它将把你毁灭。

在集中营时，她随身带着一枚小小的金戒指……

在她的余生里，她一直把戒指留着。用项链串着戴在脖子上，盖在衬衫下、围裙里或是医院的病号服里。她去世后，我们在她床边抽屉的一个首饰盒里发现了这枚戒指。在我们最后一次开车送她去医院之前，她就已经把它放好了。我们当时信心十足，而她却已经全然接受了自己的命运。

这枚金戒指见证了她经受的苦难。我曾拿起来过一次：这是一块试金石——有关她的传奇，她的勇气、力量和奉献的故事——静静地躺在我的手心里，不过竟然显得如此微不足道。我在手指间把它轻轻地转来转去，希望它能揭开她的秘密。许多我们逐渐相信的东西看似匪夷所思，但是正如一位幸存者所言，幸存本身就是不可能的。他说："不要急着驳回不合逻辑的事情。奇怪、荒谬的事情确有发生。"在这个简单而完美的圆环的折射下，我能看到另一场大屠杀。这位幸存者曾说过："每一个故事都不相同。每一个人都忍受了各自不同的奥斯维辛集中营。"

她去世后，我们陷入沉默。我们不可能知道她妹妹在她的布拉格公寓后面的鞋盒里放了些什么。16年之后，我坐在咖啡馆的桌子旁，看着卢德维克展开那些精致的信纸。又过了好几个月之后，他把这些信件都寄给了我。

她终于出现了。

亲爱的妈妈和妹妹们：

很高兴你们已经收到了我的消息。我能想象您有多担心，我亲爱的

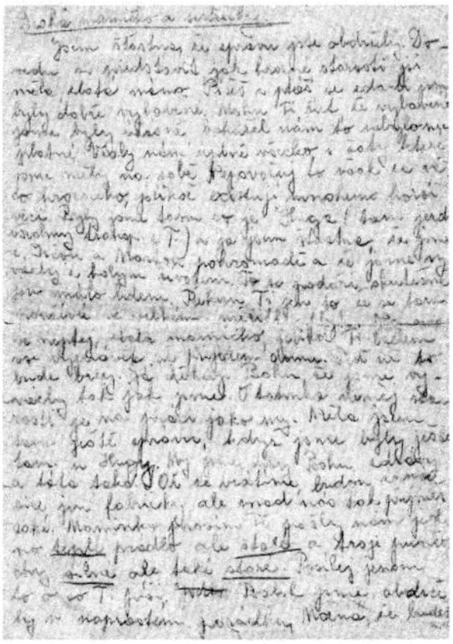

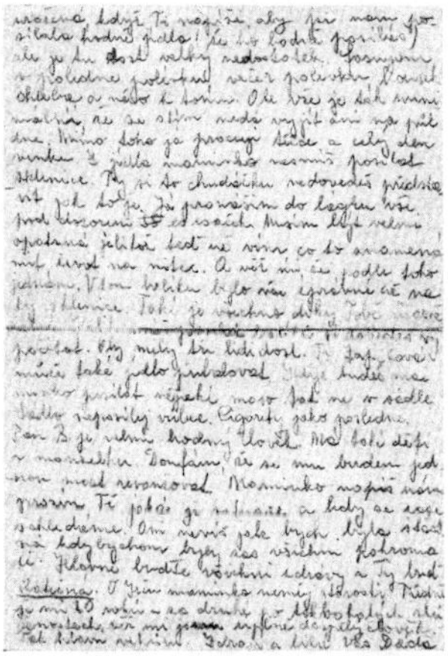

妈妈。您写信问我们是否准备齐全，我可以告诉您，我们什么都有，但不幸的是，这些对我们来说毫无用处。他们拿走了我们所有的东西，连穿在身上的衣服也没有留下。然而，别以为这样很可怕，还有比这更糟的事情。我们被运到这里，运送编号都是“T”。我很开心大家能够在一起，逃离了我们挚爱的生活。我们已经逃过一劫。只有极少数人能幸免于难。我只能告诉你们，那里已经在大规模地使用毒气。别问了，亲爱的妈妈，我们回家后会把一切都告诉您。我现在希望这一天早点到来。我感谢上帝，我们都还好好活着。你们也不要担心爸爸，他和我们的情形差不多。我们在那儿有时会互通消息。感谢上帝，我们和爸爸的身体都很健康。回去之后，或许我们都变成了劳工，但即便这样你还是会接受我们的，对吗？妈妈，请您给我们寄一些旧的厚的内衣内裤，还要三双厚的旧长筒袜。就寄这些我提到的东西。我们收到过没拆封的包裹。如果我让您给我们多寄些吃的，您肯定会有些恼火吧（您已经寄得够多了）。但是说实话，这里食物相当短缺。我们中午喝汤，晚上也是汤，外加一片面包或其他的东西。但是食物少得可怜，我们都撑不到哪怕是半天的时间。除此之外，我努力工作，几乎全天都在外面劳动。妈妈，您千万不要用玻璃容器装食物寄给我。您千万别，可怜的妈妈，您可以想象得出是为什么。我偷偷地把这些东西带进营地，就在纳粹党卫军的眼皮底下。我必须非常小心，我知道命悬一线意味着什么。但相信我，我会见机行事的。包裹里除了玻璃罐，其他东西都可以。妈妈，谢谢您，一切都很好。您应该计算得出来，要寄多少个包裹，才够我们三个人用。您可以把爸爸的那份也算进去。如果您［无法识别］妈妈要寄肉给我们，不要用［无法识别］装。千万别寄猪油。和上次一样寄点香烟。B先生非常友好，他也有妻子和孩子。我希望有朝一日能报答他。妈妈，请写信告知我们外面的情形，什么时候能团聚。如果有这么一天，您不会知道我将会多么开心。总之，祝您身体健康，要坚强勇敢。妈妈，别担心。首先我已经快20岁了，而且，相信我，经历了这一切之后我已成熟长大。您要充满信心地活着。

送上最诚挚的问候和亲吻

达萨

信里面什么都有，她知道的和她不知道的，说到了她有幸活下来了，艾琳娜也是，也许还有她们的父亲。她离开的那天，在奥斯维辛集中营看到了自己的父亲。他站在倒刺铁丝围栏旁，看着她上了火车。他挥手告别，给了她一个飞吻——温柔而熟悉——在那样的地方。只是她不知道不久后他就死了。他倒在地上，头部中弹，感觉身体的力量一点点离他远去，而同时自由就要来临。

达萨携带着这些信件，维持着妈妈和妹妹们的生活。在另外的一封信里，她写道："您说为了能够来看我们，宁愿少活几年。写这些多愚蠢啊。几个月后我们就回来了，而您要损失好几年时光。爸爸没有写信给您，别担心。有时候确实情况不允许。但要确定的是，只要有一丝机会，他就会写信给您的。"她宽慰着她的母亲："我忘了一件事。您在信中提到您对爸爸总是软弱无力，同时也让我们从小在这种观念下长大，而且对此您永远无法原谅自己。这就是命运，而且我很惊讶，像您这么聪明的女人，嘴里竟然会说出这样的话。希望这样的事永远别再发生。我向您保证，我们一定会健康地坚强地回到您温暖的怀抱。”她很轻松幽默地称她的妹妹们为“我亲爱的小金色大黄蜂”，仿佛她在外度假似的。

消息：她们陷于悲痛与恐惧中，但她传来的消息紧紧抓住了她们的心。偷偷带出来的，差一点儿惹上杀身之祸的消息。我试图理解它包含的信息——“我偷偷地把这些东西带进营地，就在纳粹党卫军的眼皮底下。”但最重要的是那个重复出现的名字，在黑暗中闪烁着光芒——“B 先生”。

那些幸存者一心想消失，他们到遥远的地方去寻求避难。突然涌现了一些很不起眼的完整的城市郊区，也许在里面可以躲过下一次的灾难。都是单调而沉闷的砖房；窗帘镶着厚厚的带有金银丝的白色蕾丝花边，通常是拉得紧紧的。房间里有一些照片以及有关拉撒路①复活的故事的一些小摆设，以掩饰过去的历史和生活。这儿是澳大利亚，他们在这里生存，相继去世，最后只剩下了帕维尔叔叔。

这些年来，他诅咒每一缕穿透他窗户的曙光。艾琳娜需要全天看护的时候，他进了养老院。艾琳娜去世后，他也一直待在那儿；他不知道离开有什么意义。“这里很舒适。我能吃能睡。我只想一个人待着。”当他呼吸困难，视力衰退，行动迟缓，身体垮掉的时候，他还想设法逃过死亡。他对我说：“听我说，亲爱的，不要变老。”

他幸存下来的方法与众不同。出生于捷克贵族家庭，邦迪帝国的后裔，他一出生便遭到诅咒。他这一类人最早被赶出豪华的住宅，流

① 拉撒路（Lazarus）：拉撒路复活的故事源自《新约 · 约翰福音》。拉撒路是耶稣的好友。拉撒路病故后，耶稣见他的两位姐姐非常悲恸，就决定复活拉撒路。耶稣来到拉撒路的墓前，令人打开已经封葬了四天的墓洞，然后大声呼叫说：“拉撒路出来！”拉撒路随声复活，从墓洞内走了出来，脸上和四肢还裹着尸布。

放到了罗兹市[1]。这是有主要运送点以及特莱西恩施塔特之前的事。这些人被选中，不仅仅因为他们是犹太人，还因为他们是最糟糕的犹太人：知识分子，贵族，记者，政治敌人。在罗兹市的那段噩梦般的日子成为帕维尔叔叔永久的记忆：他被迫从一个犹太贫民区转移到另一个犹太贫民区，从一个集中营到另一个集中营，直到最后他成为地狱般的焚尸房的特遣队[2]员，清理毒气室，把那些瘦骨嶙峋的尸体扔进火炉里焚烧。没有人怜悯他，给他拒绝的机会或者相信这些焚烧的烟雾来自附近的砖厂。现在，死亡在他的印象里就是：粉红色的，纠缠混乱的，被鲜血和煤渣包裹着，伤痕累累。

当一切结束后，他回到布拉格，过着悲惨的曾经承诺过的生活。他和艾琳娜结了婚，有了一个儿子。那些年的经历教会了他要工作，要抓住机遇。他把年轻的家人们带到以色列，成为一名水管工和木匠，之后又到了澳大利亚，选择在那里定居下来。但是，无论他到哪里，都摆脱不了火葬场，逃不出那些尸体的阴影。现在只剩下他一个人，不断地重新回想和经历这一切：大家都离世了，他每天清晨醒来时看到太阳在嘲笑他，又开始了毫无生趣的一天。

这封信写得很仓促，所以看上去是这个样子，但亲爱的妈妈，您不会生我的气吧？您一直都在忙些什么呢？妈妈，请您一定要照顾好自己。

帕维尔将身子前倾着，盯着泛黄的信纸，把放大镜贴近他浑浊的眼睛，手指在每一个词语上都要停顿一下。缓慢的呼哧呼哧的喘气声。他的身上有老年人的陈腐臭味，有药丸的味道，夹杂着口臭味。

---

① 罗兹（Lodz）：罗兹省首府。位于波兰中部，维斯瓦河与瓦尔塔河的分水岭上。

② 特遣队（Sonderkommando）：德语，一支由纳粹德国集中营里负责处理死者的囚犯组成的分遣队。

他一边看信一边跟我聊天，讲述他的故事，声音由愤懑到无奈，后来仿佛在和录音机的嗞嗞声较劲。他说完之后，发出一声长叹。我等他恢复平静后，问道："那艾琳娜和达萨呢？"

"她们自始至终都待在一起。"

"她们的工作是铺火车道的枕木吗？"

"不，她们在田地里、洗衣房和工厂里劳动。是怎么说来着？纺织品。为东部战线的纳粹分子做冬装。"

"当释放她们的时候，俄国人有没有？"

"他们都是浑蛋。但不，不是那种浑蛋。"

"那 B 先生呢？"

"曾经有一段时间，"他挺直身子，说，"邻居的小男孩是家里人的朋友。他是第一批被转移的，之后要塞城镇特雷津就变成了德国人所谓的特莱西恩施塔特。我只是在故事中听说过他。他为她们把风，保护她们的安全。至于他的名字……你要知道，她们的很多朋友都没了，但是对我来说，这个和另一个没什么分别，除了其中的一个……是的，有一个尤其突出，不为别的，只因为她们从来不直接对我提起。她们在以为我没有在听的时候，才悄悄地提起。波乌斯。或许就是他，就是你说的 B 先生。"

他们中有电工、木匠、建筑工人、水管工、机械师和石匠。1941 年 11 月 24 日，这些被选中的 342 名有一技之长的年轻犹太男人被运送到北部。运输号"Ak"，是德语 Aufbaukommando 的缩写，意为"营地建筑突击队"。他们离开时兴高采烈，相信纳粹所承诺的一切：周末可以回家，有定期的足够的食物；提供舒适的条件；还有工资支付给布拉格的家人们。他们在博胡索维采[①] 车站下车后，步行三公里来

---

① 博胡索维采（Bohusovice）：距特雷津不远的火车站。

到要塞小镇特雷津，被分配到荒废的苏台德军营。寒冷潮湿的水泥地上到处都是垃圾。窗户被砸碎了，门都悬着，起风的时候发出刺耳的尖叫声。他们睡在水泥地上，而且只配给少得可怜的物资。大多数时候，他们都是被关在马厩里。有一个男子试图给家里的女朋友送一张明信片，结果被中途拦截，他被处以绞刑。纳粹根本没给他们任何东西：没有食物，没有寝具，更没有外界的消息。

在这第一批平民被运送过来六天之后，这个突击队根本没法为后来的囚犯准备什么。面对一千张疑惑的面孔——运送编号为“H”，大多数是年长者——他们羞愧地转过脸去。于是，12 月 4 日，第三批人运送抵达博胡索维采。这次的一千人大多是有技术的年轻男子。他们也被分配进了营地建筑突击队。本次运送的正式编号为“J”，但集中营称之为“AK2”。几乎无人察觉到的是，从随后的另一列火车上下来了 23 个人，其中包括雅各布·埃德尔斯坦以及那些后来成为长者理事会的人。那个灰蒙蒙的冬季快结束的时候，这个要塞小镇有 2500 个犹太人——后来的四年，这儿被人们称为特莱西恩施塔特。他们中间的一个，很可能就是波乌斯。

在特莱西恩施塔特纪念册上列着成篇成串的名字，看起来像是脏兮兮的雪地。他们躺在这儿；这些从家里被带走的人们，死后骨灰被混在一起，倾倒在博胡索维采车站铁轨旁的空地上。我看着这些一去不复返的人员名单，轻轻地呼唤每一个名字，喉咙哽咽的声音充斥在孤寂的房间里。他们的名。他们的姓。就是没有波乌斯。

我冲到帕维尔叔叔的身边，恳求他再想想。谁是 B 先生？

“波乌斯，”这一次他语气更确定，“我听他们小声说过波乌斯。”

这些名字仿佛从书册中伸出手，乞求人们记住他们。几个月来，我试图根据日期和地点，魔法般地召唤出他们的声音和故事。我把不符合帕维尔叔叔的描述的名字，从名单上一个个地划掉。这个，年纪太大；那个，来自太远的某个地方。这个，送往的不是奥斯维辛集中营，而是其他的里加集中营或达豪集中营，还有可能是特罗斯特涅茨[①] 。我又一次把他们从历史中删除，否定他们短暂的复活，剥夺了他们可能在我的作品中找到了意义的生命。

~~贝德希·奥尔特舒尔~~。~~古斯塔夫·巴卡拉什~~。~~雨果·巴卡什~~。~~埃里希·鲍尔~~。~~博胡米尔·本达~~。~~弗朗索瓦·伯格曼~~。吉利·伯格曼。~~鲁道夫·伯格曼~~。阿尔弗雷德·贝尔纳。~~布鲁诺·贝特尔~~。埃里希·布洛赫。~~赫尔曼·布洛赫~~。帕维尔·邦迪。~~理查德·布劳巴尔~~。~~法卡·布劳恩~~。~~库尔特布罗德~~。~~弗朗索瓦·布德洛夫斯克~~。~~埃米尔·布斯蒂娜~~。贝德希·弗里德伦德。贝德希·格拉图姆。~~贝德希·格罗斯~~。~~贝迪希·霍夫曼~~。~~贝德希·鲁比克~~。贝德希·梅瑟尔。~~博胡米尔·赖因施~~。贝德希·斯特拉斯。~~贝德希·斯特拉斯勒~~。贝德希·维斯。~~贝德希·韦尔奇~~。~~鲁道夫·乔克尔~~。~~纳奇曼巴斯奇~~。~~利奥·巴斯~~。~~鲁道夫鲍尔~~。维莱姆·鲍姆。~~亚历山大·巴乌姆~~。~~博丹·贝克~~。~~埃里希·贝克~~。~~约瑟夫·贝克~~。~~凯尔·贝克路易斯·贝克~~。~~西奥多·贝克~~。~~马克斯·贝克尔~~。~~里奥·比尔~~。~~莫季斯·贝利格勒~~。~~布鲁诺·伯杰~~。~~奥塔·贝格尔~~。~~亚历山大·伯克维奇~~。~~卡茨内森·伯克维兹~~。~~阿拉曼·伯恩菲尔德~~。鲁德维克·伯恩斯坦。~~沃尔夫·贝森~~。~~赫什·毕比奥塔·比嫩菲尔德~~。~~大卫·布雷切尔~~。~~赫尔曼·布莱维斯~~。~~古斯塔夫·布洛赫~~。~~瓦尔特·博丹斯克~~。~~埃米尔·邦迪~~。~~帕维尔·邦迪~~。~~库尔特·布拉默~~。~~奥斯卡·布兰德~~。~~爱德华·布劳恩~~。~~卡雷尔·布朗~~。~~奥托·布雷斯劳~~。~~简·布雷特~~。~~朱利叶斯·布雷特施~~。~~贝尔托·芳特尔~~。~~贝德希·弗里德伦德~~。~~贝德希·格拉泽~~。~~贝迪希·戈德施密特~~。~~贝德希·格罗斯~~。

---

① 特罗斯特涅茨（Trostinec）：明斯克市郊的一个小村庄。二战期间纳粹把这里变成一个灭绝营或者死亡营。1942 年 7 月 – 1943 年 1 月，几乎所有明斯克市的犹太人都在这里被杀害埋葬。

~~布鲁诺·格林斯坦~~。贝德希·海勒。~~贝德希·赫希~~。贝德希·克劳斯。~~贝德希·列普曼~~。~~伯恩-哈德·利什坦斯坦~~。~~贝德希·洛伊~~。~~贝德希·勒斯蒂格~~。~~贝德希·穆勒~~。~~贝德希·皮克~~。~~贝西米亚·波拉克~~。贝德希·波莱克。~~贝德希·波莱特~~。~~贝德希·普拉格~~。~~布鲁诺·雷克~~。~~贝德希·赖特勒~~~~伯恩哈德·林格~~。~~本诺·雷纳泽夫斯~~。~~基贝拉·所罗门~~。~~贝德希·施纳贝尔~~。~~贝德希·施诺~~。~~贝德希·施诺派乐~~。~~布鲁诺·陶斯克贝尔特霍尔德·塔科~~。~~贝德希·韦穆特~~。~~博胡米尔·温特~~。~~贝迪希·扎克~~。~~艾文·班德勒~~。阿诺什特·巴斯奇。~~兹德内克·巴斯奇~~。~~奥托·鲍姆~~。~~奥托·鲍姆加滕~~。~~瓦尔特鲍姆加滕~~。~~维克多·巴乌姆阿诺什·特巴兹~~。~~亚历山大·贝克~~。~~帕维尔·贝克~~。金里奇·贝克。~~阿诺·贝伦德~~。~~伊日·比希哈尔~~。~~维克多·贝尼什~~。~~阿道夫·伯杰~~。~~贝德希·伯杰~~。~~埃夫森·伯杰~~。~~帕维尔·伯杰~~。~~雨果·伯格拉茨~~。~~约瑟夫·伯格曼~~。~~贝德希·伯格斯坦~~。~~约瑟夫·伯恩斯坦~~。简·贝特勒。阿诺什·贝科夫斯克。~~雨果·比嫩菲尔德~~。~~沃尔特·比斯奇茨基~~。库尔特·布雷耶。~~弗朗索瓦·布洛赫~~。~~库尔特·布洛赫~~。~~帕维尔·布洛赫~~。~~阿诺什·布卢姆~~。~~西蒙·布鲁姆纳~~。~~鲁道夫·邦迪~~。~~维莱姆·邦迪~~。~~金里奇·博斯查~~。~~齐克蒙德·布洛赫~~。~~赫尔曼·布劳恩~~。~~利奥波德·布劳恩~~。里奥·贝蕾特尔。~~韦勒姆·布雷克~~。韦勒姆·布鲁米尔。~~库尔特·布鲁米克~~。~~库尔特·巴斯米尔~~。~~贝德希·法斯卡~~。贝德希·菲尔格。~~巴特朗姆斯·弗莱德曼~~。~~贝德希·弗瑞塔~~。~~贝纳尔德·戈伯格~~。~~贝德希·海勒~~。贝德希·巴兹尔。~~贝德希·杰克德维~~。~~贝德希·科夫卡~~。~~贝德希·卡夫曼~~。~~贝德希·凯尔勒~~。~~博湖米尔·凯尔乐~~。~~贝德希·凯恩~~。~~贝德希·凯瑞林~~。~~贝德希·卡曼帕特~~。~~贝德希·卡尔斯~~。~~贝德希·克莱尔~~。~~贝德希·康莱尔~~。~~贝德希·莱尔~~。~~贝特鲁·那什米尔~~。~~贝德希·波拉克~~。贝德希·萨克斯。~~布鲁诺尔·莎切莱斯~~。~~贝德希·森达尔~~。~~贝德希·斯丁尼~~。~~博湖米尔·斯丁尼尔~~。~~布鲁诺·斯丁尼尔~~。~~贝德希·斯图尔伯格~~。~~贝德希·特兹尼尔~~。~~博图德·沃尔~~

~~切丝曼~~。~~贝德希·威兹~~。~~贝德希·兹恩纳特~~。

我想跑回去让帕维尔叔叔看看最后几个名字，也许会激发他的记忆。波乌斯是昵称，另外一个代号。要是帕维尔叔叔能拨开迷雾就好了。她们一定说起过他的真名。肯定有那么一次艾琳娜告诉了他。我想赶紧回去，可是不行。帕维尔叔叔昨天去世了。他终于打败了太阳。

我原本希望给予她们无法给出的——感激以及认可，为了她们，也为了我自己——但现在，根本无从得知他是谁。我要找的这个名字，根本就不存在，只要简单地扫视一遍两个名册——运输号 AK，运输号 J，很明显这个名字是错的。因此，这是我虚构出来的一个男孩，一个叫波乌斯的邻居，还给他编造了家庭和朋友，而这一切全部消失得无影无踪。这种代表性的构思，可能是一个人，或可能是所有人——吉利·伯格曼，阿尔弗雷德·贝尔纳，埃里希·布洛赫，贝德希·格拉图姆，贝德希·斯特拉斯，维莱姆·鲍姆，鲁德维克·伯恩斯坦，阿诺什特·巴斯奇，金里奇·贝克，简·贝特勒，阿诺什·贝科夫斯克，库尔特·布雷耶，里奥·贝蕾特尔，韦勒姆·布鲁米尔，贝德希·菲尔格，贝德希·巴兹尔和贝德希·萨克斯。

或许没有人是波乌斯。或许帕维尔记错了。他急于帮助我，所以把那些早已遗忘的故事，以及他听得不太清楚故事都汇集起来。加上我的坚持和鼓动，他不自觉地创作了他自己的合成品。正如他所说的，在奥斯维辛和特莱西恩施塔特，有一个男孩帮助了他们，但忘了他的名字。可能没有别的人呢？这个人快到最后才出现，当时他们作为劳工被卖给克拉姆斯塔-玛特纳和弗雷纳公司———一家在四层厂房里加工麻织品的公司，位于在上西里西亚的梅尔茨多夫。

这家工厂坐落在一个村庄里。囚犯们与当地人以及其他外来工人打交道，比如机械工，建筑工和劳工。达萨和艾琳娜就是从那儿寄的信。B 先生会不会也在那儿工作呢？他可能是监工、警卫或者护路工，也有可能是一个善良的德国老乡，收到了我外曾祖母弗兰提斯卡寄来的包裹，并把包裹带给了她的女儿们。

这个人，和很多人一样，叫波乌斯。

实在无法找到更多关于 B 先生的消息。我开始调查和外祖父有关的事情。从一开始，我就想把他所说的话从那些纷繁不一的说法中单独挑出来。那些谈到他的人。那些为他发声的人。最后传来的是过时的捷克打字机金属针尖发出的急促的声音：很遗憾，这篇报道有很多不准确的地方。这句话的每一个音节都撕裂了记忆的薄纱，从裂缝中传来回声——但是也包含了事实和真相——这也是他想说的。

他的描述没加任何修饰：我是那个小组的一员。那个小组由穆尔梅勒斯坦挑选出来的拉比和希伯来学者组成。我们的任务是对从全欧洲掠夺来的书籍和手稿进行编目和撰写评论。

有关塔木德行动队的事情我知之甚少。穆尔梅勒斯坦回顾集中营的历史时附带着有所提及。解放后不久，奥托·穆内莱斯简要地写了一份关于书籍整理工作的报告，不过重点聚焦在书目整理和书籍去向等细枝末节上。H.G. 艾德勒在他浩瀚而不朽的研究《特莱西恩施塔特》中有详细而客观的描述。唯一从人的角度来洞察塔木德行动队的，不是该队成员，也不是历史学家，而是劳工弗兰兹·韦斯。最初他的工作是把一个旧谷仓改造成该突击队的工作场所，后来他留下来用马车把已编目的书籍装进箱子里，并送回主营。他有机会观察工作中的成员，偶尔还与他们交谈。很多人都把他当朋友。

这个成立专门小组来整理这些掠夺的犹太书籍的命令，很可能是阿道夫·艾希曼在 1943 年 4 月初的某个时候提出的。这位盖世太保的首脑知道他可以指望本杰明·穆尔梅勒斯坦有效地完成工作。德奥合并[1] 后，他们两人在一起工作过，当时需要把维也纳犹太人重新安置在

① 德奥合并（Anschluss）：特指 1938 年由希特勒一手制造的纳粹德国与奥地利的合并。

难民营。穆尔梅勒斯坦工作勤奋，因此而得到的奖励是被送往特莱西恩施塔特并让他担任长者理事会的成员。为了协助他组织一支塔木德行动队，艾希曼从纳粹党内任命了一位专家。有人认为这位专家就是纳粹党卫军少校卡尔·布尔梅斯特，盖世太保图书馆的馆长。

挑选过程持续了近三个月的时间，在这段时间内申请人重新回到以往的工作。与此同时，大批掠夺的犹太书籍开始从柏林运过来。在柏林，纳粹专家一直在分类整理这些书籍，放置于典藏了犹太人思想的图书馆，即纳粹党高级学校（德国国家社会主义工人党高中）。盟军的轰炸迫使该计划改变。担心这些书籍被毁，纳粹分子把这些藏书分批运往更安全的存放点。那些已经被编目或认为不太重要的书籍存放在西里西亚和北波西米亚的城堡里。剩下的则被运往特莱西恩施塔特。

尽管一些重要成员在数周后才能抵达，塔木德行动队仍于 1943 年 6 月 26 日开始工作。那天，他们在党卫军的护送下出了主营，向南走，沿着苏德拉斯，直到抵达一座建在小山里的被改造了的谷仓。虽然相隔只有半公里，但这儿全然是另一个世界。这里没有带刺铁丝网，没有绝望的呻吟，没有拥挤的街道，也没有嗥叫的狗。后来，塔木德行动队的成员把这儿称之为克拉恩斯塔特，意思是净化车间。

每个人都被安排在一个低矮的木制长椅上，同时被告知这就是属于自己的工作间，除非有另行通知——随时可能被驱逐出去。负责人员挑选的那个纳粹军官对他们的职责做了简要说明。这些书将使用普鲁士编目系统进行分类，命名为 Jc，后面跟着一个数字和一段简短的书目描述。然后它们会被装进板条箱里，运回高级学校使用。特别珍贵或有价值的作品都要放在一边，并向党卫军汇报以单独收藏。没有书能够以其他的方式离开这里。

近两年的时间，对关在里面的人来说，这里是一个寂静的避风港。他们勤奋地工作，近乎狂热，书籍的美好打破了原本单调的思维：泥金手抄本，手写卷，一千年以前的作品。试想一下，即使学者们无法幸存下来，但这些珍品图书将与世长存，这一点足够让他们感到欣慰进而继续努力工作。战争结束时，许多学者被运送至奥斯维辛集中营遭到杀害。但他们留下了奇迹，多达 28250 卷书得以整理编号，并将永远留存。

~

纳粹党高级学校从未真正成立。战争结束时，在特莱西恩施塔特外围的防御站发现了 257 箱书籍和 237 件捆好的包裹。在克拉恩斯塔特还发现了更多的书籍。它们被运往布拉格的犹太博物馆，那里有无数的犹太人手工艺品。这些手工艺品是从犹太人的家里、犹太教会堂、图书馆、社区中心和商业交易中掠夺的，并送往集中营。

外祖父的故事里所提到的，只有这些书籍还留存于世。所以，我必须去看看。

布拉格老城的街道上挤满了游客。他们从鹅卵石、建筑以及墓地里找到他们想要的东西：比如一个名字，可以在平卡斯犹太教堂墙壁上的八万个遇难者的名字中去找到；一个纯银的宗教法器，原本属于某个村子的，而那个村子现在已不复存在，只剩下一片田野；拉比犹大·勒夫的雕像，沦为蚀刻在石头上的狮子；弗兰兹·卡夫卡本人的青铜像，骑在一个无头巨人身上，和他在小说《一次战斗纪实》里预言的一模一样。只有一样东西，他们最想找到的东西，总在逃避他们的视线——魔像。

西班牙犹太教堂拐角处有一座现代建筑，游客们很少注意到。灯，装在金属笼里，高挂在钢化玻璃门上方的壁架上。左边是灰色的对讲装置。一个小小的合金牌子，上面有一颗“大卫之星”，从两块石碑上伸出来，标示着里面的内容：布拉格犹太博物馆的。我按下门铃等待着。不一会儿，听见窸窸窣窣的声音，之后有人温柔地说：“你好。”

“你好，我过来看一看——”。

又是一阵窸窸窣窣。伴随闷哑的机械声，门滑开了，我走进一间灯火通明的凹室，一个安全密闭空间。“身份证件？”是同一个声音，依然柔和，但我还是吓了一跳。一位女士坐在条纹玻璃后面的柜台边，盯着从各个角度都能看到我的视频。我把护照和驾驶证递过去。她先看了看我和这些证件，又看看我，然后用一张白而薄的通行证在隔板上的洞里刷了一下。我听到刺耳的嗡嗡声和咔嗒声。

行政中心的墙面是土褐色的，上面有一些一模一样的灰色的门。门里面隔开的办公室看起来就像牢房一样，荒凉空洞。我看到三楼一间办公室的门半掩着，于是我敲了敲门等候着。有人说：“请进。”

我一走进去就直接到了她的身边。这位犹太博物馆的馆长比我想象的要年轻得多。她站起来跟我打招呼，捋了捋散在脸上的棕色的卷发。她坐了回去，做手势示意我坐在桌子对面的椅子上。我不得不勉强挤过去。这里没有自然光线：像一个书籍的城堡，地板上到处是文件和纸张。只有她的桌子很干净，只放着一页纸。我看见了他——我的外祖父，照片中的他向上凝视着我。是那篇报道的原稿。

“你现在已经不再追踪那些虚无的幻影了？”她问道。

“种族的博物馆，”我说，“这就是。死而复生的人？”

“是的。战后，尤其是在布拉格，大家都在探索意义：为什么？怎么样？出于什么目的，他们把这些书籍、艺术品和珍宝收藏在我们的犹太教堂呢？纳粹党为什么这样做？难道他们会允许在他们的监管下开放犹太博物馆？简直不可思议。”

“除非有更宏伟的目的。”

“是的，应该是某个秘密计划。但并没有。这个博物馆开放了三年，直到1941年年末，纳粹才将其关闭。当时，已经开始重新安置犹太人，他们需要用这个地方，以存放他们没收的财产，这个教堂变成了仓库。但是，犹太社区很快团结起来，其领袖们预见到即将要发生的事，包括对附庸的犹太社区的大扫荡以及运送犹太人离开布拉格。他们说服纳粹当局把所有的犹太艺术品——《摩西五经》的卷轴、书籍、银法器，以及任何与波西米亚和摩拉维亚的犹太人生活有关的东西——都运到了布拉格，并由他们挑选出其中最珍贵和最有价值的东西进行展览，在一个“全新”的博物馆——”

“灭绝的种族博物馆？”

馆长傻笑着，说：“纳粹们同意了，但并不是很上心。他们并没有积极参与这件事情。数以千计的艺术品源源不断地送过来。在当时的情形下，这些犹太工作人员以堪称楷模的谨慎和技巧对它们进行了分类。1942 年 11 月，这里的负责人准备了以手稿和书籍为主题的第一次展览，由此中央犹太博物馆（现在的名称）开始进行商业运营。不用说，没有太多的人可以进来，这不是它本来的目的。这不过是一种保护行为。大多数都是纳粹高级官员们，对他们来说是出于一种好奇。我认为只有一个官方的纳粹指令，实际上有点像在抱怨：博物馆布置得太好了。”

“那没有计划吗？”

“纳粹们没有任何计划。这本来就是浪漫主义的理想，纳粹傲慢的象征。但是从来没有过，他们从来没有要建立一个灭绝的种族博物馆的计划。直到战后杜撰出这个新名称。”

“那他们为什么会同意呢？为什么会允许本打算清除的群体（你们）建立并开放一个博物馆呢？”

“免费的劳动，仅此而已。纳粹视之为没收计划的一部分。这也是某种慰藉——如果他们允许犹太团体管理自己的博物馆，或许他们的意图不会显得那么邪恶，那样的话，犹太人兴许会更容易相信有关重新安置的承诺。”

“那外祖父呢？”

“他与此无关。他从来没有在这里工作过，不论是在战时，还是在战后。这篇报道发表后，我们才开始知道他。他写了信，还附上了简短的自我介绍，指出报道中明显的夸张之处。他说自己曾在特雷津负责书籍整理，并承诺寄一份关于塔木德行动队的完整报告。不过我们一直没有收到。真的很遗憾，我们已经不再对这样的事抱太大希望。那些想逃避的人，总会找到新的地方藏起来。”

“但他一直都和外界写信联系，”我坚持说，“以色列犹太大屠杀纪念馆、贝特特雷津，都联系过。只有一次取得过一些进展，但那也是很久以后的事了。有一封信让他和阿丽莎·舍克联系上了。她是了解塔木德行动队的少数人之一，也是唯一真正在意的人，完全是私人原因，因为她的丈夫曾是其中最年轻的成员。”

“泽夫？”

“是的。”

“但事实是他只是在特雷津中央图书馆工作过。舍克曾经是青年领袖，一个非常有前途的年轻人。穆尔梅勒斯坦很喜欢他，为了保护他免于外送出去，安排他到图书馆工作。但不在塔木德行动队。”

“这些事情没有关联吗？”我开始感到头晕目眩。所有的名字，机构，交织混杂，一片混沌。有关外祖父的一切也越来越模糊不清。

“在大多数回顾过去的人的眼里，大屠杀是一个庞然大物。我们已经失去了辨认其轮廓、裂缝和形状的能力。谁还会关心集中营的书堆呢？特雷津的中央图书馆，布拉格的中央犹太博物馆，还有一个独立的专门团体，都致力于晦涩的犹太书籍的整理，这些机构之间又有什么差别呢？无关紧要的细微差别。恐惧早已让人们不关心这些细节。”

“我外祖父给你们写信的时候，你知道他吗？”

“很不幸，我真的不知道。当然，我们是从穆尔梅勒斯坦和其他人那里知道这个团体的，但除了奥托·穆内莱斯之外，没有其他幸存者的证词。我们猜想他们都被杀害了。穆内莱斯是个沉默寡言的人，执拗得很。他同命运抗争，沉迷于新博物馆的经营中。他从未提到过其他人。他死去的时候，有关塔木德行动队的一手资料也随他而去了。”

“那就这样了吗？就只有一些信件，求助和尴尬的境地？”

“不。我觉得最麻烦的一点是，事实证明你外祖父对我们来说并不陌生。他的名字出现在好几份文件上，都是来自特莱西恩施塔特的纳粹记录。直到现在我们才被允许访问这些资料。档案数字化，把他们从纸堆中复活，是一项大工程。我们的工作就是把他们从纸堆的坟墓中营救出来。你外祖父联系我们的时候，我们还不知道他的存在。我们没有资源。而且当时忙着与其他大屠杀纪念机构争夺这些记录的所有权。每个机构都像神经兮兮的老母鸡一样，蹲在储藏点上，看守着自己的藏物。

她把手伸进抽屉，拿出一个厚厚的信封，放在书桌上。

配给卡。杰库布·兰德，Ck572，II类。有资格配给优质人造黄油和糖。

An die Arbeitszentrale
VERZEICHNIS DER
BEZUGSBERECHTIGTEN
auf Prämien von Margarine und Zucker

für Unterabteilung: Arbeitsgruppe „M“

II DEKADE
September MONAT
Blatt Nr.
Glied. Nr.

Lfd. Nr.	Name u. Vorname	Trp. Nr.	Kateg.	Anmer.
1	Adler, Simon	Cv 254	II	
2	Freyhof, Franz	Cv 355	II	
3	Fleiß, Josef	Dh 463	II	
4	Fleiß, Marcus	Dh 464	II	
5	Glanzberg, [illegible]	[illegible]	II	
6	Glanzberg, Saul	Dh 112	II	
7	Goldschmidt, David	II 8-33	II	
8	Grauss, Franz	5287	II	
9	Kopfland, Israel	I/34-9443	II	
10	Lieben, Ernst	Dh 412	II	
11	Leben, Eugen	Dh 362	II	Krank
12	Loeben, Gabriel	Dh 413	II	Krank
13	Meyer, Heinz	I/32-12470	II	
14	Mündler, Otto	Di 187	II	
15	Nathan, Nathan	II/2-525	II	
16	Nürnberger, Kalman	Cp 229	II	
17	Pless, Willi	I/424-12558	II	
18	Presser, Otto	Cb 437	II	
19	Rand, Jacob	Ck 572	II	
20	Reiß, Ernst	Ao 105	II	
21	[illegible], Albert	Af 808	II	
22	Springer, Eugen	Cv 578	II	
23	Stern, Ernst	Dh 272	II	
24	Weiß, Eugen	Ai 576	II	Krank
25				
26	Epstein, Josef	II/141	[illegible]	
27				
28				
29				
30				

eingereicht: | Kontrolle: | Zugeteilt: | angewiesen am | Anweisung Nr.

Arbeitsberichtführer
Trp. Nr. I/424-12558
Unterschrift Willi Pless

A 61 Dekadenauszug aus dem Arbeitsbericht · A5 · 65 · A · V 43 · 10m.

ARBEITSBERICHT an die ARBEITSZENTRALE

Ausstellende Abteilung:

Unterabteilung - Zweigstelle:

Gebäude:

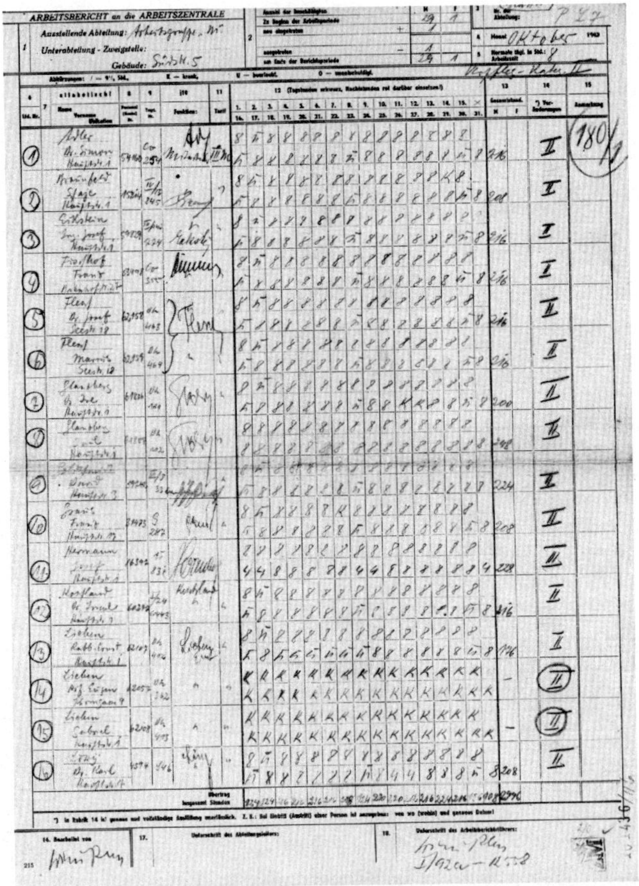

时间表。杰库布·兰德，1943年10月，每天8小时，2次缺席：16号和24号。

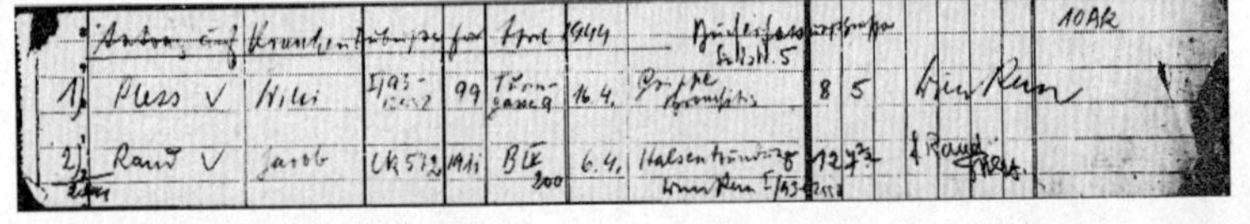

单次医疗记录。杰库·布兰德。1944年4月6日。因咽喉发炎需保外就医。

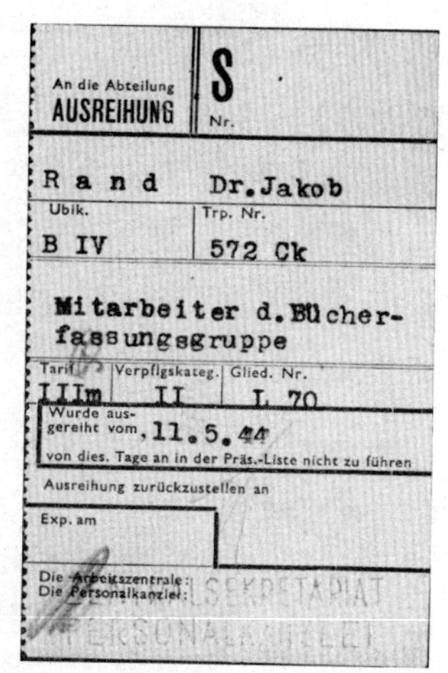

An die Abteilung
AUSREIHUNG
S
Nr.
Rand Dr.Jakob
Ubik.
B IV
Trp. Nr.
572 Ck
Mitarbeiter d.Bücher-
fassungsgruppe
Tarif
IIIm
Verpflgskateg.
II
Glied. Nr.
L 70
Wurde aus-
gereiht vom ,11.5.44
von dies. Tage an in der Präs.-Liste nicht zu führen
Ausreihung zurückzustellen an
Exp. am
Die Arbeitszentrale:
Die Personalkanzlei:

这张粉红色的凭单，表示他将被送往东部，他的工作中止了。

当然，还有其他人，同样列在名单上，同样的标志。配给卡、时间表、豁免清单和粉红色的凭单上，这些名字都一起出现，而且共享一个称号，虽然这个称号在变化：一开始是“M”工作小组，后来是书籍整理小组“B”。

这个小组总是保持在30个人左右；有时这个名字消失了，另一个名字来取代；可有可无，随时可换。这就是所谓的“享有特权”。我逐渐开始了解他们，如同家人一般。格奥尔格·格兰茨伯格，首席小提琴家，国际象棋爱好者，东方语言博士，外祖父最好的朋友。艾萨克·里奥·斯里格曼，荷兰著名藏书家西格蒙德·斯里格曼的儿子，毕生整理父亲心爱的藏书。他的名字不为世人所知，但他的故事会一直流传下去。有一个人，以另一个人的名字用意第绪语重现，他在看到岳父的大烛台时放声痛哭——他就是埃普斯坦博士。像这座博物馆一样：他的名字一直被误听和被误会。根本找不到埃普斯坦这个名字，而是约瑟夫·埃克斯坦。当然，还有奥托·穆内莱斯，布拉格犹太治丧志愿者协会的前负责人，布拉格犹太博物馆后来的首席档案管理员。无论如何，他们都在这里。

我找到了塔木德行动队以及外祖父。

1987年，扬·兰德博士拿起一张《澳大利亚犹太新闻报》，发现自己竟是其中一则故事的主角，该故事和他的生活很接近。他该如何告诉那些同他一样读过这个故事的人，其中的这个与自己同名同姓，同样面孔的人其实并不是他自己呢？他该如何说，和故事中一样，他曾经被带出特莱西恩施塔特，但不是去往布拉格博物馆或者某栋宏伟高大的哥特式建筑，而是到了一个改建的谷仓，苏德拉斯 5 号一个普通的小房子？从这个地方可以步行到大门，途中有几个小教堂将它与地狱般的特莱西恩施塔特隔开。日复一日，葬礼挽歌的哀鸣在那些小教堂里响起。并且，他也认识叫穆尔梅勒斯坦、穆内莱斯和埃克斯坦的人。看在上帝的分上，这个名字就叫埃克斯坦，而不是埃普斯坦。他们在他的生命中都很重要，但和报纸上的故事不尽相同。

他凭着自己的记忆去信任了一个记者，并让其以这样的方式去结束那个故事。这对他造成了很大的伤害。

为此，他花了两年时间才恢复过来。

奥托·穆内莱斯活下来了。

艾萨克·里奥·斯里格曼活下来了。

拉比弗朗西斯科·葛特歇尔活下来了。

外祖父也是。

他们当中没有一个人提到任何有关塔木德行动队的细节；彼此之间也没有说起过。每一个人都独自守护着那份沉默。

“我们已经把书目进行了扫描，”馆长说，“有关塔木德行动队的全部工作都上了网。”

“那有关他们的卡片呢？”我问道。

“在布拉格郊外的仓库里。”

“那可不可以——”

她打断了我的话：“恐怕不允许。”她潦草地写下一个网址。“给你，”她说，“我很抱歉。它们太脆弱，也太珍贵了。我们负有责任。希望你能理解。”

那天晚上，我坐在电脑前，开始浏览那些扫描的索引卡，希望能认出外祖父的笔迹。无数次我以为我找到了，结果发现只是一位老人的手稿，笔迹颤抖，单词拼写也有错误。在书目中他无处不在，却又哪儿也找不见他。直到下半夜，我才上床睡觉。辗转难眠。翌日清晨，我再次踏上寻找我外祖父母的路程。

~

我抵达博胡索维采车站，这里曾经是特莱西恩施塔特的一个前哨小站，如今已经废弃了：破裂斑驳的油漆下面露出黄褐色的水泥螺栓；曾经用来给屋顶排水的管道，早已锈迹斑斑，像拐杖一样支撑在角落里；墙壁上被游手好闲的少年贴满了各种标签。让我感到惊讶的是车站竟然如此之小，和公墓的小教堂差不多；这就是他们去特雷津要塞的必经之路。没有游客，也没有来寻找丢失之物的人。在这片废墟中，博胡索维采车站乞求世人将它永远遗忘。

走出车站，靠路边有一条长满草的长廊，把满是泥土和沙砾的大块平地隔开。这里曾经是一个停车场，而在那之前是该死的纳粹们的聚合场所。他们没进过车站，这一点我很肯定。当他们从布拉格来此，走下火车时，就站在这片土地上等候，不知道未来会发生什么。从车站里面投过来同伙凝视的目光。这里禁止围观，禁止相认。当地人被命令关上百叶窗，待在家里不许出门。然而，还是有人躲在窗帘后，拍摄了很多长长的队伍行军穿过主道路的照片。

我穿过这片泥地，走向草丛，发现了几段铁轨——这是特莱西恩施塔特的一个铁路岔口。这条铁路由囚犯们修建，1943 年 6 月投入运行，缓解了当时不断出入的人流——而今却掩埋在肆掠疯长的灌木丛中。博胡索维采车站随着时光而消失了。车站、泥地、铁轨，统统都从记忆的舞台上逝去。

之后，我驱车穿过山谷到达要塞小镇特雷津。

特雷津重新焕发了生机，人们把这里当成了家。大街上，游客和当地市民络绎不绝。住在这里的大部分人都很穷。经过衣着考究的外国人时，他们往往会低声诅咒。附近有一所精神病院。病人在广场上四处游荡，向行人乞讨。而今的特雷津与特莱西恩施塔特之间竟然存在奇怪的宗教分歧。但是我过来的目的，不仅仅是看看其他游客想看的东西。我没有停下来看展览。我来寻找那些被遗忘的地方。

我沿着荒芜的道路朝南走，砾石在脚下吱吱作响。另一座山头，有一些狗在叫，它们的鼻子贴在篱笆上，迎着午后的阳光看不出牙齿是什么颜色；过一会儿这些狗往回跑，然后朝着打结的铁丝网猛跃过去。我听到了附近孩子们的笑声。很快这些狗没了兴趣。我往右，山

势往下，露出了一堵不平整的砖墙。一扇棕色的大门贯穿了这个地堡。尖尖的木桩之间闪烁着彩色的光芒。又传来阵阵笑声。我终于到了：苏德拉斯 5 号，克拉恩斯塔特。

“请进，”一位女士开了门，“没有人来过这里。我丈夫出去工作了还没回来，实在抱歉，他非常想见你。”

我们站在院子里，两个小男孩拿着曲棍球杆追逐嬉戏。玛丽亚 60 岁出头，以她的年纪，对曾经的特雷津的情况应该不太了解，但是应该记得，战后这里是共产主义者军营的情况。

“我这一生都在特雷津小镇生活。我母亲曾被囚禁于此，但她不是犹太人。战争结束后，她选择留下来。这里就是她所了解的全部。你已经到过那里，也进去看了。我们都是受害者，根本没有机会逃走，为什么还要逃呢？”

我的视线被房子吸引了。这所房子是用石膏板做的，看起来很新。但是窗框——上过棕色油漆的木头裂了，到处是脱皮和裂痕——暴露了房子的年龄。看起来这所房子是以这些窗框为中心建起来的。

“恐怕你来晚了，”玛丽亚说，“2002 年发了大水灾，房子被毁了。我们当时被疏散了，等洪水平息后，回来发现房子荡然无存。我们失去了一切，只好重新开始。”她望着建在山中的防护堤。“看，”她用手指着砖墙上一些凹洞说，“最开始这里是一个谷仓。这些洞是用来固定横梁的。我们现在站的地方，只是以前的房子的一部分。那时候……”她停顿了一下，“好吧，你明白我的意思。”

玛丽亚挽着我的胳膊，带着我朝门口走去。孩子们停止了玩耍，看着我们，眼神里透着怀疑，脸上露出防御的表情。“洪水过后，保险公司想把这里整个都拆毁。他们说这样的话，重建会更安全。但在我脑后总有一个声音。我不能这么做。我们双方争论了好几个月。我的丈夫也是。他和我的想法一样。这所房子，我们的家，它承载着一段历史。”

玛丽亚仍然抓着我的手臂，她轻轻地推开门，领我走进一间凌乱的小厨房。天花板上悬挂着一个牵线木偶，超大的嘴唇向上扬，露出粗俗的笑容。“我丈夫喜欢收集东西，”她有些抱歉地说，“他还喜欢修理。这是他的爱好。”她拖着步子穿过房间朝一扇黄色的门走去，门上的格子玻璃是破碎的。“我们不同意，后来和保险公司人员达成

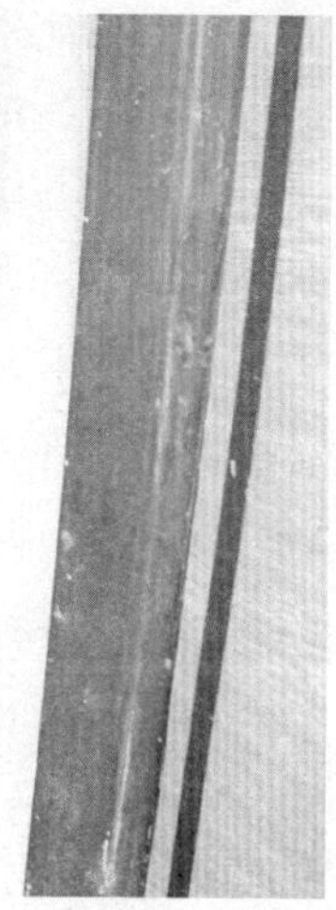

了协议，我们可以保留一个房间。请原谅我们，我们搭建了隔墙。地方太大，对我们没多大用处。”她打开黄色的门。我往里面看，房间里塞满了各种杂物：电子产品、玩具、备用的零部件。“进来吧，”她说，“这都是你外祖父曾经工作的地方留下的东西。”

当我走出来时，玛丽亚还等着我。她什么也没说。男孩们早就不见踪影，此时太阳西沉，树林里传来轻柔的咕咕声。玛丽亚拉过我的手，紧紧地握在她的手心里。我得走了。我开车返回布拉格，明天，将开始我最后的旅程。

我走过拐角时，卢德维克已经收拾好了车子整装待发。我迟到了。我们本应该中午就离开的，赶在车流高峰期之前穿过大城市。卢德维克倚靠在车门上，嘴里叼着香烟。他抬头朝我挥手。

“没关系，”他说，“我开快点。”

我们在车上没有说话。收音机里播放着古老的摇滚歌曲，偶尔被电台信号的鸣叫声打断。他的想法是从布拉格驱车前往奥斯维辛集中营。当我告诉他我打算去的时候，他说是的，他也会去。这是他母亲去世后，他一直考虑要做的事情。她母亲叶落归根，回到她年轻的时候生活过的布拉格。卢德维克有时看到它从母亲的眼里闪过：那个地方，他母亲从未去过，但是总好像随时伸出手来将她掳走。那是他的一部分。

驶离布拉格一小时后，由于捷克人的忽视，道路破烂不堪。高速公路旁出现了几个小村庄，汽车疾驰而过，一转眼又不见了。巨大的广告牌上，如同资本主义扩张的绚丽旗帜，在山上高高地做着宣传。软饮料，快餐连锁店。这辆老斯柯达汽车行驶在裂缝的路面上，发出嘎吱嘎吱的声音。“我们在前面一点停一下。”卢德维克说，“你喜欢麦当劳吗？应该比路上卖的那些捷克食物要好吃一点。吃那些东西会生病的。”

他在餐桌边坐下来，开始查电话。“我们订奥斯维辛的旅馆吧，行吗？”好像不太可能。特雷津有一家旅馆，过去是党卫军的宿舍，品位很差。那么奥斯维辛呢？我耸了耸肩。

半小时后我们经过布尔诺市。卢德维克一边靠边停车，一边打开窗户，指着外面的田野。“你看，”他说道，“这就是著名的奥斯特里茨[①] 战役的地点。你可能会感兴趣。”

我看着这片绿色而广袤无垠的土地，试着想象当时厮杀的场景。

我们继续向东走。

“在你心里她是一个什么样的人呢？”他问我。

“你是说我的曾外祖母吗？”

“嗯。我一直在读那些信。试着去想象她的样子，还有我母亲和她姐姐们的模样。我也思考，关于我的外祖父，他做了些什么。你知道，外祖母很爱他。我认为即使离婚后他们仍然保持着很好的关系。他是个很难相处的人。不单外祖母，连邻居们也这么说。”

“那个时代也很难相处啊。”

“她后来并没有再婚。也许这点你会感兴趣。在她去世前，我问过她：‘现在您知道他为您和女儿们做出过牺牲。那您能原谅他的赌博，原谅他曾经一手毁了这个家吗？’”

“她怎么说呢？”

“她甚至想都没想地看着我说：‘不能。’”

经过奥斯特拉瓦[②] 时，公路向北绕行，我们很快就到了波兰。

“快看。”卢德维克把头朝路边侧了侧。火车轨道，清晰可见。再往前，我们经过第一个标志：奥斯维辛 52 号。

---

① 奥斯特里茨（Austerlitz）：捷克城镇，1805 年拿破仑在这里击败俄奥联军，史称奥斯特里茨战役。

② 奥斯特拉瓦（Ostrava）：位于摩拉维亚东北部，摩拉维亚 - 西里西亚州首府，是捷克第三大城市。

我转向卢德维克："那些信件是偷带出来的？"

"是马塞拉。她去了乡下，从叔叔和阿姨那里取信件，然后送给隔离区里的姐姐们。让外祖母送信很不安全。只能是小女孩。这是她之前从达萨和艾琳娜那里学会的。她知道怎么走，还知道如何贿赂火车站的警察。"

"B 先生呢？"我问，"你母亲说起过他吗？"

"我没听说过。连这些信件我都是后来才知道的。"

"帕维尔叔叔说，B 先生是一个朋友，认识我们家的人。他们叫他波乌斯。我浏览过所有的名册，他不在上面。也许这不是他的真实姓名，只是大家都这么叫他而已。或许是博胡米尔的缩写。再或者是波里斯拉夫……贝德利奇？"

"波乌斯？"

"是的。"

"不对，这不是一个捷克名字。没有任何意义。"

夜幕降临，我们抵达奥斯维辛。

寂静使我忐忑不安。我躺在床上凝视着天花板。肩膀上方是一扇没有帘子的小窗户。外面漆黑一片。在这里过夜不太明智，应该留在克拉科夫[①] 的。

我醒来时，看到一道光线在远处的墙上慢慢升起，听到清晨郊区的各种声音。我住在一个名叫奥斯维辛的小镇，人们在这里生活、工作、交谈和呼吸。最重要的是，他们在听、在看。我望着窗外的鹅卵石铺就的庭院，再向远处，是一面的灰色的墙，用条状混凝土修葺而成，顶上有带刺的铁丝网。

---

① 克拉科夫（Kraków）：波兰南部最大的工业城市，克拉科夫省首府。

有些地名，像是在土壤里扩散的癌细胞，在周围的城镇萌生出新的肿瘤，比如布达、格雷维茨、索斯诺维茨、休伯兹休特。在这些地方，每踢一脚，每打一枪，每咬一口，每哭叫一次，毒性都会更猛烈，扩散到更远。这里总共有 43 个分营，在恢复为波兰的乡村之前，都是这个名字。只有一个分营，比克瑙集中营，扩散得如此嚣张，以至于要超越其主体。那里距离此处大约 2.5 公里。它就是我们所说的奥斯维辛集中营。

我走在铁轨上，穿过一些断垮的砖墙，这些墙张着大大的嘴，曾经确实吞噬过鲜活的生命。我本可以转身离开，但我仍然继续向前。他们在等着我。

那里，广袤的一大片，着实让我震惊。一直到远处的森林，都是废墟，足足有 147 英亩[①]，相当于一整座城市的面积。想象一下当时到处都是人，生机勃勃的样子——我无法想象。我看到了成堆的鞋子、眼镜、头发和玩偶娃娃。我在行李箱的上面搜寻着熟悉的名字。

① 英亩（acre）：英美制面积单位，1 英亩 =0.004047 平方公里。

我目睹了他们生命中留下的少许的东西。最后的一丝希望。但于我而言，于这一代人而言，它仅仅意味着：这是第十一大灾难[①]，虚空。

沿着北边的栅栏有一条泥泞的小路，很少有人走那儿。每隔150米，就能若隐若现地看见一座木制的警卫塔。我问向导哪儿可以找到捷克家庭集中营。“你要经过隔离营营房和党卫军的房子，往前一直走到主路上。”他回答说，“家庭营是靠左边的第二个分营。”一番感谢之后，我继续往前走。“那里不对游客开放，”他大声喊道，“不过门上的锁链很松，或许你可以挤进去。”

当我到达时，不由得大吃一惊，它太普通了，没有伟大的承诺，没有“Arbeit Macht Frei[②]”——这句话夹杂着对受难者的嘲笑，曾被视为奥斯维辛的象征，在这里并没有看到。从未在此看到过这条标语的人，也没必要抱任何希望。风刮了起来，两扇门猛拉着铁链。我盯着那些设备，高高的铁柱支撑着厚厚的高压线水泥塔，上面满是生锈了的按钮，曾经控制着周围电线的电流。现在，由于氧化而锈迹斑斑。我将身子朝前倾，眼睛险些碰到一根黑色的倒刺。透过废墟，我仿佛看到一条大街，这些水泥架线塔像是一根根血淋淋的手指。

那些粗糙的方状手指，以一种不自然的角度，从泥土里伸出来。当一切都化作尘埃时，只有这些手指还留存着，高指着天空质问：怎么能让这一切发生呢？但是没有任何回应，所以它们永远地指责着一个又聋又哑又瞎的上帝。

---

① 在《出埃及记》中曾记录了上帝给埃及的十大灾难，血灾、蛙灾、虱灾、蝇灾、畜疫之灾、疮灾、雹灾、蝗灾、黑暗之灾、击杀长子。这里用“第十一大灾难”，表示和这十大灾难一样令人痛苦。

② Arbeit Macht Frei：德文，意思是劳动带来自由。很多纳粹集中营里都能见到这句话。

1943 年 9 月，5000 人抵达捷克家庭集中营。他们不仅免遭常规化的大屠杀，还被给予了一片能够自己进行管理的土地，并只听命于一个野蛮的罪犯——集中营里的长者阿诺·波姆，以及他的亲信犯人头目① 们。这里的 32 个木制营房自成一个世界，有男人、女人，还有孩子。几周之内有了学校和医院，也有疾病和饥饿。囚犯们开始一个个死去。同年 12 月，又来了 5000 人。营房已经爆满了，但这些人还是住了进去。毕竟要好过待在铁丝网外——那里，“Muselmänner② ”，头发被剃光了，身体羸弱。他们放弃求生，身上罩着脏兮兮的条纹烂衫，幽灵般地飘来飘去。

这样的状况并没有持续多久。1944 年 3 月初的一个晚上，纳粹党把四千多名 9 月运送过来的还活着的囚犯召集到一起，强迫他们给特莱西恩施塔特的朋友和家人们写明信片，并将他们转移到附近的隔离营。他们被告知说将被送往德国的海德布雷克劳动营。根本就没有

---

① 犯人头目（Kapo）：德语，集中营或监狱中被指定带队的囚犯。

② Muselmänner：即英文中的 living dead，意为“活着的死人”，表示没有生存意识的行尸走肉。

这样的一个地方，只不过是纳粹的又一个谎言。有的囚犯预感到要发生什么，他们在卡片上用密码传达即将到来的厄运。还有一些囚犯，在绝望中选择相信海德布雷克的诺言。第二天，他们全部被装进卡车，卡车沿着主道一直开往毒气室。这些人当中有我外祖父的弟弟什缪尔·兰德。

于是，12 月来到这儿的人，开始明白“6SB”的含义。这个意义含糊的编码,在登记时就潦草地写在他们的名字旁边。特殊处理——六个月之后。如果没算错的话，7 月到来之前他们将化为灰烬。但他们仍然坚持在这个临时搭建的社会中生存，用熟悉的日常来打发日子，沮丧地看着太阳落山，不知道如何才能延长这时光。

300 公里之外，在特莱西恩施塔特外面改建的谷仓里，外祖父依然在硬邦邦的白色索引卡片上潦草地写着书目笔记，完全忘了在这个讽刺剧里他扮演的只是一个次要的角色。纳粹正在为国际红十字会代表的来访做准备。街道上正在进行美化。囚犯们为即将到来的客人们排练戏剧和歌剧。往东部运送了两次囚犯——一共 1 万人左右——以缓解人满为患的现状。但这远远不够。4 月，往比克瑙捷克家庭营的最后一次运送计划正在筹谋中。这才是外祖父的真正角色：离开特莱西恩施塔特，去帮助清扫舞台。

很难解释清楚为什么外祖父会在 5 月的这次运送中。如果他寄给贝特雷津博物馆的第一封信有那么一点真实的话，应该是他认为塔木德行动队的工作已经结束了。近两年的特权和保护之后，他突然变得不重要了。然而，实际上直到特莱西恩施塔特被解放，塔木德行动队才停止其工作。既然还有书籍待整理和编目，为何要草率地解散近一半的工人，包括我的外祖父和格奥尔格·格兰茨伯格呢?

5 月 19 日，我来到了捷克家庭营。恰逢这一天正是外祖父到达这里的周年纪念日。68 年前，外祖父紧紧地抓着格奥尔格·格兰茨伯格的胳膊，踉踉跄跄地下了火车。他们碰到一群囚犯，他们认识其中几个人。狗吠声，士兵叫喊声，忙乱中有人对他们说——跟我们走吧。那时，穿过主大门的火车轨道尚未建成。他们迅速爬上一辆卡车的后部，卡车行驶了很短的一段距离，停在了我现在所站的位置。

我侧身穿过大门，沿着裂开的道路走下去。这条路把营地分成了两部分。远处，火车轨道上挤满了移动的人群。一队游客稳定有序地朝火葬场方向走去；另外一些分了道，沿着活人走的小路，走进两边的坚固的砖房。

他们根本不知道这个分营房。

特殊处理。

死亡。

这就是所谓的特殊待遇。

6月没有点名，没有杀戮。5月又来了7500名囚犯，他们给家庭营带来了犹太示范区的信息：街道打扫得干干净净；广场上用作车间的帐篷被拆除，种上了树木和鲜花；新货币——特雷津克朗[①]——开始流通了，可以在某些突然出现的咖啡馆和商店里使用；甚至还有舞台，爵士乐队在星期天可以表演。只有这些营房为谎言付出代价。囚犯们依然终日与脏乱和疾病为伴，愤怒地抓挠着皮肤，捉住并吃掉身上的臭虫和虱子。

这个地方抹杀并吞噬了他们的姓名、生命和记忆。家庭集中营BIIb。32根木头搭建的营房，四个公共厕所，两个厨房大厅。在这

① 克朗（crown）：印有王冠或头戴王冠的君王头像的硬币，是丹麦、瑞典、捷克等国的货币单位。

该死的荒原上，这个傲慢又自大的圣殿，浸透着粪便的恶臭。从天空中俯视，它不过是一小块泥垢。但在这里，理性不复存在，荒谬蓬勃发展。

我还是回到最初所记述的：于是他成为犹太孩子们的老师，在布拉格、特莱西恩施塔特、奥斯维辛集中营都当过孩子们的教师。

我舒适地窝在大烟囱的弯曲处，这里曾经被称为 31 号区——孩子们上学的地方。我用手指在地上漫无目的地画着圆圈。

1944 年 6 月 23 日，红十字会对特莱西恩施塔特的来访圆满结束。代表团写了一份热情洋溢的报告：有关虐待犹太人的谣言毫无根据，没有必要按照原计划去参观劳动营。艾希曼很高兴。他不再需要后备计划了。1944 年 7 月 11 日，开始对捷克家庭营进行大规模清理。只有少数囚犯——其中有我的外祖父和格奥尔格·格兰茨伯格——被选为适合工作的囚犯，送往德国的奴隶劳工营。其余的全都送进毒气室。7 月 12 日傍晚，营地清理完毕。曾关押在那里的 17500 人中，幸存下来的不到 1300 人。

我隔着栅栏，望着一公里外的树林。那里有三个类似的分营，BIIc、BIId 和 BIIe。再远一点的地方，我还能辨认出那是堪那达营房的废墟——囚犯们在那里把所有到达比克瑙灭绝营的人的随身物品进行分类整理。再过去就是树林了。接着，我再次数着营地，数到第三个的时候停了下来——BIIe——我外祖母当年被关押在这里。1944 年 10 月 6 日，纳粹清理家庭营快四个月之后，我外祖母，运送编号为 EO，从特雷津到达这里。

她们的到来受到了不寻常的欢迎。10 月 7 日早晨，特遣队起义暴动，摧毁了一个毒气室和四号焚尸炉。这是奥斯维辛 - 比克瑙集中营历史上唯一的一次大暴动。从 BIIe 的位置来看，比起其他囚犯，我外祖母和她的同伴离这场战斗很近。

暴动很快就被镇压了。之后的三个星期，我的外祖母都站在烟囱下等待着，手里握着着她最后的一点财产——一枚金戒指，是她母亲偷偷地把它带进了犹太示范区。那是给曾外祖父的，比克瑙集中营会这样认为。要说的故事都发生在这儿。对我们来说，她不会在10月28日和其他一百名妇女一起离开，连正式运送编号都没有；对我们来说，根本没有上西里西亚、梅尔茨多夫和纺织厂——犹太妇女们被迫在那儿加工亚麻。直到我们发现询问这些事情已经太迟的时候，才明白其实这一切都真实发生过。

我把手伸进背包，拿出那本破旧的橘色平装书，开始阅读。我用心体会这些文字，一个已预知的宇宙。多年来，我一直通过书中的描述来勾勒他的轮廓，但现在我知道他并不在书里。这不是他的故事。相反，他既是作者，又是读者；是生命的给予者和守护者。这本书指向他心灵深处的悲恸，他长久以来的羞愧，以及那些被不可知的力量扫荡和抛弃的生命。书中有他的朋友格奥尔格·格兰茨伯格以及他的母亲古斯塔·兰德瓦。

31号区地基后面的土堆上杂草丛生。我蹲下扒开草叶，把手指都插在泥土里。他们的故事在这里结束了，在这里我也找到了内心的安宁。对那些不知道的，就是一些名字——施瓦茨海德，萨克森豪森，梅尔茨多夫——仅此而已。一切都太迟了。剩下来填补沉默的不再是他们的故事。这是我的故事，交织着流言、传奇和战后的回忆。

我躺在泥土上，盯着弯曲的有点红肿的手指。我想看到恐惧，但它却越来越远，渐渐在秋日的天空里越来越模糊。天空中飘起了凉丝丝的细雨。我的眼皮有些发沉。一大群在烟囱周围盘旋的鸟儿，打破了此刻的寂静。故事的场景渐渐退回到了背景：只有泥泞的土地和一层覆盖在它上面的白色小花。

资料编号：I-ARCH-I/1121-22/12

尊敬的布劳姆·普里瑟尔：

兹就您的询问做此回复。奥斯维辛 - 比克瑙国家博物馆告知您，我们已经对我馆档案的部分留存文件进行了搜索。很遗憾，没有关于杰库布·兰德或达萨·鲁比克瓦的资料。编号 A-1821 的囚犯是一个男人，1944 年 5 月从特莱西恩施塔特犹太人区转送到奥斯维辛 - 比克瑙集中营。特此说明的是，在集中营当局命令对奥斯维辛集中营进行人员撤离和清除的期间，几乎所有与之相关的重要文件，包括囚犯的个人档案均已销毁。这些留存下来的部分文件资料，无法提供集中营的所有囚禁人员的完整信息。

兹此建议您进一步联系国际追踪服务局。联系人：拜德·埃尔森。

诚挚的问候

皮奥得·苏比斯基

奥斯维辛 - 比克瑙国家博物馆囚犯信息办公室

2014 年 4 月 21 日

致：ARCHIV@GEDENKSTA ETTE-SACHSENHAUSEN.DE

主题：寻找杰库布·兰德

尊敬的先生 / 女士：

我目前正在创作一本关于我已故的外祖父杰库布·兰德的书。1944 年 7 月 3 日，他从比克瑙捷克家庭集中营被运送至施瓦茨海德的褐煤汽油联合股份公司；此次运送一共有 1000 名囚犯。在这死亡之旅的前一两天他被送往萨克森豪森集中营。在此诚挚希望贵馆档案室能提供关于我外祖父的拘留文件。他的出生日期是 1911 年 12 月 25 日，奥斯维辛囚犯编号为 A-1821。

如能提供任何帮助或信息，我将不胜感激。

谨致问候

布劳姆・普里瑟尔

致：布劳姆・普里瑟尔

回复：寻找杰库布・兰德

尊敬的普里瑟尔先生：

兹就您有关杰库布・兰德（出生于 1911 年 12 月 25 日）的询问回复如下。谨代表档案馆告知您，很遗憾我们的档案中没有找到任何文件。萨克森豪森集中营总部的所有文件，包括拘留者的卡片索引及拘留者档案，均于 1945 年春集中营解放前夕被党卫队销毁。少量不完整的资料大多都保存在俄罗斯联邦档案室里。只要包含和个人信息有关的资料，均被录入数据库。

但在此数据库中，并未找到有关杰库布・兰德的信息。

致以诚挚的问候

萨克森豪森纪念馆和博物馆档案室

奥拉宁堡 D-16515，国家大道 22 号

编号

1
特莱西恩施塔特

黄昏时分。

小镇北边城墙外的旷野上凝结着一层霜，白若银缎。在火山口下方，浅灰色的锥形火山体仿佛预示着，要爆发出一股无法言说的威力。此处，一座巨大的堡垒平地而起，它的三角堡，内壕和多面堡犹如流星陨落一样，错落有致地紧密排列着，坚实地抵御着凛冽的寒风。杰库布·R站在第三座堡垒的顶上凝视着易北河[①] 最远的河岸，以及利托梅日采城最古老的教堂那孤独而长长的塔尖。

在去往曾名为特雷津小镇的最后一程中，他在博胡索维采泥泞的街道里艰难跋涉，催促母亲快步前行。自那以来，他在这里已近一年。

---

① 易北河（Elbe River）：欧洲中部主要河流，发源于捷克、波兰两国边境的苏台德山南麓，穿过捷克共和国西北部的波西米亚，在德勒斯登东南 40 千米处进入德国东部。

抵达之后，他们便睡在水闸场的稻草上，填写表格，吃着土豆。就这样一周之后，才被分配到各自的营房。古斯塔很快就适应了这里——于她而言，特莱西恩施塔特只是另一个流亡地，相对布拉格这座城市而言，并无好坏之分。她铺上针织的小桌布，用图钉钉上图片，把床铺收拾得足够舒适。她吃得很少，刚好满足她小小的食欲。中央洗衣房的工作虽然十分苛刻艰难，但她还能忍受。一天忙完，她都会和杰库布、什缪尔这两个孩子待在一起。她静静地等待他们归来，当宵禁的警笛声响起，这两个孩子才匆匆赶回自己的营房，到那时，她便会躺下，安心地闭上眼睛。

然而，从经过隔离区水闸大门的那一刻起，杰库布便感受到一股监禁的寒意。当他蹲下身子刮去人行道上的冰块时，从后背和膝盖上他能感觉到这股寒意。当他用力捶打木板，把那断裂的板块用作分隔囚犯与俘获者之间的屏障时，双臂和脖子上传来阵阵寒意。当人们称之为代用咖啡的微温的褐色液体在他空空如也的胃里翻腾时，他感觉到这股寒意。夜晚时分，当他靠在冰冷的稻草枕头上，呼吸着同寝伙伴散发的恶臭时，他感觉到脸颊上的阵阵寒意。

1 月中旬，杰库布转移到青年福利部。他在豪普特街的男生公寓报到时，贡达・雷德利赫告诉他“正式的课程都被禁了”。杰库布学生时代在布拉格就认识了雷德利赫。在他年少的那段时光里，雷德利赫就一直是犹太复国主义青年团体运动中最受欢迎的领袖。他那独有的亮色卷发、扁平的鼻子和厚镜片的圆形眼镜，让人一眼就能辨认出他。这也使得他具有一种与众不同的学者权威风范。他很早便被送到特莱西恩施塔特，1941 年年初，继与弗雷迪・赫希[1] 的简短竞争之

① 弗雷迪・赫希（Fredy Hirsch）：一位德国犹太教师和运动员，他以巨大的热情和能量帮助集中营的孩子们，给予他们照料，组织娱乐和体育活动。赫希曾多次有机会离开集中营，但考虑到孩子无人照料，他毅然留下。1944 年 3 月，赫希和他的孩子们死于毒气室。

后，被任命为系主任。“教这里的孩子唱歌和玩游戏吧。”雷德利赫继续说道，“万一歌词中有一些教育元素，或者玩一些类似经过巴勒斯坦的城市的游戏，孩子们可能会从中吸取到一些知识。我们对此没有责任。”

那天早晨，杰库布站在教室前，尝试着歌唱，但他的声音有些颤抖，孩子们便大笑起来。“你不应该想太多，”雷德利赫说，“孩子们能得到像样的食物。他们有自己的营房，有干净的床单和枕头。他们和我们的经历不一样。你要学会玩游戏、唱歌和撒谎，那才是你的角色。你的努力会让你得到额外的面包、黄油和糖……有时甚至是香肠。”雷德利赫握了握杰库布的手，“我已为你申请了转移豁免。由长者委员会在赦免大会上共同商榷，但在那之前我们更要好好照顾自己。告诉你母亲，你很安全。你的一切都很好。”

~

面包大多都不新鲜，黄油也总是发了霉或散发出一股酸臭味。糖里掺有少许土粒和死的昆虫。杰库布只吃过一次香肠。结果，在等厕所时候，他疼得直不腰来，全身抽搐。尽管如此，他还是万分感谢贡达·雷德利赫。杰库布可以用分配到的口粮供应家人。古斯塔把口粮做成她所能做的食物，庆幸自己不用为了舀一勺清汤而去一楼餐厅排队。在小厨房里，她炖了浓汤，烤了一些蛋糕，并把它们端回房间。她把食物分成几份，总是把最小份留给自己，然后看着儿子们吃饭——什缪尔吃得很快，他在劳工营工作一天之后，饿极了，狼吞虎咽着。但杰库布却吃得很慢。她没有发现杰库布难以下咽，当宵禁令开始倒数时，他便紧闭喉咙，不再吞咽。

贡达·雷德利赫是对的。七千多人分六批被运送转移到东边被人称为奥斯维辛的地方之后，特赦令才宣布。根据委员会的说法，奥斯维辛是一个劳动营。杰库布可以看到街道上和房营里的变化，但最重要的是他能看到教室里的变化：一夜之间孩子们不见了，还有一些孩子的父母被带走了，向他寻求帮助。很多学生在杰奇莫瓦街的学校时就认识了他。他教大家唱一些他童年时代反复吟唱的歌曲，尽管他曾经想逃离他的童年。他编了很多故事，拖长声音讲给孩子们听，直到他们的脸上露出笑容。弗雷迪·赫希带孩子们到院子里锻炼身体，杰库布便坐在地板上，双手抱住头。他闭上眼睛，想象着自己躲在父亲晨祷的披巾下，渴望回忆起更多的故事和歌曲。

“杰库布？”

他靠墙坐直。贡达·雷德利赫站在门口，很不解地看着他。杰库布拍掉身上的灰尘，点头示意贡达进来。“先生？”这样称呼一个年轻人似乎有点奇怪。

“我很高兴你忙了一天没有离开，”雷德利赫说道，“上课顺利吗？”

“是的，谢谢你的关心。”杰库布说道，“至少对孩子来说，还是不错的。”

雷德利赫在口袋里摸索着，抽出了一张折叠的字条。“这是委员会的决定。穆尔梅勒斯坦要我把它交给你。”他把字条递给杰库布，“明早要去外面的邮局报到。穆尔梅勒斯坦在细节上很谨慎，不过我知道还会对学者再进行一次登记。你们都会收到传唤通知。”雷德利赫摘下眼镜，用衬衫擦拭着镜片，“还有很多我们不知道的事情在等着你。”

“下一个。这边走。你的编号？”

“CK-572。”

“姓名？”

“杰库布·R。”

“杰库布……姓氏 R 是以色列人的 R 吗？”

“杰库布博士，以色列人的 R。”

“好，知道了。学位？”

“法学学位。查理大学。”

“嗯，那你现在的工作是？”

“我在青年福利部，长官。”

“给孩子们上课？”

“不允许上课。我们主要是带他们玩游戏，唱歌和类似的活动。”

“你把我们都当傻子呢，我们都明白的，以色列博士。感谢上帝，这些并不是我要关心的问题。你的家人呢？”

“有母亲和弟弟。我弟弟在流动劳工名单上，母亲分配到洗衣房。”

“所以，你的职位可以给他们谋得一些……一些特权？”

“是的，现在，他们能够得到转移豁免。”

“但前提是你得一直待在这里。”

“这是穆尔梅勒斯坦的指示，听说这个指示很重要。”

“越是重要，享有的特权就越多。”

“我想是的。”

“你们的圣人怎么说来着？儿子必须靠自己的能力赡养父母。”

“是的，迈蒙尼德说过。我父亲已经去世近十年了，而我又是家中的长子。”

“在这里你怎么办呢？”

“这里面包是流通货币。还有额外的口粮和豁免权——”

“是的，面包。但还有……你们的人们怎么称呼它？维生素 C 和 P。C 代表连接（Connection）和 P 代表推动（Pull）。保持人体长期健康的必需品。也许，我还要加另一种维生素，维生素 L，L 代表着好运。我们是不是想到了一块儿了？”

“好运？”

“以色列博士，你们还真是令我着迷。当我着手研究你们的时候，我的同事们都嘲笑我。但是，激情就是激情，没法逃避。五年前，我在一间小办公室研究你们的专著，祈祷着可以获得一个大学终身职位，等待着下一次的晚餐邀请以提醒自己还活着。然后，这一切……这一切开始了。那些曾经嘲笑我的人都上前线打仗去了，而我留了下来。在这里，我的学识备受重视。这就是历史的潮流。好运。你相信占卜术吗，博士先生？”

“圣贤警告我们不要相信。迷信只会伤害那些听信的人。”

“《虔诚者之书》说过。的确。不过，我还是很着迷。那些你越是奉为圣贤之人，越是看不清他们。比如迈蒙尼德。在盲目奉献的背后，他认为事情就是如此发生了。”

“这个？在这里？恕我直言——”

“但意思是不可否认的。这是一场歌革和玛各[①]之战。你们已经失败了。上帝的选择是其他人。我们拥有正统雅利安血统，拥有我们的弥赛亚，在柏林进行统治的弥赛亚。然而，在这里，在这座小镇上，在我们统领的所有土地上，你们继续祈求奇迹出现。你们总是执着于民间故事，执着于亵渎神明。我不知道你们在期待什么。迈蒙尼德说，时机一到，预言都将应验。《士师记》[②]的第十二章。以色列博士，你对第一节很熟悉吧？”

“不如你熟悉，不过我知道。”

“很好，那让我们开始吧……”

---

① 歌革和玛各（Gog and Magog）：在先知的预言中是人类反抗基督的领袖。在《圣经》中有着关于黑暗力量的统治者歌革和玛各的故事，《旧约·以西结书》第38、39章记载了关于歌革入侵以色列人的预言，说歌革是几个民族的王，将会在世界末日之时率领多国军兵自北方极处杀来，而耶和华将显示力量打败歌革并埋葬他。

② 《士师记》（*Judges*）：《旧约》的一卷，共21章。记载了鬼魔的宗教如何缠绕为害以色列人民，以及耶和华怎样借着他所任命的士师怜悯悔改的百姓，拯救他们。

这场奇怪的面谈之后，又过了几周，杰库布仍然没有等到任何消息。他看着孩子们画画，帮助他们为学生杂志 Vedem[①] 准备一些主题。他试图找贡达·雷德利赫说说情况，但他却一直事务繁忙。

7 月初，格奥尔格来到这里。不知怎么的，第二天杰库布就知道了这个消息；他的朋友正在博登巴赫营房准备登记。杰库布希望他被分配到青年福利部。他恳请弗雷迪·赫希转达他的想法。“在布拉格的时候，孩子们都很喜欢他，”他说道，“他对你的观点充满热情，非常认同并乐于向大家分享。他将为这项工作增光添彩。我还想问问自己的事情，但……”过了一会儿，弗雷迪把他拉到一边，“很不幸，贡达说格奥尔格已经被安排到了别处。”

杰库布的失望只延续了短短几天。一天晚上，他步履蹒跚地从母亲的营房走回来，尾随在什缪尔身后。这时，他突然想起了他的朋友，并寻思着：要是有一个弟弟，不必他照顾，相互平等对待，那会是种什么样的感觉。他走进洗手间，把水浇到脸上，一阵作呕，腐臭的扁豆汤涌回喉咙，他便又漱了漱口。外面，警笛响起，召唤囚犯们归营睡觉。营房的主照明灯眨巴了一会儿，很快也就熄灭了，唯独剩下那盏昏暗的灯泡还依旧挂在走廊的天花板上。当他回到自己的铺位时，隐约看到了一个人的轮廓。这在以前就发生过。也许是迷失而困惑的灵魂，不再被人关注的灵魂。兴许是从卡瓦勒营房的精神病院里走失的某个人。犹太人区警卫很快就会来接走他。但好像不是，这个轮廓看上去很熟悉，尤其是那潇洒的身影和时不时抽搐的手指。

“格奥尔格？”

“和你说的可完全不一样。”

---

① Vedem：一本捷克文学杂志。1942 – 1944 年大屠杀期间，存在于特莱西恩施塔特中。它由彼得·金兹和哈鲁斯·汉克伯格主编，带着住在第一个营房的一群男孩手工制作的。总共约 700 页的 Vedem 在第二次世界大战中幸存下来。

六个月以来，他们只是互通信息，告知彼此还活着：在官方的卡片上精心写下一两个暗示的句子。杰库布本想解释，但实在没法描述这个地方。同样，格奥尔格也很踌躇。布拉格一片荒凉，每一座建筑都提醒着人们它曾经的样子。他往返于公寓和博物馆之间，直到无法避免地被召唤，被赶上了火车。又一次的犹太人转移。

“他们在营房附近就把我们分开了，”格奥尔格继续说道，“我父亲在马格德堡，我弟弟们在苏台德。母亲在另一端的德累斯顿。”

“你会习惯的。就像一首华尔兹小夜曲。”

“父亲会很高兴见到你的。”

“他是犹太管理委员会的吗？”

“不是，但他们很熟。工作很轻松，主要是负责大厅。”

“那你呢？”

“列在劳工名单上，至少三周之后再看情况。”

“只提到‘M’工作小组。8点钟我必须到苏茨特拉斯大门口集合。”格奥尔格把那张窄窄的字条翻过来，仿佛背面有什么线索似的。

第二天晚上，杰库布在房间里等候格奥尔格。

“对不起，我和父亲在一起。他送来了一些好东西。”

格奥尔格对工作只字未提，只说和书有关，而且是一些连他们都不知道的竟然存在着的书籍。杰库布对此没有勉强深究。也许格奥尔格还在适应犹太人区的生活。

“我向奥托·穆内莱斯提起过你，”几天后，格奥尔格告诉他，“穆尔梅勒斯坦让他负责这个小组。”格奥尔格坐在铺位上，解开衬衫上的纽扣，“明天他要做一个演讲。你去和他谈谈吧。”

自从上次与杰库布见面以来有好几个月了，奥托·穆内莱斯还是一副生硬的样子。他总是佝偻着，像是在照顾死人的样子；说话时站在原地不动，拳头攥得紧紧的，双臂大力向下甩；声音很小，音调和停顿听起来像是上下摇动的跷跷板。杰库布发现穆内莱斯在公众场合讲话令人极度不安，即使是在这灰暗的营房阁楼里；他仿佛听见他正与死人交流，这些死人揭开了文明的伤疤。

稀稀拉拉的表示礼貌的掌声响起，演讲结束了。为数不多的观众们纷纷散去，他们爬过房梁，矮下身子，再磕磕碰碰地走到楼梯处。杰库布好不容易挤到有光亮的地方。

"哈，杰库布！很好。过来这边。"穆内莱斯靠在讲台上，"这个组……我看了原始名单。一下子就看到了你的名字。和你面谈的那位长官对你印象很深刻。他不确定你是否遵守纪律，但他相信你知识渊博。他终于同意了。是青年福利部要求你回去。也许贡达认为他是在帮你。他们可供应维生素 P。确定转移名单时，委员会马上会把所有的卡片从中央登记处移除。你绝不能被送上火车。"

穆内莱斯把笔记整理后夹在胳膊下。"回房间去。我只想告诉你，我已经提出了让你调职的请求。艾希曼对我们的工作进展很不满。我们每个人都进度很慢，最大可能地延长工作期限，但人员流失让他很恼火。穆尔梅勒斯坦需要用这项工作来拍马屁，让我来缓冲一下，我知道。他不能做不好，有必要的话，他会选择牺牲我。作为回报，他允许我以他的名义说话。现在我们拭目以待，看看真正的力量到底存在于哪里。"

每天晚上，当他们周围的人们都渐渐入睡时，格奥尔格就会谈到那些书籍奇迹，那里储藏着一个远离尘嚣和闹市的强大的王国。他把杰库布的梦想引领到一个位于知识之巅的世界。仅仅是标题就吸引了杰库布，召唤着他的心走向一个身体无法彼及的地方。随后，在夏末，他收到了一张黄色的车票。

翌日清晨，他必须前往苏茨特拉斯的大门处报到。

从大门口到克拉恩斯塔特是短暂步行的距离，沿着博胡索维采车站的方向望去，它就隐藏在小镇南部的城墙之下。这里过去曾一座

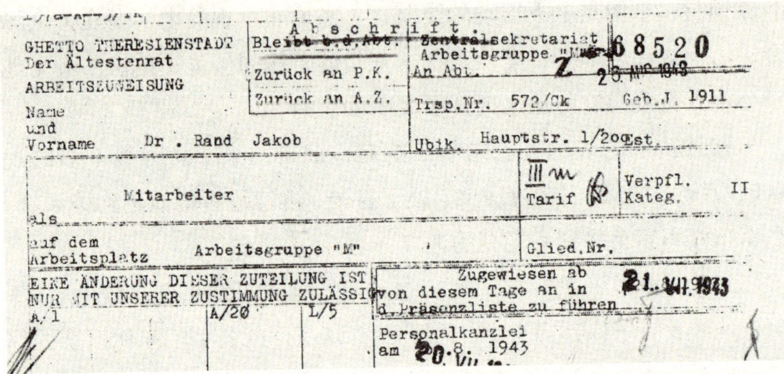
Abschrift.

GHETTO THERESIENSTADT
Der Ältestenrat
ARBEITSZUWEISUNG

Bleibt b.d.Abt.	Zentralsekretariat Arbeitsgruppe "M" An Abt.
Zurück an P.K.	68520
Zurück an A.Z.	Trsp.Nr. 572/Ck Geb.J. 1911

Name und Vorname Dr. Rand Jakob — Ubik. Hauptstr. 1/200 Est.

als Mitarbeiter — Tarif III m — Verpfl. Kateg. II

auf dem Arbeitsplatz Arbeitsgruppe "M" — Glied.Nr.

EINE ÄNDERUNG DIESER ZUTEILUNG IST NUR MIT UNSERER ZUSTIMMUNG ZULÄSSIG

Zugewiesen ab von diesem Tage an in d.Präsenzliste zu führen 21.VIII.1943

A/1 A/20 L/5

Personalkanzlei am 20.8. 1943

谷仓，看守人的木屋被隔成了三间房，并各自命了名。不是印在时间表的名字，不是“‘M’工作小组”，也不是“读书小组”。而是“塔木德行动队”。这些人，坐在木凳上，膝盖酸痛，却成为智慧的捍卫者，守护着那些已经进入了这些由树木制造的纸浆之中的神灵。他们一起把知识压缩编写为一个目录，一个将来被掠夺、被热切地阅读、被重新改写的文库。

他们的名字曾经回响在琼斯佛的大街上。杰库布坐在演讲大厅里，感觉自己的灵魂登上了他们语言的战车。他读过他们对圣典的评论文章。莫杰·沃皮-纳哈塔比、拉比西蒙·阿德勒、拉比弗朗西斯科·葛特歇尔、艾萨克·利奥·塞利格曼博士、约瑟夫·埃克斯坦。从他们身上，杰库布仿佛看到了自己年少时代的那些智者——在小小的犹太教堂里，他们和杰库布的父亲围在杂乱的桌子边辩论得面红耳赤——杰库布完全不能理解为什么那么激烈。他特别想告诉他的母亲，她那些挚爱的先圣的灵魂陪伴着他工作，指引着他手中的笔。不过他又不想增加她的痛苦。

后来，杰库布翻阅着这些书，慢慢开始更具体地了解这些书——指尖上仿佛可以触到这些智者身上夹克的衣料，指关节可以感觉到那些书籍的毛边锯齿；当他从书堆里拾起每一本书时，他的手腕能感受到其重量。

9月又有一批人要被运送转移。

起初只是传言，随即引起疯狂的议论，以至于大家都忘了要做的新年祈祷。字条也接踵而至，留放在铺位上，好让囚犯们在一天结束的时候可以看到。什缪尔是第一批得到字条的人。他跑去找杰库布。“一定是搞错了。他们……他们承诺过。你有豁免文件的。”古斯塔也误解了杰库布所谓的特权。“去委员会问问吧，”她恳求道，“我们三个应该留下来。这肯定错了。”他赶到运送部，和很多人一起排队恳求，结果人群即刻就被遣散了。“这次我们别无选择，”那里的人说，“这是指挥官亲自选定的名单。没有人可以豁免。”他的母亲不愿听这些。“你不应该离开那些孩子的，”她抽泣道，“和他们在一起的时候我们很安全。那些书有什么好？”他试图安抚她，让她镇静下来。“别听信那些稀奇古怪的谣言。只是上了另一个劳工清单。他刚好也从这里解脱了。”他把剩余的口粮都交给她，以便她能为什缪尔的旅途准备些食物。后来的三天，他将就着那些代用咖啡度日。六周后，他们收到了第一张明信片。上面只交代了什缪尔一切都很好，而且工作很卖力。杰库布盯着明信片上的邮戳：新伯伦，比克瑙劳动营。

2

特莱西恩施塔特

在汉堡营房底层的小厨房里，古斯塔摇晃着火炉上的汤锅。食物的味道还不算难闻。她知道大多数晚上他们比屋子里的其他人都吃得好。每有剩余的食物，她都会这一勺，那一勺地分给大家。她尽可能地把这个家庭团结在一起。在什缪尔被带走之前，两小时远远不够尽到母亲的责任。每隔几天，她的儿子们下班后就会直接过来这里，6 点钟到，8 点钟宵禁铃声响起时离开。其他时间她都是孤身一人。后来，所谓的杂交混血儿到了：3 月初的大运送。从车里出来一大群孩子，无助而又彷徨。那些年龄小的要被领养，稍微大一点的就自己照顾自己。

有一对姐妹被安排住在她旁边的床铺上。姐姐显得阴沉而且戒备心很强：来自布拉格，一副不需要任何帮助的样子，总客气地说着谢谢。对于她的这种无礼，古斯塔反而找到一点慰藉——她女儿鲁任卡这么大的时候也是这么说话的。妹妹的长相和举止完全不一样：说话轻柔而礼貌，但似乎和姐姐在一起才有安全感。古斯塔试图单独去接近她，她总是想法躲开，匆匆地跑到床上、厕所或走廊里。

姐妹俩之间说话的速度很快。从偶尔听到的词语中，古斯塔知道她们的父亲也这个地方，做着一些金属加工和码头的活。他似乎安排了和她们见面，但总是要么晚到，要么压根没露面。她听到姐妹俩伤心恸哭——那些晚上她们坐在父亲的铺位上，扯着上面的稻草，把脸埋在他那脏兮兮的床单上，呼吸他的味道，却怎么也等不到他。她们还说起爸爸的道歉，说起她们从未收到过他所承诺的礼物。相反，她们寄希望于妈妈。她们能定期收到包裹，有的来自集中营的邮局，有的来路不怎么被官方认可——古斯塔听她们说起一个宪兵，一个她们的家人都认识的苏台德男人。最初的几个星期，姐妹俩似乎对周围仇恨的眼神无动于衷。她们不跟任何人说话，甚至和她也不说。古斯塔的儿子们过来的时候，她们也显得无动于衷。然而，当灯嗞嗞地关掉后，她们就会在一起呜咽哭泣。古斯塔便缓缓走过去，小声哄她们睡觉。

她们的冷淡融化在夏日的阳光里。有天晚上，什缪尔过来的时候，姐妹俩不说话了，扭头看着他。年轻人把一件衬衫和一粒纽扣递给古斯塔。不一会儿，杰库布也来了。他快步走向他的妈妈，亲吻她的额头，然后从夹克口袋里拿出食物——面包、果酱、黄油、面粉，还有一罐辛辣的特雷津面包酱，是由芥末粉和醋调制而成的。什缪尔搓了搓手。“今晚又有大餐了。”古斯塔说。她忙着去准备饭菜，兄弟俩就在那儿等着。饭做好了，他们一家三口坐在床铺上开始享用，仿佛床铺是宴会的餐桌一般。

临走之前，兄弟俩亲吻了母亲和一张钉在她床铺内侧柱子上的灰色方块纸片。次日清晨，当古斯塔整理被单的时候，姐姐探过身来，指着那张纸问她：“那是什么？”“那是我的丈夫，孩子们的父亲。”女孩递给她一颗小糖果。她最近收到的东西只剩下这个了。“请收下，”她说，“我的名字叫达萨。”

“我叫古斯塔。请……叫我阿姨吧。”

“你的母亲……”杰库布咬了一口炸肉排[①]的边角，满嘴冒油，“我想我每晚都会去你家。”

达萨笑了，把她的那份土豆切开。“她知道我最喜欢吃这个。我只是担心它们会变质。”

“不会，让她以后还寄这个。”杰库布又咬了一口，迫不及待地吞了下去，说，“我们保证它们不会被浪费。”

古斯塔搂着艾琳娜的肩膀。“这样好吗？”女孩微笑着依偎在她身上。古斯塔抱了她一会儿，享受这种温暖。然后，她对达萨说：“我也会去你家的。当然，不会太频繁。想想看，我们差不多算是邻居，竟然从未见过。”

---

① 炸肉排（schnitzel）：是在小牛肉（或猪肉）外面裹上一层面包屑后再炸。

“你总待在家里。”杰库布说。

“我以前没认识这么可爱的女孩啊。我一定要见见她们的妈妈。我们要讨论很多事情。”

“好吧，”杰库布站起来，说，“谢谢你们，还有你们的母亲。”他俯下身去亲吻古斯塔的脸颊。她用手捅了捅杰库布，朝着达萨点点头。“继续吧。”她说道。杰库布将身子再蹲下去一点，但是又突然停住了，不好意思地微笑着。“是的。”他说，“再次感谢。”他知道不能转过身去；古斯塔会对他失望地直摇头。

到了 12 月。

自杰库布上次过来之后，古斯塔这里就大变样了。一名维修工说为了美观，把最上层的铺位都给砍掉了。一些留下来的人正在收拾箱子，而其他的则把自己可能会留下的物品进行交换。只有那些杂交混血儿还悠闲地坐在床铺上，冷漠地看着。

达萨问杰库布：“有什么消息吗？”

“听说又要转移 5000 人。一半本周三离开，另一半则安排在安息日。马格德堡营房外的队伍排到了大门外。那些不想解约的人们正在劳工部乞求转移。”

“古斯塔阿姨安全吗？”

“目前很安全。她特别想去比克瑙集中营和什缪尔待在一起。你从你爸爸那里打听到了什么吗？”

“没什么。他答应尽快到新咖啡店来看看，或许是给艾琳娜庆祝生日。他的报酬不够买入门券呢，不过可以买点东西。他又找了一个新圈子。宵禁后，他们在营房里玩斯卡特[①]。他确信能来庆祝艾琳

---

① 斯卡特（Skat）：德国三人玩的纸牌游戏。

娜的生日，但是我觉得他不一定能做到。妈妈来信说她在筹划。”

“你呢？”

“我也是。无论如何，我们都会庆祝。”

转移的队伍如期离开。街道上和营房里，大家都感觉到一种解脱的氛围。空间的解脱。内心负疚的解脱。

艾琳娜生日的那天早晨，古斯塔向劳工部上报说她身体不适。她去了医务室，很快就出来了。一位忙碌的护士，没给她检查就诊断说她患有轻度的特雷津综合征，这里特有的一种病。她回去的时候住处空无一人，不过正如大家承诺的那样，每个女人的枕头下都放着半日的面包口粮。杰库布也留了一些额外的口粮，达萨已安排了即将从布拉格寄来的水果干。很快就会见面的。她母亲在附言上写道。古斯塔捣碎不新鲜的面包，放进锅里，浇上微温的咖啡，等着汤汁变浓。然后她再倒入黄油、果酱、糖、水果，加上一点面粉——面粉是她从面包师那里交换而来的，她让面包师可以经常去洗衣服。

宵禁令之后，他们才开始庆祝。古斯塔拿出蛋糕的时候，所有的女人都聚集在了营房的中央。她们一起唱《特雷津的三月》，艾琳娜则在一旁高兴地拍手鼓掌。

嘿！明天，生活将重新开始，
这个时刻终于要来临，
我们将整理行囊，
我们将回家。
有志者事竟成，
让我们携起手来，
终有一天，在犹太区的废墟上，

我们将放声欢笑。

艾琳娜闭上双眼，将想象中的蜡烛吹灭。

3
布拉格

最初，明信片就足够了。每隔几个星期就会收到一些，上面随处写着三两行字：“只是想告知你们，我们已经到了，一切都还好。父亲也问候你们。”然后，“我在厨房找到事情做了。艾琳娜和爸爸也有了工作。”还有，“尽管我试着缝补，袜子和内衣还是越穿越破。”弗兰提斯卡·鲁比克瓦回了长长的信，详细地描述她在工厂的工作，以及米利津的妹妹们和家人的事情。但是仅仅这些文字不能带给她温暖，不久，她陷入绝望。家人们如此遥远，她怎么可能去帮助她们呢？她怎能奢求自己还是一个合格的母亲呢？尽管现在马塞拉和哈娜还在她身边，但那也是暂时的。一旦她们达到年龄，就会被征用。

晚上，她无法入眠，害怕会做噩梦。卢德维克呢？他的血统导致一家人都被囚禁起来，他难道没有义务去保护他们，没有责任去实现他的誓言吗？她甚至觉得，如果卢德维克能够在她们最需要的时候，尽到做父亲的责任，那么她也许会原谅他的。

马塞拉和哈娜睡在她身旁，她只好把脸埋进枕头里，盖住她那冲着枕头里的羽毛发出的一连串的诅咒。几小时过去了，她的愤怒化成了内心复杂的情绪，交织着疲惫、恐惧和孤独。最重要的是，愧疚。

至少，她生活得足够好。大多数人被遣送到了军工厂，而她被征召到了诺弗麦斯托的一家小纺织公司，缝制提供给东部前线的衣物。她可以得到稳定的工资，这足以养活她们母女仨，但是无法负担起去米利津的路费。她的空闲时间几乎都用于寻找那些有包裹邮寄许可邮票的机构，而剩下的时间，她就忙于把那些积攒的物品一一装进包裹里，每个包裹限重 20 千克。不同的箱子里分别装着面粉、盐、小扁豆、蔬菜，还有糖果和裙子。最重要的是，她寄出了一个母亲毫无保留的心。之后她便焦急地等待作为官方收据的明信片。但是这些也还不够。如果她想把她们抱在怀里，她一定得去一趟特莱西恩施塔特。

黎明时分，她亲了亲两个正在熟睡的女儿，便急急忙忙地赶到了工厂。她坐在机器上，用力地将布料按压在那微凹的工作台上。针尖行云流水般穿梭着将布料缝合起来。每缝好一块，她便把它扔到脚边的篮子里。

快到午饭的时间了，她从凳子上站起来径直向监工走去："我得出去一会儿。"那男人比较通融；事实上他有点喜欢弗兰提斯卡。她技术熟练，能够很快地缝好一件夹克，而其他女人会花上比她多双倍的时间才能完成。她偷偷塞给他一根烟，然后一起去外面抽。他也失去了家人。他妻子的哥哥娶了一个犹太女人。他们花了好几个月打算办一个出境签证，贿赂了所有他们认为有影响力的人。尽管这个监工判断他们不会成功，但他还是把钱给了他们，但现在他宁愿当时把这笔钱留下来。边境被封锁了，他发现自己被困在完全没有希望的慈善怪圈里，直到收到犹太委员会的来信，要求那个女人和三个孩子去市集集中。当时他如释重负地叹了口气。"当然可以，鲁比克瓦。"他说，

“这就是家人应该做的。还好我知道。”他的妻子现在整天和哥哥待在一起，用谎言安慰他。她很少回家看她的丈夫。“这件事毁了我们的感情。但我不敢让她选择。毕竟，以后再说吧。”他祝弗兰提斯卡好运，并送她出去。

弗兰提斯卡在马路对面的树荫下站着，夏天的树上开满了花。她点燃了香烟，已经是第三支了，研究并观察着那些穿梭在佩切克宫大门之间的穿着制服的男人们。这座建筑的名气很响。如果她没有弄错的话，在占领期间其名声被抹黑了。大楼高耸，有种让人喘不过气来的压迫感。这个灰石头的歌利亚[①]，正践踏着她的邻居们的头骨。在这种炎热天气里，几乎所有的窗户都紧闭着。弗兰提斯卡吐出了最后一口烟，将烟头扔到地上。她准备好了。

“我想见我的女儿们。”

坐在桌子后的男人把她从列队中叫出来的时候，头都没抬一下。她只是很多人中的一个，已经等了一个多小时了。大部分排在前面的都哭着转身走了。一个男人跪倒在地，哀求着，哭喊着。当他被拖走时，哀号声回荡在大厅里。或许是弗兰提斯卡把这哀号声同地下室传来的尖叫声弄混了。

“如果他们在这里，肯定是有原因的。回家等着。很快就会有通知。”

“不，你弄错了。他们在特雷津。”

那个职员怔了一下，抬起头问：“他们是共产主义分子？罪犯？还是犹太人？”

“杂交混血儿。”弗兰提斯卡咬着牙从牙缝里挤出这几个字。

---

① 歌利亚（Goliath）：传说中的巨人。《圣经 · 撒母耳记》记载他拥有无穷的力量。这里用来比喻佩切克宫像一个巨人。

“不可能。”

“任何事皆有可能。我有办法——”

“我帮不了你。这根本不可能。”职员看着她的身后，说，“下一个。”

“我不会离开的。我要见到我的孩子们，我要知道她们没有受苦。”

“战争期间谁都得遭罪，夫人……”。

“鲁比克瓦。我是……对不起……威提瑟瓦。”

“即使是德意志护国者也只能喝粥，威提瑟瓦夫人，你女儿的处境也不会比你和我差。”

“我要申请一个准许证。”

“恐怕这种事不可能。那个地方不允许探视。”

“四个月了！你听到我说话吗？四个月我只能靠着女儿们寄来的碎纸残片过日子。我受够了。”

看到有警卫走过来，职员有些紧张，摇头示意他们走开。“威提瑟瓦夫人，我真希望我能帮忙。这个镇已经封闭起来了。这是事实。这是一个在保护国内出行的问题，需要注册登记以及其他行政手续的麻烦。首先你必须得到……”

“给我表格。我现在就要申请。”

这个职员翻看着一叠表格，抽出两张。他摘下眼镜，捏了捏鼻梁。“请自便。如果这能稳定你的情绪，一张纸算什么？保持秩序。这就是他们要求我做的。但你要清楚的是：不会有任何结果。”

弗兰提斯卡每隔几周就来重新申请。他们都渐渐认识她了，这个可怜的雅利安人，她的理智被犹太人的梦想给破坏了。她一言不发地领取表格，坐在角落的长凳上填好，然后带着挑衅的神情，把表拿过来，要求盖章并归档。

11月末弗兰提斯卡收到一个普通的信封。她把它撕开，拿出一张纸。过了一会儿她才完全明白过来：她的名字，一个日期，一张深蓝色的邮票。下面写着：博胡索维采车站。

弗兰提斯卡·鲁比克瓦肩上斜扛着衣帽架，拖着它，穿过走廊进入休息室。支架上的围巾和大衣耷拉着，从门框上擦过，最后变得软塌塌的一点也不挺括。

当她离这棵临时将就的“圣诞树”远一点的时候，她想，这应该可以对付着用。不能把它摆放在平常放圣诞树的角落，这么做会成为笑柄。就放在房间中间吧，虽然有点奇怪。她把衣架上的外套扔到窗边的长凳上。

厨房里传来酸甜酱沸腾时的汩汩声。弗兰提斯卡赶紧回到厨房搅拌锅底。酱汁很稠；面粉凝结成了一小团一小团的颗粒。烤箱里，橙色的光芒照在肥美的牛肉上。马塞拉从米利津回来的时候，牛肉已经有点泛蓝了，而且散发着腐烂的气味。弗兰提斯卡把它腌了一下，刮掉变色的部分，然后将它扔到冰箱的最里面。当口粮只供应那些扔掉的马肚子肉时，牛肉成了一种奢侈品。她把火调小了一点，用文火熬制酱汁。

马塞拉和哈娜在后院里玩耍——她们跳进白白的沙丘，兴奋地尖叫着。附近大多数的孩子和他们的父母一起消失了，于是这座建筑及其周围都成了她们的私人游乐场。每天，她们根据楼梯间听到的传闻，发明一些像手持刀片的男人之类的新游戏：这个游戏中，她们轮流扮演布拉格最可怕的幽灵，拿着削尖的树枝互相追赶。或者玩与之差不多的盖世太保突袭的游戏。

弗兰提斯卡在窗边看着，很骄傲培养了这样坚韧的女儿，更自豪的是马塞拉没有让哈娜经历最糟糕的城市占领。不止一次，她看见这两个孩子兴致勃勃地一起走路，一起唱歌，一起分享她给她们包好的食物。弗兰提斯卡故意问她们在玩什么，其实她知道答案。答案永远是：“达萨和艾琳娜。”

她打开门，召唤她们。“快进来洗一洗。埃米莉阿姨就要来了，我们的午餐有奶油酱牛肉。而且还有一个大大的惊喜。”女孩们抬起头来，满眼疑问，“马塞拉，我出去的时候帮我看着锅。”

弗兰提斯卡径直向穆拉多诺维库瓦街的电车站走去。临近拐角时，她看了一眼手表，表是卢德维克留下的；她来早了。埃米莉的火车一时半会儿还不会到。几步开外，佐菲・斯洛维克瓦杂货店门口的风铃叮当作响。弗兰提斯卡身子一低走了进去。屋子里只有一个女顾客；她们互相都不搭理对方。佐菲揣着本子，一边假装在写订单，一边用怀疑的目光偷偷打量着她。弗兰提斯卡停下来，审视着货架上稀稀拉拉地摆放着的物品。她等那位顾客离开后，拿起几颗土豆和一蒲式耳糖，然后走到柜台前。佐菲・斯洛维克瓦在配给卡上盖好章，递给弗兰提斯卡，此时门口风铃乱撞，发出叮叮当当的响声。她们看见斯蒂潘卡・迪克瓦手里抱着一个麻布挎包，一边喃喃自语，一边小步从门口跑了进来。

“绝对权威消息——”斯蒂潘卡・迪克瓦干裂的嘴唇中吐出这句话。自从她的同谋杰奇姆・奈美克被送到要塞小镇之后，她便一直是这个样子：徘徊在泽科夫的街头，想要寻找一个愿意听她诉苦的人。几乎没人想听，也无人关心，她日渐消瘦，衣衫破烂，连声音也沙哑了。

“鲁比克瓦。”这个报告小道消息的人咆哮着叫她。

“下午好，斯蒂潘卡。”

“你的女儿们——”她舒展着她患有关节炎的食指，“我注意到她们长胖了。”

佐菲・斯洛维克瓦用拳头猛地捶了一下柜台。“斯蒂潘卡・迪克瓦！把你要买的东西拿走，闭上你的嘴。”弗兰提斯卡把纸袋塞到腋下，冲出门，去迎接她的妹妹。

~

埃米莉吸吮着面包上的酱料，然后再去蘸一点。从小她就喜欢这么做，这个习惯让母亲很恼火。“那么，”随着松软的面包吸满棕褐色的酱汁，她说，“你什么时候出发？”

“8点钟的火车。大概10点左右到达博胡索维采。离特雷津不远。我会乘最后一班火车回来。”

“你不介意的话，我带了礼物来。”埃米莉把手伸进包里，拿出一个用红带子捆着的有点湿的小布袋，“这是圣诞蛋糕。艾琳娜的最爱。为她的生日准备的。还有，这些。”她取出两个木头做的天使放在桌子上，“一个给你们。一个给她们。守护着大家。”

弗兰提斯卡拿起一个天使，双手轻抚着，从翅膀尖到脖子，还有头上的光环。她能听到休息室里马塞拉和哈娜正在埃米莉的箱子里翻找她们的圣诞礼物。“过来。”弗兰提斯卡说。

所以这是一个惊喜，一个驱赶暴风雨的机会。她们搜刮了弗兰提斯卡工作室的抽屉，用剪刀、小刀或者手，把找到的布料撕裂或剪破。她们把这些布条抛撒在空中，看着它们散落在衣帽架的挂臂上，变成了那棵临时圣诞树的叶子——每一片树叶都代表一个被遗忘的梦想，为了这快乐的心灵，重新提出要求，重新设置了目标。

埃米莉窝在床垫凹进去的地方，那是已被遗忘的卢德维克的床垫；马塞拉和哈娜也在被子里睡着了；天使玩偶放在衣帽架的顶上，给这安宁而又充满希望的避难所带来祥和。这一切都静下来很久之后，弗兰提斯卡·鲁比克瓦蹑手蹑脚地来到梳妆台前，拉开底层的抽屉。那里有达萨的旧首饰盒，合页坏了，盒子里毛毡已磨损，露出有缺口的木片。那晚，仿佛是发生在上辈子的事了。她吻别了两个大女儿，这个首饰盒成了她唯一能抓住的东西。几小时后，奥特拉·比疯狂地敲门。“给你。”她的邻居说着，将一张折叠的纸放在弗兰提斯卡手里。“拿着。这是给波乌斯的。”弗兰提斯卡说不出话来。奥特拉在绝望之际，鼓起勇气，准备逃离泽科夫。“当一切结束之后，他回来的时候，帮我将这个转交给他。告诉他，他的妈妈会回来的。答应我——”奥特拉的声音飘散在风中。她朝四周望去，看见从穆拉多诺维库瓦街拐入两个人影。“谢谢你。”奥特拉说着，消失在夜色中。这是她最后一次见奥特拉。

弗兰提斯卡摊开字条，抽出一个小毛毡烟草袋，把里面的东西倒在餐桌上。她逐个拿起这些戒指，戴在手上，放在舌头下或衣服的褶皱里。她感觉眼皮有点沉涩，目光突然停留在了那枚戒指上——这是第一次发生亲密关系之后不久，卢德维克送给她的。一枚简单的金环。但这是她的心的价值，远比香烟、咖啡来得珍贵。几乎没有什么重量，但却意味着生命的无限循环。她把它塞进了湿湿的圣诞蛋糕，等待黎明的到来。

4
特莱西恩施塔特

她在这纸张和书籍王国的字里行间翩翩起舞。一切缘起于惊鸿一瞥，只见一位金色卷发的女子站在一个微微弯着腰的跛足男人背后，她的皮肤上闪着光——也许是手腕，肩膀或大腿。重力作用的方向仿佛反过来了，他上升到了天堂，一个只有神和天使居住的地方。他看着格奥尔格、穆内莱斯、葛特歇尔和塞利格曼：他们都沉浸在高高叠起的书柱之中，无视这闪耀的精灵。一天天过去，她越发肆意妄为，在新的书页上更多地展现自我。她的舞蹈并没有什么暗示的意义，只是纯粹的自由的喜悦。她对跛足男人的凝视毫不在意。她时常疯狂快速地旋转着，搅动了她身旁的墨水，纸上的字迹变得模糊不清，像是搭在她肩膀上的一块裹尸布。

杰库布坐下来，用手擦着眉毛。不，这么做太荒谬了。这就好像给一个妹妹或一个孩子抛媚眼。难道他没有这样想过她吗？他明白古斯塔看见他俩说话时是什么想法，她想象着可能已经发生以及未来有可能发生的事。但他们的谈话只不过关于如何联合起来方便彼此：她的包裹与他的特权，合在一起创造一个富足的假象。她在营房外，远离这些书的地方，为别人而舞。他曾经在从堡垒回来的路上的公园里看见过她，在树下她和一个年轻人紧紧拥抱在一起。那么如何解释，有时候，她会在傍晚时分徘徊在大门口附近，一看见杰库布出现在苏茨特拉斯街上便飞奔而去？杰库布确信他看到了那个宪兵，匆忙过去把锁打开。

杰库布看着门口的纳粹党卫军——不怎么动，睡着了一样。只

Jc 10008

Signatur | Nr.

Verfasser (Vor-u. Zuname) Mordekaj Hal-lēwī

Titel (einschl. Verfasser)

Band

Verlagsort bezw. Druckort
Verleger, Jahr, Drucker (falls kein Verleger) Venedig: 457 [1697] Bragadini

Druckort (falls vom Verlagsort verschieden)

Ausgabe (Auflage)

Nebentitel

Seitenzahl

Format

有一次，他立正站好。那次艾希曼亲自来参观并赞赏这些囚禁于此的学者，来炫耀他也会说他们的语言。“先生们，你们正在做的事情意义重大。”艾希曼曾说道。那是9月以前，委员会还没有宣布恢复转移。他们还没有带走什缪尔。他应该想到的，艾希曼的出现对他们而言是大难临头。

杰库布双手紧紧按压在另一本书的小牛皮封面上，祈祷当他打开它时，她不会出现在那儿。他阅读着书上的文字：律法的方式——出自于1697年出版的法学家莫迪凯·哈里韦所著的《摩西五经》。现在的编号是：Jc10008b。他先在一张纸上记下一些细节和一个简短的注释，对自己所写的东西满意之后，再写在一个标准的索引卡上。这一次，达萨的身影无处寻觅。

5
布拉格

我最亲爱的埃米莉，

让我亲亲你，当然，还有马塞拉，希望她记得帮我传送这封信。

冬日的太阳常常在捉弄人，其光芒照在冰霜上形成美丽的彩虹，但是，照在我的心里却漆黑一片。见到她们已有两周了，感受到她们那穿过铁丝网的手指的温暖，也有两周了。是的，铁丝网。埃米莉，原谅我吧。我回来时有太多的东西没法告诉你。我很疲惫，无比内疚，为自己，也为她们。我不知道我期待什么，我所希望的又会是什么。也许你会理解那晚我为什么要将这些话埋藏在心里，为何第二天清晨我送你去车站时一言不发，而现在为何又一定要告诉你。

火车于11点前到达博胡索维采车站。两个身穿不同制服的男人坐在站台上，抽着烟，下着跳棋。一个在膝盖上放着一把步枪，另一个的脖子上挂着一个口哨。当我向他们问路时，他们的脸变得阴沉。那个拿步枪的示意另外一个来打发我。

于是，那人站了起来，口哨和纽扣撞得叮当作响。他从头到脚打量我，眼神随即停留在我臂弯的盒子。我装作若无其事的样子站着，那个拿步枪的人摇头咕哝了一些什么。另外一个人便回答道："是！检查在有序进行。越仔细越好。"我打开盒子，他看着里面。最后他拿出了那个用布袋包着的圣诞蛋糕。他说："我妻子会喜欢的。"我心想："任何东西都可以拿走，除了这个！"我急忙将手伸进盒子——哦。上帝，埃米莉，对不起——我把那个雕刻的木质的天使递给他。他有些迟疑，那个拿步枪的突然插进来："就是这个，这个，给我女儿。"于是，那个挂着口哨的将蛋糕放回盒子，带我出去。

博胡索维采小镇很安静。他指着一条中间的路说："直走，不要拐弯。"走到头就是我要去的要塞小镇。博胡索维采镇上的人已经不再习惯见到陌生人了。从他们疑惑的表情里，我能看出来。他们对满目疮痍的外面世界已漠不关心。有人告诉过我卢德维克和女儿们都走过这条小道，但是从那以后，他们修建了一条铁路，于是小镇的人便完全不觉得他们是同谋了。经过小镇，穿过山谷，我走了半小时。埃米莉，我知道这样说很奇怪，但这个小镇在很多方面都让我想起了苏多梅瑞斯。即使很寒冷，但脚踩在雪地上时却有一种静谧和美好。不知道孩子们是否也有这种舒适的感觉呢？

然后我看见了。粗厚的铁刺网栅栏上方缠绕着锋利的刀片，蔓延在城墙之上——一个巨大凹陷的城堡。道路通向大门，大门旁站着一个守卫，双手正就着火堆取暖。我跟他打了个招呼，他用捷克语回应了我；他是宪兵警察，不是士兵。我们攀谈了一会；他似乎仍然对我的到来感到疑惑。

一只手臂自始至终都搭在警棍上。我问他关于每天的葬礼行列。他说，葬礼队伍很快就来了。这和达萨说的一样。我又询问了他是否知道大部分住在这里的人，他说他知道。我随后从我口袋里拿出两根烟，递给了他一支。我们站在那里抽着烟，我们相遇的陌生感随着抽烟逐渐消散。但和他聊天中，有一点让我十分担心。我问他是否认识我的达萨。我的问题没有任何目的，只是用来消磨时间的，但是他的表情，埃米莉，他的神情变了。你知道令人舒坦的微笑转变成淫荡的嬉笑会是什么情形吗？他的眼里充满渴望。饥渴和洞晓一切的样子。我的胸口感到火烧般的痛苦。他吐出一大口烟说道："是的。有几天她午休时都会过来。她一直忙着为你的到来做准备。我很乐意能帮忙。"

我想他会继续往下说，但是，葬礼队伍的哀号声打断了我们的交谈。灵车是一辆马车——由四个男人推着前进——慢慢朝我们驶来。走在最前面的是一位拉比，他用低沉地声音为后面灵车里的人唱着哀歌。我看到了那些可怕的尸体，十来个，风不断地吹动着上面盖着的床单。宪兵放下水栅门上的门闩让队伍通过。拉比示意灵车稍停，在这个时刻，那些可怜的灵魂飘零在两个世界的边缘。他们的家人挤向灵车，伸手去抓亲人的手臂。他们亲吻着亲人的手和脸，默默祈祷。就在灵车要继续前行之时，我看见了我的孩子们，她们站在后面，哀悼的人群中。她们做着自己该做的事，似乎没有看见她们的母亲正站在那里等着她们。

那个宪兵继续站岗守卫，哀悼者冲撞着栅栏，试图在灵车前行之时再看一眼。终于看不见了，他们慢慢走回犹太区，只剩下我的孩子们。达萨奔向那个宪兵，在他耳边窃窃私语。他随即摇了摇头。她又小声说了些什么。他随后拿出一根烟，走到附近的小屋，坐在门廊上。他把脸转了过去。

埃米莉，都不记得我们当时是如何跑向对方的了。尽管隔着铁丝网，我们仍然疯狂地亲吻着对方的脸颊，嘴唇小心翼翼地避开那些冰冷的金属。一年还不到，她们就已经长这么大了。达萨如今出落成一个女人了，艾琳娜也不再像个孩子。卢德维克没法来，他在镇上另一头的一个车间工作。我询问卢德维克是否还照顾她们，她们顿了顿，没有回答，不过达萨又亲吻了我的脸颊，有些诙谐地说：“他尽力了。”我可不想破坏这美好的气氛，于是我把手伸进盒子里，拿出一些袜子还有其他打包的东西。我把这些从铁丝网递进去给艾琳娜，并告诉她这些都是为她的生日而准备的，但要和她父亲、姐姐一起分享。我们一起开心地、大声地歌唱，庆祝她正茁壮成长，无论目前形势如何，今天仍然是圣诞节。宪兵似乎被我们这样的举动所吸引，似乎有那么一瞬间，他也忘却了自己。

午休很快结束了。达萨说她要回厨房了，艾琳娜则要去缝纫车间工作了。我把盒子放在脚边，拿出最后一个包裹。我曾想让艾琳娜自己打开它，但是它太大了，根本递不过去，所以我只好自己打开这个布袋子了：新鲜的圣诞蛋糕，她们拍手欢呼起来。艾琳娜大笑。我问道：“怎么了？什么这么有趣？”她回答道：“噢，妈妈，要是你能在那里尝一下我的生日蛋糕该有多好啊，你都想不到我们当时是如何做成功的。”我递给她们每人一小块，说：“小心点吃，你永远也不知道圣人尼古拉斯会藏什么在里面。”达萨说：“我们不是孩子。”我回答道：“是的。但是你们的牙齿会咬碎的。”

而咬到戒指的人是我。舌尖一碰到蛋糕时我就发现了。我真傻，吃完表面一层奶油时我应该看着的，从嘴里掏出来，紧紧攥着它。我看了看那个宪兵，而他的脸正朝着犹太区。我把达萨拉过来，将戒指塞到她的手掌里。我说：“圣诞节礼物，必要时用上它。”我又看了一眼宪兵。“记住你是谁。”就这样我们的见面结束了。达萨和艾琳娜最后亲了我一下，便跑回去了。宪兵又回到了大门旁站岗。

噢，埃米莉，你可以像我原谅达萨那样原谅我吗？在我有生之年替我保守这个秘密，我已经把一切都告诉你了。为什么我会把达萨和宪兵往坏处想呢？是不是因为我再也看不清我自己了？我的眼睛已经无法聚焦了？我想是的，这世道，我们都穿着破布烂衫。祈祷着我们有一天可以把这些破衣裳缝上。

永远爱你的姐姐

弗兰提斯卡

1944 年 1 月 2 日

6

特莱西恩施塔特

马车车夫穿着褴褛的裤子，在清晨的微光中裸露着胸膛，拖着木制的灵车向灭虱站走去。

他们面容憔悴，目视前方——由于年老体弱，身体不适——脸颊的肌肉不断地抽搐着，灰白的头发乱成一团，耷拉在突出的颧骨上。他们很快就会回来，站在厨房外，乞讨一点残羹冷炙，不过现在，是释放毒雾的承诺，彻底解脱。杰库布和格奥尔格与乞讨的马车夫保持着一定的距离；宁可迟一点也不要被感染。在最近的十字路口，他们转向苏茨特拉斯。一位宪兵叫喊着他们的名字，向他们脱帽致意，然后打开大门。他俩穿过大门朝着克拉恩斯塔特的方向走去。

春天加重了里面的味道。来得早了，或者晚了。这里没有什么时间的概念。木匠维斯急速地穿梭于桌子之间，拿起一些书，飞奔回来，将其放置于一旁等候的货箱里。其他人则躬身坐在自己的位置上。杰库布伸过手来，从书堆中拿起一本书——一本纯粹的祈祷书。杰库布心想："这是一本从犹太教堂贮藏室里掠夺来的祈祷书，价值连城。现在这间教堂已经化为灰烬。"书籍封面的皮革已经干枯，被摩擦地破损了，书脊和页边都有裂口。只有搭扣保持完好：是一只失去光泽的狮子，它的爪子紧紧抓着一个小圆球。黑色中隐约可见金属制品的纷繁复杂，堵住由野兽毛皮制作而成的沟槽。

杰库布缓缓将手指移到狮子的下方，轻轻一拉。搭扣收紧弹开的瞬间发出一阵柔和的声响。他解开束带，放在一边，翻开封面。第一页是空白的，上有斑驳陆离的点点霉斑和杂乱的手指印。他翻过这一页，然后一页一页地向后翻着。全都是空白的。他的手沿着书页滑动，杰库布能感觉到纸上可能存在过的字母，及其带来的一丝微弱的救赎感。纸张不是很平整：边缘绷紧，中间松弛。他又翻了几页，然后停了下来。他快速地环顾四周，然后俯身在书上，不让别人看见。

这件手工制品做工粗糙但很实用。空心的隔层周围贴满了木条。四壁与边缘和顶端都相距甚远，不会引起怀疑；乍一看，它就是一本犹太教祈祷书，同其他祈祷书无异。隔层里塞满一团黄褐色的土块，虽然仅仅是一小把，但也足以填满空间。杰库布把尘土拂到一边，无意中弄撒了一些在周围的纸片上。他想，一定有什么东西埋藏在里面，某些值得煞费苦心隐藏的东西，但他什么也没找到。他从他西服翻领上的扣眼中抽出一把小勺样的东西，把泥土舀进锡杯里，慢慢最后一滴水也被吸干了。很快，隔层就空了，只发现有数根黑色条纹交叉在底部。杰库布吹掉剩余的尘土。这些条纹卷曲着，牢牢粘着，很坚决的样子。出现了两个闪语字母。Mem 和 Taf，合在一起是 Met，意味着死亡。他又吹了一下，它们便消失了。

"先生，放下铅笔。"穆内勒斯说道。杰库布抓起一个杯子，盖在手掌里，冲出克拉恩斯塔特，跑进午后的阳光里。

“你说的是，狮子吗？”

8月清除了那些年轻人——营区指挥官认为他们可能叛乱。之后，利奥波德·格兰茨伯格教授被转移到了犹太人区巡逻队。这支新巡逻队仅由45岁以上的男子组成，他们很容易被制服，他们唯一真正的权威依赖于那些犹太人对长者的尊敬。格兰茨伯格教授是一个慈祥的老人，站在门口迎接那些与马格德堡营房有生意往来的人们。

“你确定是球形吗？”格兰茨伯格头戴黑色帽子，帽顶配有薄薄的米色波纹装饰物，并印有扇形三叶草标志。对他的头而言，这顶帽子实在太小了。他说话的时候，帽子滑动掉出一缕缕灰色的头发，但被他疯长的胡子盖住了。听说，虽然他的头脑变得疲软了，但对于知识，他眼中总透着矍铄的目光。

“是的，它是抓着一个球，”杰库布说，“也许是太阳？”

“是葡萄。是的，是狮子正在摘藤上的一颗葡萄。是拉比犹大·勒夫的象征，布拉格伟大的马哈拉尔。他将其蚀刻在斯洛卡大街的门上。很少有人知道这个细节。大多数人只注意到那个狮子。尽管如此，我感兴趣的还是那些空白页。”

杰库布跟着格兰茨伯格教授走在街道上。随着又一天活动的结束，小镇上人们摩肩接踵，破旧的高跟鞋扬起阵阵灰尘。宪兵们站在角落里，努力指挥着人流。杰库布试图从人群中分辨出格兰茨伯格的声音。

“你还有这本书吗？”

“这是不允许的，”杰库布说，“韦斯会把它拿走的。我……只是……不。”

格兰茨伯格教授从这疲倦的人群冲出来，来到两个房屋之间狭窄的小巷里。“到这儿来，”他说道，又转了一个弯，到一个废弃的死胡同，“请。”他边说边伸出手来示意。杰库布递给他金属杯。格兰茨伯格教授盯着里面看了一下，摇晃着杯子，点了点头。他在那儿站了一会儿，好像不知道如何开始。然后：

（尘埃之书的故事……有中断）

“我知道，这听起来很荒谬。有一个女人，永不变老。有点疯狂。我们不知道她的名字，也没有在社区见过她。在占领前的几个月，她就开始经常来博物馆。每隔几天她来拜访一次，纳粹分子来了后来得更勤。我们没有收她的入场费，这毫无意义。很明显她付不起。她热情地和我们打招呼，把外套挂在门口。然后她开始到处参观。

“我的任务是跟踪她，弄清她的计谋。我是隐形人，只是在后台负责照看展品；这是我的优势，尽管我认为这对她来说不重要。她对所有经过的人都视而不见。在展厅里，她总是循规蹈矩，走同样的路线；也从不错过任何一项展览。她边走边自言自语，不是年老体弱者的那种轻声唠叨，而是完整生动的对话。

“花了好几天的时间，我才渐渐明白，她只是在引导参观，与只有她才能看得见的观众交谈。在更近一步的观察中——我竟敢靠近她，就像与我和你之间的距离，假装去擦拭旁边底座上的灰尘——我观察到她只留心展品之间的空白。我靠近的时候，她喋喋不休好似要把这些空白还原。我站在她身旁，听懂了她说的每一句话。这里是摩西十诫中的石头碎片，那里有亚伯拉罕曾打算杀了以撒[①] 为神祭祀的那把刀。这个柜子里，存放着一块吞食约拿[②] 的那条鱼的鱼干；那面

① 以撒（Isaac）：又译依撒格或易司哈格，是《圣经》中的人物，亚伯拉罕和妻子撒拉所生的唯一儿子。神要试验亚伯拉罕的忠心，要亚伯拉罕把以撒献为燔祭。到了神所指示的地方，亚伯拉罕拿刀要杀他的儿子。耶和华的使者出现并阻止了他。这个祭祀以撒的故事无论对信徒和非信徒来说都是《圣经》中最具争议的题目之一。

② 约拿（Jonah）：一个希伯来先知，他乘船逃离上帝，被抛入大海后遭大鱼吞吃并被鱼吐到一块干地上。

墙上，悬挂着以利亚[①] 骑着战车奔向天堂的辐条。我向主管们汇报了情况。他们决定随她去。她的存在有着某种魅力。毕竟，一个女人的所见之物都是他人看不到的，会有什么害处呢？这是一种我们都应该好好开发一下的品质。”

“卡瓦勒营房里到处都是这样的人。”

“噗……听。她的游览已近尾声，进入最后一项展览……显然是新添的一项，为了安抚她想象中的观众。像我们所有的游客一样，他们渴望品尝当地的食物。因此她向观众们介绍了一本书，一本普通的祈祷书，上面除了一个银制的搭扣，一只面朝旭日，向外张着的爪子里抓着一颗葡萄的狮子以外，没有其他标志性记号。这就是马哈拉尔的祈祷书。她说道，出于对这位圣人的敬畏，没人敢打开它。他们可能会被吓到，这倒也无妨。书页擦得很干净。她说，在他去世之前，他把自己的话语收集起来，那样他就可以全部带到天堂了。但还有另一个更虔诚的理由：他不想亵渎圣书。她说：‘你看，在他离世之前，他还要确保完成最后一个任务，方可平静地死去，这本祈祷书扮演着不可或缺的角色。他用那把执行了无数次割礼的刀片，在这本书里制作了一个储藏室。’她接着说道，‘半夜，当他的学生和信徒睡着的时候，他慢慢地走上楼，到了奥特纽犹太教堂阁楼上的贮藏室，在后面的角落里，在陈旧的《摩西五经》卷轴和圣书下，搁置着一个破碎的松木棺材，里面躺着着他心爱的泥人的残骸。拉比勒夫拖着沉重的脚步缓慢地靠近棺材，从大约尸体胸部的位置抓出一捧泥土，低声祈祷着。’”

“是泥人的心吗？”

---

① 以利亚（Elijah）：《圣经》中的先知。活在公元前9世纪，以色列王国一个灵性衰微和反叛神的时代。他按神的旨意审判以色列、施行神迹，被以色列王室逼迫。

“正是。从她眼神中闪烁的光芒，我可以看出，她知道她的听众，就像你一样，正聆听享受着她的每一句话。她继续说道：‘多年来，马哈拉尔登上讲道坛，相信泥人在他头顶的阁楼里安详地休息着。但是有一天，他发现登坛举步维艰。他再也不能用同样坚定语气来与信徒对话，让他们心怀敬畏之情。他老了。不久上帝就会召唤他回到灵魂王国。他的思想也要回到原点。他不在了，这一切将会变成什么样子呢？他会看着他的会众变坏，目睹圣洁的人变得狡猾阴险。他们会公然探讨寻找泥人，并让它重获新生。因为有了这样的仆人，他们就不再需要信仰了。’于是，他召集了爱徒，伊扎克·本·西蒙·哈-科恩和雅各布·本·哈伊姆·萨松·哈勒维，让他们未雨绸缪。他说：‘在我去世之后，带上泥土并把它埋在山上的墓地里。将它融于泥土，免受打扰，远离人类的谋划和诡计。’

“她说，几天后，躺在那张即将成为临终之榻的床上，他突然感到一阵悔恨。想到他心爱的孩子会像其他人一样归为尘土，想到他只不过是一个回忆。他简直无法忍受。哪个父亲能够失去自己的孩子？于是，他下定决心用他最后的力气去挽救最重要的器官——泥人的心脏。它将永远存活在已知的世界中，存活在一本简单的祈祷书中，隐藏在永恒的生命图书馆的书架上。”

“你认为这个是……”杰库布将杯子朝这位老人斜着。

“泥土。就其性质而言，你来源于它。但现在我必须走了。明天晚上来坎伯尔营房找我。带上这些泥土。还有些事情你必须知晓。”

冷水从厕所的水龙头里哗哗地流出来。人们的双手向前伸着，用力地擦洗，水槽上沾满了一天劳作后清洗下来的污垢。在湿热的薄雾笼罩之下，散发着恶臭的人们拥挤在一起。一些人把衬衫浸湿，然后绞干，把湿冷的布又直接裹在身上。另一些人则不断捧水泼向胸膛。杰库布站在原地，注视着那浑浊的液体渗入土里，然后凝结成一团无法冲走的混浊淤泥。

他一个人待在床上，用勺子往手里舀了一些泥土，并在手掌中不停地揉搓。它很快便成形了，与其说像一个球，倒不如说更像是一个小孩的凹凸不平的拳头。他挤压了泥团，等待着它恢复原状，但什么也没发生。泥土很厚实，很暖和。在他的皮肤上没有任何残留物。

他醒来时，这块泥团依旧躺在身边。也对，谁会偷一块泥土呢？鞋子，杯子，勺子有可能会被偷走，但是这个不会。杰库布拿起泥团，手指游走在其光滑的表面上。它还是湿的。透过床铺中间狭小的缝隙，他看见格奥尔格开始骚动，很快就会传出呻吟，移动和混乱的嘈杂声。杰库布偷偷地把泥团藏在草垫下的一个角落，然后从床上爬了起来。

他第一次犯错误。这些书让他感觉很陌生，像来自另一个世界似的。他必须反反复复检查核对每一个细节。他一言不发，也没有什么要说的。他要是没有逃离这座村庄，遗忘祖先们的民间传说呢？他不是很理智吗？不是具有启发性吗？为什么现在，在这个犹太人区的监狱里，他的思想会遁入虚幻空想呢？

杰库布把笔放在桌上，环顾四周。工作一如既往地进行着。那天晚上，他会前往马格德堡营房，去寻找教授所在的坎伯尔。杰库布对这些地方一无所知，只知道它们的存在。既不是简易工棚，也不是公寓，只是被征用的一些角落，楼梯下，货架后，或废弃的空地。通常都关闭着，并布置成私人使用处所。在这些地方，违禁品被转手，年轻人大胆约会，以及假扮成国王在此开庭。在这里，作曲家们在纸上谱写音符，奇思妙想着；艺术家们则用其所能找到的材料虚构生活，伟人们则提炼出他们的思想。格兰茨伯格教授的坎伯尔位于灵魂厅的后方，这是一间总档案室，以一式三份的形式保存着每个囚犯的详细资料，一份留给这个世界，一份留给下一个世界，另外一份摇摇欲坠地悬挂在特莱西恩施塔特这个苦难之地里，经受着这里炼狱般的苦难。

当他抵达时，马格德堡行政楼分部的大厅里空无一人。此时的犹太人区一片寂静。杰库布小心翼翼地迈着步子穿过办公室，来到了灵魂大厅的门前。他把杯子牢牢地贴紧他的衬衣。此时的泥团因干涸而破碎了。在此之前，当他回到床铺上时，他发现泥团已然变成了初次所见的那个不起眼的小土堆。杰库布用勺子小心翼翼地尽其所能把它盛回杯中。

房门开向狭窄的楼梯间，只有一道微弱的灯光从走廊里照射出来。楼梯上铺着凹凸不平的灰色地毯，已然被成千上万的人踩踏过。他脱掉鞋袜，步入昏暗的走廊里。生锈的弹簧将他身后的房门关上了，发出了一阵哀号似的响声。周围一片漆黑。杰库布靠在墙上稳住身子，加快速度上楼，此时手中的泥团变得坚硬了。他知道已经到达地下迷宫，一个运行在要塞城镇下方的隧道干线系统，在这里，为了维护女王的名号，士兵们曾竭力地抵御那些从未到达的入侵部落；现今用来防卫那些运输必需品的游击队。空洞的大地仍充斥着逝去冬日的严寒。

对面有一道白光照射过来，那里有一扇门。他摸到了一个把手，感受到木头和冰冷的金属条。光芒柔和地照在他的脚趾上，伴着这道柔光，一阵微风迎面吹来，夹杂着嗡嗡吟唱的颂歌。他将肩膀靠在门上，用手肘轻推房门。这情景与《虚构的流言》中描述地完全一致：一条宽敞的走廊上布满了档案柜，直达天花板，在灯光的照射下，延伸到远处。在远处的尽头，杰库布能看到一块窗帘，在窗帘后面，投射出两个人的身影，他们静坐在凸起的窗台上。嗡嗡声越来越响，在死寂的空气中来回打转，发出渐弱的啊哈，啊哈，啊哈，啊呜，啊呜，啊呜的叹息声。

靠近窗帘时，杰库布看到后面的影子在晃动。一个影子向后移动，上升、扩大成巨大的影子后，骤然缩小，变得灰暗，随即倚靠在舞动的窗帘上。突然窗帘拉到一边，露出一张眯着眼睛的脸庞。“杰库布！”是格兰茨伯格教授。

格兰茨伯格教授拉开窗帘让杰库布进来。“请，请，”这位老人说，“你必须谅解这个地方的情形。总有成列的新档案不断运送过来，档案室不停扩大，我得做些必要的调整。职员们很担心这些文件。这些官僚主义者们！这些噪声简直令人难以忍受——纸张间的摩擦……我告诉你，这简直是拿人的括约肌开玩笑。他们运走了一列车的文件后，我才恢复原来的空间。”

过了好一会儿，杰库布才适应壁挂附近那盏无灯罩的落地灯发出的强光。坎伯尔的布置很简陋：一张床垫塞在角落里，一个简单的书架靠在一面墙上，一张桌子和四把椅子——与哀悼房里的那些一样矮小——围绕在周围。另一个人端坐着，没有转身，但杰库布辨出了他的体形。

“在布拉格的时候我们有十个人，”还没等杰库布坐下，奥托·穆内莱斯便说道，“现在我们只有两个人。编队委员会。或者它还会剩下什么。多年以来，我们一直在无人敢去的奥特纽阁楼相聚，但这儿……请坐。”杰库布俯身坐在椅子上。“我们不确定你会来，”穆内莱斯继续说道，“除此之外，你还需要操心很多的事情。老利奥波德的故事……我知道它听上去是种什么感受。”

格兰茨伯格说：“布拉格是故事之都。每一个建筑都充斥着话语。大多情况下，我们把听到的视为传说或流言。但是你知道的，年轻的杰库布，大部分都是真的。比如我们。”

穆内莱斯从椅子上站了起来。“五百年前，拉比勒夫与鲁道夫二世秘密会谈。直到今天，他们所讨论的内容仍然是一个讳莫如深的秘密。”

格兰茨伯格说：“鲁道夫是一个善良而宽容的人。但是他身边的进言者仇视犹太人，这位统治者的脑袋里成天充斥着这些对犹太人的虚假控告：妖术，巫术，各种各样的背叛。自然而然地，他渐渐恐惧那些被告知的事情，但他信任伟大的拉比。他深信他的博学、智慧和诚实。于是他在城堡的公寓里召见了拉比勒夫，进行密谈，而且邀请任命拉比勒夫去调查这些传说并上报结果。'把结果告诉我，'鲁道夫说，'那样我才能安心。与此同时，我们可以将你的屋棚和玛茨克斯从这些土地上放逐出去。'作为回报，统治者发誓要撤销其父下达的一切驱逐令，并允许犹太人在他的王国里自由地生活。

"拉比勒夫匆忙回去，召集了九个他最信任的朋友，组成了编队委员会，并任命了与灵魂同住的领头人，作为犹太治丧志愿者协会的首领。第一天晚上，他们在奥特纽的阁楼相聚。拉比勒夫说：'我们会按照他说的去做，进行适当的询问。然后我们会报告说，这都是谣言，是乡下人的迷信。是的，消除他的恐惧，但是我们必须保存所有找到的东西。小心提防国王。'"

穆内莱斯说："自那时起，继续神圣的控告便成了我们的使命，我们志同道合。直到现在，我们还在继续寻找。"

格兰茨伯格说："还有其他人，所有人都因头衔而倍感压力。图书管理员、建筑师、屠夫、年轻的门将。你会惊讶于他们发现的证据。对于向瓦茨拉夫国王扔砖块的这件事，正如传说中的那样，沉默的犹太人莎姆·沙夫特尔斯烈士为此付出了生命的代价——我的前辈于1753年发现。然后，在上世纪之交，在一个逝去的女人即将被埋进墓地之际，从她的手中撬出一块湿漉漉的煤炭。这块煤炭移交给委员会讨论，他们进行了大量的测试。没想到，正如发现者怀疑的那样：这是一个来自水下王国的神奇的手工艺品，是伏尔塔瓦河的水精灵所赐予的金币之一。这块金币是他献给心爱的人的一份嫁妆，获得的条件就是她的家人必须完全保持沉默。据传，当女孩的母亲不再为秘密守口如瓶时，这些财富变成了灰白的土块，源源不断地流出泪水……

"这是一笔复杂的交易。这些传说都有自我成长的方式，不断繁衍下去。接二连三，每个人都拥有下一个传说的种子。我们的工作是检查这些种子，还要把这些种子散播给别人，以免犹太人把它们当作偶像。”

穆内莱斯说：“所以我们混淆视听，我们把水弄浑。这样，我们也塑造了自我，成就了我们自己的名号。同时我们也失去了控制。”

格兰茨伯格教授在他的座椅上前后摇动，似乎是在祈祷。“关于拉比勒夫的故事开始流传时，编队委员会尽其所能来培育他们。将他塑造成一个神话、一个传奇。之后德国人来了。”

“他们到来后，一切都变了，”穆内莱斯说道，“如编队委员会以前那样，我们在阁楼见面，利奥波德此时看到了占领时期的机遇，趁机收集遗留下来的各式工艺品，检测它们，为民间魔力取证。我们来到农村事务部上访，希望当局可以将保护国内的所有物品运往布拉格。”

“我们还在布拉格派出了团队，”格兰茨伯格说道，“在某个犹太暴徒严格的监视下，搜查那些由于驱逐而空下来的房子。只有那块奇怪的东西被证明是有价值的。不过，有两件事……让我们重新思考有关拉比勒夫的传说。”

杰库布感觉到握着金属杯的手抓得更紧了。沿着桌面，他将杯子朝自己拉了过来。不知怎的，杯子似乎更重了，杯里的泥土似乎随着格兰茨伯格的话语而变得更加厚重了。

“第一件物品，”穆内莱斯说道，“是一个简单的木制盒子。盒子的两侧刻有一些粗糙的雕花和一些符号，这些符号也许是某种遗忘的语言抑或只是一些随意的涂鸦，我们不知道如何打开它，也无法判断它的用途。要不是同事帕维尔·帕里每次拿起它，便开始发出叮叮当当的响声，我们也就把它丢到一边了。两天以来，我们根据他的出现与否，观察它是否会发出声音。后来，它成了一种游戏。我们把它放到我们认为帕维尔接下来会去的任何地方。我们甚至开玩笑说把它当作礼物送给他的妻子。之后，在第三天，他没有来博物馆。10点时我们接到了电话。帕维尔·帕里死了。一夜之间中风了。从那时起，我们想起这个故事：为了努力躲避死亡，拉比勒夫曾经制作了一个盒子，每当黑暗天使降临的时候，盒子就会发出响声。利奥波德带着盒子赶往附近的医院，正如我们所恐惧的一样，他一踏进医院，盒子就开始发出响声并且不受控制地摇晃着。”

“第二件物品，”格兰茨伯格说道，“就更加混乱了。毫无疑问，拉比勒夫和他那泥人魔像的传说基于一位波兰拉比耶多·罗森伯格以及他的作品《尼芙拉的马哈拉尔》之上。罗森伯格声称，他在法国北部的梅斯皇家图书馆中偶然发现了有关拉比勒夫和泥人的手稿。他还声称，此手稿出自拉比勒夫的女婿之手。”

“然而图书馆和女婿都是不存在的。”

“在他的简介中，”格兰茨伯格继续说道，“罗森伯格以第二稿为题材，由拉比勒夫亲自执笔，罗森伯格想要售卖八百戈比[①]。在当时这个要价过高。他可以肯定没有人会接受。”

“意外的是，”穆内莱斯说道，“有人接受了。这些年，它一直在卖出，直到辗转落入实业家麦克斯·兰茨贝格尔的手里。我们在他儿子的家中发现了这份手稿。事实上，是你和格奥尔格发现的。只是你们当时不知道而已。”

“我们不得不重新审视对拉比勒夫的态度，”格兰茨伯格教授指着杯子说道，“我们不得不承认关于他的传说有可能是真实的，他的泥人也是真实的。”

“有关泥人的议论在布拉格传开了。书籍、电影、戏剧——奇思妙想源源不断地充斥着他们的头脑。我们开始听到新的故事：纳粹

---

① 戈比（Kopek）：苏联的货币单位；苏联小铜板，俄罗斯货币称卢布，每一卢布为100戈比。

分子企图烧毁奥特纽犹太教堂，不料却被愤怒的泥人打败了；一位年长的盖世太保被发现死在了通往阁楼的楼梯上，死无全尸。人们发现救世主泥人比任何一个弥赛亚都更加切实可靠。运输工具已经开始全速前进了。要是在最后一批犹太人被带走之前，泥人暴怒的力量能够释放出来那该多好。惊恐的父亲们恳求首席拉比打开阁楼，放出泥人，去解救他们的孩子们。一天夜里，拉比来找我。他会做什么呢？我们都知道在这阁楼上已什么也找不到了。多年前，犹太教堂贮藏室就已经被清理干净了，除了用于我们会面的十张长木椅还存留着，整个阁楼空空如也。但是，拉比当时带走的是他留给聚会者们的所有希望吗？同时谁又会承认打破了拉比勒夫禁止任何人在此进入阁楼的禁令呢？

“所以我们做了唯一能做的一件事，”穆内莱斯说，“我们追溯到原始资料，研究了传说的每一个排列，四处搜寻前人的笔记，希望找到这个生物的迹象。也许他们太快就把它给忘了。”

“如果你愿意的话可以构想一下：十种布拉格最伟大的思想，沿着伏尔塔瓦河河岸匍匐前行，”格兰茨伯格说道，“摸索可能完整保留泥人形状的地方。我们搜查了墓地，挖掘了那些埋葬着破损书籍和经文卷轴的坟墓，前往位于希罗卡街的拉比勒夫故居，将那里翻了个底朝天。但我们一无所获。”

杰库布凝视着杯子。土块松散地躺在里面，杯壁上还粘有几块小卵石。他想告诉他们：他是如何发现这土块的，它是如何保持其形态，泥土在他手中变得干燥和破碎之前，在他身旁的那个晚上它是如何保持湿润和坚固的。但是，突然之间，他不那么肯定了。这一切都发生了吗？有没有可能是他们所讲的故事塑造了他的记忆，是他们在他脑海里创造了泥人？他摇了摇杯子，看着泥土从一边滚落到另一边。

“说来羞愧，”格兰茨伯格继续说道，“我们甚至试图重造他。就在今年，逾越节之前，奥托和我走到水边，用淤泥塑造了一个泥人。我们依照着信条，默念着《创世之书》里的 231 条，就像沃尔姆斯[①]伟大的拉比以利亚撒[②]所指导的那样。我们一直待到清晨，吟唱、祈祷、哭泣和恳求，还转圈跳舞直到河水拍打我们那毫无生命迹象的泥人，召唤它回到河里。我们拖着沉重的步伐回家，但泥人并没有与我们同行。”

“我们失败了，”穆内莱斯说，“上帝在高处嘲笑我们，隆隆的雷声从远处传来。”他把手放在桌子上，低下头。杰库布从未看到过他如此迟疑，如此挫败。然后他接着说：“我回到了博物馆，特别留意那些工艺品，两个月后，我收到了召集令，被带到了这里。”

“这项工作仍在布拉格继续，”格兰茨伯格说道，“我们确保留下我们当中一人来负责博物馆的工作。”

“年长的雅克布维茨。”

“各式各样的物件运到他那里，由他的小组成员仔细检查，检测那些可能具有些许意义的东西，把它们塞在一堆没收的物品里。这里，我们只有书。到现在为止，我们只找到了一件物品：为了保护他的会众，在墓地门口，拉比勒夫为死亡天使清点的名单。而现在这个……”

“是所有东西里面，最不可能成为证据的。”穆内莱斯看着杰库布手中的杯子说道，“当利奥告诉我时，我以为堡垒让他神志不清了。没有找到任何关于那本空白书的故事记载。有没有可能这位年迈妇女的喃喃自语，是开启我们这座城市最为神秘之门的钥匙呢？委员会也放手不管了。现在，在我们小小的克拉恩斯塔特中，一本与她的描述十分吻合的犹太祈祷书出现了……太夸张了。”

“在这里没有办法检测它，”格兰茨伯格说道，“如果政府得到

① 沃尔姆斯（Worms）：德国西南部城市，在莱茵河左岸、美因茨以南 40 公里。

② 以利亚撒（Eleazar）：他是以色列人第一位祭司亚伦的儿子。根据《旧约·民数记》第 20 章所记载，亚伦从何珥山上离世之前，把祭司的职位交给以利亚撒。

了它，那么我们所有人都将大难临头。不，我们必须把它送到布拉格去，送到雅克布维茨那里。他一定会把它与其他的工艺品放在一起，这样即使我们无法活下来，或许它可以。谁知道呢，当这一切都结束时，它也许被带到河岸边，与泥浆融为一体，这样泥人可能会再次复活并为我们报仇。”

奥托·穆内莱斯从口袋里掏出一个皱巴巴的纸袋，并将它铺平在桌子上。杰库布辨认出纸袋上“糖”的字样，但墨水印已褪色。“把它放进这里。”穆内莱斯说道。

利奥波德·格兰茨伯格教授从杰库布手中接过杯子，将泥土倒入袋中，并用手掌拍了拍杯子的底部，确保他把里面都倒干净了。“有些年轻男孩，”教授说道，“他们和堡垒外的城镇保持着联系，知道如何穿梭于隧道之间。我会在日常例行公事的时候带着它，直到交付于一个我可以信赖的人手上。雅克布维茨博士几天后将会收到它。那么杰库布呢？”他把小纸袋放在桌子上，双手握住杰库布的手，“别向格奥尔格透露任何一个字。过去，我曾试着解释，但是他不听。现在这个……我怕他会以为——”

穆内莱斯拾起小纸袋并将其顶部卷起封好。他的手心紧握袋子，端正了脑袋，开始平静地吟唱：“一颗没有形状，没有心室，没有血管的心。一颗不会跳动的心，一颗不会疼，不会爱的心。容易被吹散在风中，也同样易于被塑成型。有一颗心，没有身体，没有家，这有什么好的？它只会血染周围的人。啊哈，啊哈，啊哈，啊呜，啊呜，啊呜。”

杰库布试图将其从脑海中抹去。那晚，一种沉重感笼罩在他心头，熟睡时，他发出轻柔的喘息声。到了早晨，情况恶化了，他的喉咙里如灼烧一般，无法吞咽。随着痛苦而至的是逃离的机会。杰库布申请转移到医院营房，在那里他被误诊为肺炎早期。在咳嗽和窒息哽咽中度过了四个难熬的夜晚后，医院认定他病情好转，可以从事轻松的工作，才批准出院。

当杰库布沿着纽盖斯大街回到汉诺威营房时，他看到格兰茨伯格教授在女孩的营房入口附近晃悠。格兰茨伯格一看到他便立正身体，点了点脚后跟，然后跑去马路上迎接他。“杰库布，”他一边喊一边喘气，“你有听说了吗？没有？有一些传闻。虽然还没有得到官方消息，但是……要转移了。现在的每一天都只会更糟糕。我们的伙伴，在隧道里被抓捕了。他被关押在小堡垒的监狱里。他们正在搜查那些坎伯尔，将其清除掉。”格兰茨伯格教授把某样东西塞进了杰库布的口袋。“这来自安全分遣队一位富有同情心的宪兵。拿着。保护好它，等待奥托的消息。我们会找到别的出路。现在，走吧。”

汉诺威营房已废弃。粗制滥造的木床，随处可见的破布散落在起伏不平的被子上。远处，传来一支清理分遣队喧闹的响声。杰库布打开床脚边破旧的箱子，从口袋里掏出纸袋放入里面。箱子里面还有一些其他的东西：盐，面粉，扁豆。以防不时之需的一点口粮。杰库布锁好箱子后，前往汉堡营房去寻找他的母亲。

7

特莱西恩施塔特

达萨·鲁比克瓦翻来覆去地搓着手，看见戒指上有光线在闪烁舞动。她刮掉掌心里粘着的淀粉——削了一天的马铃薯皮留下的。下班后，她几乎没时间打扮自己，来不及把身上脏兮兮的破抹布换下来，换上稍微得体的、他喜欢的衣服。她看中了一件淡蓝色的裙子，穿上它之后，她一定会在那些衣着灰暗的女生中脱颖而出。在洗手间，她轻轻地抚弄着自己的金发卷发，然后用一条细绳将它们系起来。她在不锈钢水槽里看着自己的倒影，将裙子的下摆拂弄平整。她知道他会等着她。或者也许他故意弄乱衬衫，装出一副满不在乎的样子，掩盖自己的思念。

如果他们之间称作爱情的话，她不知道他们的爱情具体应该是什么样。为什么不能是爱情呢？毕竟爱情是肚子能吃饱的人才能拥有的权利。饥饿吞噬了心灵，毫不留情地吞没了他们。达萨知道其他女孩是怎样议论他的，也知道她们是怎样议论有特权的人。她知道她们是如何穿梭在马格德堡营房的大厅，只要谁有点吃的，就向谁示爱。每一段大汗淋漓的纠缠都是一份默契。好色之徒的床总好过纯洁贞操的东行列车。但是，达萨认为那并不是爱，甚至连买卖都算不上。那是生计，是生存。数不清有多少次，达萨看着她们从裙子下扯出血淋淋、脏兮兮的胎儿并温柔地抱着他们。她们似乎并不知道不去医院接受治疗的后果，也从未想过所谓“子宫内膜异位症”给她们带来的影响，治疗这种病充满了内疚、厌恶和渴望。但她不会这样不自爱。自从她看着母亲消失在山谷的白雪中，她就发誓一定要保持纯洁。每当他遇到她的时候，她都会赶走她身上蔓延的像是黄油般的欲望。记住你是谁，记住你是什么身份。是的，真爱是在反抗和自控中找到的。只有不寻求任何回报时，你才能扪心自问，自己是否找到了真爱，是否值得被爱。

达萨把手放在裙摆上，眺望着广场上新粉刷的看台。这个看台已经建成两个月了，还没举行过任何演奏会。镇上有消息传言说犹太区的歌手会是第一批登台的人。她只见过他们一次，他们是一群随机聚集在一起的演奏者，不同文化的冲突和纠结让他们的表演充满激情。晚上，营房里追星的女孩们低声呼唤着他们的名字，哼着他们演奏的歌曲，试图在混乱的爵士乐中寻求短暂的放纵和自由。有时达萨也加入他们的行列，但她的心并不在此。她同她母亲一样，喜欢歌剧。

他迟到了。有两个宪兵朝广场走来，达萨不由得扣紧双手，将戒指盖起来。那个戒指。是什么让她久久放不下？她总是把它带在身边，用绳子挂在脖子上，藏在衬衫下面心脏的位置。在厕所，她把它压在舌头下面，抵着后面的牙齿，以防不小心吞下去了。但把它戴在手指上呢？疯了吧！难道在这个地方她变得厚颜无耻了吗？还是她的理智已经向特权屈服了？不，这另有用意：这是一种向他保证自己别无所图的方式；这抑或是她母亲的耳语，她理解女儿不想让她看到这些，并远远地守望着这一切。

"达萨，"肩膀上的一拍吓了她一跳，"你来得很早。"

"波乌斯。"

达萨悄悄穿过汉堡营房的大门，广阔的庭院四周到处是叽叽喳喳的女人，她们把床垫拖到满是灰尘的田野里，希望能借此躲过在初热时期再次来袭的臭虫。这里阳光明媚，使这种邪恶的生物不得不躲在墙壁的角落处生存，但这仅仅是一个短暂喘息的时机。黑暗中，它们继续繁殖，以裂缝之间的污秽为食。当它们再次出现时，它们会发现由于劳累过度而十分虚弱的人们，他们的血液中像浑浊的糖浆一样黏稠，很难再去吸食。因此它们只能叮得更用力咬得更深，在干薄的皮肤上留下发炎的脓包。

"看着点！"一个女人喊道，她的手指气得发抖。

"蠢姑娘。"另一个女人咒骂道。

当达萨冲进门的时候，她们都站在古斯塔的床铺旁边。那一瞬间她的心沉了下去。她每天早上都会看到尸体，那些人没能熬过黑夜。"天啊！"达萨哭喊道，其他人分开了一条路，古斯塔蜷缩在床垫上，手里紧抓着一张卡片，举在她的脸颊旁。她的嘴唇不停地颤抖着，低声读着卡片上的文字。达萨向前跪近了一些，古斯塔猛地往前把卡片塞到她的手里。“请帮我读一下！”古斯塔说。

达萨大声地读着。每当有卡片寄到的时候，她都会将上面的德文翻译过来，再大声朗读出来。她读到最后一行时停顿了一下：“爸爸在等我。”读到什缪尔的名字时，古斯塔喘着气求她再读一遍。达萨又读了一遍，古斯塔默默地跟着她重复着。直到她熟记于心，她才把明信片收回来。其他人已对此失去了兴趣，和每天晚上一样，准备上床睡觉了。达萨爬上床，艾琳娜已经睡着了。冬天的伤寒摧毁了艾琳娜的健康，现在康复得很慢。达萨把毯子往她俩身上拉了拉，然后转身向下看了一眼古斯塔。她还在喃喃自语，像啄木鸟似的不停地亲吻着那张卡片。

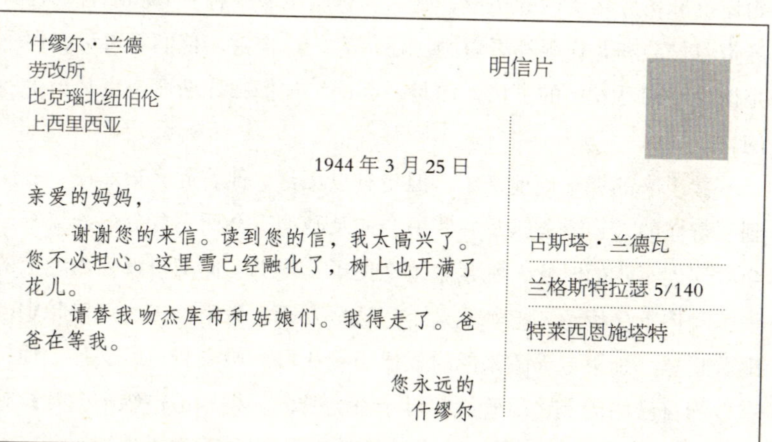
什缪尔·兰德
劳改所
比克瑙北纽伯伦
上西里西亚

明信片

1944年3月25日

亲爱的妈妈，

谢谢您的来信。读到您的信，我太高兴了。您不必担心。这里雪已经融化了，树上也开满了花儿。

请替我吻杰库布和姑娘们。我得走了。爸爸在等我。

您永远的
什缪尔

古斯塔·兰德瓦
兰格斯特拉瑟5/140
特莱西恩施塔特

~

她又一次坐在长凳上等待着。离上次荒唐地将母亲的戒指戴在手上已经过去一个月了。从那天以后，每周她来这里坐在广场上等待他出现的时候，她总感觉戒指挂在自己的脖子上，是一个让她无法集中注意力的重负。

广场上，清洁人员正在擦洗着水泥地面。看台的表面映射出五颜六色的光，好像是太阳等不及犹太区歌手的上场，已经开始了自己的表演，周围土地上那些新栽的花朵都是它的观众。达萨、清洁人员、太阳和花朵都很乐意参与到这个美化工程中来。在她身后的诺嘎斯大道上，情侣们拖着疲惫的身体走向军营，他们时不时停下来摘树上的叶子，或欣赏那些空店面刚刷上的药店或香料店的字样。

达萨重新系好衣领上的蝴蝶结。这件衬衫是当天上午从城里寄来的。粉色的，有点轻佻。她妈妈在随附的字条上写着：最新款。达萨希望这件衣服能引起他的注意。达萨不禁想到，如果她无法满足他的需求，他还能等多久呢？当他牵她的手时，她的身体吓得直哆嗦。她还没准备好接受他的抚摸，她认为这暗示着一种耻辱和牺牲。他曾经带着仁慈和悲伤眼神看着她。还带有些许遗憾。他们聊着天，但不是谈论刚刚已发生的事情，而是一起回忆他们在比斯库普克瓦街生活的日子。

接下来的那一周他来了，但是有点反常。他看起来很焦虑，还谈到了奇怪的人、隧道以及一些怕会危及她的安全而不敢分享的秘密。当她回到军营的时候，她紧紧地抱住了艾琳娜。而艾琳娜因为晚上的训练身体十分疲惫，把她推开了。达萨在床上翻来覆去，在黑暗中酝酿着睡意。她第二天醒来的时候已下定决心，她要将自己交托于他，在他们自己的床上，尽管她的母亲不会赞同。她知道占领不会持续很久的。德国人已全线溃败。这条消息伴随着春风席卷了大街小巷。意大利战败了，俄国人已越过波兰边境。是的，他们共同的语言将是对自由的庆祝。要是他能再等一会儿就好了，她准备亲自告诉他自己的决定。下个星期，她对自己说。

又一次，一只手放在了她的肩膀上，不过这次比较沉重。

“鲁比克瓦。”

“杜拉克先生！”

当他第一次在汉堡营房的入口向她走近的时候，她没有认出这位她父亲的老雇主。他穿着宪兵的大衣，上面一排排闪闪发光的纽扣让他显得块头很大，圆形的金属头盔则掩盖住了他温暖的眼神。他刮掉了胡子。对她来说，他只是一个陌生人。听到一个宪兵叫她的名字，她内心充满了恐惧，这种恐惧大多来源于对父亲的担忧，而非自己的安危。自她抵达要塞城镇后，她就预料到会听到他受难的消息；但这毕竟是他自己选择的路，他从未改变。而当这个宪兵谈起，在布拉格的老城广场，卢德维克如何讨价还价，女孩们如何在咖啡馆的遮阳棚下玩闹的时候，达萨才意识到她不用害怕。他在口袋里摸索着，掏出三支香烟和一个信封。这是她母亲托他从布拉格带来的。

从那以后，他们经常在厨房后面见面。他会告诉她一些来自泽科夫的消息，给她一些礼物——他藏在箱子里的钱，香烟，咖啡和茶——一些禁止犹太人邮寄的东西。除此之外，她很少能见到他。为什么他出现在这里呢，在她等波乌斯的时候？达萨感觉到她手臂上的皮肤有一种刺痛感。

“看远一点。”杜拉克先生说，“今晚我要去布拉格，毫无疑问你母亲听到你过得好的消息会很高兴的。你们吃的东西够吗，可以撑到我回来吧？”

“谢谢你，杜拉克先生。是的。现在足够。”

“艾琳娜呢？”

“她的头已经不晕了，请您转告我妈妈她现在很健康。”

“达萨……”他的声音很轻，很小心。这时他们身后传来一阵音乐，一位客人推开了咖啡馆的门。“我……我来这里是为了你的朋友。”达萨僵硬地靠在凳子上。“这个男孩。”他什么时候知道这件事的？他因此产生了多少粗俗的幻想？“可怜的妈妈，”达萨想，“她在家里听到这个消息，该多么失望啊。”

她想要转身离开，杜拉克先生一把抓住了她的肩膀，紧紧抱住她。“直着往前走。”达萨感觉肩膀上的力道减轻了。“发生了一点事情。走私。在大多数情况下，这种事情，为了私利纳粹党卫军和宪兵会睁一只眼闭一只眼，但这……这次不一样。他们在堡垒下面一条通往附近村庄的隧道里发现了你朋友。据我所知，他们一群人都被抓了，他们被带到小城堡中问话。情况不容乐观，达萨。”

“那他……”

“我没收到坏消息，说明他还活着。他很可能会被送去矿山。等他身体扛不住了，他可能会被驱逐。当然，如果——”达萨盯着那个看台，它不再闪耀着光芒，花也枯萎了。“还有一件事，”杜拉克先生说道，“今天来了一辆车，艾希曼在车上。”他停顿了一下，“平安待着，达萨，我会把你的近况转告给你母亲，让她继续向盖世太保打听你的情况。这是你最大的特权：有人爱你、了解你、关心你。两周后我就会回来，愿上天保佑，我能再次见到你。”

那晚她没有睡着。她不想闭上眼睛，不想梦到他受罚。她听着营房里的声音，嘎吱声和嗞嗞声、呻吟声和干咳声，直到清晨橙色的日光透过浑浊的玻璃照射进来。达萨从床上爬起来，蹑手蹑脚地走进走廊，接着朝预备厨房走去。昨夜，值班的哨兵在墙上张贴了一则新出的公告。她只看了两个字“转移”，便急忙转身跑回自己的房间。

就像这晨铃声，消息很快就传开了。军营里，厨房里，街道上，公园里，人们都在谈论它。司令官吩咐犹太宗教委员会在三天内准备一份转移人员名单——2500人要转移到比克瑙集中营去。还要有工作细节。

妇女们互相安慰着说她们会安全的。达萨一个人坐在床上，膝盖压在胸前。她满脑子只想着波乌斯，他怎么会迷失在混乱的潮流中呢？她想去询问、寻找和乞求，但他们怎么会在乎呢？规则必须要遵守。即使他们还有那么一点点怜悯心，他们也不会同情波乌斯。达萨看到艾琳娜在吃昨天早晨宿监玛格达派发的面包。

“不要全部吃完了，要吃久一点。”

艾琳娜停了一会儿，鼻子抽吸了几下，又吃了一口。

日子在静默的等待中过去。

他们整日对着马格德堡营房祈祷。

之后的某个晚上。走廊里的脚步声越来越响，那唯一的灯泡也越发明亮。房间里充满了呻吟、咒骂和轻声的啜泣。一个女人朝她的床铺摔了一个杯子，开始大笑起来，仿佛夜晚就是一个笑话。另一个女人唱了一首刺耳、走调的古老民歌。达萨一脸茫然地看着玛格达从一个床铺穿到另一个床铺，核对着编号，晃醒那些还在熟睡的人，发给他们字条。看见这些让达萨感到痛苦，她还沉溺在那羔羊之血[①] 的特权里。当玛格达走近时，她闭上眼睛，等她走过。古斯塔·兰德瓦？声音十分坚定。CK-571。古斯塔·兰德瓦？达萨伸出头看到玛格达俯身摇着古斯塔的肩膀。声音更大了：古斯塔·兰德瓦。

古斯塔抬头看了一眼，突然抢走了字条。她凑近细细地打量着不太熟悉的字迹，她从右往左看，接着又从左往右看。她所知的只限于圣书上的箴言。一个有价值的女人，且她的价值远远胜过红宝石。

---

① 羔羊之血（the lamb's blood）：根据《圣经》故事，将羔羊之血抹在门楣上，能躲过灭长子之灾。还有，只有神的宝血才能救赎人类的，神的宝血如同无瑕疵、无玷污的羔羊之血。

这样的女人只需要读懂上帝的语言，尽管只是为了让她能在恰当的时间以适当的方式与上帝交谈。除此之外，文字的世界与她无关。古斯塔知道，纸上的文字来自另一个上帝，一个善变的、恶毒的人类上帝，但上帝最终听到了她最深切的祈祷：古斯塔·兰德瓦被召唤转移到奥斯维辛-比克瑙集中营。

玛格达一走，达萨便从床上跳了下来。黑暗中，她跪在古斯塔的身旁抗议，但古斯塔把她赶走了。“现在别说了，”她用毯子盖住头，闷声说道，“明天吧，明天再说。”古斯塔很快就睡着了，睡得很沉，一夜无梦。

古斯塔将手提箱摊放在床上，里面的东西散落在床垫上。这已经是她第三次非本意地精简自己的生活，她必须寻求身体与灵魂之间的平衡。每一次转移都让她的行李箱越来越轻便。她发现，价值本质上是暂时的；它可以从一个物体转移到另一个物体上。那些留下来的东西——一件破旧的上衣，一口坚固的锅，一双皮鞋——都承载着那些曾经出现的价值。这种情况又发生了。她将无法带走的东西送给别人，而这些东西遗留着她存在过的痕迹，就像在村庄，在布拉格遗留着她存在过的痕迹一样。

天刚亮，达萨握着一团纸跑向汉诺威营房。贫民窟已经被生存所击垮，只能机械地运作着。不久之后，一列火车将从南门把货物送往另一个世界——比克瑙集中营。所有来自特莱西恩施塔的转移人员都集中在那儿。据当地工程师分配的车厢等级推测，运送的车厢可能是一节三等车厢、货厢或运牲口的车厢。不过，此时此刻，铁轨裸露在外，清晨的阳光炙烤着铁轨上的木材和钢铁。达萨飞快地远离它们，她从巴德户嘎斯一路跑到了朗格街，她的周围出现了她熟悉的场景：那些无家可归的人认命地连夜收拾自己的家当，他们拖着行李箱、背包和铺盖卷，所有要搬走的人挤满了汉堡营的小巷子。

她在二楼的公厕外发现了杰库布，他微笑着，不自觉地拍了拍湿漉漉的头发。她说不出话，只能张着嘴巴喘气，呼吸着营内污浊的空气。她举起字条让他看，杰库布仔细地看：上面是他母亲的名字，还有一个新的编号——DZ-1211——以及转移的时间。她只有不到一天的时间了。“她很有可能在替补名单上，”他说，“他们征召的人数总是比需要的多。”隔着厕所门他们听到卫生员古怪的咆哮声。杰库布继续说：“你回去吧，请帮她准备好行李，我会去委员会为她申诉。”达萨拿起他的手，贴在自己的脸颊上。他的嘴唇抽动了一下，似乎急切地想说些什么，但最后他抽出了手，从门口离开了。

整个庭院成了一个大集市。他们将商品摆在桌子和椅子上进行兜售；破布在风中飘动，木勺与钢罐哐当作响。贫民区的城镇竟已落到这个地步：随处可见的是乞丐和小偷。有传闻说：有些人手里有金子。只带你能携带的东西。金子很轻也很小，然而金子在这儿已经没有任何用处了。箱子、背包、篮子和鞋，这才是他们想要的，也是他们最愿意买的。要带上黄金还有买鞋的钱，大一点的箱子用船运走，较轻的袋子可以自己提着。鞋子、黄金和食物必须随身携带。货运的东西没有任何保障，不能保证你能再次见到你的箱子。只带你必需的东西。只带那些你可以丢的东西。

杰库布回来了，并没有好消息。他还没说完，指挥官就驳回了他的请求。这位指挥官——第三个指挥官，却是最凶狠的一位——这一次需要的人数太多，如果不将有特权的人们列入转移的名单，委员会都没办法供应足够的人数。虽然双方达成了妥协，人数还是不够。杰库布解释说，那些被协会保护的人有特权的人也不再是例外。“很抱歉，火车明天离开。”

古斯塔从她的床铺上拉出行李箱，行李箱嘭的一声掉在地上，里面的金属发出了沉闷的敲击声。古斯塔蹲下来掂了掂箱子的重量，杰库布接过箱子。“拜托。”他说。

他们穿过大门、院子，走过楼梯，一路辗转到西边。火车还没到。汉堡营人山人海，那些下午才来的人没办法进入会厅，只好在附近的商场等候。指挥人员穿过绝望的人群，检查名单，分配标签。只有等到宵禁之后，那时候才没有这么多人，丈夫、妻子、孩子和爱人们那时已回到他们的营房，但他们并未睡觉，而是静静地躺着，听时间嘀嗒，划破悄无声息的黑夜。

这是他们一家人最后一次聚在一起吃饭。杰库布用勺子搅拌着变色的肉汤，看着土豆皮和洋葱茎在旋涡里打转。贫民窟的厨师为这些可怜的转移者们加了餐，在做饭时比平时多加了一些羹屑。这意味着接下来的日子里，留下的人只能吃到更稀薄的肉汤。不过如果这样能减轻他们的内疚感就好了，至少他们是饱着肚子离开的。厨房里工作的人习惯了从上面撇除液体，把勺子伸进去直到感觉到有固体在勺子里凝聚。那天晚上，汉堡营里所有吃饭的人都是受到偏爱的，都是有特权的。杰库布用手指拨出一个较大的肉块放进他母亲的碗里。达萨给了他们一个惊喜，她用碎栗子、盐和水烤了一个大面包，面包屑在热气腾腾的液体中慢慢变软，膨胀得像发起来的馒头一样。艾琳娜也带来了她所能提供的东西：一个从布拉格寄来的放在一个变形纸箱子里的黄油棒。他们喝着舔着，尝着不同食物的味道。

达萨在一群陌生人中间醒来。他们在夜里换班了：那些即将离开的人和那些不舍他们离开的人。只有古斯塔看起来比较平静，她坐在箱子上，拿出背包里的干香肠和早已不新鲜的饼干。女孩们为旅途打包了不少东西，有黑面包、果酱、洋葱、萝卜、饼干、香肠和从红十字会领到的两罐沙丁鱼。她不慌不忙地吃着，她并不饿，这是她吃饭的习惯。她的眼睛紧紧地盯着后门口的那个闸门，达萨知道她焦急地想从这儿过去。火车依然还没有来。

艾琳娜正从房间的那头朝她飞奔过来，不小心被铺盖和枕头绊了一下。她一定很早起床去厨房拿咖啡了，她的两只手上都端着金属杯，一杯给自己，一杯给古斯塔，她没法给达萨拿。温热的液体泼了出来，吵醒了仍在沉睡的人。

古斯塔并没有收回她的目光。当艾琳娜走近时，她伸出手接过杯子，放在膝盖上。艾琳娜蹲下来偎依在她的腿上。她们就这样待着，两人像是合成为一个有机体，嘴里抿着同样的黑咖啡，眼睛却盯着不同的方向。达萨沿着房间边缘向前走着，看到一个熟睡的老人，他的身体里裹着一个很瘪的手提箱。她走过时，他下意识地踢了一下，还哼了一声。达萨避开拥挤的路段，轻轻地来到妹妹身边。古斯塔仍然看着门口。达萨用脚腾出一个小小的空间，然后坐了下来。

"也许没有车。"艾琳娜说，她的声音像是早晨喧嚣中的低语。

"火车会来的。"达萨贴近了些。

"你觉得我们走得了吗？"

"不是今天走。"

"那晚一些？"

"不。"她停顿了一下，然后说道，"不是。"

"我可以去工作。"

"当然。"

"我很强壮。"

"我知道。"

"他们……"艾琳娜向房间四处看了看，"让他们去工作，这不公平，应该是我们去。"

"我们没有立场说这个，理事会……他们有他们的理由。"

"那古斯塔阿姨呢？"

"她会坚强起来的，只要和什缪尔在一起，她就会找到勇气。是的，和他在一起，她会变得更高大、圆润和强健。"

“更年轻？”

“会的，”达萨把她的手挤进妹妹的臂弯，“也许吧。”

“你睡着了？”杰库布蹲在妈妈旁边，吻了吻她的前额。古斯塔缩了一下身子。达萨看着杰库布，感觉到了他因为失败而感到绝望。

不论他说什么，他的声音都被大厅里刺耳的尖叫声所淹没。贫民窟看守人和宪兵已经开始通过闸门，这意味着指挥官会去拿金属口哨，准备给转移人员下达命令。德国士兵也出现了，他们小心谨慎地不踏入进来。大厅里一阵骚动，接着变成嗡嗡的嘀咕声。喇叭里的指令被各种声音所干扰，没有人能听懂在说什么。外面的狗咆哮个不停，接着后台传来了突兀的咔嚓声，一列火车蜿蜒穿过南大门驶向站台。

一个宪兵跳上上翘的板条箱，把扬声器放在嘴边：“请注意！请注意……”

他们以一百人为一组，一组一组地叫号通过。前面的人必须穿过大厅，径直走向门口。门口的人拿着名册和笔，瞪着一双爱管闲事的眼睛。这个地方再也不是他们的家了。他们正出发去向那个据说需要他们去填补因无尽的战争而导致劳动力短缺的地方。这里有男人、女人、孩子、老年人、病人、体弱者。艾琳娜说得对，这不公平，但是什么又是公平的呢？是留下还是离开？现在是每个旅客决定自己目的地的时候了。为什么要绝望呢？为什么不让自己相信下一个地方会更好呢？奥斯维辛－比克瑙集中营，这个词充满了美丽和希望，在那里他们可以在树木繁茂的山丘上劳作，在那里母亲们能再次在桦树下抱着她们的儿子，这片土地是以桦树来命名的。奥斯维辛－比克瑙集中营，生活的地方。

在各种各样嘈杂声音中，达萨·鲁比克瓦试着去辨别那呼叫古斯塔的声音。大厅里弥漫着一股委曲求全的气氛。被转移的人们都很耐心地等待着，所在的组被叫到的时候就向前走，留下行李箱让指挥官们装载。他们抓住铺盖和背包，集合成一条队列，两侧的朋友和家人护送他们到了后门。犹太区的看守叫他们的编号，然后从名单中划掉。最后一个吻，最后一个拥抱。他们消失在栅栏的后面。

在远处的角落里，有个宪兵在用扩音器喊着：DZ-1000 号到 1099 号，请往前走。达萨看着古斯塔行李箱上的数字，她前面只剩两组了。

“为了这次旅途！”

达萨转过头看见杰库布正在晃动古斯塔的背包，古斯塔伸出手去抓，但杰库布走开了，她没抓着。人们挤成一团，彼此轻声抱怨着，达萨不敢接近。这次离别时的争吵并不是因为她。古斯塔把双手抱在胸前，跌坐在行李箱上，对她来说，事情已经过去了。杰库布把背包递给艾琳娜，接着传给达萨。“她不能就这样走了，”他说，“她把食物给了别人。我们这儿有足够的食物，她必须再多拿一点。”她们只是看着古斯塔，没有说话。杰库布伸出手，抓着艾琳娜的胳膊把她拉起来。“给！”他说，把背包推到她胸前：“拿着，去你的房间把包装满，把能拿的都给她。如果还不够，去我的房间，我的行李箱里还有补给物。拜托你了，去吧。”他用力地推着她，力气之大吓到了达萨。“快点。”

“DZ-1100 号到 DZ-1199 号，请现在集合……”

艾琳娜消失在了队伍后面，杰库布也愤然地向着闸门走去。有两个转移委员会成员出现在那里，带来了一摞解除转移的人员的名单。他们一路推搡着挤过来的人群，朝着犹太区看守人走过去。当登记暂停的时候，所有人都望着他们四个人，看着他们在名单和笔记板之间来回扫视，接着喊出一列数字，大厅里传来了一阵如释重负的声音和咒骂声。达萨在古斯塔后面走着，她把头低在胸前，她能感受到温暖、适度的呼吸，每一声叹息都饱含着屈服。突然有人猛地拉了拉她的袖子。达萨把自己缩成一团，直到她听到古斯塔的话。“原谅他，请原谅他，他生自己的气呢。”

“DZ-1200号到DZ-1299号，请现在集合……”

古斯塔已经准备好了，她撑着膝盖站了起来。

“时间到了。”她说。达萨检查了一下行李箱上的扣子，“等一下，”她说，“艾琳娜——”但是古斯塔已经站在队列里了。达萨用胳膊夹着铺盖卷；破旧的马毛针扎般刺痛她的皮肤。达萨赶上来的时候，杰库布已经站在古斯塔边上了。他像一个防护盾一样把她揽在臂弯里，场景跟达萨想象中的并不一样。一年以来，这个女人的心里多了两个女儿。但是，在这个集合大厅里，古斯塔只有一个孩子，尽管在分别的时候，他表现得差强人意。达萨看到了她是如何看待他的：她不可避免地发现，她儿子唯一出现的时候只是一张偶然的、神秘的明信片，在她期待与这个儿子团聚时，她磨灭了另一个儿子的存在感。这个关心她的人，保护她免受要塞镇最可怕的蹂躏的人，其实只是一个男孩，一个迷失在不可控的世界里的男孩。达萨第一次看到杰库布哭了，他的脸倚在妈妈的肩上，喃喃地说着安慰的话，尽管这些话都无法实现。古斯塔也说了些母亲安慰孩子时应该说的话来回应他。达萨看不下去了，估计没机会给她去说再见了；她把铺盖卷放在杰库布的脚边，然后离开了。

达萨·鲁比克瓦倚在一堵离得较远的墙上，看着那些被驱逐者一个个慢吞吞地走过，消失在闸门处。身后站着的，是他们的丈夫、妻子、孩子和朋友，伸长了脖子在看，直到人影消失后，才把脖子缩回去。往日的时光一去不复返了。被驱逐的人们从汉堡营出来，排成一条连续的队伍，最后消失在尘土飞扬的街道上。达萨把头靠在冰冷的混凝土墙面，波乌斯，他或许在那个集中营，又或者其他地方，在小堡营里，或者在火车上。她怎么知道呢？囚犯又不能从闸门出去。是的，波乌斯是存在的，但只有当她想到他的时候他才存在过：他只是一段记忆。

达萨听着报数，数字都按照一种奇怪但又舒适的随机顺序排列着。来的人都是被叫到编号的人。因此整个过程很慢，他们必须打开名单的页码，对应找到每个人的名字。DZ-1243。赶快，赶快。好的。DZ-1261。在靠近门口的人群中，达萨发现了杰库布，他的头不停地晃着，四处寻找着艾琳娜。古斯塔踏着精灵般的步伐走到他旁边。DZ-1204。大厅的那一边，艾林娜出现了，她穿过了拥挤的人群。DZ-1211。

杰库布走上前去，乞求多给些时间。DZ-1211。杰库布伸手把古斯塔拉到胸前，她的身体一开始僵硬了一下，接着瘫倒在他的身上。这一刻，他们就像一个整体，如同孩子回到了母亲子宫。紧接着两个人都浑身颤抖，她伸手抓住了他，他蹲在她耳后低语。DZ-1211，马上。看守人毫不通融，他抓住古斯塔的手臂，但她推开了直直地站着。她准备好了自然会离开。她环顾四周，看了看看守人，又看向达萨，还有杰库布，最后望向那扇巨大的、敞开的门。这一刻，她是自由的。现在她准备好出发了。当古斯塔走进闸门，艾琳娜撞开了人群，将鼓鼓的背包甩到了杰库布的手中。“妈妈！”杰库布叫道，他向前一扑，冲到守门人的前面。宪兵站在箱子上面，吹响了口哨，但杰库布已经退回去了。她接过背包，接着把他拉过来，给了他最后一吻。接着她转过身向前走，再也没有回头。

达萨·鲁比克瓦将削皮刀刺进土豆，其刀片嵌在木质的刀柄里。乳白色的泡沫顺着裂口滴了下来。达萨拉了拉刀柄，土豆便在手掌中裂开。她径直从车站过来这里，把艾琳娜留在了那个把站台和街道分开的木隔墙那里。古斯塔走了之后，杰库布也冲了出去，达萨在他后面追着，但是他跑得太快了。她看着他跑到巴德户嘎斯，把帽子紧紧地拽在手里，最后消失在通往苏莰特拉斯的方向。古斯塔不在这里，她们对于他来说会是一个负担。而他母亲睡过的床铺只会提醒他，他拥有的特权那么小，小到可以被丢弃或遗忘。在他们面前，他的力量很弱小，他不是一个强者。

接下来的日子和之前的日子一样慢慢地流逝。大桶低沉的汩汩声变成噼啪的嗞嗞声，房间里盖上了厚厚一层灰雾。女人们用她们沾满泥的手臂擦拭着眉毛，她们不停地刨着、刮着，土豆皮掉在她们脚上。还有种在护城河沿岸快要被淹没的花坛里的那些萝卜和洋葱。所有东西都要留着，皮、茎还有根都不能丢，不允许任何浪费。杜拉克先生不需要担心有什么可偷的了，即便是从地上收集来的垃圾也被舀起来扔到斜坡上。工作结束后，他们的口袋和袜子都要被检查，像一种仪式一样。厨房主管对这一切深感厌烦。一天快要结束时，达萨伸出空荡荡的手掌给他们检查。他们点了点头，让她走了。

有一个女人站在铺位上。达萨愣在门口，看着这一片狼藉。被单从床垫上拉了下来，挂在木头床柱上，零碎的填充物从撕裂的枕头里漏了出来。她的行李箱是敞开的，里面的东西散落在床板上。达萨看着这个女人。如果有人闯入，她当然能发现。一个陌生的女人靠坐在古斯塔的床后面的板子上，她双腿交叉，像个孩子似的，挑选着一袋扁豆。她不时抽搐着，看来这个女人一定是从营房医院跑出来的，或者更糟的是，从卡瓦勒精神病院跑出来的。达萨知道其他人是怎么想的，都在期待最坏的事情发生，这个小偷、这个野兽。达萨大步走过去，跳到这个喃喃自语的女人面前，女人急忙往后退，但达萨已经压到她的身上，拽起她的一撮头发。小扁豆从床铺上掉了下来，散落在地板上。

“鲁比克瓦！”达萨抵抗着拍打在肩膀上的双手，“鲁比克瓦！”达萨感到脸上一股灼热的疼痛，有人扇了她一巴掌，达萨滚落到了墙边。玛格达站在她面前，双臂竖起，想要再打她一次。“不允许在我的房间里这样，”监狱长说，“我应该向上级举报你。离开那张床，让这个可怜的女人自己待着。”达萨从铺位上滑下来。玛格达抓住她的肩膀，推搡着她走过狭窄的过道。“你的朋友出事了。”玛格达说。

达萨揉了揉眉毛。“那个男孩，”当她看到达萨眼中的希望，她摇了摇头，“是杰库布。”达萨从梯子爬上床铺，跪在上面。她摆正行李箱，开始整理自己凌乱的物品。玛格达站在梯子的第一层，抓着侧板说道：“他突然就来了。可怜的家伙，他妈妈被转移走了。我们试着阻止他，但是……”她指着那个烂摊子。“艾琳娜进来了，他朝着她尖叫，说了些愤怒伤人的话。他不停地摇晃她，接着她跑开了，我想她应该是跑去找你了。”

达萨把行李箱里能倒的东西都倒出来了。“我会去的，”她说，“如果艾琳娜来了，让她在这里等着我。”

她在营房东边找到了艾琳娜，她正蜷缩在阁楼上。

“艾琳娜？”

“我不过是照他说的做了。”艾琳娜把身体转到另一边，她的眼睛又红又肿。

“没关系的，过来。”

艾琳娜顿了一下，摇了摇头。“他被传唤了。”

“被转移了吗？这不可能。”

“今天下午他回来的时候，他的名字出现在名单上，还有他的朋友。他们星期四走。”

“他告诉你的？”

“他很害怕，我从没见过他这个样子。他说这都是我的错，说我毁了一切，说我不应该从行李箱里拿他的糖。但达萨……”艾琳娜坐直了身子，愤怒中突然又镇定下来，“是他，他让我这么做的。”

“过来这儿，别管他了。”她们沿着走廊朝前走。走廊的下面，她们可以听到另一辆运输车嘈杂着正向会场慢慢开去。第二列火车明天就要离开，接下来一趟会在星期四。他将带着沮丧和愤怒离开，去到母亲的身边，什缪尔的身边。家庭是多么的脆弱啊，达萨心想，是多么容易破碎又多么容易黏合，但碎片永远不可能恢复如初了。她曾经把他当作亲人，可是他好像并不这样想。不过她现在不这样认为了。他现在的这个样子不能算是她的兄弟。但她会记得古斯塔，记得她的善良，记得她欢迎她们到她家去。是的，当她想起古斯塔阿姨，她的心中充满了喜悦。见鬼去吧，但愿她不会想起他，但愿她不会想起失败的苦涩中他是如何照顾他母亲的。

达萨·鲁比克瓦站在铺位窗前，向外望去。空旷的街道沐浴着月光，呈现炼狱般的深蓝色。外面修葺已经完工，公园的长椅和花圃、音乐台、运动场、商店和儿童馆，风景格外美丽，而且向镇上所有人开放。最后一班火车已经离开了，她被留在这个陌生的地方：特莱西恩施塔特的犹太人定居点。这个模范城镇宛如扭曲的王冠上的宝石。不久红十字会要来，排练已经开始进行了。哦不，拉姆叔叔，孩子们会齐声合唱。不要又给我们巧克力……

8

比克瑙集中营 BIIb 区
捷克家庭营

你的神奇力量弥补了
传统习俗带来的分裂与隔阂；
在你温柔的羽翼之下，
四海之内皆兄弟。

唱诵高了半音，声调很尖，有时还慢了好几拍。唱诵圣歌的声音慢慢变小了，随后传出一阵孩子们的嬉笑声。他们都等着医生，眼睛盯着他那双猪皮手套。杰库布焦虑地站在一边，旁边的格奥尔格摆弄着一颗松动的纽扣，下垂的按扣随意地缠绕在一根绳子上。“好极了，轻一点。”医生尖细的声音。接着他拍着手，一次，两次；手套的皮革湿乎乎的。孩子和教员们互相看了看，不约而同地鼓起掌来。医生向前迈了一步，伸出手臂，拍了拍孩子们的头，摸了摸他们的脸蛋。孩子们争先恐后地凑向前去。或许，医生会把他们带离这个鬼地方，穿过灰蒙蒙的冥河，到医院片区去——听说那里有充足的食物，甚至还可以提供白色枕头和床单床铺。不过，他们也不敢肯定，毕竟，去过那个地方的人，没有一个能活着回来，也没有一个回来过。但这位医生与其他人不同——他不同于集中营长者阿诺·波姆，不同于邦特罗克，不同于塔德乌什——他们既是集中营犯人头目，也是野蛮人。

杰库布揉了揉太阳穴，试图缓解压力，他实在忍受不了孩子们的尖叫了。他第一次在厕所里听到孩子们彩排，贝多芬《第九交响曲》第四乐章《欢乐颂》的喧闹合唱声在水泥墙之间回荡。杰库布大声吼着才让他们安静下来。之后他才蹲在石块板上，等着肠胃发出噜咕声。那天下午，音乐教员费利克斯·鲍姆把他拉到一旁，跟他道歉。埃姆雷在的时候，不是这个这样的。可怜的埃姆雷，这个乐观的傻瓜。在弗雷迪·赫希说服纳粹人给孩子们分配一间营房后不久，埃姆雷便担任他们的唱诗班指挥。“在音乐里，他们是自由的。”他说。然而，弗雷迪认为没有什么说服力，他懂得歌声的力量，不仅能解放灵魂，还可以教化人格。因此，当其他教员重复着书本知识、玩游戏、短小的表演来浇灌这些让人可怜的灵魂时，埃姆雷组建了这人间地狱里最伟大的合唱团。他们唱功精湛、技巧娴熟，据说在被送去毒气室的路上，他们用完美的和声演绎了《国际歌》《希望之歌》和捷克共和国国歌。他们最后见到埃姆雷的时候，他在砖房外欢快地挥舞着双手，之后他随着烟雾消失了。

医生礼貌地鞠躬挥手，然后离开了。杰库布看着他沿着中央的马路匆匆小跑至前门，步子灵活而欢快。孩子们慢吞吞地走下临时搭建的舞台，离开白雪公主和她的小矮人们，离开鲜花与草地，站好队，准备恢复排练。孩子们早已忘了自己姓甚名谁，但是在 31 号营区中又找到了一种认同感。不是粗鲁地刻在手臂上的数字代号，而是被称为燕子组、大熊组或马加比[①] 组。他们为了至高无上而打架：最大力地擦洗畜栏、歌唱得最大声、在栅栏围起来的田地里采摘的蒲公英最多。他们之间的打斗十分残暴，毫无底线、不顾危险。他们打架似乎是他们的天性；似乎并不知道他们自己已经死了。

杰库布刮擦着前臂上结的痂，看到上面的数字流出黑和红的血，此时他知道自己也会死。“我的兄弟，”他对迈克尔说，迈克尔是他的新室友，这是他来比克瑙的第一夜，“什缪尔·兰德，我要见他。”这是他与格奥尔格一起走下火车时的第一个念头。找到什缪尔，找到古斯塔，然后找到泥人。他听到有人大叫道：“所有东西留在火车上，行李留在车厢内。”他的心情沉重起来。没有听见这句话或者没有听的人的行李被夺走了。迈克尔的手臂从他那张开的厚长的大衣下钻了出来。“他们都在那儿，”他说，指着天花板，“大烟囱．大火。那种气味。这次是他，下一个就会轮到我，然后是你。六个月内我们都会死。”

杰库布转身朝向格奥尔格，但他已经睡着了。火车上，他一直沉默着，心情不悦。他的父亲留在那为他感到难过。在特莱西恩施塔特，他们交换了身份。犹太贫民区的警察也掩盖不了他父亲的迷失，他嘀咕着更多奇怪的幻想。格奥尔格不止一次被叫到马格德堡的大门

---

① 马加比（Maccabees）：公元前 1 世纪统治巴勒斯坦的犹太祭司家族。

口，让他稳住他的父亲。有人说要把格兰茨伯格教授送到卡瓦勒精神病院，但为了维护父亲的尊严，格奥尔格以个人名义向委员会提交申请。“他不会伤害到其他人，”格奥尔格说，“这个地方让他难受，确实如此，但他仍然履行着他的义务。”当格奥尔格收到单据时，他再三恳求。“你不用担心，”办事员说，“格兰茨伯格教授在这里很安全，他的生活很平静。”火车上，格奥尔格诅咒着自己。“我诅咒我们两个人。”他大叫着，火车沿轨道缓缓开动。杰库布坐在他旁边的长凳上，抬手想要安慰他的朋友，消除他的遗憾和疑惑。当他们谈论起一些事情，书本、神话或者秘密的，都只能证明他怕他的父亲。

杰库布把毯子盖在格奥尔格的肩膀上，这一刻他感到很平静。杰库布躺倒第三层床铺上，盯着天花板。

这是一个无眠的夜晚，木头撞击的声音吸引了他的注意力。叫喊声如同雷鸣般作响，在营房间回荡。格奥尔格转过身，坐起来并伸了个懒腰，他瘦弱的胳膊掠过室友的头。“欢迎你迎来死亡营地的第一天。”

杰库布和格奥尔格下了床，跟随迈克尔出来，来到靠近大门的两个厨房之间的空地上。疲惫的人群都涌向了空地。杰库布试图在人群中找到母亲，但根本不可能；她是那么瘦小，很容易淹没在人群里。他以为自己远远地看见了什缪尔，然后又一次看见他，然后又一次。有那么一瞬，仿佛周围的面孔都是什缪尔，当然并非如此。围墙的上空有两个高高的烟囱，耸立在森林上方，黑色的顶端处喷出的火焰吞没了灰色的黎明。

四周传来了更大的叫喊声。杰库布沿着一条未修好的路向后看，这道路贯穿了整个营房。老人蹒跚着走向乱成一团的集合地点。监工边用木棒打着人，一边大笑着或咒骂着。“身上带着绿色三角形的臂章[①]。”迈克尔说，“杀人犯、强奸犯，在这里他们过得很滋润。”接着又补充了一句，“你会明白的。”杰库布将视线移向鹅卵石小路旁边源源不断地流着油腻污水的沟渠，它周围的地面都已晒干。“那个年长的是波姆，”他的室友继续说，“他控制着这里。接着是邦特罗克，他比较笨。你得留心塔德乌什，上个月逾越节的时候，他将一个当晚死去的可怜男孩的尸体扔到面粉供应营。他大叫着把他剁碎，用他的血做面包。然后他待在那里，看一个烘焙师刺穿那男孩的胸膛。血流了一地。还真有娱乐性。”迈克尔向地上吐了口唾沫，喘着粗气。“你有妻子吗？有姐妹吗？”鲁任卡。近几个月，杰库布都没有想起自己的妹妹。感谢上帝，她在美国过得很安全。他无法想象在这种牢狱般的生活她会怎么样。“这里，没有。”他说。迈克尔的手指滑过下巴。“很好。他的邪恶没有止境。在这里，我们已经是死尸了。”

要开始点名了，这些堕落在地狱的人们被召集起来。人群中传来报数的声音。家人。朋友。杰库布数不清楚。又稍微过了一阵，负责点名的人准备好了名单，叫道：“A-1-0-3-6。”迈克尔靠到他耳边轻声说：“塔德乌什。杂种。”那个被叫作塔德乌什的人，比他的同伙矮小，宽宽的肩，破烂的衣服盖着他的大肚子。杰库布模糊辨认出他衬衫上的绿三角。塔德乌什重复叫那个编号：“A-1-0-3-6。”人群中传来一个男人的声音：“不行，不行。现在不行。”迈克尔摇了摇头：“变态。”他吐了口唾沫。“求求你，求求你了，不行。”那个男人哭喊起来。然后传来一个女人的声音：“我的上帝。不。他在这里，难道你们看不见吗？”塔德乌什回到队伍里。点名人叫了第一个号码。

① 绿色三角形的臂章（Green Triangles）：佩带的集中营臂章，主要呈三角形，用于识别占领国的集中营囚犯。三角形由布料制造并缝于犯人的外套和衬衫上。这些强制性的臂章上特定的颜色和形状有不同的象征和意义。绿色三角形代表罪犯。

点名持续了整个上午。最后一趟运送来的人让集中营人满为患。和前面的其他人一样，当杰库布听到他的编号的时候，他大声回答“有”，然后就在一旁等待着。现在正是初夏时节，太阳火辣辣地晒着人们。终于解散了。杰库布穿过人群，向一群女人走去。他发现古斯塔在注册处附近。“感谢上帝。”她说。他把她紧紧抱在怀里。“他去世了。”她说。她的声音里有一种轻松的语调，还有一种胜利感。“哦，妈妈。他——”她打断他的话：“在海德布莱克。我知道。别相信他们的话，那是最糟糕离奇的谣言。做母亲的是清楚的。死了的儿子是不会寄明信片的。”杰库布没有打断她。“你的包呢？”他说。她挣脱他的怀抱，拍打着空气。“他们想要夺走我的包，但我想什缪尔可能……他们抢走了我的包，把里面的东西倒在地上。我走过去把它捡起来，但我被人群推着——”她停下来，侧了侧头。“达萨和艾琳娜呢？”“她们要我转达问候。一切结束后我们会在布拉格见面的。”他看向别处，然后说：“我得离开了，他们派我去儿童区。”他飞快地亲吻她的额头，然后沿着营地道路返回到队伍的行列。

他想失去也是神圣的咒语。从失去中形成某种看得见的东西，即创造和信仰的灵魂。就这样，古斯塔做到了穆内莱斯和格兰茨伯格无法做到的事：她把杰库布内心的泥人变成了真的。这泥人消失之后就不仅仅是幻构。如今杰库布把它摔碎在脚下，在呼吸中可以感受到它的气息，还可以看见它在远处盘旋。是的，泥人真的来了，在故事结束的时候。它原本在这里，但后来它离开了。就像达萨、什缪尔，像后来所有的人一样。

“杰库布！”一群病人挤到两个房中间的门的附近。他们再一次叫道：“杰库布！到这里来！”是迈克尔在叫他。杰库布离开人群聚集的地方，那些人从建筑物之间阴影覆盖的走廊处向下凝视。迈克尔走到一旁，把杰库布推到人群中。“嘘。”他伸出手指放到嘴唇边。在远处，杰库布辨认出三个魁梧的、秃顶的人影，他们站在另一个瘦小男人身旁，那男人正躺在地上，抱着头。即使相隔那么远，杰库布仍能听见木头重击骨头和破碎的声音。“现在你明白了吧。”迈克尔说。“A-1-0-3-6。塔德乌什要修改报告中的错误。明天，那个可怜男人的妻子就会出现在收容院。”杰库布蹒跚着走开了，快速地走到营地道路上，努力压抑自己的狂怒。道路还只铺了一半，他被绊了一下。从前方的营房中传来一首熟悉的歌——《欢乐颂》——声音尖厉而又不整齐：

“欢乐，神圣明亮的火光，
天堂的女儿，
我们行走在火焰带来的灵感中……”

眼前又是一阵模糊。饥饿导致眩晕，仿佛有一层雾遮住了他的视线。自从食物配给减少后，这样的情形经常发生。杰库布靠在书架上勉强站稳。孩子们看上去离他很遥远，在别的某个地方。朦胧中只看见一百双小小的眼睛凝视着他。不是孩子们，而是木偶，一排排地坐在架子上，脚悬在架子边缘。杰库布伸手从中间一排拿起一个木偶。和这里大部分东西一样，它造型怪异，面貌丑陋。不过他仍然很欣赏其面部的精巧手工，无精打采地下垂着的眼睛，涂得红红的脸颊。毫无疑问，这木偶是照着塔德乌什的模子打造的。

这个节目是为他们的最后一晚准备的。他们被处死的前一晚。医生会过来。那些“绿色三角形”也会来。或许还有一两个卫兵。他们大多数都已经看过这个表演，当时是孩子们演的，而不是这些木偶。神圣的奥斯维辛，尘世的奥斯维辛。这是一出 9 月转移大清洗之后上演的滑稽剧，真正的滑稽剧。在剧中，死去的孩子去往天堂，却发现那里与尘世并无二致。他们是不朽的，正如灵魂是不朽的，只是长满了虱子，到处是斑疹伤寒和痢疾。卫兵殴打他们，让他们挖坑，之后再填坑，做这样毫无意义、毫无目的的劳动，永远没个尽头。他们请求一死得以解脱。上帝也感到困惑。他是否应该再一次答应他们的请求？不可能死两次吧。于是，在该剧的结尾，上帝转过身去，对这些顽童的请求置之不理——和他们生前一样，至少孩子们是这么认为的。

当然，孩子们没有被愚弄。如果散播消息是为了安抚他们，让他们对自己拥有的少得可怜的物质心怀感恩，那么结果恰恰相反。他们了解同学们的命运。听说了那些传言。他们知道弗雷迪·赫希，他们逝去的英雄——他并没有如他们所想象的那样进行抵抗，而是服药以躲避即将来临的厄运。不，没有人可以愚弄孩子们。他们快乐地抓住任何可能的机会去嘲弄那些捉拿他们的人。他们和监工打架，和他们开恶意的过分的玩笑。有教导员试图缓和这种冒犯，结果外套上的“绿三角”给撕掉了，顺滑的头发也给扯乱了。5月大运送后不久，他们宣布不再表演。他们只唱歌，或表演传统捷克故事。童话故事。他们为白雪公主伴舞——白雪公主站在舞台后的墙上看着下面的他们，大家合唱：“嗨——喔，嗨——喔。下班了我们要走了。”家庭集中营里上演的另一场滑稽剧。

6月初，孩子们躁动不安，他们数着过日子。奥斯卡·菲谢尔，燕子组的组长，建议再演最后一场。“这一场，”他说，“是木偶戏。”教员们很喜欢这个主意。孩子们不再听课，开始争论吵闹。为了这一出新戏《神圣的奥斯维辛》，他们会忙碌起来。十天之内要在现有的人员里挑选并确立演员阵容。孩子们争着说谁能演好什么角色，然后又回到角落里：这是三个队之间的竞争。杰库布能分辨出营地里的这些人——门格勒医生，“绿三角”成员，孩子们的父母和朋友，当然还有孩子们自己。白天结束的时候，教员们坐下来吃定量的口粮：附近吉卜赛营地煮的汤和面包。“撒了点面粉，对牙齿好。”杰库布第一次对格奥尔格这样说。

“想想吧，这是他们今后能留下来的，”欧文·格拉泽说，3月大清除后他取代了弗雷迪，“他们装扮自己的脸，用粉笔灰盖住脏兮兮的脸。看，这个木偶：有一个跟他长得一模一样的男孩。”

格奥尔格的腿悬在砖墙上摇晃。“那些反派角色，”他说，“你注意到没？费了很大的心思去刻画，最关键的就是让人们记住他们。一笔一画都好像是伸出手指对他们进行控诉。”

“绞死他们吧。”格拉泽说。

“但是，”格奥尔格说，“信任是一个错误。我们不能了解上帝，所以我们希望站在他的高度。我们要知道接下来会发生些什么。我们正假扮偶像。如此而已。”

“偶像也给予了力量，”格拉泽说，“又有人在说起义造反的事。锁匠已经在散布消息，特遣队在待命。他们花了好几个月准备武器，藏在堪纳达营房的箱子里。现在他们等着我们的信号。”

“就像3月的那回一样，”费利克斯·鲍姆说，“为什么现在相信我们？”

“我们不再心存幻想，”格拉泽说，“如果我们不反击，只有死路一条。格奥尔格和杰库布在这里会看见我们变成那烟囱里飘出的一缕烟。”

“这些木偶呢？”格奥尔格说。

“这些，”格拉泽说，他用手扫过长凳上的那些未完成的手工人像，“这些是他们的武器，孩子们也必须战斗。你问结果会怎样？这并不重要。”

杰库布把酷似塔德乌什的木偶抱在手里。房间的那一头，孩子们排着队，兴奋地互相讨论着。医生的来访已经成了回忆；他们对表演满腔希望，练习着台词。

杰库布感觉有人用力拽他的衣袖。“先生？”

他抬头看见一张熟悉的面孔，是阿尔诺斯特·弗卢塞尔。两年前，这个男孩第一次坐进杰库布的课堂，在杰奇莫瓦街 3 号的犹太学校，现在除了脸上长着须茬，以及长高了几英寸之外，几乎没有什么变化。他的眼中同样满是惊讶，他经常脱离他的同伴（他属于大熊组），行踪不定，忙于一些教员都不理解的事情。父亲去世后，弗卢塞尔坐在儿童区的一个远远的角落里，三天三夜面对着墙壁。其他的孩子们都知道他想一个人待着，就随他去。第四天，他没有来上课。

传言这个男孩现在和“绿三角”混在一起。有人看见他为波姆跑腿办事。但不管如何，这都是暂时的。杰库布不再指望他会回来了，但几天之后，营地的门被撞开了，人们看到浑身是血的弗卢塞尔，头发被塔德乌什揪着。这个“绿三角”把他沿着走廊拖到半道上，咕哝着，将他往一摞板凳上一扔。“希特勒万岁。”塔德乌什大笑着，从营房中跳出来。教员们急忙冲过来，抱起那个男孩，很快把他送进入口旁边的一个小隔间。他们帮他清理伤口的时候，阿尔诺斯特·弗卢塞尔一声不吭。当他们擦洗他身上的刀伤时，他没有一丝退缩；当他们尝试为他止住从脸上流下来的脓血时，他也没有哭喊。只有当他们试图脱下他的衣服，解下他围在腰间的绳子时，他有些畏缩。费利克斯·鲍姆拿起一块湿布，轻轻擦拭着凝固的血块，以及他大腿内侧粪便的污迹。那男孩一直没有说话。

他的身上青一块紫一块，这些伤痕让他们明白，他忍受了怎样的痛苦。其他的孩子们还是和以前一样不怎么理会他。仿佛这个奇怪的男孩吸收了他们的痛苦。当宣布要准备木偶戏表演时，他说：“我要做木偶——尘世中的塔德乌什。”欧文·格拉泽看见他张了张嘴唇，便让其他人安静下来。吵闹停止了，可以听见他那小小的声音。孩子们心急地到处看。“弗卢塞尔先生？”格拉泽问。“我要做尘世中的塔德乌什，”阿尔诺斯特·弗卢塞尔又说了一遍，“塔德乌什上不了天堂。”

“哦，”杰库布说，“我很欣赏……”他把木偶倾斜着举起来，这样男孩不会看到它的脸。“你很有天赋。”在儿童区的所有教员中，阿尔诺斯特·弗卢塞尔选中了他，他能否感受到杰库布所失去的一切？据说，这男孩一开始就拥有一种力量，他能预见世事。朗格尔相信这一点，雷德利克也是。但他们俩都喜欢幻想。弗卢塞尔对于他人的信任被残忍地破坏了，难道不是单纯因为他和杰库布认识，才将这男孩带到他以前的老师面前？杰库布无法从脑海里抹掉那男孩空洞的眼神，那个眼神仿佛在告诉别人，他没有什么可以给予，也不会要求什么；仿佛他已经离开了他那受伤而破碎的身体，尽管教员们试图将它们重新拼在一起。那一刻，他以为男孩看穿了他，但即使在伤口愈合后很久，他仍然那样凝视着。不，那男孩并没有看穿他。他只是看进他的心里，穿透了他，把他的肉体分为两半。杰库布无法忍受。这个孩子要主宰谁？不，他不会因为他的天真纯洁而被征服。

外面某个地方传来狂风的低鸣声。“我可以请假不上课吧。”更像是在做决定，而不是询问。

“你不用请假，弗卢塞尔先生，”杰库布说，“你足够大了。”

“暴风雨要来了。我必须去采摘蒲公英。”

“我确信你的朋友会喜欢的。”你的朋友。杰库布并没有故意冒犯的意思。当其他孩子都跑去和父母见面时，他经常看见这男孩坐在围墙附近的一小块地上拔野草。他会把这些野草带给欧文·格拉泽，让他做蒲公英汤。

“它们会被吹得四散飘飞。”

“是的，我知道。”

男孩揉了揉眼睛：“医生？”

“有什么事吗，弗卢塞尔？”

“没什么。”

那一夜，迈克尔烦躁不安。“真荒谬，”他说，“在死亡里生存度日。我每天倒数着日子，随时为即将到来的结局做准备。多么可笑，和死亡和平共处，毫无意义。你也一样。你摆脱我的时候没有感到痛苦吗？没关系的。我没有针对个人的意思。我们都会互相杀戮，去争取更多的生存空间，只为了能舒舒服服地伸展着睡一个晚上。你知道你刚到这儿的时候我是什么感受吗？天哪，我希望你患上各种病。我以为你肯定活不过一周。”

外面，狂风咆哮，撞得营房墙壁咔啦作响。格奥尔格脱下衬衫，擦着前额。“你也许可以如愿以偿。连续几天我都梦见了铁丝网。你能想象吗？”

“可你还活着啊，”迈克尔说，“我是吃你的面包的幽灵。我无法入睡，因为我度过的每一刻都无比绝望。孩子们说了些什么？神圣的奥斯维辛？我会告诉你并非如此，事实更糟。死亡无可逃避。”附近，一阵猛烈的撞击声。“听，”迈克尔继续说，“狂风要惩罚我们，因为我们背弃了这个世界，因为我们拒绝遵守它的自然规律。”

“那跟我们又有什么关系？”杰库布说，“我们是谁，待在尘世的奥斯维辛，同时又厌恶死亡？每天看到我可怜的母亲，日渐干瘦虚弱，但我却把她为我省下来的干面包给吃掉了。是的，是真的。我责怪你。我责怪你是因为你本可以离开却留在这里，是因为你把本属于我们的东西分走了一份。我责怪你，最主要的，是因为我的身体感到疼痛，因为我的饥饿，像一把匕首一样刺入了母亲的胸膛。但同时我也心存感激。当我吃着发霉的面包，感受它在嘴里变得松软，我很感谢你赦免我的罪。就是如此：没有神圣的奥斯维辛，就没有尘世的奥斯维辛。”

“好吧，很高兴你来这儿，”迈克尔说，“死亡是一件孤独的事。你的愤怒和怨恨都是我的支柱。我知道这听上去很怪异，杰库布，我想我还没有做好离开的准备。”

早晨。

周围传来耳语和呻吟声，杰库布烦躁地翻过身，等待着召集点名。迈克尔猛的一下醒了。他恐惧地看着杰库布，从床铺上跳下来。“今天。”他说，沿着走廊跑出去。周围是一片嘈杂声。杰库布慢吞吞地伸展自己的身体。格奥尔格被弄醒了，眼皮轻轻地抬了一下又闭上了。一个声音盖过了其他人，是这个片区的负责人发出的。他在发布一则通告。杰库布听不清他在说什么。他靠着床的侧板，朝前方看去。营房门还没开。格奥尔格坐了起来，爬到床边。“怎么了？”杰库布说道。“迈克尔……我想厄运降临了。”好像被变魔术似的，一说到他的名字，迈克尔就出现在床边，像疯子一样咧着嘴笑。“是塔德乌什，”他气喘吁吁，“有人杀了那个杂种。”

杰库布和格奥尔格把迈克尔拉到床上。“昨晚，”他继续说道，“在沙尘暴中。今天早上党卫军巡逻队发现了他的尸体。那个狗娘养的在栏杆附近袭击一个男孩。那个可怜的男孩还活着，赤身裸体地躺在泥土中，浑身是血。一定是有人看到了这一幕，赶来救他。”

“在宵禁之后吗？”格奥尔格问。

“我知道。他们无法调查清楚。不管怎样，谁有那么大的力气去勒死那个浑蛋呢？难不成是我们这些快饿死的人？”

“勒死的？”“是的，你相信吗？他的脖子上有一圈大大的、沾满泥土的手印。他的喉管碎了。”

中午，营房的门开了。男人们从房间里涌出来，到了营地道路上，踢着晚上填好的泥土，匆忙赶往集合处。整个白天，他们都受到管理员的监视。人们欢庆着塔德乌什的死亡，接踵而来的消息却冲淡了他们的欢乐：那个男孩死了。营房中，人们谈论着，认为他成了献祭品：以自己的生命为代价，让这个世界能除掉恶魔。阿尔诺斯特·弗卢塞尔是在摘花的时候死的，他们这样解释，仿佛可以让他免受那种残忍的死法。

杰库布离开人群。他奔跑在营房之间，奔向家庭营和隔离区之间的围墙。他来到那片有蒲公英的地方，跪倒在地。四周还留着些乱七八糟的皮靴的脚印。这里是一片荒地。如果那里曾经有过蒲公英的话，那个男孩一定已经摘走了。杰库布看见泥土被翻了起来。他的脑海中响起熟悉的旋律。啊哈，啊哈，啊哈，啊呜，啊呜，啊呜。

他把手插入泥土中。

9
比克瑙 BIIe，前吉卜赛家庭营

他们的身体没有了活人的温热，于是五个、六个、七个人一起在床铺上围抱着取暖。每晚都爆发争斗，有时是为了离墙最远，从而少受寒风之苦；有时是为了找到一个吃得较多的，心脏较强壮的，皮肤上没有长满脓包的，破旧的衣服上没有棕色痢疾污迹的人，或者一个可以信任的人，他不会趁着其他人睡着了拿走一小罐汤或一双耐磨的鞋，或者一个不会在黎明前警报拉响时被发现已经躺在稻草里变得僵硬了的人。

随着日子一天天过去，他们头上满是头皮屑，发茬长长的；高高突起的骨头，投下尖尖的影子。他们根据发茬和影子的变化数着日子。当然知道这种测算方法并不准确的，也明白在饥饿状态下，身体的再生能力会变得迟缓；到时候皮肤就像包裹在坚硬的钙质骨骼上的一张纸，再也无法恢复到从前的状态。只有那些刚来集中营的人们，时间的概念还是准确真实的。因此，达萨·鲁比克瓦知道她到比克瑙集中营已经有三个星期了。身上的瘀伤几乎痊愈了，留下黄黄的一片。她擦了擦衬衫上印有编号的布块，伸出手将艾琳娜拉到身边。

明天他们就会知道是否被选中。

当站台边的门滑开时，她什么也看不见。他们被关在里面快一整天了：他们站着，身体随着火车的颠簸来回晃动着。车厢里很黑，小百叶窗户挤满了伸长脖子渴望呼吸新鲜空气的脑袋。她的眼睛逐渐适应了早晨的阳光，看清了她周围黑影中的一张张面孔。他们全都一样，精疲力竭，渴望着到达终点。她往车厢后壁看了一眼。艾琳娜坐在行李箱上，将脸埋在手掌中。

一阵冰冷的风，将她的思绪吹回到拥挤的人群来。外面传来狂野的狗吠声，紧随其后的是男人的叫喊声。空气中弥漫着沉重、甜腻而腐臭的气息。

“出来！出来！所有东西都留在原处。出来！快！快！”

警棍敲打着侧轨发出叮叮当当的声音。一千名囚徒跌跌撞撞地走上月台，哭泣声，尖叫声充斥在他们的周围。门口，身穿肮脏条纹衫和头戴帽子的男人们伸出手来，帮助少数掉队的人。她感觉有一双冰冷的手伸向了她，并狠狠拽了她一下。然后她听到一个惊讶而且似乎有点梗住了的声音。“达萨？”

她望向那个人，他黑黑的脸颊上闪烁着一双狂野的眼睛。“难道你是——”那男人大叫道。

“波乌斯？”达萨说。

“听着……”一帮纳粹党卫军挤过人群，咆哮着，从人们手中抢过包裹。“你20岁了，艾琳娜18岁。你们两人都是干重活的工人。记住，达萨，请记住我说的话。”

附近喇叭里传出：“请注意。月台上排成两列，男人一列，女人一列。如果你们生病或没有力气走路，请告知我们，这样可以把你们送上救护车……”

“达萨，”波乌斯继续说，“放机灵点。你必须坚强，不管怎样。”一个卫兵走过来。波乌斯捏了捏达萨的脸颊，先捏了一边，然后又捏了另一边。她的脸上呈现出粉红色的痕迹。“你父亲在这里。我会通知他你来了。在火车旁边等我，我会来找你。”他从达萨身边挤过，开始爬上火车。“达萨，”他轻声说，眼睛盯着她的手指，“那个戒指。把它吞下去。”随后，他便消失在车厢里。

人群列队缓慢平稳地前进着。队伍前面，一个瘦瘦的男人穿着深绿色的制服，他匆匆扫过每个人，或左或右地指着方向。他偶尔会停下来，问一个问题，思考一下答案，再次审视他们，然后才为他们指出方向。她看出他不会理会任何请求。那些牵手而来的夫妻被送去相反的方向。父母和孩子也被分开了。他们哭喊着，尖叫着，但他却漠不关心。周围的纳粹党卫军在监视着，互相说着话，开着玩笑，大笑着。

“年龄？”那个男人盯着她。他那黑色的头发顺滑地趴在头皮上，额头上的V形发尖笔直地对着她，像是在指责控告。他的衣领上泛着油光。

“20岁。来自农村，可以干重活。”她说得很慢，以确保他能理解，但主要是因为她干燥的喉咙里的金属让她很痛苦。发动机发出隆隆的响声，暂时转移了他们的注意力。那男人转过身去，然后又朝她转了回来。他指着右边。“我的妹妹——”她说，但被一个卫兵猛推到一边去了。达萨走向拥挤的人群，同时扭头看着。艾琳娜挤过人群走到那个男人面前。达萨看见她正指着某个方向，诚恳地点着头。那男人对她指了个方向。右边。达萨感到藏在嘴里的戒指转移了方向，滑到食道里。

她们两人都不记得最后一次看见对方赤身裸体是什么时候。达萨竭尽所能保护艾琳娜，使她避开那些不怀好意的色迷迷的目光。女孩子在这个年龄段，有着错位的羞耻心和身体的困惑，已经够她受的了。但是要脱去衣服，剃掉头发——实在太过分了。她们站在宽大的房间里等待着。当房间里站满了人，门便被关上了。四周一片寂静，然后是疯狂的窃窃私语。有人开始哭泣，其他人也跟着哭起来。低声呜咽着。她们被困在水泥墙中，有人用温柔的低音唱颂《圣经》中的《施玛篇》[①]。

从头顶传来嘎吱声和爆裂声，然后是一阵持续而稳定的嘶嘶声。达萨抬头看着交织的铜管，不由得屏住呼吸。

水。滚烫的，蒙福之水。

这个片区的主管，是一个牙齿焦黄的捷克斯洛伐克人，从一开始就讨厌她。

“你们这些杂种的问题是，”第一个晚上那女人就这样说，“你们居然有人相信那些废话。认为自己比我们强，认为你们的雅利安血统无论如何更高贵。该死的，你是对的。看看你：丰满，骄傲，强壮。但在这儿待久了，我敢打赌……”说着这些的时候，这个斯洛伐克女人打翻了达萨手中的汤罐头，褐色的污迹溅在她脚上。达萨刮下罐头里的残渣，塞进嘴里。

早餐在达萨的胃里翻腾，她匆匆忙忙跑到营地尽头的厕所。一把推开厕所门，一阵屎的恶臭夹杂烤肉的味道扑面而来。生石灰的烟雾熏着她的双眼，泪眼蒙眬中，她只能辨认出好几排人影蹲在混凝土

---

① 《施玛篇》（*shema*）：犹太教的《施玛篇》是申述笃信上帝的祷词，如“以色列啊，你要听！耶和华我们的神是独一的主”。

基座的洞坑上。达萨找到了一个位置，蹲在那腐臭的洞坑上方，缩紧肛门，直到她的手伸向下面，用手指形成一个网状。水状物四下溅出。她闭上眼睛推了一把。一阵痉挛，污物从肛门排出。接着，某个坚硬的物体落到她手中。达萨迅速抽开手，在衬衫上擦了擦这枚戒指，然后悄悄藏在舌头下。

在眩晕中一个上午过去了。她们没法去了解这个地方，这里不是特莱西恩施塔特。达萨一直看守着妹妹。“也许一觉醒来一切都结束了。”当她们第一次醒来的时候，她妹妹这样说着，并用手挠了挠光秃秃的头皮。达萨说不出安慰她的话。她想到波乌斯，想知道他是否只是一个幽灵。其他人也这样吗？卢德维克？古斯塔阿姨？杰库布？什缪尔？当她从澡堂被带回来时，达萨被营地之大给震慑住了。目光能及的地方，到处是建筑、围栏和士兵。只有幽灵可以穿越这一切。

她爬上床，依偎在艾琳娜身边。“达萨？”艾琳娜说，但达萨把手指放在她的唇上。“今天我们休息，”她说。她们在低沉的哼哼声中沉沉睡去，每张床铺上悬挂的粗布随风飘动着。在入睡前，达萨想到了泽科夫，想到马塞拉和哈娜可能也在薄纱窗下睡着了。她的脑子里满是奶油酱牛肉的味道，后来便睡着了。

一阵惊慌失措的尖叫声，她们被惊醒了。外面传来警报的声音，然后是一阵巨大的爆炸声。床铺嘎嘎作响，两个女孩被摔到墙上。营房的灯发出嗡嗡声，灯光忽明忽暗。在旁边，其他女孩咕咕哝哝地祈祷着。达萨把床单拉向一边，坐在床沿上，摆动着双腿。“过来。”她对艾琳娜说道，然后便跳到地上。又一声爆炸之后，一阵密集的枪声响起。地面摇晃着。她随着蜂拥的人群，跑向营房门口，拉着艾琳娜紧跟在她身后。

她们涌进午后的阳光中，将希望寄托于这可怕的战斗。“解放！”一个女人叫喊道，似乎这个词能放她出去。“红军！”另一个人呼喊着。随后响起一阵嘹亮的欢呼声。万岁！在带刺铁丝网的那边，熊熊大火燃烧了整片森林，灰色的烟雾像巨浪般翻滚着，冲上云霄。德国士兵们身佩尖锐的枪支，一队平板卡车沿着营地外面的道路呼啸而过。女人们冲向金属网，直到理智平复了愤怒的最后一刻才停下来。达萨在混乱中挤出一条道。“烟囱。”旁边的女人说。达萨向森林望过去，发现烟囱不见了。昨天还在喷吐烟灰的土制尖塔，现在被大火吞噬了。枪声越来越响，紧接着又是一声爆炸，伴随一些零星的枪声，接着又恢复了平静。只听到桦树噼里啪啦地燃烧的声音。女人们四下环顾，等待着。随后卡车轰隆作响，沿着道路缓慢开回来了。傍晚时分，周围一片寂静。不管发生了什么，一切都结束了。最好忘记发生过的一切。

肮脏而又令人厌倦的日子，仿佛静止一般，千篇一律。她们在这里不是为了工作，不是为了死亡。她们留在这儿只是为了等待。

一天中有两次，她们须离开营房去点名。她们站在那里，一小时，抑或两小时，赤裸着上身，冰冷的雨点落在她们的皮肤上，如匕首一般。党卫军士兵们不慌不忙地清点着人数。他们早已厌倦了那些饥饿的女性身体，但这些新来的不一样。她们仍然拥有着姣好的身材，让人怀念远在家乡的女人们。她们中的一些人或跳或跃或舞蹈或跑动，又或是跪在泥地里。对于那些瘦骨嶙峋的，病恹恹的，糟糕透顶的女人——这些人早就是这儿的一员——士兵们随意地从档案中划掉她们的名字，随后一切照旧。偶尔，他们会进行挑选：或重新分派任务，或转送他处，或判处死刑。当一切结束了，大部分的女人们会回到自己的铺位上。

她们一边等待着，一边缝缝补补，洗洗擦擦。谈论着自己的家乡和家庭，当她们的目光从森林远处的烟囱移开时，火焰再一次喷发。她们谈论战争，前线的战事，还有即将来临的自由。在谈话中，她们学会了一门新的语言，比其他任何语言都更有用。即使在集中营里，如果你知道如何行事，认识什么人——比如这个头目，那个卫兵——也能得到特权和优待。她们留心聆听着从围栏那边传来的声音，犬吠声，以及越来越近的运送列车的喧嚣声。她们会一起冲到围栏边，对那些新来的大声叫喊，向他们讨要食物、水和衣物，以及任何可以从铁丝网扔进来的东西。

最后一班列车也没人了，过了很久以后大多数女人放弃了，回到营房。但是达萨仍在围栏边徘徊，铁丝网里的电流，嗡嗡作响，她手臂上的汗毛因此微微上竖：她等待着波乌斯。那些堪纳达突击队的男人站在包裹堆积的斜坡上，把这些包拖到马车和卡车上。从中她认出了波乌斯，看到他假装要去把更多的包收集过来，然后伺机偷偷离开。他靠近围墙，扔过来一个用布捆着的小包。“你父亲向你问好。”

“古斯塔阿姨呢？”她说：“还是没有消息吗？”

“看，”他指向铁丝网那边的集中营的最远处，“曾经有段时间，从要塞送来的人都被关在那里。现在他们都不在了。我之前不想告诉你。对不起。”

第一周过去了，达萨开始想家。她必须给母亲写信。好几天她都一直在脑海中构思着自己要写的信。我最亲爱的珍贵的母亲……

信纸：三份面包口粮。

铅笔：一块发霉的黄油。

投递：她得考虑选择用什么去交换。

达萨坐在厕所里最远处的一个洞坑上，面对着墙壁，潦草地写着。铅笔芯钝了，她便用嘴咬周围的木头，让笔芯重新露出来。在两页小纸片上，她写下在这里的她的生活。写下的每一个词里都表明了大家必死的命运，她自己，艾琳娜，还有她们的父亲。而且可以肯定的是，她没有省略任何东西。

她把信看了一遍，不由得设想母亲拿着这封信的情景。信中没有说再见，但却足够传达告别的意味。她把这几页纸折好，站起身，回到营房。门口晃出一个人影，挡住她的去路。

“杂种！”是那个捷克斯洛伐克女人，把手张开，“把纸给我。”

晚点名的时候，她被命令站出来。一个军官站立着，表情严峻，遮挡着以免信纸被雨淋湿了。达萨不敢四处张望。一千两百双眼睛直勾勾地盯着她，如芒在背。

“你们谁能把这封信翻译一下？赶紧站出来，否则所有人不准吃饭。”

那个斯洛伐克女人涉水过去，从人群中把一个女孩推到前面。达萨不认识她。

“你是捷克斯洛伐克人？”

“是的。”

“把这封信读出来。”

那女孩把这封信很快地浏览了一遍，深吸了一口气。“信上说……”她用生硬的德语开始翻译。“它说：我最亲爱的珍贵的母亲。我已经从特雷津转走了，到了东边。”那女孩抬头看了看达萨，“我们在一起坐了很久的火车。现在已经到了……我很健康，妹妹也是。这里很宽敞，有许多……”女孩停顿了一下，“许多朋友。请不要为我担心。我们会照顾好自己的。我们有很多吃的，床也很暖和。我在等待着下一个工作机会，不久我再写信告诉您。我非常想念您，最亲爱的妈妈，想念我们的家。但我知道——”女孩呆呆地盯着信纸，“我们很快就能再次相聚的。请替我好好亲一亲她们，我爱她们，一直在想念她们。您的大女儿，达萨。”

“就这样？”

“是的，先生。”

爬着，爬着。她的手陷入泥土里。马上就能出去了。只要……

达萨惊醒过来，梦里她似乎触到铁丝网上的电线。耳朵嗡嗡作响，肿胀的舌头上有金属的味道。她都想起来了：那一顿毒打，那高高扬起的马鞭，那锃亮的黑色皮靴。脑海中仍然回响着艾琳娜绝望的哀号声。有那么一刻，她看到那个斯洛伐克女人，手臂紧紧地箍着艾琳娜，把她拖回去。突然一惊——戒指不见了——达萨还有些神志不清，也无法坐起来。透过肿胀的双眼的缝隙，她只能辨认出有一个人影，正俯身观察着她。那是一张温暖而关切的脸，不属于这个地方。“试着喝点东西吧。”那人说。她看着玻璃杯，杯里是他们称为咖啡的液体，她闭上眼。还不行。一呼一吸都能感觉到疼痛。

医务室看起来和其他地方没什么区别。长长的，木质结构，空荡荡的。痢疾和伤寒病人的家：根本没有值得提及的药品，只是让人休息，以及保证无人打扰。护理员们手忙脚乱地照顾着她，用脏兮兮的布擦洗伤口，刮掉凝固的血痂。她妹妹过来的时候，他们正在别的地方忙碌。

艾琳娜要给他们酬劳，他们没有接受。有个男人给了她们这些，他们轻声议论着，忙于护理一个浑身沾满泥土的穿亚麻布衣服的人。艾琳娜等到他们离开，俯身靠近达萨。“还好，”她说着，抬起舌头露出那个金戒指。“它在我这儿。”

又熬过了一周。

她昏睡了整整三天，没有注意到从她的身体上方爬过的身影，有人在晚上紧抱着她。她能听出她妹妹的呼吸声，以及她轻轻地讲述苏多梅瑞斯的湖泊的故事的声音。只有在点名的时候她才被叫醒。当点到她的名字时，她站在那里神情恍惚。一天中有两次，艾琳娜把这个金戒指含在嘴里，小口吃着东西。她那瘦弱的手指将小块面包送到嘴里，等待着它们在口中慢慢溶化。

第四天，她站起来，径直走到营房前方的小隔间。她用指关节狠狠地敲打着脆弱的木门。她没等回应就转动把手推门进去。那个斯洛伐克女人坐在一张矮长凳上，撕扯着面包，发出咕哝声。

“那封信。你早知道……”

“当然。”

“但你……”

“小杂种，告诉我，你要把这封信给谁？你那堪纳达营房的男朋友？那可是一件愚蠢至极的差事。你肯定会没命的。那些卫兵们，他们可能会拿走你的信件，你的戒指，”她注意到达萨惊讶的表情，“然后他们由于你蓄意破坏而射杀你。事实上，你编写了一个梦。你还年轻。不会有大碍。我知道你会遭罚，但不希望你死，至少不是现在。这里的事情也在变化。”

“那个女孩呢？”

“她已经被转到主营了，做护士。现在她有吃的，有暖和的住处。我想可能再也听不到她的消息了。”斯洛伐克女人递过来一片面包。达萨坐在她的床铺上，把面包片装在口袋里。

“为什么是我？”

“在这个地方，为什么要有原因呢？为了保护我自己。为了拯救你的朋友。为了帮助那个小护士。因为我也是一个母亲，一个姐姐；因为我饥饿而疲惫；因为当这一切结束时，我希望有人记得我曾经来过这里，这个世界。听好了，小杂种。明天会有一次特殊的挑选。西里西亚的亚麻纺织厂已经买下了你们当中的两百人，替代那些被送上前线的男工，而且出于某种原因，他们只要捷克斯洛伐克人。他们会派一个工头来面试。点名时他们如果征求志愿者，你一定要站出来。带上你的妹妹。记住，你们会纺织，你的家人们也会。你们只会纺织。”

第二天早晨，达萨准备好了。她站在那个工头面前，告诉他自己的母亲是一个女帽制造商。他询问了一些关于织布，布料以及机器的问题。达萨说，是的，她都很了解。她的妹妹比她还懂。她回想起杜拉克先生，他畅所欲言的样子仿佛给布料赋予了生命，此刻他说过的话已经属于她了。工头让达萨做了数字测试，似乎对她的答案很满意。测试结束时，他草草在笔记本中记下什么，并感谢她来参加面试。他言语中的和善与此情此景一点也不协调。

再一次点名时，她期待着有人叫她俩的号码，但并没有人选她们，她的心情变得沉重了。乌云密布，一下子变得如同深夜一般的黑暗，天空中飘起了雪花。艾琳娜有些焦虑地看着她。“也许他们还没有决定。”她说。傍晚时分她们再次排好队伍。当点名结束时，一个陌生的男人过来了，说：“叫到你们的名字，就站过来。”他冷漠地念着名单，达萨注视着那些走上前去的女人们。人数已经超过了五十个，六十个，七十个了。终于听到了她的号码，还有艾琳娜的。达萨想寻找那个斯洛伐克女人，但她已经回营房了。

一百个女人，五个一排，向森林的方向走去。她们沿着被毁的四号火化场和五号火化场的烟囱之间的道路徒步前进，最后抵达绍纳区。在昏暗的光线中，她们认出这个地方，对即将到来的命运充满着希望：滚烫的热水，熊熊燃烧的火堆；她们一个接一个出来的时候，浑身滴着水，赤裸着，有人给她们派发新的衣服和鞋子，虽然不合身，但很干净。狂风在树林里呼啸，猛烈吹打着她们身上的衣服。她们继续前行，经过堪纳达营房，来到三号火化场附近的一个小站。她们在那儿站了一整夜。黎明时分，天色渐渐亮了，出现了一列三等火车。

铁丝网的后面，囚犯们蹒跚着走出营房，开始早上的点名。她看到他们一群群地在泥地上列队集合，而她正走下斜坡，奔向那列火车。她要离开这个地方，而且永远也不会提起这段经历。当她快到车门边时，突然瞥见了围栏边孤单的身影。在他的脸上，她仿佛看到了自己，也仿佛看到了她的妹妹。她拉了一下艾琳娜的胳膊，指着那个男人所在的方向。他把手指放在唇边示意不要声张。她们并没有看到他的眼泪，那高兴、解脱和告别的眼泪。

10
萨克森豪森集中营

她在铁丝网后面目送着他离开家庭营。他一步一步地走着，转过身看她最后一眼。又看了一眼。“把这个拿着。”她说，递给他不太新鲜的干面包片。他贪婪地一把抓过去，感觉触碰到了她的双手，瘦得皮包骨头了。他吃着，她却哭了起来。他开始喃喃低语：“对不起……对不起。”她擦掉眼泪，用舌头舔了舔手腕上微微泛光的泪痕。“不，”她说，“吃吧，尽管吃吧。”他感觉到面包在他那干干的嘴里嚼成了碎屑。他吮吸着这些碎屑，等着分泌更多的唾液。这不是真的，他们的身体不会忘记的。自从他们知道了自己会死的那天，几个星期以来一直如此。他感觉自己喉咙紧绷着，还记得如何吞咽食物。狼吞虎咽地吞下面包时，他感到一阵刺痛。“对不起。”他又说了一次。声音嘶哑。

终于等到了他们期盼的那一天。黎明时分。营地里到处都是士兵。他被告知到 31 区的教室里报到。他站在队伍中，赤裸着上身，医生走来走去进行审查。医生先捏了捏他，又戳了戳他的皮肤。他手臂上薄薄的皮肤皱成一团，没有舒展开来。他用手掌把它轻轻抚平。下午他收到新的命令。“做好准备，”一个男人说，“你即将出发。”他跑去见她，想告诉她这个消息，但她没有来。她老了，很虚弱，甚至没有去检查过。求求你，她说过，请忘记这样的我。在黎明的曙光中，他将出发离开。

但他怎么能离开她呢？大门外，一辆卡车正等待着。格奥尔格走在他的旁边：如果不是他那有节奏的步伐，几乎都认不出他了。

她静静地靠着铁丝网站着。他目不转睛地注视着她，一道亮光闪过，她皮肤干裂，身体萎缩，空气中弥漫着飞扬的尘土。头顶的天空一望无垠。引擎发动了，卡车开动，喷出阵阵黑烟。他踏上卡车。这是他最后一次见到自己的母亲：此时她已经僵硬得像一根泥土柱子。

远处传来叫喊声："杰库布，杰库布，求求你……他们要撤离疏散集中营的人。"

他躺在裹尸布里，那也许曾经是他父亲的披巾，在黑暗中随风飘扬。炼狱般的声音，飘过他那缓缓下沉的坟墓，虽不是很清楚却令人安心。他的双眼紧闭着，皮肤被撕裂开来。他的身体好似被分开了，但不知怎样又恢复完整了。他还依稀记得他蹒跚着走上前时，天空中充满了来自地狱的尖叫声。警笛声越来越响，把他推向战场。他想掉头回去，但嚎叫声、咆哮声和刺刀驱赶着他。拳头大小的炸弹，像冰雹一般砸向他的周围。他看着其他人，他的同伴，消失在粉红色的烟雾里，他们的残肢重重地砸在地上，沉入泥土中。一瞬间，他感觉自己飞了起来，之后就什么都不知道了。

醒来时他发现自己在医院里，被裹得好像一个坚硬的蚕茧。透过小窗格变幻的光线环绕着他，如同一群天使降临。"来。"一只手缓缓滑到他的脑后，将他拉了起来。他的嘴唇感觉到温热的液体。"喝了它。"他脑海中还隐隐回荡着口哨声，这声音是来自……来自……破碎的记忆片段慢慢回来了。每天都是单调的重复工作——被派遣到田地里去清理碎石。轰炸声一刻不停，施瓦茨海德的工厂仍然在运转着，企图人工合成燃料——他们在编造一个希望。

"杰库布！看在上帝的分上，听我说。你必须起来。我们要转移了。"

"格奥尔格吗？"

"是的。"

“我……多久了？”

“两天了。你腿上的伤……”

杰库布从被单下面抽出手臂，揉了揉眼睛。看到了格奥尔格憔悴的脸。“前线离我们越来越近。他们要疏散集中营了。如果我们能走，至少还有机会。来吧。”格奥尔格抓住杰库布的手臂，搭在他肩膀上，“我会扶着你的。”他的膝盖抵住木床架，支撑着身体。

“节省你的体力吧。我不行。”杰库布一瘸一拐地走着，身体死一般的沉重。格奥尔格喘息着，再一次扶起他，但到第三次的时候，他筋疲力尽。“没用的。我走不了。”

“只是感染了。如果你需要休息的话，就靠在我的肩膀上吧。我不会把你一个人丢在这里的。”

“我走不动了。就到这里吧。”

“求你了，杰库布……”

“别固执得像头牛。”

杰库布将手伸进衬衫口袋里，拿出一个黏土做的小球，他一直贴身带着。“你还记得塔德乌什吗？”

格奥尔格感觉到杰库布把那变硬的泥土塞进他的手中。

“拿着，格奥尔格。它会保佑你一路平安的。等你到家后，当这一切结束了，把它带到伏尔塔瓦河岸，在离马哈拉尔圣人长眠处最近的地方，把它埋入泥土。恶魔再一次苏醒的时候，让他借助被杀害的人们的灵魂力量，再次复活，为我们而战。”

“来吧，”格奥尔格傻笑着说，“以后再看看你的脑子是不是有问题。”

“你的父亲，还有这块泥土，我无法告诉你……他向我发誓……”

“杰库布，我知道。尘埃之书，我也听说过了，还有很多其他的。他和他的朋友们，在堡垒里面建筑要塞，那是传说中的堡垒。那些可怜的人们，伟大的圣人们，在那样的环境下，一个接着一个，全部都被杀死。任何其他时代都不可能这样。但是在那座监牢中呢？除了彼此的关怀和梦境里的安慰，他们还能拥有什么？”

“我也是这样想的。直到塔德乌什……”

“他死在灰扑扑的斗篷里。当然，这么说很有诱惑力，把这一切归功于一个做黏土的人。但恐怕无论是谁杀死那个残忍的怪物，都是出自人性。谁不想他死呢？于是那件事就发生了。我那记得次行动中有一个叫弗卢塞尔的可怜男孩。还有一些可怕的事情，就算是魔鬼也无法承受。”

格奥尔格紧紧地握着那块黏土。在炸弹轰炸后，他看见杰库布像被丢弃的玩偶一样被抛进尘埃弥漫的空中；一阵寂静过后，格奥尔格冲过去，悲痛地为朋友哀悼，站在他血肉模糊的身体旁，口中喃喃地说：“真正的法官是有福的。”这也是他要为他的父母、兄弟以及他的民族要说的话。他俯身吻了吻杰库布的前额，这是最后的道别，但却感觉到一股温暖急促的气息从他朋友的唇间传来。在爆炸中，坚硬的土地变成了炭土，当他坠落时像软垫一样地包住他，保护了他。格奥尔格弯下身，扶着杰库布站起来。他们站在弹坑边缘，他掸去杰库布衣服上的泥土。爆炸使他小腿上的裤子破了一个洞，肉划开了，沾满了带血的泥土。“我带你去医院。”

医生清洗了伤口，倒上酒精，将伤口缝合起来。“你真幸运，”他说，“泥土起了点止血的作用。”第二天，格奥尔格搀扶着杰库布蹒跚地回到受伤的地方，看着他仔细在地里寻找，终于发现了那块特别坚硬的黏土。他们返回时，听说了大清洗的消息：施瓦茨海德要被清空了。他们不得不离开。那些想要工作的人，将会被豁免并被用卡车运送到萨克森豪森，那是北方的主营。杰库布走向前走着，小心翼翼地保持脚步平稳。格奥尔格在后面稍等了片刻，很快跟上了他。但其他集中营并没有工作要做。杰库布和格奥尔格在他们的新营房里等待着，周围都是不熟悉的面孔。杰库布挠着伤口，感觉到皮下的脓毒在抽痛，好似炽热的熔岩在地底下燃烧。在他们到达后的第三天，杰库布在营房外晕倒了。

“格奥尔格？”

“是的。”

“你快走。求求你。”

杰库布转向墙壁，把头埋进用作枕头的稻草里。他的眼皮变得沉重起来。

那个有着一头浓密金发的女孩从视线中消失了。他穿越这座由书籍堆成的城市去追赶她，脚步经过的地面裂开一道道口子。狂风暴雨中，他四周的那些由书本堆起来的高塔向他倾斜并倒塌下来。即使距离很远，他也能听到那敞口熔炉的轰鸣声。他跟随着她走进一片黑暗。他奔跑着，毫无方向，惊慌失措。随后他停下来喘口气，累得弯下了腰。再抬头一看，发现街道都完全变了。焚烧的尸体散发出的令人作呕的甜味，被化解在烟雾和灰尘中，慢慢地从城市的边缘消散开去。街道在颤抖，那些书籍的高塔眼看要将他压倒吞没。他看见他的老朋友们都在塔的底层——朗格尔、穆内莱斯和雅克布维茨——一个个仿佛都是阿特拉斯[①]，他们弯腰跪地撑着高塔，因为承重而面目扭曲。他猛地向前冲，试图在他们消失前挤出一条道来。太迟了。他又回到那个房间，那个改造过的旧谷仓，在桌子上，从厚厚的灰尘中筛选找到一本褪色的祈祷书。黏土做的士兵们坐在指定的位置上，履行其职责。成堆的白色卡片如暴风雪般席卷了整个房间，每张卡片上都有一块块的脏痕。他低头看着他面前的那堆卡片，发现它们在节奏不一地跳动着，里面发出大笑声，以及早被人遗忘的无忧无虑的和向往自由的声音。接着，他听到一个声音，说着他的名字。他把手插入泥土中，

① 阿特拉斯（Atlas）：出自希腊神话，是双膝跪地以肩擎天的提坦巨神。因参与提坦神反对奥林波斯诸神而被罚，用双肩在世界的顶西处支承天宇。现在一般用来指“身负重担的人”。

把土挖出来堆在旁边的地板上。他不停地挖，他的周围都是土块。每挖出一把土，底下传出的笑声就更响亮。洞越来越深，足以让他的手臂伸进去。他四处摸索着，惊讶地发现里面很暖和，突然手指抓到了一样东西：一根细软的导火线。他使劲一拽。什么都没发生。再拉一次。他将另一只手臂撑在桌面上作为支点，然后一把抓住那根线，将它从洞里拉了出来——比他预想中的要短，上面沾满了泥土。他用嘴唇把这根线擦干净后，放在他的手中：一根细软的金色头发。

杰库布将它放在胸前，等待死亡。

11
布拉格

我们最亲爱的妈妈：

我刚吃过午饭，现在起来给我最亲爱的人写信。我得在一个舒适的屋子——厕所里写信。今天是圣诞节，我还记得去年你来看我们的情形。当然，那时候，我们确实也想不到我们今年还是不能回家。但是，明年我们肯定回，到时候把这三年的都一起补上。

1944年12月25日

街上人烟稀少，回响着最后一声空袭警报。上空一片寂静——没有发动机的轰鸣声，没有刺耳的口哨声，没有震天撼地的雷声。一堆堆的垃圾，有的像路障一样堆在路边，有的四处散落在大雪覆盖的路面上。一阵低沉的风吹过，拍打着角落里匆忙粘贴的牌子，上面写着——本店歇业以庆祝德意志帝国的胜利——在佐菲·斯洛维克瓦杂货店的门上。泽科夫一片祥和宁静。

在比斯库普克瓦街 13 号的煤窖里，弗兰提斯卡·鲁比克瓦翻看着一本旧电影画报，等待着邻居们离开。在这寒冷的青石板地下室里，他们——少数几个没有被带走的人，没有被纳粹摧残的人——蜷缩在一起，勉强振作，做好厄运即将到来的准备。就要解放了，要是能活到解放该多好啊。弗兰提斯卡已厌烦了这种偏执重复的简单工作，一切都在预料中。她恨这一切：这个世界让女儿们眼里充满恐惧；她在工厂的配额被收回，不得不工作到很晚；她每天拖着疲惫的双腿，在电车与最近的防空所之间奔忙；生活使得她的手指瘦得像火柴棍，经常要在钱包翻找出示证件，以免看守解雇她甚至告发她。这是一出人间闹剧，他们也像被戴上镣铐囚禁在国家监狱中。11 月盟军发动攻击，炸弹如雨点般落在城郊的发电站，死了四个人。在这之后一切都变得不确定了。她别无选择，只有收起仇恨，畏缩胆怯地等待着——也许不定哪天天上就会掉下来什么。

可是，为什么必须自找麻烦呢？大喇叭里传出震耳欲聋的警报声，此时弗兰提斯卡正在炸肉排。圣诞节快到了，马塞拉从乡村回来了，箱子里装满了礼物。南方的铁路没有被炸毁，所以他们有可能吃到丰盛的食物，在这里和西里西亚。肉片在油锅里嗞嗞作响，外面的面包屑也开始变得焦黄。这也是艺术，得掌握好精确的时间，在肉质干枯和面包屑烧煳之前把肉排捞起来。她刚把肉片放到锅里，警报就响了……弗兰提斯卡用锅铲敲打着凳子，冲着烟雾诅咒起来。

看到达萨的笔迹的那一刻，她流泪了。就在两周前，杜拉克先生神色慌张地出现在她家门前——当时女儿们已经从要塞城镇被遣送去东部了——他们抱头痛哭。然后就收到了这个。信封看不出任何特别信息，上面潦草地写着她的姓名和地址，字体刚健像是男人的笔迹。

信封背面是一个不熟悉的男人的姓名，以及一个德国的地址。她把信拿到灯光下，想到达萨所经历的危险和所受的遭遇，心中的焦虑让她浑身起鸡皮疙瘩。“我最亲爱的妈妈……”信很短。她们又被转移了，这次是到西里西亚的一个服装厂。“给我写信吧，亲爱的妈妈，告诉我你收到了我的信。并且，如果不太麻烦的话，请寄一些内衣给我。”

现在，弗兰提斯卡看着她的另外两个女儿蜷缩在地窖里。她还没能鼓起勇气告诉她们收到的另一封来信，盖世太保的官方信件。年龄限制已被撤消了。马塞拉和哈娜在新年的时候就得去报到，她们将会被带走，安置在关押混杂血统的人（杂种）的集中营。

弗兰提斯卡无法忍受孤苦伶仃的生活。

“您问邮政服务怎么样。包裹已顺利到达了。我们非常喜欢寄来的食物，十分美味。遗憾的是，炸肉排的那个包裹到得晚了些，并且我听说，收到的时候都发霉了。它是与最后一个包裹同时到达的。B先生只好扔掉了所有的面包、炸肉排和一些蛋糕。其余的东西他都留下了。他人非常好，也很忙。您还问我您是否寄对了东西。当然，百分之百地正确……”

电车在雪地里颠簸，一路咔嗒作响，驶向该城市黑暗的中心——佩切克宫盖世太保总部办公室。道路空荡荡的，只有自行车轮胎留下的弯曲的印迹。布拉格年久失修，城里的电车也成了一列列移动的残骸。每当有尖厉的刹车声，弗兰提斯卡便下意识地抓紧站稳。脚边，车厢的木地板上到处都是垃圾。

“夫人？”那女孩与马塞拉年龄相仿，她的长裙上缀满了明亮的花朵，好像预示着春天的来临。弗兰提斯卡不知道她们是否曾经见过面，在同一个班级，或一起在院子里玩耍。新年为孩子带来对美好前景的期盼。十分讽刺的是，还是有一些人可以经常看电影，下馆子，假装优雅地擦去指甲上的食物碎屑，在商业中心挑选时髦的衣物；一些有钱人厌倦了奢侈品，便会寻找其他方式去填满他们空虚的生活。弗兰提斯卡把脚缩回到座位下面，并让那个女孩坐在靠窗的位子上。

她在博物馆附近下车，匆忙穿过大街来到公园。在她下方是宽广的温塞斯拉斯广场。从天空往下看，一头怪兽雕像栖息在布拉格博物馆的屋顶上，它那冷漠的目光跟随着弗兰提斯卡——她穿过一些大圆柱，消失在佩切克宫。

“请进。坐吧。能再次见到你，我真是惊讶。”弗兰提斯卡环顾了一下空旷的房间。“我又有烦扰了。时间总有法子折磨我。这——”

“如果你没有被送上前线，这些就都会发生。”办公室职员在椅子里挪了挪。“文件之战，”他继续说，“我本希望在组织中发挥更积极的作用，但在冬天这样倒也是一种怜悯。也许办公室工作也是一种荣耀。我妻子肯定是这么想的。”

“我应该谢谢你。”

“也不是我做的。但我为你感到高兴。我知道你很久没来了。你不是那种轻易放弃的人。我们几个人打过一个赌。我要你用六只雪茄烟感谢我。跟我说说怎么啦，夫人——”

“鲁比克瓦，我丈夫的姓氏。”

“当然，确实如此。那么告诉我，你看见飞机了吗？”

“我跟其他人一样跑到地下室去了。不过，是的，我确实看到了那奇怪的东西。”

“我全都看到了。我猜想它们把广场作为路标。我们进不了防空洞，就跑向窗边。这里很安全。如果有炸弹扔下，当然不是直接落到这里，那么我们只要跑到中间去，就不会受伤。这座城市太迷人了，但那些战机却对此不感兴趣。所以，我们只是看它们一批批地飞过，冲向我的祖国，而在下面的街道警报齐鸣。你知道，我父母还在柏林。母亲的心脏不好，我很害怕。这几年来，越来越虚弱了。”

“我这次是为了我的女儿们。”

“恐怕不可能了。”

“不。是我另外的两个女儿。上周我收到这个。”

“哦——”那个男人看了看这封文件，“是的，抱歉。”

“她俩不知道。我不会在圣诞节夺走她们仅有的快乐。但新年快到了。”她从口袋里掏出小钱包，并将它倾空倒在桌子上。

那男人附下身体，仔细查看着那些珠宝。

“还有一些现金。我想办法省下来的。把她们的名字从名单上去掉吧。想想办法。”

“你从未询问过我的家庭。你知道，每次你来这里乞求见见你的女儿们，你从没想到过要问我。”

“我……”

“三个女儿，都不到十岁。我妻子还许诺为我生个儿子，但是我们不打算要孩子了。想到他可能会应征入伍，送到前线。不是这次战争，也可能会是下一次。他一出生我就要开始担心。”他拿起那些戒指，小心翼翼地装回钱包，“收着吧。有一天你会想戴上的。意大利和法国已经沦陷，希腊也是。斯大林格勒已成为回忆。德意志帝国即将崩溃。受保护国……他会坚守阵地，直到他生命的最后一刻，但最终……”这个男人向后推了推椅子，站了起来，“作为回报，我只求你一件事。到了那个时候，请找到我，不论我身在何处，和俄国人还是美国人在一起。请为我说话，为了我所做的一切。”他在便签上草草写下了自己的名字，递给她。“撕了那封信，就当没有收到过。没有人会来带走她们。”他把她送到门口，“照顾好你的女儿，也抽空想想我的事。”

午后的阳光。地上都是肮脏的灰色的淤泥。弗兰提斯卡·鲁比克瓦走了出来，来到布雷多夫斯卡街。她从口袋里拿出那张便签，把它扔到地上。每走一步，她就离那个男人远一点；直到她登上回泽科夫的电车，他输给了她，输给了历史，永远。只剩下一个事实：曾经有一位盖世太保，向她寻求宽恕，但她却无法做到。

那么，亲爱的妈咪，今天就写到这里吧。我还必须给马塞拉和哈娜写信，这样她们才不会因为我从不写给她们，而生我的气。祝你们新年快乐。比任何时候都更幸福。

怀着过往的回忆，向你们道别。吻你们！

你们唯一的达萨

12

从萨克森豪森出发行军

他们没有停下来休息。整个晚上，都在赶路。路过第二个村庄后不久，太阳升起来了：公鸡的打鸣声叫醒了当地人，跌跌撞撞地从小棚屋里走了出来，站在路边，对着这支衣衫褴褛的行军队伍又是吐口水又是咒骂。格奥尔格在天亮前就扔掉了他的木底鞋；木头磨破了他肿胀的后脚跟。他步履艰难地向前走着，把披在肩膀上的毯子撕成布条。他向一个卫兵请求停下来歇一歇。他在一旁的小土墩上蹲下来，裤腿卷到小腿上，泥块纷纷掉落下来。他用毯子把脚包起来；那个卫兵将笨重的身躯靠在一辆旧自行车上，在一旁监视着他。

就这样一路又是威胁又是殴打，他们一直走到日落时分，速度才开始慢了下来。格奥尔格一瘸一拐地夹在队伍中间，让这群可怜的人推着他向前走。他盯着地面，看着他前面的那个人踉踉跄跄的脚步。

当枪声响起，犬吠、尖叫以及肉体撕裂的声音在乡村的上空四散开来的时候，他都没有抬头观望。唯有那自行车欢快的铃声可以把他从这单调的行军中惊醒。旁边的卫兵们时而像孩子一样大笑，时而像野兽一样咆哮。

又路过一个村庄。他们转进一片开阔的田野。有的倒在地上，亲吻着土地，希望它裂开地缝把他们吞噬，离开这个冷冰的地狱；有的拔着野草，迅速放进嘴里，贪婪地咀嚼着草叶。附近有一阵骚动。有人找到了一只蜗牛。他大声地嚼着，连同蜗牛壳一起吞了进去，周围的人都投来嫉妒的眼光。卫兵们则聚在一起好吃好喝着：香肠、面包、肉罐头、奶酪和杜松子酒。他们唱着歌，大笑着，肆意妄为地向这群囚徒们射击。他们把没吃完的食物扔到泥里，用靴子踩碾，再围在一起往上面撒小便。随后他们召集队伍，把几千名囚徒分成五百人一组，继续向维茨托克行军。离他们近一点的囚徒们一拥而上，瘦骨嶙峋的手指在肮脏的泥水中抓刨着，挖出还可吃的一小口食物。他们狼吞虎咽，面包已被尿液泡软，长期以来他们身体已忘却的某种力量使得他们呕吐起来。那些没去泥浆中找食物的人被推到一边，因为还有人迫不及待地想挤过来看看他们是否有机会找到吃的。那些原本对生活还存有一丝希望的男人，此刻，在巨大的痛苦中双膝跪地，佝偻的身体在田野里瑟瑟发抖。卫兵们做好准备出发了，他们在那些男人中间来回穿梭，一个接一个地开枪射杀。这样才能不耽误行军行程。

夜晚，星星隐藏在云层后，他们只能根据脚下沥青带来的刺痛来辨别方向。黑夜里他们根本看不见他们在路上留下的痕迹——鲜血，脓水，磨破的皮。清晨，他们经过另一个城镇，比其他的都要大。当他们拖着沉重的步伐通过该镇的主街时，没有人被惊醒。就连睡在围栏中的动物们也没有被惊动。突然，格奥尔格大笑起来。记得他对杰库布说过，在上帝面前，人们必须谦卑地行走，不要丢人现眼。好吧，这一切有悖常理。要是杰库布能与他一起看见这些该有多好。难道还有比这更谦卑的行军吗？或者更丢人现眼？

不过这一切都不重要了。杰库布死了。格奥尔格确信这一点。当他启程行军时，萨克森豪森已成为一片火海。纳粹党卫军匆匆逃走之前尽可能地烧掉所有东西。格奥尔格不敢回头，他无法容忍看着他的朋友被大火吞噬。他把双手插在口袋里，继续向前走着，灵活的手指在那块坚硬的黏土上弹奏着旋律。他不得不承认，这块黏土的确有它自己的音乐。他将完成杰库布遗愿，把它埋在河岸边，以此来悼念他的朋友。

第三天，他们抵达维茨托克。格奥尔格以为他们会停下来了。他听到过卫兵们的谈话，说在这儿等待其他的纵队，会合后再继续行军。柏林附近所有的集中营都已被疏散。大多数囚徒都正在向北方行军，前往吕贝克港口，他们将会在那里上船，但去往何处不得而知。维茨托克是会合地点，这里将抹掉他们尚存的个性以及在集中营的身份。

维茨托克小镇的人们出来看着他们，在路上放了几桶水和一些不新鲜的面包，给那些有胆量暂时从队伍中出来的人。在雄伟的哥特式大教堂旁边，女人们纷纷背过身去，不让囚徒们看见她们的眼泪。他们继续向前行军，成千上万的男人和女人们，五百人一组的队伍，身旁是纳粹党卫军的卫兵们，以及应征入伍的德国囚徒，也陪同行军队伍一起前行。他们穿过街道，经过西北边界。人行道上到处是碎石，树木掩盖着房屋：春天树叶浓荫覆盖，树上满是鸟儿；一些森林的动物，好奇而害怕地在探头探脑。

没有警告，他们停了下来。卫兵们吹起口哨，告之囚徒们可以休息。等待下一步指示。在那之前任何企图想逃跑的人马上被开枪射杀。他们像田鼠一样四处觅食，采摘野草和树叶，搜寻隐藏的水源。格奥尔格瘫倒在一根巨大的树干旁。树皮抓挠着他的后背。他试图去把一只绿色的藤壶[①] 抠下来，但他的指甲受不了力，从指尖上掉了下来。他已经三天没吃东西了。

引擎的轰鸣声把他惊醒。在他周围，人们兴奋无比。他只听到一些只言片语。他们把这里称为地下森林营地。萨克森豪森的最后一个前哨基地。然后听到熟悉的词语：红十字会。他们的车队到了这儿，车上装满了一箱箱的供应品。汽车发动机没有关，他们从车厢里跳下来，一起卸下那些物品。格奥尔格远远看到红十字会的工作人员在和卫兵们商量，让他们在货物上签字。成群的人们簇拥着，在树林间排成蜿蜒的长队。那些箱子被撕开了，森林里又回响起一阵欢呼声。格奥尔格用双手紧紧按着，使劲向上推，很想站起来去排队，却实在无力支撑起他那已瘦骨嶙峋的身体。他所听说的都是对的，这里也是一个集中营。这里不需要毒气室或火葬场；大自然就是死刑的执行者。格奥尔格深吸了一口气，闭上双眼。在他身旁，一个女人蜷缩着身子蹲了下来，小口小口地啃着一根香肠和一些巧克力。格奥尔格向她伸出手去，但那个女人踉跄着后退了几步，紧紧地把食物抓在胸前。格奥尔格开口说话，向她乞求一口食物。那个女人看着他，听不懂他说的话，露出困惑的表情。根据她所说的，他了解到她来自匈牙利的乡村，和这支队伍中的很多人一样，最近从拉文斯布吕克集中营撤离，加入了这支萨克森豪森的行军队伍。她只知道要活下去。格奥尔格从口袋里掏出那块黏土，伸过去递给那个女人，另一只手捶着自己的胸脯，试图向她解释，但那女人跛着脚走开了。透过树冠，可以看见星星出现了。格奥尔格闭上了眼睛。

第二天清晨，卫兵们吹响口哨，命令囚徒们重新集合排好队伍。

---

① 藤壶（barnacle）：一种附着在岩石、船底等处的甲壳动物。

正午之前出发前往什未林[①]。格奥尔格再一次试图站起来。他把背靠在树干上坐直，把膝盖收到胸前，然后双腿用力一蹬。有那么一瞬间，他从布满青苔的土地上站了起来，但立刻就没了力气，砰的一声跌倒在地上。他能看见纵队开始移动，进军开始了。但是，他没看见一个党卫军的士兵从旁边走过来。他没看见那个士兵解开了枪套。他也没有看见枪抬起来对准他的脑袋，更不会看到一道亮光闪过，鲜血溅在旁边的那棵老树上的场景。

多年之后，也许会有这么一幕：一个年老的匈牙利女人临终之时，想起那个头发卷曲身体瘦小的男人，曾捶打着胸口，大声叫喊着奇怪的话语：泥人，泥人，泥人。但她也早已离开了人世——在那两天后，她被子弹射穿了脖子，栽倒在离扎佩尔 - 奥斯拔小镇不远的路边。于是，再也没有人知道这一切了。

13
梅尔茨多夫 / 回到布拉格

她不再知道什么是安静。近三年以来，只有噪声。拥挤的街道上喧哗着、骚动着，喘息、呜咽和哭泣的声音。可以致命的电网上电流的嗡嗡声。狗号叫着，刨着木头的声音。搅动粪便桶唰唰声。尖叫

① 什未林（Schwerin）：位于德国北部的一个城市。

声和咳嗽声。发动机那好似交响乐的轰鸣声。沉重的靴子压过路面，发出吱嘎吱嘎声。织布机上的针的刺耳声音。麻袋“砰”地撞向地面的声音。没有鸟儿，一只鸟都没有。

她不再明白什么是自由。她就这样过着：一天，又一天。她冒着生命危险跑到工厂外，只是为了寻找他，那个救过她的人。但他们已经离开了，丢弃了这座城镇。她看见他们骑着自行车逃走的。现在她坐在阁楼上，照看着她的妹妹——像抹布一样躺在那里。在所有事情中，这是最让她无法忍受的。她数着呼吸声，不匀而急促，等待着黏稠的液体从咽喉喷涌而出。咳嗽是一种解脱，至少说明这孩子还活着。透过转角的窗户，她看见他们蜂拥而入，他们的制服是春天般的绿色。他们高声大叫着，说着她听不懂的语言，这反而使她放松了。枪支松松垮垮地挂在背后，他们高举手中的酒杯，为一天的结束干杯。他们闯入周围的房子，然后便不见了。她听见他们或大笑，或歌唱，或欢呼。但在他们的声音里面，还夹杂着其他的声音，尖叫声，抱怨声。他们的征服让这座城市消耗殆尽。

“你必须离开。”她听出了那个男人的声音，吃惊地发现他还在这里。好几个月以来，他都坐在角落里看着她们。她没有想到他原来无处可去。“比我担心的还要糟糕，”另一个工友说道，“苏联人告诉我们去拿我们想要的东西。照着他们那样的去做。”她指着她妹妹说：“什么都没有，太弱小了。”

春天，肺痨肆虐了服装厂，她们病倒了。那些强壮些的人彻夜不眠地守护着，看着同铺的伙伴们出了疹子，随后很快就是痉挛，呕吐和干咳。每天早晨她都要看看艾琳娜，发现没有任何感染的症状便会松一口气。她没太在意她的疲倦和体重下降的症状——这在工厂里太常见了。后来艾琳娜开始咳嗽，与其他人不同的是，她的咳嗽带着血。每一次咳得发抖时，她都不自主地把双手抱住胸前。达萨每天都到车站去，把麻袋卸下来，并等着他来。慈眉善目的人们，车站井然有序，会有一些村民前来讨烟抽。当她回来时，衣服鼓鼓囊囊的，塞着包裹，麻袋里装满了吃的。她会去看看妹妹，当她伸手去触摸那发烧的皮肤时，艾琳娜往后直退缩。

她知道她必须要做点什么。她把艾琳娜扛在肩上走向楼梯。下楼，经过成排的织布机，再下一层，还是一样。到了士兵们曾经驻扎的底层，然后走出门外。往西的路上，她发现一处房子，门开着，桌子上还摆放着食物。她把妹妹放在床上，背后垫上枕头让她坐直。随后她拉过一个长沙发抵在门上，这样门就无法被推开了。她打开窗户，爬到外面的草地上，然后从身后把窗户关上。他们无处不在，大喊大叫地沿着街道挨家挨户地敲门。她不知道他们在说什么，但偶尔听懂了那个和自由有关的单词；这与她息息相关：解放。其中一个人走过来，抓住她的手腕，对她说着什么，好似她会他的语言似的。他拉着她的头发，想让她靠近点。她猛地挣脱他，扇了他一个耳光。他往后趔趄了几步，跪倒在地上，发出一阵大笑。酒瓶打翻在地，他一把抓起来，猛地喝了一大口。她站在原地，没有逃走：不要跑了。那个士兵站了起来，定了定神，又抓住了她。这回是用双手抓住了她。温热的气息喷到她的脸上。他吻了一下她的脸颊，很纯洁的吻，然后松开了她。她最后看了他一眼，他又大笑起来。

她匆匆忙忙地走着，也不知道要去追赶什么。只有看见了才知道。一辆独轮手推车翻倒在小屋的前院里。她的手指轻抚车轮，仔细检查上面的每一处刺痕。她紧紧抓着，把车翻了过来，就好像它是珍贵的双轮战车。车的扶手有点破了，刺痛了她的手心。她小心地把它往那间房子推过去，以免有人劫走用来搬运货物。她终于到了房子那里。房门没有挪动的迹象；窗户也还关着。她的妹妹很安全。她把手推车放在一旁，推开窗户玻璃。她跳上去，又跳了一次。第三次的时候，她抓住窗边的架子，跃到窗台上。床上传来熟悉的轻柔的喘息声。她移走门口的沙发，把妹妹抱到走廊上。

手推车不见了。她早料到了。她跑到角落里，看着下面的街道。手推车被一个她在工厂里认识的年长的女人推走了。车上装有食物、毯子和银器。她听到从周围的房屋里传来大笑声和咕哝声，还有玻璃破碎的声音。她朝着那个女人跑去，看见她几乎站不起来。手推车支撑着她。在远处，慢慢靠近的发动机发出隆隆的响声。她抓住那个女人的肩膀，把她推到一边。那女人摔倒在地上，两眼空洞地望着她。没有时间了。她在路边清空了手推车，然后跑回屋子里。她一把抱起她妹妹——几乎感觉不到任何重量——往西边走去。

“来吧，艾琳娜，”她说，“我们回家去。”

弗兰提斯卡·鲁比克瓦再次展开达萨的来信。纸已经老化了。战争结束了。可是女儿们在哪儿呢？ 3月的时候，有人来敲门，是一张她从未见过的面孔。他说他叫约瑟夫。他曾经和卢德维克一起关押在比克瑙集中营，共用床铺好几个月。他说，他过来要兑现对朋友的承诺。他们一起活下来，直到1月集中营被疏散。他们互相搀扶着走了很多天。夜晚他们抱在一起，睡在谷仓里或者露天的田野上。约瑟夫说，他们情同手足。卢德维克跟他说起过弗兰提斯卡和女儿们，谈起过爱情和牺牲，还说他要用余生去弥补亲人。在行军的第五天，毫无理由地，他被一个卫兵射中头部而死。尸体被拖到路边，队伍则继续前进。“对不起，”约瑟夫说，“我确实不知道当时的地点是哪儿。”约瑟夫伸手想安慰她；弗兰提斯卡震惊之中竟然没有反应。约瑟夫向她举帽致敬，然后离开了。弗兰提斯卡回到椅子上，抬头看着丈夫留下的最后一张照片。

寡妇。她能适应这个称呼，就像接受其他身份一样：妻子，离异女人。那么如何称呼一个失去孩子的母亲呢？不，她接受不了。她到处询问。马塞拉和哈娜也满心希望给她们一个答复。她每天都去当局打听是否有关于达萨和艾琳娜的消息。她总是说“和”，从不说“或

者”。她不想落下任何一个。接待她的人很同情她，建议她耐心等着。他们说没有消息就是好消息，大多数都是坏消息。于是，她回到比斯库普克瓦街13号，从鞋盒里拿出达萨的信，站在卢德维克的肖像下，在他的凝视中，细细地读这些信。在那一刻，他们一家人似乎又团聚在一起了。

敲门声。弗兰提斯卡猛地抖了一下，大拇指把纸边给弄皱了。她咒骂着，想把那薄薄的纸抚平。时间正在偷偷带走女儿们的消息。敲门声又响了。弗兰提斯卡把信纸翻过来放着，免得阳光晒到那些模糊的铅笔写的字迹。她站起身来。她注意到窗外出现了一辆独轮手推车的轮廓。难以想象，不可能，她耸了耸肩。战争留下了各种废弃的残骸。弗兰提斯卡急忙走过门厅，打开门。

“你好，弗兰提斯卡。”这是住在4号公寓的拉德卡·费亚洛瓦，“我……听到一个消息。”拉德卡是邻居中最安静善良的女人，没有孩子。自从她丈夫在第一次世界大战中牺牲后，她每天都为他哀悼。弗兰提斯卡经常在楼梯间或街道上与她交谈。“是关于你女儿的。”拉德卡继续说。弗兰提斯卡感觉到胸口像是被重击了一下。她靠在门框上，稳住身子。也许拉德卡指的是她那两个小女儿。也许是她们俩惹了祸，毕竟年龄还小。可是……哦，我的上帝。大多数消息都是坏消息啊。拉德卡没等她回答就说：“她们，达萨和艾琳娜，在我那儿。她们刚来过这里。她们想提前让你知道，她们看上去……你有可能认不出来她们。她们要我先过来，跟你说一声。”弗兰提斯卡·鲁比克瓦感觉自己动也动不了，也难以呼吸。她的膝盖发软，眼里淌下泪水。拉德卡笨拙地在围裙口袋里胡乱摸着，一边低声说着什么。她不擅长做这样的事。从来都是别人安慰她，而不是她安慰别人。她的手突然停住了，伸出她的拳头。“给你，”她说，“她们要我把这个给你。”

手指松开了，是那枚金戒指。象征着生命的无限循环。

14

一个男人来到一间普通公寓的门口。这座城市，这里，比斯库普克瓦街 13 号，再一次成为他的家。一个多月来，他几乎每天都来，手里还总是带着礼物：一次比一次大，一次比一次贵重。门半开着，他希望能分辨公寓里传出的声音。

这个男人来自乡村，经过旧城广场，到了这里。广场上，他站在圣人像前，他崇拜的圣人——身披毛皮大衣，尖尖的大鼻子，长长的稀疏的黑色胡子在阳光下熠熠生辉——在为所失去的而祈祷。外套不怎么合身，太大了，是回城后别人送给他的。他确信衣服的内衬里面有跳蚤。他不时地和这些跳蚤说说话，仿佛可以壮壮胆，寻求他所缺乏的勇气。他用力地扯着袖口，想要遮挡他身上的不幸的标志——A-1821。他的脑海里浮现出这些年的所有经历，却最终只有一个念头：他必须信守承诺。他一定要见到她。这一次，他绝不会跑开。他回到街上，再次核对居民名单，他的目光停住了——鲁比捷克——这就是他想要的。

杰库布・R 走了进去，来到门口，叩响房门。

EPILOGUE

我也回来了。

我在比斯库普克瓦街13号，坐在厨房的桌子边。在那里，我第一次抽烟，第一次吃未煮熟的鸡肉，我把那个手工牵线木偶的包装纸撕了下来。卢德维克坐在我对面，墙上挂着他祖父的画像，这幅画像挂在那里已有七十多年了。老卢德维克没回来，然而在这个故事中，只有他还活着。在这里，他们曾经一起生活；在这里，如今我们又相聚。

卢德维克问我："你现在还看吗？"

"不了。"我说。

"里面有很多故事，"他说，"还有更多呢，足够了解你的外祖母了吧？"

"够了。"我说。他点点头，伸手把桌上的碎屑扫到地上。我看着他抬脚把地上的这些碎屑踩碎。他抬头看着我，问："饿了吗？"

这是我最后一次待在这个房间，明天就要坐飞机回家了。我将试着理解这一切，动笔把它写下来。几代以后，我们终将被遗忘。

我跟随着卢德维克漫步在阳光下。走在人行道上，呼吸着春天的气息。我眼角瞥见混凝土上的闪光，不由得低头去看。

这不仅仅是刻在黄铜上的名字，我们明白这点 /
就足够了。

弗兰提斯卡·鲁比克瓦和作者，

摄于 1984 年。

附 录

地图

特莱西恩施塔特地图（特雷津）

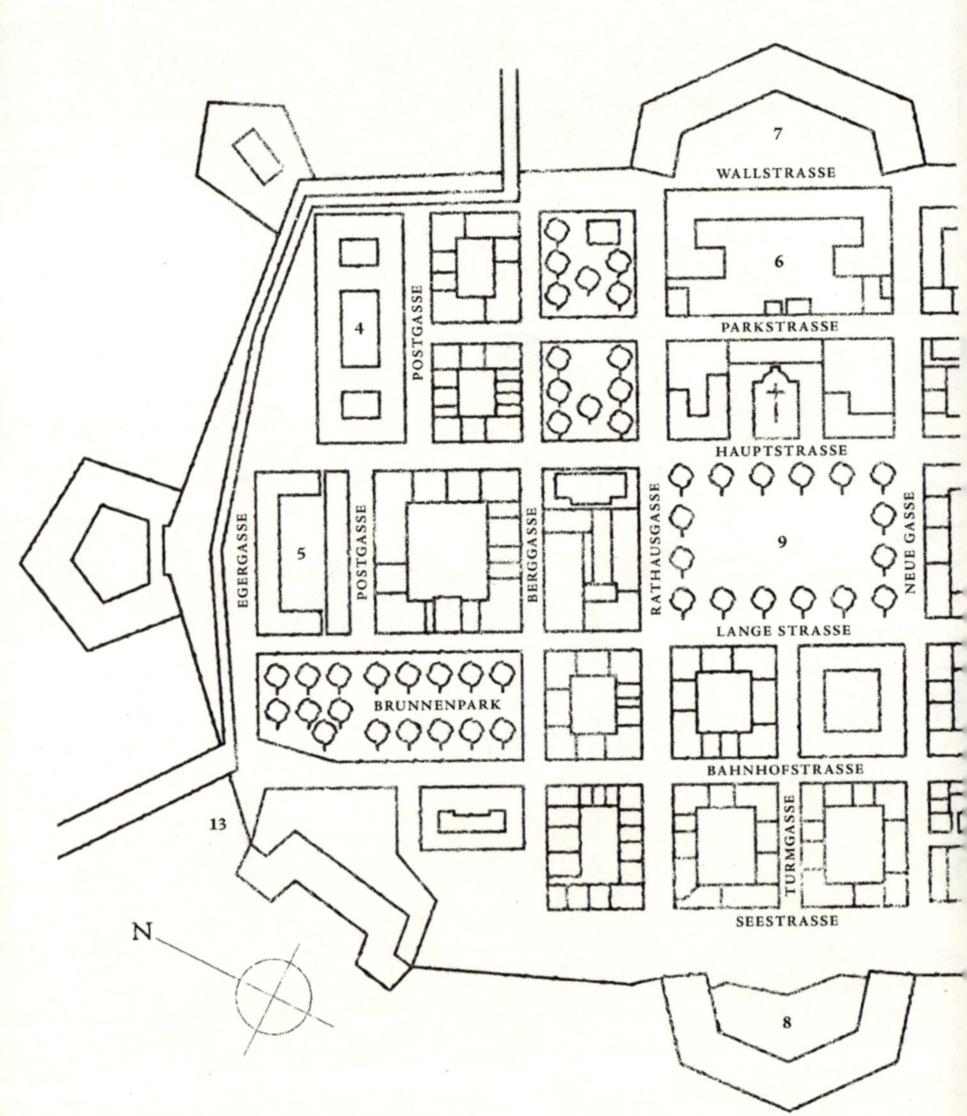

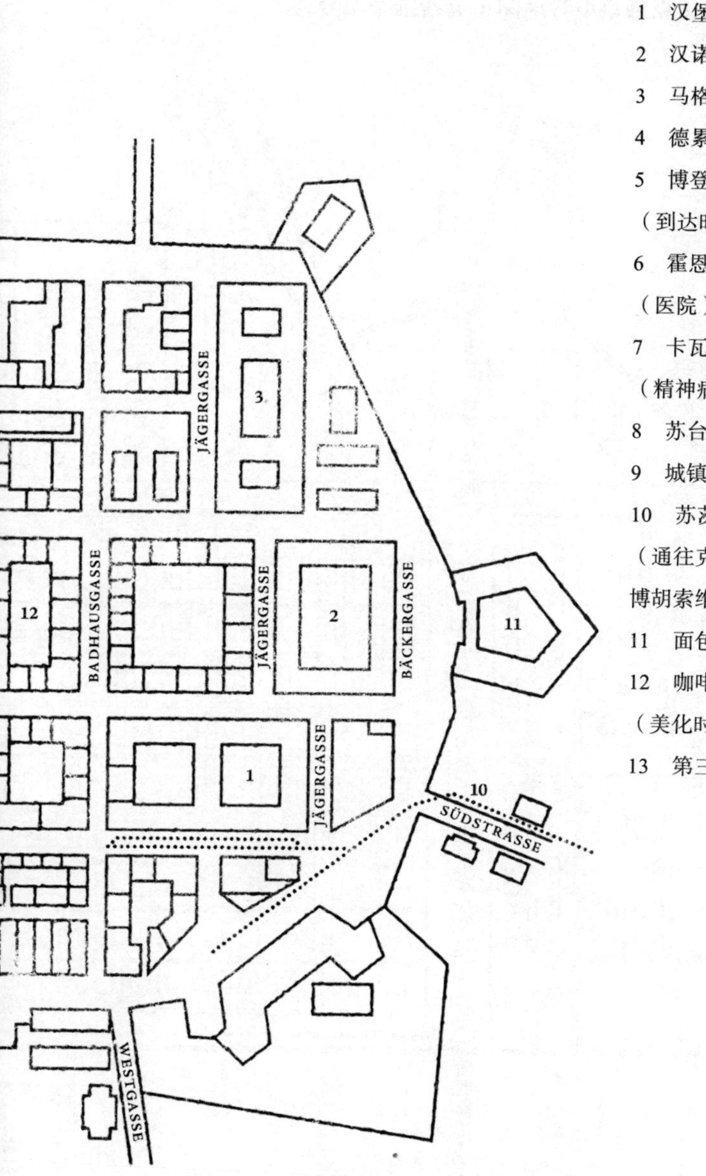

1　汉堡营房

2　汉诺威营房

3　马格德堡营房

4　德累斯顿营房

5　博登巴赫营房（到达时冲洗处）

6　霍恩埃尔营房（医院）

7　卡瓦勒营房（精神病院）

8　苏台德营房

9　城镇广场

10　苏茨特拉斯（通往克拉恩斯塔特和博胡索维采车站的路）

11　面包房和食品店

12　咖啡厅（美化时期）

13　第三号堡垒

比克瑙集中营地图（奥斯维辛二号营）

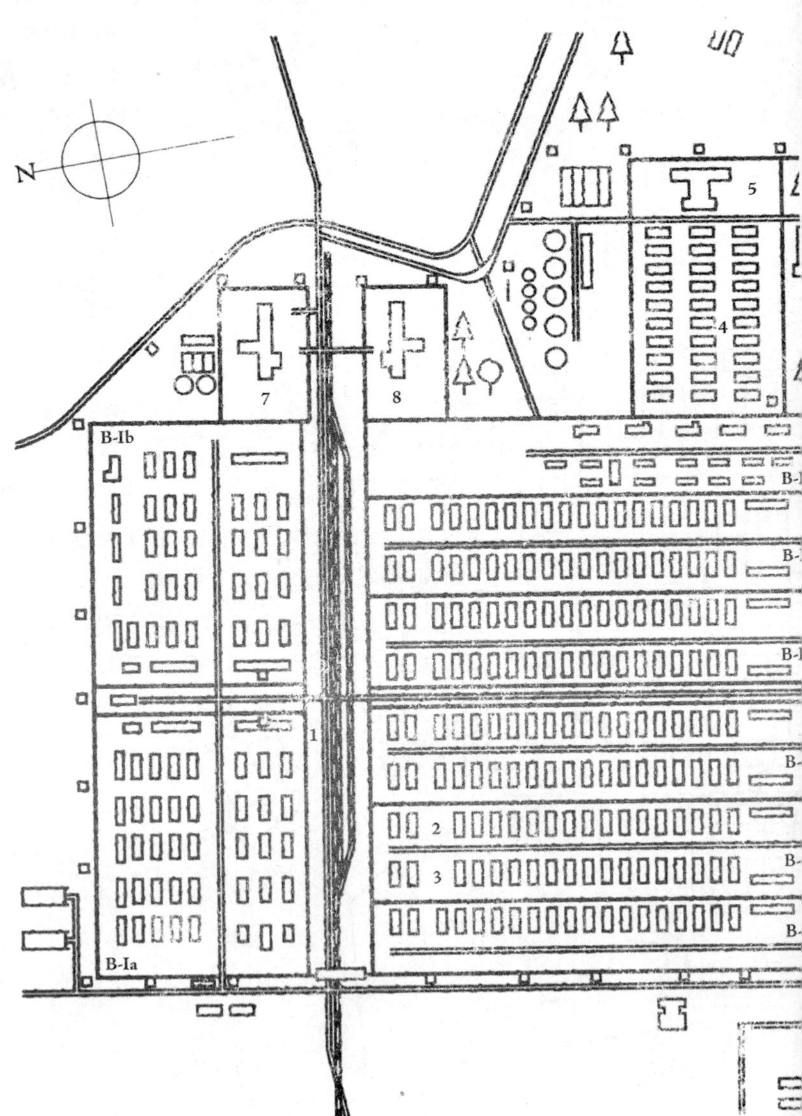

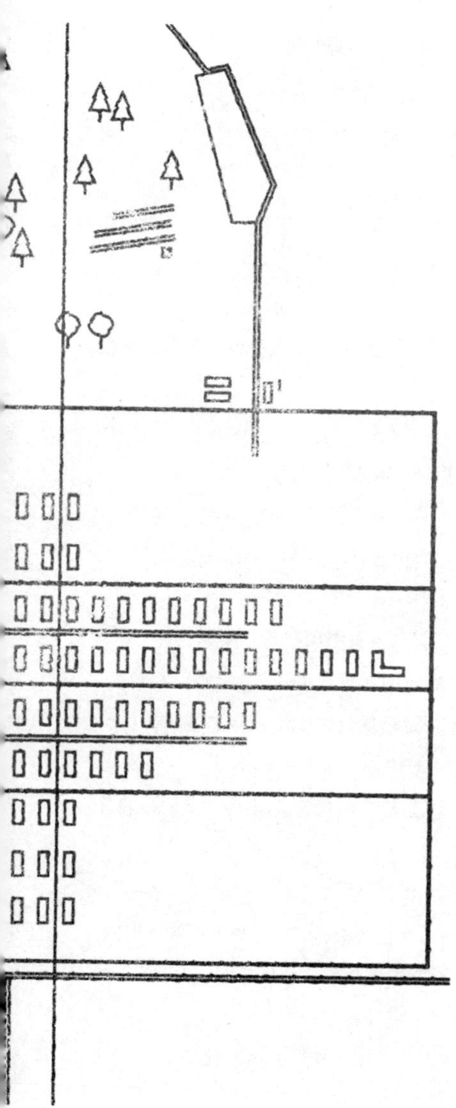

BIa 男囚营（直至 1943 年），后来成为妇女营

BIb 妇女营

BIIb 捷克家庭营（直至 1944 年 7 月）

BIId 男囚营（1943 年以后）

BIIe 吉卜赛人集中营（直至 1944 年 8 月），后来成为关押或转移等多用集中营

1 选择区（1944 年）

2 医疗区（BIIb32 区）

3 幼童营（BIIb31 区）

4 堪纳达营房

5 处罚营

6 未完工的墨西哥营

7 火化场二号（毒气室和焚尸炉）

8 火化场三号（毒气室和焚尸炉）

9 火化场四号（毒气室和焚尸炉，于 1944 年 10 月 7 日在特遣队的反叛中销毁）

10 火化场五号（毒气室和焚尸炉）

图片列表

史料来源

尽管《尘埃之书》是一本小说，但它里面使用了诸多历史图片与文件的正本。家族照片、重要地址拍摄的照片以及官方文档的扫描件是不言而喻的。但是，鉴于对史实的忠实和透明度，我对本书中的报纸文章、各种信件和电子邮件持有以下声明。

1999 年 3 月 19 日周五（我在本书中将年份改为 2005 年）发表于《澳大利亚犹太新闻报》的题为“杰库布·兰德博士以及关于灭绝的种族的书籍”的报道，是山姆（或山缪尔）· 本奈特的《奇怪的学者》一文的精简版。本奈特的这篇文章收录于他的一本新闻报道集《人生编年史》。1987 年他用意第绪语写了一篇报道，发表在《澳大利亚犹太新闻报》的意第绪语增刊上。此篇报道在世界上多家意第绪语报刊上发表。我尽力做到不改变文章的主旨，只做了一处变更：我将博物馆的第三位工作人员的名字由拉比西蒙 · 阿德尔改为奥托 · 穆内莱斯，这样这本书可以包含所有出现过的角色。阿德尔和穆内莱斯皆为塔木德行动队的成员，做此调整我可以不用顾忌太多。

在本书中第二部分，扬 · 兰德和贝特雷津纪念馆以及以色列犹太大屠杀纪念馆之间的通信完全摘录自他们的来往信件。我只改动了一个词。在原始信件中，我的外祖父把“Talmudkommando（塔木德行动队）”拼写为“Talmudhunderschaft”。这符合德语名字的语法结构，特莱西恩施塔特里的许多组织也是以此规则命名的。出于一致性的考虑（鉴于它有两个官方名字），我认为最好采用“Talmudkommando”，这个名称都已为人熟知。

在本书中第三部分的“梅尔茨多夫信件”（包括第二章节“数字”这一部分中的信件），出自达萨和艾琳娜之手，她们用铅笔写在易脆而毛糙的纸上。60年来，这些信件由哈娜·克斯塔罗卡（娘家姓是鲁比克瓦）藏于碗柜后的鞋盒里才得以保存下来。书中所译的摘录几乎逐字逐句地转录于原件。我的确做了微小的编辑改动，在布拉格应女儿们的要求，我将部分人的姓名移除。我还从街坊邻居们那里收集到一些信息，他们和达萨和艾琳娜一起在不同的集中营都待过。比如说，这一句“我们被运到这里，运送编号都是‘T’。”原话是，“我们在乌戈（运送号T都去那里）……”在做这些细小的改动时，我尽量不改变原件实质上的含义。

书中的电子邮件都是从原件中逐字逐句地摘录下来的，我只是对字体进行了编辑。唯一的改动之处是博物馆主管的名字。

所有的其他信件，包括弗兰提斯卡和埃米莉之间往来的信件，在第三章节“编号”部分中达萨寄给弗兰提斯卡的明信片，杰库布和格奥尔格之间的往来信件，和什缪尔从比克瑙寄来的明信片，都是我写的。我诚挚地希望我说出了他们的心声。

致谢

首先，我要感谢我的外祖父扬·兰德博士，和外祖母达萨·兰德瓦，以及我的曾祖母弗兰提斯卡·鲁比克瓦。我希望我所做的这一切为你们的故事伸张了正义。

感谢弗兰克·布莱特和卢德维克·克斯塔尔：没有你们的帮助这本书不可能完成，感谢你们为我打开了未知之门。还要感谢杰尔卡和佩特拉·克斯塔罗瓦，他们是本书的参与者之一，尽管书中未提及他们的名字。

非常感谢《沉睡者》的路易斯·斯温和佐伊·达特纳，《时代》的杰森·斯蒂格，《澳大利亚犹太新闻报》，澳大利亚作家协会，布拉格犹太博物馆的玛格达·维瑟斯卡和麦克·布萨克，奥斯维辛博物馆档案馆的皮欧特·苏品斯基，奥尔夫斯·亚当、安德烈·杰林科娃、茱莉亚·雷切斯坦和犹太大屠杀纪念馆。感谢玛蒂娜·斯托波娃、米歇尔·雷曼（我离开布拉格后，相当于我的脚和我的眼睛，帮我搜寻信息），施拉·雷曼、威尔·海沃德、米克·乔，艾玛·斯科沃茨，丹尼尔·科瓦克斯，安德里安·埃尔顿，向日葵书店的泽夫和玛格，奥利弗·德里斯克罗尔，和慢舟团队的杰宁，诺尔，埃瑟以及我在墨尔本犹太书籍周合作过的伙伴们，在悉尼犹太作家节遇见的贾斯汀和迈克尔，《罪恶杂志》的米奇和布莱尼阿诺德·泽伯，艾莱克·帕蒂克，克里斯汀·奥托，雷·凯明斯基，李·科夫曼，亚历克斯·斯科夫伦，艾略特·帕尔曼，凯文·拉巴莱斯，迈尔斯·阿林森，杰拉德·埃尔森，霍华德·戈登伯格，拉斐尔·布鲁斯，史蒂文·阿姆斯特丹，伊莱·格拉斯曼，达萨·德里奇，尼尔·巴拉姆，米芮儿·朱肖，安东尼·杰克和什德队（罗杰，弗里克斯，玛茨，玛丽昂，乔希，拉齐和瑞秋），塔里·拉维，马克·贝克，雷奥·克莱津拜茨博士，迪莫·洛伦兹博士，维拉·哈森，斯黛·斯拉维基，保罗·巴特罗普，马克·卢波，克里斯·雷德芬，克林福特·珀斯勒，乔希·古基尔，伊丹·德施沃维茨，马修·罗斯，荣和贝莱特·泰特，拉比雅科夫·格拉斯曼，一直友善的黛比·米勒，蒂姆·比恩，卢克·特巴特，艾米·伍勒塔，丹尼尔·卡罗尔，苏茜·斯坦，凯特·麦克费登，杰姆斯·雷和皮特·哈斯金。

这本书基本上是在格兰芬的创意中心完成的。感谢安德里安·豪威尔和维多利亚作家协会小组，给予我创作空间，尤其是授予我格蕾丝·玛丽昂·威尔森奖学金，我才能暂时逃离世俗，全心完成这本书的创作！感谢艾欧拉和我的格兰芬团队（吉姆、杰宁、菲欧娜、贝尔、杰辛塔、安德尔、艾伦、凯罗琳和埃梅里亚）。我感谢你们和我一起合住在被幽灵纠缠的房间里，共渡难关。

最后，我要感谢我的家人，无论是新成员还是老成员：包括佩妮、迈克尔、爱丽丝、钟、杰斯以及书中的所有人，包括我的父母，丹和艾娃；我的兄弟贾斯汀；祖母鲁比和波普（我深深怀念的）；兰迪、达里、路易、科恩一家人和博斯坦-科恩以及蒂姆·豪斯。当然还有，黛比：即使我千万次地将此书献给你，也不足以表达我对你的感激与爱意。所以我希望你成为本书开头和结尾的那个人。

图书在版编目（CIP）数据

尘埃之书 /（澳）布劳姆·普里瑟尔著；张媛媛译．— 成都：四川文艺出版社，2018.8（2019.1 重印）
ISBN 978-7-5411-4923-8

Ⅰ．①尘… Ⅱ．①布… ②张… Ⅲ．①纪实文学—澳大利亚—现代 Ⅳ．① I611.55

中国版本图书馆 CIP 数据核字（2018）第 148258 号

著作权合同登记号 图进字：21-2018-386

CHENAI ZHISHU
尘埃之书

[澳] 布劳姆·普里瑟尔 著
张媛媛 译

出品人　刘运东
特约监制　黄 琰
责任编辑　朱 兰　蔡 曦
特约策划　黄 琰
责任校对　汪 平
特约编辑　郑淑宁　苗玉佳
封面设计　ABOOK-小一

出版发行　四川文艺出版社（成都市槐树街2号）
网　　址　www.scwys.com
电　　话　028-86259287（发行部）　028-86259303（编辑部）
传　　真　028-86259306

邮购地址　成都市槐树街2号四川文艺出版社邮购部　610031
印　　刷　北京永顺兴望印刷厂
成品尺寸　145mm×210mm　1/32
印　　张　10.75　　字　　数　280千字
版　　次　2018年8月第一版　　印　　次　2019年1月第二次印刷
书　　号　ISBN 978-7-5411-4923-8
定　　价　39.80元